EIN BESCHÜTZER FÜR SIDNEY

SEALs of Protection: Legacy, Buch 3

SUSAN STOKER

Titelbild entworfen von: Chris Mackey, AURA Design Group
Taschenbuch: ISBN: 978-1-64499-332-3

Besuchen Sie Susan im Netz!
www.stokeraces.com
facebook.com/authorsusanstoker
twitter.com/Susan_Stoker
bookbub.com/authors/susan-stoker
instagram.com/authorsusanstoker
Email: Susan@StokerAces.com

EBENFALLS VON SUSAN STOKER

Ein Retter für Lilly
Ein Retter für Elsie
Ein Retter für Bristol
Ein Retter für Caryn
Ein Retter für Finley
Ein Retter für Heather
Ein Retter für Khloe

Die Zuflucht in den Bergen
Zuflucht für Alaska
Zuflucht für Henley
Zuflucht für Reese (30 May)
Zuflucht für Cora
Zuflucht für Lara
Zuflucht für Maisy
Zuflucht für Ryleigh

Delta Team Zwei
Ein Held für Gillian
Ein Held für Kinley
Ein Held für Aspen
Ein Held für Jayme
Ein Held für Riley
Ein Held für Devyn
Ein Held für Ember
Ein Held für Sierra (1 Mar)

Die Delta Force Heroes:
Die Rettung von Rayne
Die Rettung von Emily
Die Rettung von Harley
Die Hochzeit von Emily
Die Rettung von Kassie

Die Rettung von Bryn
Die Rettung von Casey
Die Rettung von Wendy
Die Rettung von Sadie
Die Rettung von Mary
Die Rettung von Macie
Die Rettung von Annie

Mountain Mercenaries:
Die Befreiung von Allye
Die Befreiung von Chloe
Die Befreiung von Morgan
Die Befreiung von Hurlow
Die Befreiung von Everly
Die Befreiung von Zara
Die Befreiung von Raven

Ace Security Reihe:
Anspruch auf Grace
Anspruch auf Alexis
Anspruch auf Bailey
Anspruch auf Felicity
Anspruch auf Sarah

SEALs of Protection:
Schutz für Caroline
Schutz für Alabama
Schutz für Fiona
Die Hochzeit von Caroline
Schutz für Summer
Schutz für Cheyenne
Schutz für Jessyka
Schutz für Julie

SUSAN STOKER

Schutz für Melody
Schutz für die Zukunft
Schutz für Kiera
Schutz für Alabamas Kinder
Schutz für Dakota

Eine Sammlung von Kurzgeschichten

Ein langer kurzer Augenblick

KAPITEL EINS

Decker »Gumby« Kincade fuhr auf den Parkplatz der Tierarztpraxis und konnte sich ein Lächeln nicht verkneifen, als die Frau, die ihm so dicht gefolgt war, wie sie es gewagt hatte, auf den Platz neben ihm fuhr. Ihr verbeulter alter Honda Accord hatte schon bessere Tage gesehen, aber sie schien weder zu bemerken noch sich darum zu scheren, dass er ein seltsames schepperndes Geräusch machte.

Als er die Tür seines Wagens geöffnet hatte, war sie schon da.

»Wie ist es ihr ergangen? Geht es ihr gut? Hat sie gewinselt?« Die Frau blaffte ihm die Fragen entgegen und ließ Gumby keine Zeit, die erste Frage zu beantworten, bevor sie die zweite stellte.

Sidney Hale war ein Widerspruch in sich. Ihr langes schwarzes Haar war durch die Handgreiflichkeit, die er unterbrochen hatte, zerzaust worden. Die ersten Zeichen eines Veilchens wurden sichtbar, was das Blau ihrer Augen noch mehr zu betonen schien. Ihre Lippe war geschwollen und blutete noch ein wenig. Das T-Shirt, das sie trug, war zerrissen, und sie hatte Schmutz auf ihrer Jeans und den Händen.

Aber sie schien sich nicht im Geringsten für ihre eigene Gesundheit zu interessieren; sie hatte nur Augen für den bedauernswerten und verletzten Hund auf dem Beifahrersitz seines Pick-ups.

Gumby schloss die Tür und ging um den Wagen herum, Sidney dicht auf den Fersen. »Sie hat sich gut geschlagen. Ich habe die ganze Fahrt über keinen Pieps von ihr gehört.«

»Mann, das ist erstaunlich. Sie muss doch Schmerzen haben«, rief Sidney. »Ich kann nicht glauben, dass dieses Arschloch sie so misshandelt hat. Bist du sicher, dass das ein guter Tierarzt ist? Vielleicht sollten wir sie zu dem bringen, zu dem ich normalerweise gehe.«

Gumby ignorierte sie, als er die Tür öffnete und sich hineinbeugte, um den blutenden und misshandelten Hund, den er Hannah getauft hatte, vorsichtig hochzuheben. Auch diesmal versuchte der Pitbull nicht, ihn zu beißen oder sonst irgendeine Aggression zu zeigen. Allerdings zitterte sie. »Ruhig, Mädchen«, murmelte Gumby, während er mit der Hüfte die Tür des Pick-ups schloss.

Als er zur Eingangstür ging, sah er Sidney an. »Die Tierärzte hier sind großartig. Entspann dich, Sidney.«

Sie sah aus, als wollte sie etwas sagen, aber da sie bereits an der Tür waren, eilte sie voraus, um sie für ihn zu halten. Er öffnete den Mund, um der Empfangsdame zu sagen, dass er einen Notfall hatte, aber Sidney kam ihm zuvor.

»Wir haben hier einen verletzten Hund. Wir müssen sofort zu einem Arzt!«

Die Empfangsdame stand auf und bedeutete den beiden, ihr zu folgen. Gumby war überrascht, als er Sidneys Hand auf seinem Rücken spürte, und sie klebte praktisch an seiner Seite, als sie den kleinen Behandlungsraum betraten.

»Es wird gleich eine Tierarzthelferin kommen, um Ihre Daten aufzunehmen und Ihr Tier anzuschauen.«

»Oh, aber sie ist –«

»Danke«, sagte Gumby, womit er Sidney unterbrach.

Als die Dame gegangen war, wandte Sidney sich ihm stirnrunzelnd zu. »Warum hast du mich unterbrochen?«

»Ich will auf keinen Fall, dass sie denken, Hannah sei ein Streuner oder ungewollt, denn das ist sie nicht.«

Sidney öffnete den Mund, um noch etwas zu sagen, aber bevor sie auch nur ein Wort herausbrachte, stürmte eine Tierarzthelferin in den Raum.

»Ich habe gehört, wir haben einen Notfall. Was ist – oh je!«

Gumby legte Hannah behutsam auf den erhöhten Tisch im Raum und behielt seine Hand auf ihrem Kopf. »Ja. Es ist schlimm.«

»Was ist passiert?«, hauchte die Tierarzthelferin.

»Sie wurde aus meinem Garten entführt«, log Gumby. »Und wir glauben, dass der Kerl, der sie mitgenommen hat, sie zu einem Köderhund oder so für illegale Hundekämpfe abrichten wollte. Er hat ihr etwas Ätzendes auf den Rücken geschüttet und es sieht aus, als wäre sie hinter einem Fahrzeug her geschleift worden. Vielleicht hat er versucht, sie zu konditionieren und zum Laufen zu bringen, aber sie konnte nicht mithalten.«

»Armes Baby«, murmelte die Tierarzthelferin und beugte sich vor, um Hannah zu streicheln.

Die Nackenhaare der Hündin stellten sich auf und sie knurrte tief in der Kehle.

»Hannah«, sagte Gumby in leisem, hartem Tonfall. Die Hündin hörte sofort auf und winselte stattdessen. »Das tut mir leid«, sagte er zu der Tierarzthelferin. »Normalerweise ist sie sehr gutmütig, aber wir wissen nicht, was in der Zeit zwischen ihrer Entführung und jetzt mit ihr gemacht wurde.«

»Natürlich«, sagte die Frau. »Sie wird einige Zeit brauchen, um wieder Vertrauen zu fassen.« Sie reichte Sidney ein paar Blätter Papier. »Die müssen Sie ausfüllen, und die Ärztin sollte in ein paar Minuten hier sein.« Sie wandte sich an Hannah. »Halte durch, Mädchen. Wir werden dich im Handumdrehen verarzten.«

Kaum hatte die Frau den Raum verlassen, drehte Sidney sich zu Gumby um und flüsterte: »Warum hast du ihr gesagt, dass sie aus deinem Garten gestohlen wurde? Das war dumm.«

Gumby strich Hannah mit einer Hand über den Kopf, wobei ihm nicht entging, wie die Hündin zufrieden seufzte und versuchte, näher zu ihm zu kriechen.

»Was hätte ich denn sagen sollen? Dass ich den Hund erst vor dreißig Minuten kennengelernt habe, als du dich mit dem Arschloch, das sie misshandelt hat, geprügelt hast? Dass du sie ihm weggenommen hast? Meinst du, das hätte sie schneller in Behandlung gebracht?« Er fuhr fort, bevor sie seine rhetorischen Fragen beantworten konnte. »Nein. Sie hätte mehr Details wissen wollen, und wenn wir zugegeben hätten, dass wir nichts über Hannahs Vorgeschichte wissen, hätte sie vielleicht gezögert, sie überhaupt zu behandeln. Auf diese Weise bekommt sie so schnell wie möglich die medizinische Versorgung, die sie braucht. Außerdem behalte ich sie.«

Gumby dachte schon seit einiger Zeit darüber nach, sich einen Hund anzuschaffen. Seit er bei seinem letzten Einsatz in Bahrain fast gestorben wäre. Er hatte es immer bedauert, keinen Hund zu haben, und Hannah schien ihm in den Schoß gefallen zu sein. Es war ein Zeichen – und an diese glaubte Gumby mit voller Überzeugung.

»Wir sollten die Koordinatorin des örtlichen Tierschutzvereins einbeziehen, mit der ich zusammenarbeite. Ich hatte vor, sie dorthin zu bringen. Die Mitglieder des Vereins kümmern sich um die medizinische Versorgung der Hunde, wenn nötig, und sie führen umfangreiche Hintergrundüberprüfungen bei potenziellen Adoptierenden durch«, erklärte Sidney.

»Machst du das oft?«, fragte er.

»Mache ich was oft?«

»Aus den sozialen Medien Leute aufspüren, von denen du glaubst, dass sie nichts Gutes im Schilde führen? Sie dann ausspionieren und wenn sie die Grenze überschreiten, es mit Männern aufnehmen, die doppelt so groß sind wie du, um die Tiere zu retten, die sie misshandeln?«

Ohne zu blinzeln, sagte Sidney: »Ja.«

Diesmal war Gumby überrascht. »Ernsthaft?«

Sie nickte. »Die Tiere sind unschuldig. Sie haben nicht darum gebeten, in eine Grube geworfen zu werden, um gegen einen anderen Hund zu kämpfen. Oder zu verhungern. Oder ihr ganzes Leben lang in einem Hinterhof angekettet zu sein. Ich nehme es, wenn nötig, mit jedem auf, um ein hilfloses, unschuldiges Tier zu retten.«

»Bist du deswegen schon jemals in Schwierigkeiten geraten?«

Sie grinste. »Du meinst, ob diese miesen, gewalttätigen Mistkerle mich anzeigen? Nein. Sie sind alle zu sehr damit beschäftigt, sich selbst zu schützen und der Polizei nicht aufzufallen, als dass sie Anzeige gegen *mich* erstatten würden.«

Gumby fand, dass sie ein wenig zu zufrieden mit sich selbst aussah. Aber da war etwas in ihren Augen, als sie erklärte, wie sie sich für Tiere einsetzte – Schuldgefühle.

Und jetzt wollte er wissen warum. Er wollte ihre Geschichte erfahren.

Seine Aufmerksamkeit wurde abgelenkt, als die Tierärztin den Raum betrat. Sie war äußerst sachlich und verbrachte die nächsten zehn Minuten damit, die arme Hannah zu untersuchen und so viele Informationen wie möglich von Gumby zu bekommen ... was nicht viel war. Er sagte ihr, sie solle ein komplettes Blutbild von Hannah machen, da er nicht sicher war, was ihr seit ihrer Entführung angetan worden war. Er war nicht stolz auf seine Lügen, aber wenn sie dazu beitrugen, dass Hannah die Pflege bekam, die sie brauchte und verdiente, dann war es eben so.

Die Tierärztin stimmte zu, dass es so aussah, als wäre ihr eine Art Säure auf den Rücken geschüttet und als wäre sie herumgeschleift worden. Der Hund hatte keine Krallen mehr und ihre Ballen waren abgenutzt. Die Tierärztin war der Meinung, dass ihr Rücken wahrscheinlich schlimmer aussah, als er tatsächlich war. Sie glaubte nicht, dass die Haare wieder nachwachsen würden, aber die Wunde sollte gut verheilen.

Als sie Hannah zur Behandlung nach hinten bringen wollten, verschwand die sanftmütige Seite der Hündin jedoch und sie begann, die Tierärztin und ihre Assistentin anzuknurren.

Die Tierärztin trat zurück und sagte: »Vielleicht sollten Sie mit uns kommen. Nur so lange, bis wir es geschafft haben, sie zu sedieren.«

»Sedieren?«, fragte Gumby.

»Ja. Diese Wunden zu säubern wird wehtun, und ich möchte ihr nicht mehr Schmerzen zufügen als nötig.«

Gumby nickte sofort. »Gut. Okay, wir können mit Ihnen kommen.«

»Am besten nur Sie«, sagte die Tierärztin, während sie ihrer Assistentin einen Blick zuwarf, den Gumby nicht deuten konnte. »Ihre ... Freundin kann bleiben und den Papierkram ausfüllen.«

»Ist das in Ordnung, Sid?«, fragte Gumby, wobei ihm der Spitzname wie selbstverständlich über die Lippen kam.

Sidney nickte. »Natürlich.«

»Glauben Sie, sie wird noch einmal zulassen, sich von Ihnen hochheben zu lassen?«, fragte die Ärztin.

»Es gibt nur eine Möglichkeit, das herauszufinden.« Gumby beugte sich hinunter und flüsterte Hannah zu: »Was sagst du? Diese netten Leute werden dich wieder ganz gesund machen. Wir sollten sie nicht anknurren, okay?«

Als Antwort darauf hob Hannah den Kopf und leckte Gumby mit einem lauten Schmatzen das Gesicht ab.

Alle lachten.

»Das heißt wohl, dass sie damit einverstanden ist.« Und damit hob Gumby den großen Hund wieder hoch und folgte der Tierärztin in den hinteren Bereich der Tierarztpraxis.

Dreißig Minuten später ging er zurück in die Eingangshalle und steuerte direkt auf Sidney zu. Gumby war etwas überrascht, dass sie noch da war. Ein Teil von ihm hatte gedacht, sie würde sich sofort aus dem Staub machen, sobald sie überzeugt war, dass der Hund versorgt wurde.

Er konnte nicht anders, als einen Hauch von ... etwas ... zu verspüren, als er sah, dass sie auf ihn wartete. Es war lange her, dass er jemanden an seiner Seite gehabt hatte, wenn er sich um einen Notfall kümmern musste. Zugegeben, er würde sich nicht einmal mit diesem speziellen Notfall befassen, wenn er sie nicht kämpfend am Straßenrand gefunden hätte, aber trotzdem.

»Hey«, sagte er leise, als er sich neben sie setzte.

»Hey«, erwiderte sie und reichte ihm sofort das Klemmbrett mit dem darauf befestigten Zettel. »Ich kenne deine Daten nicht.«

Gumby starrte auf das Papier hinunter. Sie hatte die Informationen, die sie über Hannah wusste, eingetragen, aber der obere Teil, wo seine Adresse und Telefonnummer stehen sollten, war leer. Er konnte nicht umhin zu bemerken, dass ihre Handschrift wunderschön war. Ordentlich und präzise, im Gegensatz zu seiner eigenen.

Als er sich dem Ausfüllen des Formulars zuwandte, sagte sie: »Die Tierarzthelferin hat mich sofort gefragt, ob es mir gut geht, als du aus dem Zimmer raus warst.«

Er schaute sie an. »Was?«

»Sie wollte wissen, ob ich sicher bin, oder ob ich mich unwohl oder bedroht fühle.«

Gumbys Finger verkrampften sich um den Stift, den er in der Hand hielt. »Sie dachte, ich hätte dir wehgetan?«

»Sieh nicht so überrascht aus«, sagte sie mit einem kleinen Lachen. »Meine Lippe blutet, mein Hemd ist zerrissen und du bist ein ganz schön großer Kerl.«

»Ich würde dir *nie* wehtun«, sagte Gumby mit tiefer, intensiver Stimme. Er sah ihr in die Augen. »Ich tue weder Frauen noch Kindern noch Tieren weh.«

Das Lächeln verschwand aus ihrem Gesicht und sie starrte ihn ebenso eindringlich an. »Aber Männern tust du weh?«

Er zuckte mit den Schultern. »Wenn sie es verdient haben. Ja.«

Er war überrascht, dass sie nicht nach einer ausführlichen Erklärung fragte, was er meinte, aber sie nickte nur und erwiderte: »Ich habe ihr erzählt, dass wir den Kerl, der Hannah entführt hat, verfolgen mussten. Dass ich beim

Laufen gestürzt bin und mir die Lippe aufgeschlagen habe, und dass mein Hemd zerrissen ist, als wir über einen Zaun klettern mussten. Ich glaube nicht, dass sie mir das abgenommen hat, aber sie kann nicht viel tun, wenn ich sage, dass es mir gut geht und du mir nicht wehgetan hast.«

Gumby führte seine Hand zu ihrem Gesicht und strich sanft mit dem Daumen über ihre Unterlippe, wo sie bei der Prügelei aufgeplatzt war. »Geht es dir wirklich gut?«

»Mir geht es gut«, flüsterte sie.

»Decker Kincade?«, fragte eine laute Stimme hinter ihnen, was sowohl Gumby als auch Sidney aufschrecken ließ.

»Hier«, sagte er und drehte sich zu der Empfangsdame um, die seinen Namen gerufen hatte.

»Ich wollte mich nur vergewissern, dass Sie nicht gegangen sind«, sagte die Frau mit einem verlegenen Lächeln. »Lassen Sie sich Zeit mit den Formularen.«

Gumby nickte und wandte sich wieder Sidney zu. »Ich bin hier fast fertig. Ich weiß deine Hilfe heute zu schätzen.«

»Das ist mein Satz«, gab sie zurück.

»Gibst du mir deine Telefonnummer, damit ich dich über Hannahs Genesung auf dem Laufenden halten kann?«, fragte er.

Sie blinzelte, dann erwiderte sie: »Ich glaube, du hast das falsch verstanden. Ich denke, du solltest mir *deine* Nummer geben, damit ich dich über ihre Genesung auf dem Laufenden halten kann.«

»Wenn du meine Nummer willst, hättest du nur fragen müssen, Sid«, neckte Gumby sie.

Sie lächelte nicht. »Ich meine es ernst, Decker.«

Das Grinsen verschwand aus seinem Gesicht. »Hannah gehört mir«, sagte er leise.

»Das ergibt keinen Sinn«, wandte Sidney ein. »Du kannst mir nicht erzählen, dass du die Absicht hattest, dir einen Hund anzuschaffen, bevor du mich gefunden hast. Du kannst eine solche Entscheidung nicht einfach so treffen.«

»Komm mit«, sagte er, stand auf, ergriff ihre Hand mit seiner und zog sie auf die Beine.

»Decker! Was machst du –«

»Hier sind die Formulare«, erklärte Gumby der Empfangsdame, während er ihr das Klemmbrett reichte. »Ich muss noch meine persönlichen Daten ausfüllen, aber ich bin gleich wieder da, um sie zu vervollständigen.« Und damit zog er Sidney durch die Türen hinaus zu seinem Wagen.

Etwas überrascht, dass sie sich nicht wehrte, blieb er neben seinem Pick-up stehen. Nachdem er ihre Hand losgelassen hatte, verschränkte Sidney die Arme vor der Brust und funkelte ihn an. Angesichts ihrer Größe von nicht einmal einem Meter sechzig war es jedoch nicht sonderlich effektiv, wenn sie versuchte, ihn einzuschüchtern.

»Ich hatte die Absicht, mir einen Hund anzuschaffen«, informierte er sie und knüpfte mühelos dort an, wo ihr Gespräch im Wartebereich aufgehört hatte. »Ich besitze ein eigenes Haus, also muss ich mich nicht um irgendwelche bescheuerten Einschränkungen kümmern, wenn es darum geht, welche Hunderasse ich halten kann. Ich habe einen guten Job und verdiene viel Geld, sodass ich es mir leisten kann, sie zu versorgen und sicherzustellen, dass sie gesund bleibt. Ich bin ein guter Kerl, Sidney. Warum bist du so dagegen, dass ich sie adoptiere?«

Er beobachtete, wie ihr Wagemut verblasste und sie seufzte. Sie ließ die Arme sinken, als ihre Schultern zusammensackten. »Ich kenne dich nicht. Ich bin dir erst vor Kurzem begegnet. So läuft eine Adoption nicht ab.«

»Sieh mich an.« Als ihr Blick den seinen traf, sagte er: »Ich werde mich gut um Hannah kümmern. Sie wird rundum verwöhnt werden. Ich werde dem Tierschutzverein eine Spende zukommen lassen, wenn es das ist, was dich bedrückt.«

»Es geht nicht um das Geld«, protestierte sie. »Wir machen Hintergrundüberprüfungen. Wir stellen sicher, dass die Adoptierenden für einen Pitbull geeignet sind.«

»Dann mach deine Hintergrundüberprüfung«, sagte Gumby, der zuversichtlich war, dass sie nichts finden würde, was ihm oder anderen Mitgliedern des Tierschutzvereins das Gefühl gäbe, dass er kein guter Hundebesitzer wäre.

»Wirklich?«, fragte sie.

»Wirklich.«

Sie warf ihm einen skeptischen Blick zu. »Den meisten Leuten gefällt es nicht, wenn wir ihnen von der Hintergrundüberprüfung erzählen.«

»Ich bin nicht wie die meisten Leute«, sagte Gumby, wobei er sich zu Sidney lehnte.

Keiner von beiden bewegte sich. Ihre Gesichter waren sehr nahe beieinander, und er hätte sich nur noch ein wenig weiter nach unten beugen müssen, um seine Lippen auf die ihren zu pressen.

Der Gedanke war alarmierend. Er war seit Monaten nicht mehr an einer Frau interessiert gewesen. Nein, seit mindestens eineinhalb Jahren ...

War es wirklich schon so lange her? Gumby versuchte, sich an die letzte Frau zu erinnern, mit der er ausgegangen war ... und konnte es nicht.

Aber diese angeschlagene, kratzbürstige und verwirrende Frau weckte in ihm das Verlangen nach etwas, von dem er nicht wusste, ob er damit umgehen konnte. Durch seinen Job hatte er in Bezug auf Frauen noch nie großes Glück gehabt. Sein Teamkamerad Rocco hatte vielleicht eine Frau gefunden, die mit der Tatsache umgehen konnte, dass er ein Navy SEAL war, aber das war nicht einfach. Er war viel unterwegs, sein Job war gefährlich und er konnte einer Freundin oder Ehefrau nicht genau sagen, wohin er ging oder wann er zurückkam.

Es wäre schon schwer genug, einen Hund zu haben. Eine Frau würde sein Leben noch mehr verkomplizieren als ein Haustier.

Warum also konnte er nicht aufhören, daran zu denken, wie Sidney Hale schmecken würde? Wie einfach es wäre, sich hinunterzubeugen und ihre Lippen mit den seinen zu berühren? Wie sie aussehen würde, wenn sie in einem Stuhl auf seiner Terrasse säße und den Sonnenuntergang über dem Meer betrachtete, während sie ein Glas Wein tranken und zusahen, wie Hannah im Sand herumtollte?

Es war verrückt.

Aber eine Sache hatte Gumby im Team gelernt – er musste flexibel sein und mit dem Strom schwimmen. Verdammt, das war einer der Gründe, warum er seinen Spitznamen bekommen hatte. Er war schon immer so gewesen. Er ließ sich nie von den Überraschungen aus der Ruhe bringen, die ihm das Leben bot.

Das Team hatte auch angefangen, ihn Gumby zu nennen, weil er eines Tages beim Überlebens-, Ausweich-, Widerstands- und Fluchttraining als Einziger der sechs in der Lage gewesen war, seine Gliedmaßen zu verrenken, um sich aus seinen Fesseln zu befreien.

»Würdest du mir jetzt bitte deine Nummer geben?«, fragte er.

»Damit du mir mitteilen kannst, wie es Hannah geht?«, entgegnete sie.

»Das auch.«

Sie hob eine Augenbraue.

»Und damit ich dich anrufen und fragen kann, ob du mit mir ausgehst.«

Sie blinzelte. »Also das ist mal direkt.«

»Jup.«

»Lass mich raten, Frauen weisen dich nie zurück und fallen dir regelmäßig zu Füßen«, sagte sie gereizt.

»Eigentlich«, entgegnete Gumby und trat zurück, um ihr Raum zu geben, »habe ich schon so lange keine Frau mehr um eine Verabredung gebeten, dass ich mich nicht mehr erinnern kann. Ich habe mich für niemanden interessiert ... bis jetzt.«

»Warum ich?«

In der Sekunde, in der die Frage herauskam, konnte Gumby erkennen, dass Sidney sie am liebsten zurücknehmen wollte.

»Warum du?«, fragte Gumby. »Weil es lange her ist, dass eine Frau mich so sehr beeindruckt hat. Ich dachte, ich würde dich vor einer Tracht Prügel bewahren, aber in Wirklichkeit kamst du problemlos ohne mich klar. Ich habe absolut nicht erwartet, dass es bei dem Kampf um einen Hund geht. Ich bin von dir fasziniert. Ich will mehr wissen.«

»Oh.«

Sie sagte nichts weiter, und Gumby runzelte die Stirn. Scheiße, sie war nicht interessiert. Er hatte sich zum Narren gemacht.

»Tut mir leid«, sagte er leise. »Offensichtlich habe ich das schon so lange nicht mehr gemacht, dass ich nachlasse. Aber ich habe es ernst damit gemeint, dass du die Hintergrundüberprüfung machen kannst. Ich bin gern bereit, das zu tun, was Adoptierende normalerweise tun, damit ich Hannah bei mir aufnehmen kann.«

Sidney legte eine Hand auf seinen Unterarm und der Haut-an-Haut-Kontakt war seltsam elektrisierend. Sie zog ihre Hand fast so schnell wieder weg, wie sie ihn berührt hatte, als spürte sie den Bogen der Verbindung zwischen ihnen genauso wie er. »Ich hätte nichts dagegen, wenn du mich anrufst«, gestand sie, dann biss sie sich auf die Lippe. »Ich bin mir nur nicht sicher, ob wir in der gleichen Liga spielen.«

Gumby runzelte erneut die Stirn. »Ich glaube nicht, dass ich wissen will, was du damit meinst.«

»Ich meine, dass du dein eigenes Haus hast. Das ist in Kalifornien beeindruckend, denn Immobilien sind nicht billig. Und ich wohne in einem Wohnwagen, der schon bessere Tage gesehen hat. Ich habe keinen College-Abschluss und ich arbeite nur auf Teilzeitbasis für die Wohnwagensiedlung. Du siehst aus wie jemand, der eine perfekte Familie hat, ein perfektes Haus, einen Superjob, und du wurdest wahrscheinlich in deinem letzten High-school-Jahr zu dem Schüler gewählt, der am wahrscheinlichsten erfolgreich wird.«

»Eigentlich zu dem, der am wahrscheinlichsten vor seinem einundzwanzigsten Geburtstag den Löffel abgibt«, erklärte Gumby ihr.

Jetzt war es an Sidney, die Stirn zu runzeln.

»Es ist mir scheißegal, wo du wohnst oder dass du nicht auf dem College warst. Ich kenne eine Menge Arschlöcher, die einen Universitätsabschluss haben und nichts gelernt haben, während sie dort waren. Ich habe noch nie jemanden danach beurteilt, wo er wohnt, welchen Beruf er ausübt oder nach etwas anderem als der Art von Mensch, die er ist. Und angesichts dessen, was ich in der Zeit, in der ich dich kenne, gesehen habe, habe ich von dieser Seite nichts zu befürchten. Wenn du mich einfach nicht kennenlernen willst, gut, ich werde nicht ausflippen oder mich in einen besessenen, verschmähten Verehrer verwandeln. Sag es mir einfach. Erfinde keine Ausreden.«

Sidney starrte ihn einen langen Moment an, bevor sie hinter sich griff und ihr Handy herausholte. »Nummer?«, fragte sie leise.

Mit einem innerlichen Seufzen der Erleichterung gab Gumby sie ihr. Er spürte, wie sein Telefon in seiner eigenen Tasche vibrierte, machte sich jedoch nicht die Mühe, es herauszuholen. »Danke«, sagte er. »Ich rufe dich im Laufe des Tages an, sobald ich von der Tierärztin höre. Sie hat mir gesagt, dass Hannah wahrscheinlich noch eine Weile hierbleiben muss, bis die schlimmsten Wunden verheilt sind. Dann kann ich sie mit nach Hause nehmen.«

»Okay.«

»Und auch wenn es meine Chancen bei dir und deinem Tierschutzverein schmälern könnte, muss ich zugeben, dass ich mich mit Hunden nicht besonders gut auskenne. Wirst du mir helfen?«

»Du willst sie wirklich behalten?«

»Ja.«

»Dann werde ich dir helfen.«

»Ich danke dir.« Er blickte zu dem Gebäude zurück, bevor er den Blick wieder auf ihren richtete. »Jetzt muss ich da reingehen und sie davon überzeugen, dass ich dich nicht schlage, sondern völlig harmlos bin.«

Sidney lächelte. »Ich habe gesehen, wie ein oder zwei Angestellte aus dem Fenster gespäht haben, wahrscheinlich um sicherzugehen, dass du mich hier draußen nicht verprügelst.«

Gumbys Lippen zuckten nicht einmal. »Nicht lustig.«

Sidney rollte mit den Augen. »Ich muss sowieso nach Hause und mich frisch machen. Ich bin sicher, mein Chef hat eine ellenlange Liste mit Dingen, an denen ich heute Nachmittag arbeiten muss.«

Gumby nickte und hob die Hand, um ihr Gesicht zu berühren. Sie wich nicht zurück, auch wenn sie mit dem Rücken an seinem Wagen nicht weit käme. Er strich mit dem Daumen sanft über den fast schwarzen Bluterguss, der sich unter ihrem Auge bildete. »Leg etwas Eis drauf, damit es nicht ganz so schlimm wird.«

»Mach ich.«

Gumby zwang sich, von ihr wegzutreten und sich rückwärts dem Gebäude zu nähern. »Fahr vorsichtig.«

»Du auch.«

Dann drehte er sich um und ging schnell auf die Tür zur Tierarztpraxis zu. Mit einer Hand am Türgriff blickte er zurück, wie Sidney den Parkplatz verließ und sich in den Verkehr einordnete.

Mit dem Gefühl, als hätte sein Leben soeben eine Wende um hundertachtzig Grad gemacht, konnte er sich ein Lächeln nicht verkneifen, als er das Gebäude betrat, um die Bezahlung zu regeln und sich zu vergewissern, dass seine Daten für später in den Akten standen.

Sidney mochte vielleicht nicht denken, dass sie in derselben Liga spielten, und sie hätte recht. Gumby hatte das Gefühl, dass sie so weit über ihm stand, dass es nicht einmal lustig war. Aber er würde sie nicht kampflos davonkommen lassen. Es war schon so lange her, dass er auch nur den geringsten Wunsch verspürt hatte, eine Frau so kennenzulernen, wie er Sidney kennenlernen wollte. Sie hatte ihn überrascht und beeindruckt, und das war verdammt schwer zu schaffen.

Er konnte es kaum erwarten, bis er seinen Teamkameraden erzählte, dass er in seiner Mittagspause vom typischen Junggesellen zum Hundevater geworden war – und vielleicht sogar offiziell vom Markt war.

KAPITEL ZWEI

Später am Nachmittag lag Sidney unter einem breiten Wohnwagen, während sie an einem undichten Wasserrohr arbeitete. Sie dachte über alles nach, was zuvor passiert war, und es kam ihr fast so vor, als sei es jemand anderem widerfahren.

Sie hatte sich sehr an ihr Leben gewöhnt. Es hatte eine Gleichförmigkeit, die in vielerlei Hinsicht tröstlich war. Nicht sehr aufregend, aber tröstlich. Wie sie dazu gekommen war, Hunde zu retten, wusste sie nicht. Es war nicht so, dass sie es geplant hatte. Aber bei ihrer Erziehung konnte sie nicht behaupten, dass sie besonders überrascht war.

»Hey, Sid! Bist du da drunter?«, rief eine Stimme.

Lächelnd antwortete Sidney: »Ja! Gib mir eine Sekunde!« Sie zog die Verbindung fest und hoffte, dass das Problem damit behoben war. Wenn nicht, würden sie die gesamte Leitung austauschen müssen, und sie wusste, dass Jude darüber stinksauer wäre.

Jude Camara war ihr Chef und der Besitzer der Wohnwagensiedlung. Er war Anfang sechzig, sah aber eher wie ein Mittvierziger aus. Er war groß, muskulös und tätowiert. Er hatte ihr eine Chance gegeben, als sie nach Kalifornien gekommen war, und Sidney schuldete ihm mehr, als sie jemals zurückzahlen konnte. Nicht in Form von Geld, sondern aufgrund all der Hilfe, die er ihr im Laufe der Jahre hatte zukommen lassen ... unter anderem, indem er sie dafür bezahlte, die Handwerkerin der Siedlung zu sein. Sie hatte von Jude alles gelernt, was sie über Klempnerarbeiten, Elektrizität und grundlegende Gebäudepflege wusste.

Sidney kroch unter dem Wohnwagen hervor und sah zu ihrer Nachbarin auf. Nora war ebenfalls zweiunddreißig, aber damit endete die Ähnlichkeit zwischen ihnen auch schon. Sie war groß, im Gegensatz zu Sidney. Sie hatte schönes blondes Haar, anders als Sidneys dunkler Schopf. Sie war schlank und wohlproportioniert, weshalb Sidney sich neben ihr immer plump und primitiv vorkam. Gleichzeitig hatte Sidney das Gefühl, mehr Köpfchen zu haben als Nora. Die andere Frau sprang ständig von einem Kerl zum nächsten, in der Überzeugung, dass jeder von ihnen ihre Fahrkarte aus der Wohnwagensiedlung wäre.

Heute trug Nora eine Jeans, die aussah, als wäre sie in sie hineingegossen worden, und ein Neckholder-Top, das wirkte, als wäre es nur einen starken Windstoß davon entfernt, der Welt ihre Brüste zu zeigen. Ihr Haar war besonders stark toupiert und hochgesteckt, und sie hatte ihr Make-up mit schwerer Hand aufgetragen.

»Hey, Nora«, sagte Sidney, als sie aufstand und den Schmutz von ihrer Jeans abklopfte. »Was gibt's?«

»Meine Güte. Was ist mit deinem Gesicht passiert?«, fragte Nora.

Sidney wies ihre Sorge ab. »Ich habe es mir an der Unterseite eines Wohnwagens angeschlagen.«

»Autsch. Wie auch immer, ich brauche deine Hilfe.«

Sidney war nicht überrascht. Nora brauchte immer bei irgendetwas Hilfe.

»Ich treffe mich mit einem Typen, den ich auf Tinder kennengelernt habe, und habe mich gefragt, ob du mein Flügelmann sein könntest.«

»Klar doch. Du willst, dass ich dir eine SMS schicke, und wenn es nicht gut läuft, kannst du einen Notfall vortäuschen, damit du gehen kannst?«, fragte Sidney.

Nora lachte. »Oh nein. Es wird gut laufen, daran habe ich keinen Zweifel.«

»Woher weißt du das?«

Anstatt zu antworten, holte Nora ihr Handy heraus und tippte darauf herum, bevor sie es so drehte, dass Sidney das Bild sehen konnte, das sie aufgerufen hatte.

»Daher weiß ich es«, sagte Nora mit einem Grinsen.

Der Typ auf dem Bildschirm war heiß, daran gab es keinen Zweifel. Er saß auf einer Harley-Davidson und grinste. Er trug ein schwarzes Achselhemd, das seine muskulösen und tätowierten Arme zur Geltung brachte, aber es gab nichts an ihm, was Sidney gefiel. Es war, als würde sich der Mann zu sehr anstrengen. Er war überhaupt nicht wie Decker.

Dieser Gedanke ließ Sidney in ihren Gedanken stocken.

Was um alles in der Welt tat sie da, diesen Kerl mit Decker zu vergleichen? Das war verrückt. Sie hatte den Mann erst heute kennengelernt.

»Er sieht gut aus«, sagte Sidney lächelnd zu ihrer Freundin in dem Versuch, die Gedanken an Decker Kincade zu verdrängen.

»Gut?«, fragte Nora ungläubig. »Er ist verdammt *heiß*. Und ich werde heute Nachmittag in seinem Bett liegen, selbst wenn es das Letzte ist, was ich tue.«

Sidney lachte und schüttelte den Kopf. Nora war eine echte Optimistin. »Wozu brauchst du dann meine Hilfe?«

»Ich habe ihm gesagt, dass ich eine Mitbewohnerin habe«, erklärte Nora. »Du musst in etwa anderthalb Stunden anrufen und ich werde so tun, als hättest du mir mitgeteilt, dass wir einen Wasserrohrbruch hatten und ich nicht nach Hause kann. Ich werde es nutzen, damit er Mitleid mit mir hat und mich bei ihm unterkommen lässt. Dann werde ich ihn so ... *beglücken*, dass er mich so schnell nicht mehr gehen lassen will!«

Sidney verstand den Wunsch ihrer Freundin nicht, mit der Hälfte der männlichen Bevölkerung zu schlafen, aber sie verachtete sie auch nicht dafür. Nora hatte definitiv den Körper, der zu ihrem Sexualtrieb passte. »Meinst du, er fällt darauf rein?«

»Oh ja«, sagte Nora. »Er wird einen Blick auf das hier werfen«, sie deutete mit einer Hand auf sich selbst, »und sich verbiegen, um es zu bekommen.«

»Was macht er beruflich?«, fragte Sidney.

Nora zuckte mit den Schultern. »Keinen Schimmer.«

»Woher kommt er?«

Wieder zuckte Nora mit den Schultern. »Von hier, schätze ich.«

Sidney schüttelte verzweifelt den Kopf. »Weißt du überhaupt *irgendetwas* über ihn?«

»Ich weiß, dass er ein Intimpiercing und einen großen Schwanz hat.«

Sidney verdrehte die Augen. »Ich will gar nicht wissen, woher du *das* weißt, obwohl du keine Ahnung hast, was er beruflich macht.«

Nora grinste. »Er hat mir natürlich ein Foto geschickt.«

»Ekelhaft«, sagte Sidney mit gerümpfter Nase.

»Oh, Liebes. Du musst flachgelegt werden«, sagte Nora

mitfühlend. »Denn sein Johannes ist definitiv nicht ekelhaft. Ganz und gar nicht.«

»Ich bin zufrieden, danke«, erwiderte Sidney. »Hast du ein Kondom?«

»Eine ganze Schachtel, danke, Mom«, sagte Nora mit einem Augenrollen.

»Gut. Und wenn ich dich retten muss, weil sich herausstellt, dass das Bild, das er auf Tinder benutzt hat, gar nicht er ist und er in Wirklichkeit Buchhalter ist, der Brille, weiße Socken und eine Hochwasserhose trägt, ruf mich einfach an. Ich werde mitmachen und alles sagen, was du von mir verlangst, um dich da rauszuholen.«

»Sid, es ist mir völlig egal, ob er es auf dem Bild ist oder nicht, solange das Bild, das er von seinem Schwanz geschickt hat, echt ist. Es ist schon anderthalb Wochen her, seit ich gevögelt wurde, und ich bin fällig.«

Das war die andere Sache, die Sidney nicht verstand. Es war *drei Jahre* her, dass sie mit jemandem geschlafen hatte, und ehrlich gesagt, ihr Vibrator bereitete ihr dreimal so viel Befriedigung wie jeder Mann. Sie verstand den Wirbel nicht.

»Okay. Geh und hab Spaß. Ich rufe nachher an«, sagte Sidney zu ihr.

»Danke. Du bist ein Schatz«, antwortete Nora, beugte sich vor und gab ihr einen Luftkuss.

Sidney erwiderte die Geste und sah zu, wie Nora davonstolzierte. Sie trug Schuhe mit zehn Zentimeter hohen Absätzen und schien sich nicht daran zu stören, dass sie auf unebenem, steinigem Boden lief.

Als Sidney an sich herunterschaute, zog sie eine Grimasse. Sie war von Kopf bis Fuß mit Schmutz bedeckt, und das eine Mal, als sie versucht hatte, in Stöckelschuhen zu laufen, war sie auf die Nase gefallen.

In vielerlei Hinsicht bewunderte sie Nora. Der Frau war es egal, dass sie ihren Körper und ihr Gesicht einsetzte, um Männer dazu zu bringen, für ihren Scheiß zu bezahlen. Sie hatte keinen Job, aber sie brauchte auch keinen, da Männer ihr ständig Geld »liehen«. Sie war keine Hure, nahm kein Geld, um mit Männern zu schlafen, aber *weil* sie mit ihnen schlief, gaben sie es ihr. Es war ein schmaler Grat, aber Sidney war der letzte Mensch, der Nora jemals verurteilen würde.

Sie war freundlich, würde mit Freuden ihren letzten Dollar teilen, wenn jemand ihn brauchte, und hatte immer ein Lächeln im Gesicht. Ja, Sidney mochte sie, und manchmal beneidete sie sie sogar. Außerdem hatte sie ein großartiges Verhältnis zu ihrer Familie – etwas, das Sidney nie gehabt hatte.

Sidney weigerte sich, an ihre Familie zu denken, in dem Wissen, dass sie damit nur einen Weg einschlagen würde, den sie nicht gehen wollte, und wollte gerade ihre Werkzeugtasche packen und sich auf den Weg zu ihrem nächsten Auftrag machen, als ihr Telefon in ihrer Tasche vibrierte.

Als sie es herauszog, sah sie Deckers Namen auf dem Display.

Mit plötzlicher Aufregung überlegte sie, ob sie den Anruf auf die Mailbox gehen lassen sollte. Aber sie war zu neugierig in Bezug auf Hannah, um das zu tun.

»Hallo?«

»Hey, Sidney. Ich bin's, Decker.«

»Hi.«

»Ich wollte dich anrufen und dir mitteilen, dass die Ärztin mich zurückgerufen hat. Hannahs Wunden sahen schlimmer aus, als sie waren. Sie stimmt mit unserer Einschätzung überein, dass sie hinter einem Fahrzeug her geschleift wurde, was ihr alle Krallen herausgerissen und die Fußballen regelrecht weggebrannt hat. Die werden eine Weile eingewickelt, damit sie heilen können.«

»Und ihr Rücken?«

»Sie vermutet, dass es Batteriesäure war.«

»Gott, die Leute sind solche Arschlöcher«, hauchte Sidney.

»Ja. Da stimme ich dir voll und ganz zu. Sie hat ihren Rücken gereinigt und gesagt, dass die Haare wahrscheinlich nicht wieder nachwachsen, aber der Schaden ist nicht so schlimm, wie er sein könnte, wenn sie nicht so schnell medizinisch versorgt worden wäre. Offenbar sieht Hannah komisch aus, wenn ihr halber Rücken rasiert ist, aber sie hat mir versichert, dass die Haare um die Brandwunde herum schnell nachwachsen werden.«

»Gut. Wie lange werden sie sie dabehalten müssen?«

»Sie sagte, wahrscheinlich nur eine Woche oder so. Es hängt viel davon ab, wie es ihr geht, wenn sie aufwacht.«

»Gut. Ich kann Faith anrufen, die Dame, die den Tierschutzverein für Pitbulls leitet, mit dem ich zusammenarbeite, und sie kann Hannahs Behandlung bezahlen«, sagte Sidney zu Decker.

»Nein. Ich mache das schon. Gib mir einfach ihre Nummer, dann rufe ich sie an und bringe den Stein ins Rollen, um Hannah zu adoptieren.«

Sidney biss sich auf die Lippe. »Ich habe ihr noch nichts von Hannah erzählt.«

Nach Deckers Schweigen zu urteilen war Sidney war fast so überrascht, wie er es zu sein schien. Normalerweise rief sie umgehend die Leiterin des Tierschutzvereins an, wenn sie einen Pitbull in die Finger bekam. Aber aus irgendeinem Grund hatte sie es dieses Mal nicht getan. Zum Teil lag es daran, dass sie wieder einmal das Gesetz gebrochen hatte, um Hannah aus den Klauen dieses Arschlochs zu befreien.

Aber hauptsächlich lag es an Decker.

»Du weißt, dass ich bereit bin, alles zu tun, was nötig ist, um sie zu adoptieren«, sagte Decker nach einem Moment.

»Ich weiß. Aber im Moment scheint es, als wäre es nur ein Haufen unnötiger Bürokratie. Du willst sie. Sie mag dich. Die Adoptionsgebühr zusätzlich zu den Tierarztkosten zu verlangen erscheint mir nicht richtig.«

»Ich komme mir vor wie ein kleines Kind, das von seiner Mutter auf das Sprungbrett geschubst wurde und springen soll«, sagte Decker lachend. »Hilfst du mir herauszufinden, was ich für – oh ... scheiße.«

»Was?«, fragte Sidney erschrocken.

»Mein Haus. Ich bin gerade dabei, es zu renovieren. Da liegt überall Mist rum. Ich kann keinen Hund herbringen.«

»So schlimm kann es doch nicht sein«, entgegnete Sidney. Als Decker nicht antwortete, verzog sie das Gesicht. »Ist es so schlimm?«

»Ich ... ich lebe allein. Und die meiste Zeit verbringe ich auf meiner Terrasse. Ich hatte es nicht eilig, das Haus fertig zu bekommen. Ich habe es nach einer Zwangsvollstreckung gekauft und es war eine Menge Arbeit nötig. Sowohl innen als auch außen. Aber ich habe es zu einem Schnäppchenpreis bekommen. Ich dachte, ich hätte noch jede Menge Zeit.«

»Soll ich vorbeikommen und es mir ansehen? Ich bin ziemlich geschickt.«

Das Angebot kam, bevor Sidney überhaupt darüber nachgedacht hatte, was sie sagte. Sie biss sich auf die Lippe und schloss die Augen. Scheiße, Decker würde denken, dass sie sich an ihn ranmachte. Er würde denken, dass sie leicht zu haben war, und das wahrscheinlich ausnutzen.

»Ernsthaft?«

Sidney öffnete die Augen und starrte ausdruckslos auf die Seite des Wohnwagens, unter dem sie gerade gewesen war. »Ja.«

»Das würde mich freuen.« Er klang erleichtert.

»Ich bin sicher, dass ein professioneller Handwerker die bessere Wahl wäre«, erwiderte sie ehrlich in dem Versuch, einen Rückzieher zu machen.

»Ich habe einen Handwerker, aber du bist die Hundeexpertin. Wenn du es ernst meinst, kannst du mir helfen herauszufinden, was sofort getan werden muss, damit Hannah hier sicher ist. Dann kann ich Max anrufen, das erledigen lassen und mich um die kleineren Dinge kümmern, wenn es die Zeit erlaubt.«

»Okay.«

»Wie wäre es mit morgen?«

»Morgen?«, fragte Sidney überrascht.

»Ja. Ich habe nicht viel Zeit, nicht, wenn Hannah noch in dieser Woche entlassen wird«, erklärte Decker.

»Klar.« Natürlich wollte er deshalb, dass sie so schnell zu ihm kam.

»Das, und ich will dich wiedersehen«, fügte er hinzu.

Sidney schluckte schwer und tat ihr Bestes, die Schmetterlinge in ihrem Bauch unter Kontrolle zu halten. Es war lange her, dass sie so etwas empfunden hatte. Besonders für einen Mann.

Und Decker war ein Brocken von Mann. Sie hatte bemerkt, dass er gut aussah; natürlich hatte sie das. Aber erst als Hannah in der Tierarztpraxis nach hinten gebracht worden war, hatte sie wirklich Zeit gehabt, darüber nachzudenken.

Das T-Shirt, das er getragen hatte, lag eng an seinen Schultern und seinem Bizeps an und zeigte, wie muskulös er war. Seine Arme waren bis zu den Handgelenken tätowiert, alles in Schwarz, was verdammt heiß war. Außerdem hatte er einen recht vollen, ordentlich gestutzten Bart, was Sidney faszinierte. Sie war noch nie mit einem Mann mit Bart ausgegangen und konnte nicht leugnen, dass sie neugierig war, wie es sich anfühlen würde, ihn zu küssen. Wären die Haare in seinem Gesicht kratzig und lästig? Oder würden sie weich sein und kitzeln, wenn er seine Lippen auf die ihren presste?

Sie schloss die Augen und versuchte, ihre Gedanken wieder auf den richtigen Weg zu bringen. Sie war nicht wie Nora, erwartete keinen Sex als Gegenleistung dafür, dass sie ihm einen Gefallen tat, aber sie hatte das Gefühl, dass ein nackter Decker einfach wunderschön wäre – und fast überwältigend neben ihrer alles andere als perfekten Figur.

»Um wie viel Uhr?«, fragte sie, während sie versuchte, ihre schmutzigen Gedanken zu unterdrücken.

»Wann immer es dir passt«, gab er sofort zurück.

»Musst du nicht arbeiten?«, fragte sie und überlegte plötzlich, womit er sein Geld verdiente. An diesem Nachmittag hatte er eindeutig Zeit gehabt, ihr zu helfen und Hannah zum Tierarzt zu bringen. Er sagte, er hätte einen Job, aber vielleicht war das eine Lüge? Vielleicht arbeitete er *gar nicht*. Vielleicht war er ein Treuhandfonds-Kind und lebte vom Geld seiner Eltern ...

»Doch. Aber im Moment ist meine Zeit flexibel. Das ist nicht immer so, aber ich kann es genauso gut ausnutzen, solange es möglich ist.«

Sie wollte ihn *unbedingt* nach seinem Job fragen, beschloss jedoch, dass es unhöflich klänge. Sie würde morgen fragen.

»Okay. Wie wäre es gegen zwei? Ich muss Jude am Morgen helfen, da ich heute fast den ganzen Tag weg war.«

»Jude?«, fragte Decker.

Sidney glaubte, einen Hauch von Eifersucht in seinem Tonfall zu hören, aber das war verrückt. »Mein Chef.«

»Hmmm.«

»Mein dreiundsechzigjähriger Chef«, fügte sie hinzu, um sicherzustellen, dass er wusste, dass sie sich in keiner Weise zu dem anderen Mann hingezogen fühlte.

»Gut. So offensichtlich war ich also, was?«, sagte Decker lachend. »Danke, dass du keine Spielchen spielst, Sid. Zwei klingt perfekt. Willst du, dass ich dich abhole?«

»Was? Warum?«

»Weil du mir einen Gefallen tust, indem du zu mir kommst, um mir zu helfen. Das ist das Mindeste, was ich tun kann.«

»Nein. Wir treffen uns bei dir«, antwortete sie entschieden. Sie wollte auf keinen Fall ohne Transportmöglichkeit in seinem Haus gefangen sein. Sie hatte den Kerl gerade erst kennengelernt. Sie war keine Idiotin.

»Du kannst mir vertrauen«, versicherte Decker ihr mit gesenkter Stimme. »Ich weiß, wie sich das anhört, aber du hast nichts von mir zu befürchten. Für dich bin ich harmlos.«

Er sagte nicht, dass er im Allgemeinen harmlos war. Manche würden diesen Unterschied nicht einmal bemerken, aber für sie war er mehr als offensichtlich.

»Ich werde zu dir kommen.« In ihrem Kopf klangen die Worte unschuldig, aber in dem Moment, in dem sie ihr über die Lippen kamen, schienen sie eine tiefere Bedeutung zu haben.

»Ich schicke dir meine Adresse«, sagte Decker.

»Okay.«

»Sidney?«

»Ja?«

»Danke.«

»Gern geschehen.«

»Wir sehen uns morgen.«

»Tschüss.«

»Tschüss.«

Sidney schaltete das Handydisplay aus und starrte es mit leerem Blick an. Erst als es in ihrer Hand vibrierte, wurde sie aus ihrer Benommenheit gerissen.

Sie schaute nach unten und sah, dass Decker ihr tatsächlich seine Adresse geschickt hatte. Sie rief sie auf der Karte auf und stöhnte innerlich.

Natürlich hatte er ein Haus direkt am Strand.

Was tat sie da nur? Es war kein Witz gewesen, als sie gesagt hatte, er spiele nicht in ihrer Liga. Jemand wie Nora könnte ihn sich wahrscheinlich innerhalb einer Sekunde schnappen ... aber dann würde sie auch ihm den Rücken zuwenden und ohne einen weiteren Blick weggehen.

Decker Kincade kam ihr nicht wie ein Frauenheld vor. Er hatte etwas Aufrichtiges an sich. Etwas Gutes.

Und sie sollte sich so weit wie möglich von ihm fernhalten.

Sie würde ihn verderben. So sicher wie ihr Name Sidney Hale war, wusste sie das ohne Zweifel. Sie sollte ihm einfach sagen, wer ihr Bruder war, und es hinter sich bringen.

Aber egoistischerweise wollte sie noch ein wenig Zeit haben, um einfach Sidney zu sein. Um die seltsame Verbindung zu genießen, die sie mit Decker hatte ...

Bevor er sie entsetzt ansah und einen Weg fand, sich zu distanzieren.

Seufzend schob Sidney ihr Handy zurück in die Tasche und griff nach ihrer Werkzeugtasche. Sie hatte viel zu tun, und an die schokoladenbraunen Augen von Decker Kincade zu denken stand nicht auf ihrer Liste.

KAPITEL DREI

Gumby ging auf und ab.

Sidney war spät dran. Er wollte sie anrufen, um sich zu vergewissern, dass sie ihn nicht versetzte. Aber er unterließ es. Der Verkehr in Riverton war schrecklich. Wahrscheinlich steckte sie gerade im Stau, und er wollte sie nicht durch einen Anruf ablenken.

Aber er konnte sich des Eindrucks nicht erwehren, dass er vielleicht zu forsch vorgegangen war. Dass sie absolut kein Interesse an ihm hatte.

Er mochte es nicht, sich unsicher zu fühlen. Als SEAL war er immer selbstsicher und optimistisch. Aber Sidney hatte eine Art, ihm das Gefühl zu geben, er sei ein Teenager, der hoffte, dass ein Mädchen zustimmte, beim Mittagessen seine Hand zu halten.

Er fuhr sich mit der Hand durch die Haare, während er weiter auf und ab ging. Und sich Sorgen machte.

Schließlich, gegen viertel vor drei, hörte Gumby den unverwechselbaren dröhnenden Motor von Sidneys Accord. Er öffnete die Haustür und wartete, als sie in seiner Einfahrt parkte und aus dem Wagen stieg.

Als sie etwa einen Meter von ihm entfernt war, hielt sie an, sah zu ihm auf und begann zu sprechen. Ihre Worte waren überstürzt, als dachte sie, er würde sie unterbrechen.

»Es tut mir so leid, dass ich zu spät bin. Jude hat mich gebeten, beim Wohnwagen des alten Mr. Cotter vorbeizuschauen. Er hatte sich über den niedrigen Wasserdruck beklagt. Er hatte recht, es kam kaum ein Rinnsal aus seinen Wasserhähnen. Also bin ich unter seinen Wohnwagen gekrochen, um zu sehen, wo das Problem liegt, und in dem Moment, in dem ich das Rohr berührte, das in seinen Wohnwagen führt, ist es geplatzt. Ich hatte das Wasser noch nicht abgestellt, weil ich es mir nur ansehen wollte. Ich war im Nu durchnässt, und natürlich verwandelte sich der Dreck, in dem ich gelegen hatte, sofort in Schlamm. Ich musste raus, das Wasser abstellen und dann zurück unter seinen Wohnwagen. Das Rohr war völlig verrostet, was den niedrigen Wasserdruck verursacht hatte und auch der Grund dafür war, dass es sich einfach aufgelöst hat, als ich es berührt habe. Ich schwöre, es muss so alt sein wie Mr. Cotter selbst. Ich konnte ihn nicht ohne Wasser lassen, also musste ich ein neues Rohrstück besorgen und als vorübergehende Maßnahme einsetzen, aber die gesamte Leitung wird wohl früher oder später ersetzt werden müssen. Als ich fertig war, war es schon viertel vor zwei, und ich musste unbedingt noch duschen, denn glaub mir, ich sah genauso aus wie das Monster aus dem alten Film *Swamp Thing*, und dann war der Verkehr beschissen. Ich wollte dich anrufen und dir sagen, dass ich mich verspäte, aber ich hatte dummerweise mein Handy in meine Handtasche gesteckt, die ich auf den Rücksitz geworfen hatte, und ich wollte nicht anhalten, um es zu holen, denn dann wäre ich nur noch später dran gewesen. Bist du sauer?«

Gumby war nicht *sauer* gewesen. Besorgt. Aufgebracht.

Unsicher, ja. Sauer, nein. Und als sie ihre weitschweifige Erklärung, warum sie zu spät gekommen war, beendet hatte, lächelte er. Natürlich hatte sie sich verspätet, weil sie jemand anderem geholfen hatte. Er hatte das Gefühl, sie würde nie etwas halb fertig zurücklassen, selbst wenn es nicht ihr Job wäre.

Gumby machte einen Schritt nach vorn, ohne etwas zu sagen. Er zog sie einfach in seine Umarmung.

Zuerst versteifte sie sich, dann schmiegte sie sich langsam an ihn, als hätten sie sich jeden Tag in ihrem Leben so umarmt. Ihre Wange lag an seiner Brust und er konnte den frischen, blumigen Duft des Shampoos riechen, das sie benutzt hatte. An seinem Körper fühlte sie sich noch kleiner. Es war kaum zu glauben, dass diese zierliche Frau sich am Tag zuvor mit dem Schläger, der Hannah wehgetan hatte, geprügelt hatte.

Bei der Erinnerung an den Vorfall und daran, wie sie verletzt worden war, zog er sich zurück und führte eine Hand an ihr Gesicht. Sie hatte nicht versucht, ihr blaues Auge mit Make-up zu verdecken, und er fuhr mit dem Daumen über den Bluterguss in ihrem Gesicht. »Tut es weh?«, fragte er.

Sie schüttelte den Kopf.

»Gut. Ich bin nicht sauer, Sid. Ich bin erleichtert, dass es dir gut geht. Dass du auf dem Weg hierher keinen Autounfall hattest und, was noch wichtiger ist, nicht beschlossen hast, dass ich ein totaler Widerling bin und du auf keinen Fall zu mir nach Hause kommst.«

Sie kicherte und versuchte, einen Schritt zurückzutreten, aber Gumby ließ sie nicht los. Wenn sie darauf bestanden hätte, hätte er seine Arme sofort sinken lassen, aber in dem Moment, in dem sie spürte, dass sein Griff sich nicht lockerte, entspannte sie sich wieder an ihm. Sie umklammerte seinen Bizeps und sah zu ihm auf.

»Ich kann doch nicht guten Gewissens die arme Hannah in ein unsicheres Haus kommen lassen, oder?«, fragte sie mit einem kleinen Lächeln.

Ihre Antwort war ein wenig enttäuschend, wenn man bedachte, in welche Richtung *seine* Gedanken gewandert waren, aber Gumby ließ sich nicht anmerken, was er fühlte. »Klar.« Er ließ die Arme sinken, trat einen Schritt zurück und wies auf die Haustür. »Bereit für die große Tour?«

Sidney stoppte ihn mit einer Hand auf seinem Arm. »Decker, wenn ich nicht interessiert wäre, wäre ich nicht hier.«

Er hielt inne und starrte sie an. Er war ziemlich gut darin, seine Gefühle zu verbergen. Das musste in seinem Beruf so sein. Aber Sidney hatte ihn mühelos durchschaut. Es war beunruhigend, aber gleichzeitig auch eine Erleichterung. »Ich weiß, ich dränge«, sagte er, »und das sieht mir nicht ähnlich. Aber du hast etwas an dir, dem ich nicht widerstehen kann.«

»Ich bin niemand Besonderes«, widersprach sie.

»Und genau das ist einer der Gründe, warum ich so fasziniert bin«, sagte Gumby. »Du hast keine Ahnung, wie besonders du bist. Die meisten Frauen hätten den Termin mit Mr. Cotter verschoben, aber du hast es nicht getan. Und lass mich gar nicht erst anfangen mit deinem Mitgefühl, wenn es um Hunde wie Hannah geht.«

Sidney schüttelte den Kopf. »Im Ernst, Decker. Du kennst mich doch gar nicht. Ja, ich mag Hunde, aber das ist kein Grund, mich auf ein Podest zu stellen.«

»Es ist mehr als das«, erwiderte er. »Ich kann es nicht genau sagen, und ich kann es auch nicht wirklich erklären.

Aber es gibt etwas, das mich zu dir zieht wie eine Motte zum Licht.«

»Du wirst dich verbrennen«, warnte Sidney ihn.

Gumby wusste, dass sie jedes Wort glaubte, das aus ihrem Mund kam. Genauso wie gestern, als sie ihn darauf aufmerksam gemacht hatte, dass sie nicht in der gleichen Liga spielten. Er spürte, dass sie ein tiefes, dunkles Geheimnis hatte ... aber das war ihm egal. Sidney Hale war ein guter Mensch. Er wusste es mit einer Art sechstem Sinn.

Er hatte regelmäßig mit dem Schlimmsten der Menschheit zu tun. Er hatte miterlebt, wie Männer Bomben an ihr eigenes Fleisch und Blut schnallten und auf den Knopf drückten, um den Sprengstoff zu zünden, um ihre eigenen Ziele durchzusetzen. Er war belogen, bespuckt, verachtet, gefoltert und angeschossen worden, von Männern und Frauen, die sich hier in den Straßen von Riverton vermutlich mühelos eingefügt hätten, wenn sie es nur versucht hätten.

Aber er hatte ihnen in die Augen gesehen und das Böse darin erkannt.

Wenn er Sidney in die Augen sah, erkannte er vor allem Schmerz.

Welche Dämonen auch immer in ihr steckten, sie hinderten sie nicht daran, alten Männern in ihrer Wohnwagensiedlung oder hilflosen Tieren zu helfen, die nicht für sich selbst kämpfen konnten.

»Ich war schon immer ein wenig risikofreudig«, sagte Gumby zu ihr. Er griff nicht nach ihr, strich ihr nicht das Haar hinters Ohr, wie er es gern getan hätte. »Die Frage ist, ob ich der Einzige bin, der die Verbindung zwischen uns spürt.«

Sie öffnete den Mund, um zu antworten, aber er redete

schnell über sie hinweg, da er nicht riskieren wollte, dass sie Ja sagte.

»Gib mir den heutigen Tag«, flehte er. »Lern mich etwas besser kennen. Wenn du nach heute nicht dieselbe Anziehungskraft zu mir spürst wie ich zu dir, werde ich dich nicht mehr belästigen. Ich bin nicht auf eine Mitleidsverabredung aus, Sidney. Ich bin zu alt für so einen Scheiß. Ich will eine Frau, die es nicht erträgt, im selben Raum wie ich zu sein, ohne mich zu berühren, meine Hand zu halten, mit den Fingern über meinen Arm zu streichen. Ich will eine Frau, die für sich selbst einstehen kann, wenn ich nicht in der Nähe bin, die aber keine Angst hat, mir das Kommando zu überlassen, wenn ich da bin. Ich will eine Partnerin. Jemanden, mit dem ich lachen kann, mit dem ich aber auch loslassen kann, und der mir einen Teil meiner Last abnimmt, wenn ich sie teilen muss. Und ich sage nicht, dass du diese Frau bist. Aber ich *sage*, dass du die erste Frau seit einer verdammt langen Zeit bist, die mich auch nur ein bisschen interessiert. Aber nach heute, wenn du uns nur als Freunde siehst, sag es mir. Ich werde nicht ausflippen, okay?«

Sie nickte.

Gumby wusste, dass er wahrscheinlich zu viel gesagt hatte, aber er war ehrlich gewesen. Er wollte nicht mit jemandem ausgehen, nur um seinen Spaß zu haben. Nachdem er in Bahrain fast gestorben war und dann gesehen hatte, wie eng sein Teamkamerad Rocco mit seiner Freundin Caite verbunden war, wurde ihm klar, dass er das wollte, was sie hatten. Vielleicht war Sidney nicht diese Frau. Aber was, wenn sie es doch war?

»Komm schon«, sagte er in gezwungen lockerem Tonfall, »ich werde dir mein Haus zeigen. Aber ich warne dich, es ist ein Chaos.«

Sie lächelte. »Ich bin sicher, so schlimm ist es nicht.«

Gumby verzog das Gesicht, als er ihr die Tür öffnete. Das war es, aber er würde es sie selbst sehen lassen.

Dreißig Minuten später starrte Gumby auf Sidneys Hintern, wie sie auf Händen und Knien auf dem Küchenboden kniete, den Kopf im Schrank unter der Spüle versteckt.

Er hatte sie beeindrucken wollen. Sie vielleicht davon überzeugen, sich mit ihm auf die Terrasse zu setzen, während sie einander besser kennenlernten. Aber in dem Moment, in dem Sidney seine Küche sah – eine Katastrophe nach dem Umbau, der begonnen, aber nicht beendet worden war, weil er nach Bahrain geschickt worden war und den Handwerker noch nicht zurückgerufen hatte, um die Arbeit abzuschließen –, hatte er sie verloren.

Sie hatte von ihm verlangt, dass er ihr seine Vorstellungen von dem Raum mitteilte, und nachdem er das getan hatte, begann sie, alles zu inspizieren, was der Handwerker bisher gemacht hatte, und ihm mitzuteilen, was ihrer Meinung nach noch verbessert werden konnte und was noch getan werden musste. Zurzeit prüfte sie die Rohrleitungen unter der Spüle, um zu sehen, ob der von ihm gewünschte Eiswürfelbereiter eingebaut werden konnte.

»Gute Neuigkeiten«, rief sie, wobei ihre Worte durch den Schrank gedämpft wurden. »Ich bin mir ziemlich sicher, dass es machbar ist.«

Gumby konnte den Blick nicht von ihrem Hintern losreißen. Er hatte sich selbst nie als Bevorzuger von Hintern – oder Brüsten – gesehen. Er genoss einfach Frauenkörper, Punkt. Sie waren alle unterschiedlich. Aber am meisten gefiel ihm, dass sie weicher waren als er selbst. Er hatte sein ganzes Leben lang darauf geachtet, dass sein Körper kampftauglich war, aber er wollte keine Frau, die so hart war wie er. Er wollte jemanden, der kurvig und weich war.

Und Sidney entsprach genau dieser Vorstellung. Der Anblick ihres Hinterns, während sie sich auf Händen und Knien vor ihm bewegte, ließ ihn wieder zum Teenager werden, der sich schmutzige Magazine ansah. Die Vorstellung, sie auf diese Weise zu nehmen, ging ihm nicht mehr aus dem Kopf.

Sie wäre auf Händen und Knien, genau wie jetzt, auf ihrem Bett. Sie würde kokett zu ihm nach hinten blicken, mit dem Hintern wackeln und ihn auffordern, sich zu beeilen und sie endlich zu ficken. Aber er würde sich Zeit lassen. Er würde sich hinter ihr auf die Knie sinken lassen und sie vernaschen. Sie würde auf die Ellbogen fallen und die Hüften nach oben neigen, um ihm einen besseren Zugang zu ihrem Honig zu ermöglichen.

Er war in seiner Fantasie versunken, leckte sich sogar über die Lippen und stellte sich vor, sie dort kosten zu können, als sie unter dem Spülbecken hervorkam, sich auf die Fersen setzte und zu ihm aufsah. »Hast du mich gehört?«

Blinzelnd bemerkte Gumby, dass seine Erektion praktisch in ihrem Gesicht war. Sie war auf der perfekten Höhe, um nach oben zu greifen und –

Scheiße.

Gumby drehte sich um und stützte die Hände auf den Tresen in dem Versuch, sich zusammenzureißen.

»Ja, ich habe dich gehört. Großartig«, sagte er schnell.

Er hörte, wie sie sich aufrichtete. »Geht es dir gut?«

»Ja, natürlich. Bist du durstig?«

Er spürte, wie sie mit der Hand seinen Rücken berührte, und Gumbys Finger zuckten mit dem Bedürfnis, sich zu drehen und Sidney in seine Arme zu ziehen. Gott, er war schon seit Jahren nicht mehr so erregt gewesen. Was war nur los mit ihm? Sie war hier, um sicherzustellen, dass sein Haus für Hannah sicher war. Er war ein Schwein, sie so anzustarren.

»Was ist los?«, fragte sie. »Es tut mir leid, dass ich hier drinnen irgendwie durchgedreht bin. Diese Küche hat so viel Potenzial, und ich habe mich hinreißen lassen. Wir können uns jetzt den Rest des Hauses ansehen.«

Gumby schüttelte den Kopf und drehte sich nicht um. Er spürte jeden einzelnen ihrer Finger auf seinem Rücken, als hätte sie ihn gebrandmarkt. Er betete, dass sie ihre Hand dort lassen würde, und hoffte gleichzeitig, sie würde von ihm ablassen. »Nein, du hast recht. Ich wollte den einfachen Weg einschlagen, aber ich muss alles neu überdenken, und die Ideen, die du mir gegeben hast, sind perfekt.«

»Decker?«, fragte sie. »Ich habe das Gefühl, dass ich dir Unbehagen bereite. Vielleicht sollte ich gehen.«

Damit drehte er sich um. So schnell, dass sie nach Luft schnappte und einen Schritt von ihm zurücktrat. Sie stolperte, als sie an einem Stapel Fliesen auf dem Boden hängenblieb, und wäre gestürzt, hätte er nicht die Hand ausgestreckt und sie um die Taille gepackt.

Er konnte sich nicht zurückhalten, sie an sich zu ziehen. Einen Moment lang starrte er auf sie hinunter. Ihr schwarzes Haar hing ihr wirr um die Schultern und der blaue Fleck in ihrem Gesicht zog seine Aufmerksamkeit auf sich. Sie hatte die unglaublichsten blauen Augen. Sie waren wie der Ozean vor seiner Haustür, kurz bevor es zu dunkel wurde, um ihn zu sehen ... ein erstaunliches, tiefes Blau, das ihn in seinen Bann zog.

»Du bereitest mir kein Unbehagen«, sagte er nach einem Moment. Er wusste, dass seine Erektion gegen ihren Bauch drückte, dass sie sie spüren konnte. Sie müsste völlig ahnungslos sein, um es nicht zu merken, und er wusste, dass sie alles andere als das war. »Ich mag es, dich hier bei mir zu haben. Ein bisschen zu sehr, wenn du weißt, was ich meine. Ich versuche, ein Gentleman zu sein und dich nicht zu verschrecken, aber es fällt mir schwer.«

»Oh«, sagte sie mit einem Schnappen nach Luft, riss sich jedoch nicht aus seinen Armen los. Er hoffte, dass das ein gutes Zeichen war.

Er atmete tief ein und genoss es, wie ihr blumiger Duft seine Sinne erfüllte, ließ sie los und ging zum Kühlschrank. Er nahm eine Flasche Wasser heraus und hielt sie hoch. »Wasser?«

»Äh ... ja, bitte«, antwortete sie.

»Komm schon«, sagte er. »Ich gebe dir den Rest der Führung und du kannst mir sagen, was sofort für Hannah getan werden muss. Ich habe keine Ahnung, ob sie Sachen annagt oder nicht. Ich weiß, dass ich einen Elektriker herholen muss, um die Steckdosen zu schließen und so.«

Gumby zwang sich, aus der Küche zu gehen. Er hörte, wie sie ihm folgte. Die nächste halbe Stunde verbrachte er damit, ihr sein Strandhaus zu zeigen und im Geiste all die Dinge zu katalogisieren, die sie vorschlug. Im Grunde genommen musste er den Zeitplan für die Renovierung seines Hauses beschleunigen. Er wollte auf keinen Fall, dass Hannah aufgrund offener Drähte einen Stromschlag bekam oder durch die Bodendielen fiel. Einen Großteil des herumliegenden Zeugs könnte er in das Gästezimmer verfrachten, um sich später darum zu kümmern, aber nachdem er Sidneys Vorschläge gehört hatte, wurde ihm klar, dass sie machbar waren und er Hannah einen sicheren Ort zum Leben geben konnte.

Als sie mit der Besichtigung fertig waren, fragte er: »Wollen wir uns draußen auf die Terrasse setzen?« Er hoffte inständig, dass sie Ja sagen würde. Jetzt, da die Führung vorbei war, konnte sie gehen, aber er wollte, dass sie blieb.

»Sicher.«

Er hielt ihr die Glasschiebetür auf und wies auf den Stuhl, auf dem er normalerweise saß. Sie setzte sich, und er ließ sich auf dem nicht ganz so bequemen Stuhl neben ihr nieder.

»Das ist fantastisch«, sagte Sidney nach einem langen Moment des angenehmen Schweigens.

»Deshalb habe ich das Haus gekauft. Du hättest es sehen sollen, bevor ich angefangen habe, es zu renovieren. Es war ein Schrotthaufen. Aber ich wusste, dass diese Aussicht das Haus ausmacht.«

»Das tut sie«, stimmte sie zu.

Gumby nahm einen Schluck von seinem Wasser und starrte hinaus auf den Ozean. Das Grundstück lag zwischen Reihen von größeren, teureren Häusern. Jedes Haus hatte einen Holzsteg, der von der hinteren Terrasse hinunter zum Strand führte. Zwischen dem Haus und dem Meer lagen etwa sechzig Meter Sand. Sie befanden sich in einer geschützten Bucht, sodass es hier nie ernsthafte Wellen gab. Im Moment lagen mehrere Familien am Strand und genossen die späte Nachmittagssonne.

»Ist das ein Privatstrand?«, fragte Sidney.

»Nein. Aber er ist schwer zu finden und schwer zu erreichen«, erklärte Gumby. »Deshalb haben wir selten viele Fremde hier.«

»Schön.«

»Kannst du schwimmen?«

Sie drehte sich zu ihm um und lächelte. »Das kann man wohl sagen.«

Er zog eine Augenbraue hoch.

»Ich habe in der Highschool Wasserball gespielt.«

»Ah. Du kannst also nicht nur schwimmen, sondern dabei auch noch jemanden verprügeln«, neckte Gumby.

Ihr Lächeln wurde breiter. »Ganz genau. Was ist mit dir? Ich nehme an, du schwimmst, da du ein Haus direkt am Strand besitzt.«

In diesem Moment wurde Gumby klar, wie wenig er Sidney über sich selbst erzählt hatte. »Ja, Sid. Ich kann schwimmen.«

Sie musterte ihn und fragte dann: »Warum habe ich das Gefühl, dass da mehr ist, als du sagst?«

Gumby beschloss, es ihr einfach zu erzählen und aus dem Weg zu räumen, weshalb er erklärte: »Ich bin ein Navy SEAL.«

Ihre Augen weiteten sich. »Ernsthaft?«

»Jup.«

»Na, scheiße.«

Das hörte sich nicht gut an. »Stört es dich?«, fragte er.

Sie drehte den Kopf zurück zum Strand und biss sich auf die Lippe.

»Ich liebe, was ich tue«, sagte er leise zu ihr. »Ich arbeite mit der besten Gruppe von Männern zusammen, die du je treffen wirst. Ich werde häufig auf Missionen geschickt, aber es ist selten, dass wir monatelang im Einsatz sind. Das hier ist mein Heimatstandort, womit ich wesentlich mehr Glück habe als viele andere Männer und Frauen des Militärs. Ich weiß, dass es schwierig ist, mit jemandem bei der Marine zusammen zu sein, aber ich habe viele Vorbilder, die bewiesen haben, dass Beziehungen funktionieren können.« Gumby wusste, dass es anmaßend von ihm war, zu diesem Zeitpunkt überhaupt über eine Beziehung mit ihr zu sprechen, aber er konnte die Worte nicht zurückhalten, die aus ihm heraussprudelten.

Sidney seufzte und sah wieder zu ihm hinüber. »Du bist ein guter Mann.«

Er antwortete nicht, sondern wartete einfach darauf, dass sie fortfuhr. Damit sie sich von der Seele reden konnte, was auch immer ihr durch den Kopf ging.

»Hast du Familie?«, fragte sie.

»Ja. Meine Mutter ist vor etwa zehn Jahren gestorben, aber mein Vater hat wieder geheiratet, eine großartige Frau. Sie leben in Montana. Ich habe auch einen älteren Bruder. Er ist verheiratet und lebt in Illinois. Ich sehe ihn nicht so oft, wie ich es gern würde, aber wir sind immer noch gute Freunde.«

Sidney nickte, als hätte sie diese Antwort erwartet.

»Was ist mit dir?«

Sie holte tief Luft und sah ihm dann direkt in die Augen, als sie antwortete: »Mein kleiner Bruder ist Brian James Hale.«

Gumby blieb vor Schreck der Mund offen stehen, als er den Namen hörte.

»Ja«, sagte Sidney traurig, »ich bin mit einem Serienmörder verwandt.«

KAPITEL VIER

Sidney wandte den Blick von Decker ab, da sie den Schock, den sie auf seinem Gesicht sah, nicht länger ertragen konnte. Sie war so aufgeregt – und nervös – gewesen, heute zu seinem Haus zu kommen. Sie war sich bewusst, dass sein Haus zu besichtigen, um sicherzugehen, dass es für Hannah sicher wäre, nur ein Vorwand war. Sie fühlte dieselbe Verbindung, die Decker erwähnt hatte. Sie wollte ihn besser kennenlernen.

Aber sie wusste, dass sie ihm damit auch von ihrer Familie erzählen musste. Sie weigerte sich, diesen Teil von ihr vor demjenigen geheim zu halten, mit dem sie vielleicht ausgehen wollte. Sie wollte auf keinen Fall, dass er es später herausfand, wenn die Dinge ernster waren, und sie dann abservierte. Das war schon einmal passiert.

Nachdem sie also sein bezauberndes Haus besichtigt und auf seiner Terrasse gesessen hatten, wusste sie, dass es kommen würde. Sie war immer der Meinung gewesen, dass es besser war, einfach ehrlich zu sein, was ihren Bruder betraf.

Sie hörte, wie sein Stuhl über die Terrasse schrammte,

und zuckte zusammen in der Annahme, er würde aufstehen, um sie hinauszuwerfen.

Doch zu ihrem Entsetzen spürte sie, wie er ihre Hand ergriff.

Sie drehte den Kopf und sah, dass er seinen Stuhl näher an den ihren gerückt hatte.

Seine braunen Augen waren auf ihr Gesicht gerichtet und sie konnte den Blick nicht abwenden. Sie hielt den Atem an, aus Angst davor, was er sagen würde.

»Das muss wirklich hart sein.«

Sidney blinzelte. Die Leute neigten dazu, auf zwei Arten zu reagieren, wenn sie hörten, dass sie die Schwester einer der brutalsten Serienmörder war, den die USA je gesehen hatten. Entweder schreckten sie entsetzt zurück oder sie waren fast *zu sehr* daran interessiert, so viele Details wie möglich aus ihr herauszubekommen.

Aber niemand – buchstäblich niemand – hatte je so reagiert wie Decker. Er schien mehr um sie besorgt zu sein, als dass er mehr über Brian erfahren wollte.

Sie nickte, unfähig zu sprechen, selbst wenn ihr Leben davon abgehangen hätte.

»Kein Wunder, dass du so fantastisch bist, wie du bist.«

Also *das* war eine seltsame Bemerkung. Sidney war skeptisch. »Warum sagst du das?«

»Weil es wahr ist«, antwortete Decker ruhig. »Ich kann mir vorstellen, dass es nicht leicht war, mit ihm aufzuwachsen.«

Sidney schloss die Augen. Er hatte keine Ahnung, wie »nicht einfach« es gewesen war.

Die Schuldgefühle, die nie verschwanden, drohten sie zu überwältigen. Sie waren ein ständiger Begleiter, seit sie ein kleines Mädchen war. Es spielte keine Rolle, dass sie nicht diejenige war, die anderen wehgetan hatte; sie waren trotzdem da.

Sidney hasste es, dass sie ihr das Gefühl gaben, die größte Last der Welt auf den Schultern zu tragen, und sie versuchte, eine Erklärung dafür zu finden, wie sie sich fühlte. Wie Brians Taten sie für ihr Leben gezeichnet hatten. Selbst wenn sie finanziell in der Lage gewesen wäre, mit einem Psychologen über ihre Kindheit und alles, was passiert war, zu sprechen, würde sie wahrscheinlich immer diese Schuldgefühle haben. Weshalb sie dummes Zeug machte ...

Wie der Versuch, gegen einen Mann zu kämpfen, der dreimal so groß war wie sie, um einen Hund wie Hannah zu retten.

Aber Decker sprach, bevor sie einen ihrer Gedanken formulieren konnte. »Männer wie Brian James Hale wachen nicht eines Tages auf und beschließen, Menschen zu töten. Ich kann mir vorstellen, dass in ihren Gehirnen etwas falsch verdrahtet ist, und über viele, viele Jahre hinweg gärt es und manifestiert sich nach und nach.«

Sidney nickte. Sie öffnete die Augen und starrte Decker an. »Es war die Hölle«, flüsterte sie.

Er rückte näher, und sie verspürte das Bedürfnis, ihr Gesicht an seiner Brust zu vergraben wie ein kleines Kind. Aber sie blieb einfach sitzen, wo sie war, wie erstarrt. Er ergriff mit beiden Händen die ihren, und sie hielt sich an ihm fest, als wäre er eine Rettungsleine.

»Ich werde nicht so tun, als würde ich verstehen, was du durchgemacht hast, aber eines weiß ich mit Sicherheit – du bist noch stärker, als ich dachte. Danke, dass du ehrlich zu mir warst.«

Sie war nicht stark. Sie war innerlich so kaputt, dass sie

sich an manchen Tagen fragte, wie sie im normalen, alltäglichen Leben funktionieren konnte.

Sie schob es beiseite. »Warum flippst du nicht aus? Warum bedankst du dich nicht dafür, dass ich mir dein Haus angesehen habe, und wirfst mich so schnell wie möglich raus?«

»Bist du ein Serienmörder?«, fragte er ruhig.

Sie schüttelte den Kopf.

»Warum sollte ich dich dann rauswerfen? Du bist nicht dein Bruder, auch wenn du einen Teil der gleichen DNA in dir trägst. Du weißt mehr über die Renovierung dieses Hauses als ich. Ich wäre ein Idiot, dich rauszuwerfen, wenn ich dich brauche. Ich weiß nicht viel über Hunde und brauche auch da deine Hilfe. Und außerdem *mag* ich dich. Ich fühle mich zu dir hingezogen. Ich möchte dich besser kennenlernen. Ich möchte dir beim Schwimmen zusehen ... ich würde sogar mit dir um die Wette schwimmen.« Er grinste. »Ich möchte herausfinden, welche Fernsehsendungen und Bücher du magst. Ich möchte wissen, was du am liebsten isst und ob du Schaumstoffkissen oder Federkissen bevorzugst. Beanspruchst du das ganze Bett für dich, stiehlst du die Decke, bist du ein Morgen- oder ein Nachtmensch?«

Sidney konnte nicht glauben, wie er reagierte. Es war, als interessierte es ihn gar nicht, wer ihr Bruder war.

Es interessierte *alle*.

»Du verstehst nicht. Du hast eine liebevolle Familie. Wahrscheinlich bist du ohne eine einzige Sorge aufgewachsen. Wir kommen aus sehr unterschiedlichen Welten, Decker. Ich habe nicht mehr mit meinen Eltern gesprochen, seit sie beschlossen haben, meinen Bruder zu unterstützen. Ich verstehe *immer* noch nicht, wie sie zu seiner Verhandlung gehen und dort tagein, tagaus sitzen und die Beweise für seine Taten sehen und hören konnten, ohne ihn völlig zu verleugnen.«

»Er ist ihr Sohn«, sagte Decker mitfühlend. »Ich wette, es war schwieriger für sie, als du denkst.«

»Und ich bin ihre Tochter«, gab sie sofort zurück. »Sie haben ihn mir vorgezogen.«

»Erkläre das.«

Sidney war erschrocken über die Intensität dieser beiden Worte. Ohne zu zögern, tat sie, wie ihr befohlen wurde. »Ich habe ihnen *gesagt*, dass ich Angst vor Brian habe. Immer und immer wieder habe ich versucht, ihnen klarzumachen, dass etwas mit ihm nicht stimmt, aber sie haben mir nicht zugehört. Es war ihnen egal. Nachdem er verhaftet worden war, habe ich ihnen mitgeteilt, dass ich gegen ihn aussagen würde. Den Geschworenen erzählen, was er in seiner Jugend getan hatte. Sie sagten mir, wenn ich gegen meinen Bruder aussage, würden sie nie wieder mit mir sprechen. Ich tat es trotzdem. Und sie haben mich vollkommen verstoßen.«

Da setzte Decker sich in Bewegung. Er ging vor ihr auf die Knie und legte die Hände auf ihr Gesicht. Ohne nachzudenken, griff Sidney nach seinen Handgelenken. Sie starrten einander in die Augen, während er sprach.

»Es ist *ihr* Pech«, sagte er ernst. »Wenn sie zu dumm waren, um dankbar zu sein, dass ihre Tochter in Sicherheit und unverletzt ist, haben sie es nicht verdient, dich in ihrem Leben zu haben. Ich kenne deine Vorgeschichte nicht, aber ich nehme an, dass du ohne jegliche Unterstützung hierher nach Kalifornien gezogen bist. Du hast eine Wohnung gefunden, einen Job bekommen, Freunde gewonnen und tust dein Bestes, um Tiere zu retten, die sich nicht selbst retten können. Das ist verdammt *fantastisch*.«

Sidney konnte nichts anderes tun, als ihn anzustarren

und seine Worte in sich aufzusaugen. Er verstand nicht den Beweggrund hinter ihrem Bedürfnis, die Tiere zu retten, aber im Moment hatte sie nicht die Energie, es zu erklären.

»Ja, ich hatte eine gute Kindheit. Ich gebe es zu. Aber es ist mir scheißegal, dass wir unterschiedlich aufgewachsen sind. Was mich betrifft, so macht uns das sogar noch kompatibler, nicht weniger. Wir wissen, was wir wollen – ich, weil ich es hatte, und du, weil du es nicht hattest. Du hast mich sagen hören, dass ich ein SEAL bin, richtig?«

Sie nickte.

»Ich bin ein gemeiner Mistkerl«, fuhr er fort. »Ich habe Menschen getötet. Ich habe es ohne Reue getan. Ich werde es auch weiterhin tun. Manche mögen sagen, dass mich das nicht besser macht als deinen Bruder.«

Sidney schüttelte sofort den Kopf. »Das ist nicht dasselbe.«

»Dein. Bruder. Interessiert. Mich. Nicht«, erklärte er langsam. »Nein – das ist eine Lüge. Mich interessiert, wie er *dich* verletzt hat. Mich interessiert, wie er *dein* Leben geprägt hat. Und wenn du bereit bist, darüber zu reden, bin ich für dich da. Wenn du nie über ihn reden willst, ist das auch in Ordnung. Aber du sollst wissen, dass ich es ernst meine, wenn ich sage, dass er nichts mit uns beiden zu tun hat.«

»Die Leute werden reden«, warnte Sidney ihn.

»Sollen sie doch«, entgegnete Decker sofort. »Aber wenn sie es wagen, dir etwas ins Gesicht zu sagen, werde ich den Scheiß unterbinden.«

Sidney konnte die Tränen nicht zurückhalten.

»Nicht weinen«, flehte Decker. »Nicht seinetwegen.« Er wischte die Tränen weg, die ihr über die Wangen liefen.

»Das tue ich nicht. Ich ... ich verstehe nur nicht, warum du so darauf bestehst, mich zu schützen und zu unterstützen.«

»Das wirst du.«

Sidney verstand seine Antwort auch nicht, kam jedoch nicht dazu, ihn um eine Erklärung zu bitten, da das Klingeln der Türglocke laut aus dem Haus ertönte.

»Scheiße«, fluchte Decker. Er machte keine Anstalten aufzustehen.

»Willst du nicht aufmachen?«

»Nein«, sagte er.

Doch Sekunden später läutete es erneut an der Tür. Diesmal tat derjenige, der die Klingel betätigte, dies auf ungeduldige und unausstehliche Weise.

Er seufzte.

»Ich komme klar«, sagte Sidney zu ihm.

»Beweg dich nicht«, befahl er, während er aufstand.

»Das werde ich nicht.«

»Ich bin gleich wieder da. Willst du etwas aus der Küche?«

»Willst du in dieser katastrophalen Küche ein Vier-Gänge-Menü zaubern, nachdem du nachgesehen hast, was die Person an deiner Tür will?«, fragte sie.

Das Lächeln, das über sein Gesicht huschte, war wunderschön.

Sidney war normalerweise kein mürrischer Mensch. Sie versuchte, die Dinge von der positiven Seite zu betrachten, auch wenn das äußerst schwierig war. Sie hatte ihren Moment des Jammerns gehabt, aber sie war bereit, das hinter sich zu lassen. Glücklicherweise schien Decker sie zu verstehen.

»Du hast keine Ahnung, wozu ich fähig bin«, stichelte er sofort zurück.

Er beugte sich vor, und Sidney versteifte sich sowohl in Erwartung als auch vor Schreck, dass er sie küssen würde. Aber anstatt seine Lippen auf ihre zu pressen – was sie peinlicherweise hoffte –, streiften seine Lippen ihre Stirn, dann ging er zur Glasschiebetür und trat ohne ein weiteres Wort in sein Haus.

Sidney schwor, dass sie spürte, wie ihre Haut dort kribbelte, wo er sie geküsst hatte. Es war albern. Aber sie konnte nicht leugnen, dass sie Decker mochte. Und zwar sehr.

Sekunden später hörte sie einen Tumult im Haus und schaute durch die Glastür, um eine Gruppe von fünf Männern in Deckers Wohnzimmer stehen zu sehen. Sie waren alle groß und bärtig. Sie hatten eine bedrohliche Ausstrahlung, die ihr nicht gerade ein gutes Gefühl bescherte.

Sie konnte hören, wie Decker sich mit ihnen stritt, aber nicht genau, was gesagt wurde. Es war offensichtlich, dass er mit den Männern nicht zufrieden war.

Sie stand auf und ging zur Tür. Sie war sich nicht sicher, was sie tun sollte, um ihm zu helfen, wenn die Dinge hässlich wurden, aber sie würde auf keinen Fall einfach draußen auf dem Hintern sitzen.

Als sie die Tür öffnete, hörte sie das Ende eines offensichtlich angespannten Gesprächs.

»... nicht cool, Leute.«

»Komm schon, Gumby, wir sind neugierig.«

»Du hast in der ganzen Zeit, in der wir dich kennen, noch nie mit solcher Begeisterung über eine Frau gesprochen.«

»Ja, und es ist auch nicht so, als hättest du sie uns in nächster Zeit vorstellen wollen.«

»Genau, weil ich nicht will, dass ihr Rohlinge sie vergrault«, sagte Decker.

»Wir würden nicht – oh ... hi.«

Der Mann, der gesprochen hatte, sah sie, bevor er seinen Satz beenden konnte.

Decker drehte sich sofort um und ging zu ihr hinüber. Er schob sie rückwärts, bis sie wieder draußen auf der Terrasse waren. Er knallte die Schiebetür zu und packte sie an den Schultern.

»Ist alles in Ordnung? Muss ich die Polizei rufen?«, fragte sie nervös.

Zu ihrer Überraschung lachte er. »Schön wär's. Aber nein. Du hast die Wahl.«

Sidney lehnte sich zur Seite und schaute hinter Decker ins Haus. Alle fünf Männer starrten sie lächelnd an, als würden sie sich über irgendetwas sehr amüsieren. Gewissermaßen sahen sie alle auf ihre eigene Art gut aus. Die zusammenpassenden Bärte waren ein interessanter Anblick. Früher hatte sie sich keine Gedanken über Männer mit Bärten gemacht, jetzt war sie von ihnen umgeben.

Zwei der Männer hoben eine Hand und winkten ihr zu.

Sie blickte wieder zu Decker auf. »Ach ja?«

»Diese Rohlinge sind meine SEAL-Kameraden. Ich habe ihnen heute Morgen beim Training von dir und Hannah erzählt und dummerweise erwähnt, dass du heute Nachmittag vorbeikommen würdest, um mir zu helfen, mein Haus hundesicher zu machen. Sie haben beschlossen, dich kennenzulernen.«

Sie blinzelte überrascht. »Warum?«

Decker seufzte, und sie hätte schwören können, dass sie einen Hauch von Rosa auf seinen Wangen sah. »Weil ich ihnen vielleicht ein paarmal zu oft gesagt habe, wie fantastisch du bist und wie sehr ich dich mag.«

»Aber du kanntest mich doch gar nicht. Zum Teufel, du kennst mich *immer* noch nicht!«

»Ich habe schon sehr lange nicht mehr über eine Frau gesprochen. Allein die Tatsache, dass ich von dir geredet habe, hat ihnen gezeigt, dass du anders bist. Wichtig. Ganz zu schweigen davon, dass Rocco und Ace wissen, wie sehr ich mir einen Hund gewünscht habe. Und als sie hörten, wie du dazu beigetragen hast, dass ich Hannah inoffiziell adoptiert habe, wie du sie gerettet hast, waren sie noch entschlossener, dich kennenzulernen.«

»Oh.«

»Also ... du hast die Wahl. Ich kann sie ablenken, während du dich um das Haus herumschleichst und fliehst. Oder wir beide lassen sie hier zurück, gehen am Strand spazieren und hoffen, dass sie sich langweilen und verschwinden. *Oder* wir können wieder reingehen und ihre Neugierde stillen, in der Hoffnung, dass sie früher oder später wieder abhauen. Aber ich muss dich warnen, wenn wir wieder reingehen, werden sie wahrscheinlich wie ein Haufen Weiber quatschen wollen, und ich werde wahrscheinlich etwas bestellen müssen, damit sie nicht vor meinem Kühlschrank stehen und sehnsüchtig hineinstarren, in der Hoffnung, dass auf magische Weise etwas erscheint, das sie essen können.«

Sie kicherte, und Decker entspannte sich sichtlich.

»Ich weiß, das ist nicht ideal«, fuhr er fort. »Wir hatten ein ziemlich intensives Gespräch und ihre Unterbrechung kam zu einem schlechten Zeitpunkt.«

»Ist schon okay. Ich habe mich selbst darüber geärgert, wie verdrießlich ich geworden bin.«

Deckers Mundwinkel zuckten, aber er lächelte nicht ganz. »Du darfst immer genau so fühlen, wie du dich fühlst«, erwiderte er ernst.

»Danke. Ich glaube, ich nehme Tür Nummer drei.«

»Woher wusste ich, dass du dich für diese Option entscheiden würdest?«, sagte er, mehr zu sich selbst als zu ihr. Dann fügte er lauter hinzu: »Wenn sie dir an irgendeinem Punkt Unbehagen bereiten, sag mir Bescheid und ich werfe sie raus.«

»Okay.«

»Sie haben ihre ... ähm ... Ecken und Kanten«, warnte er sie.

Sidney lächelte. »Die habe ich auch.«

»Im Ernst, wenn –«

Sie legte einen Finger auf seine Lippen, um ihn am Weitersprechen zu hindern. Sie erschauderte bei der Wärme seiner Haut auf ihrer. »Es ist in Ordnung, Decker. Mach dir keine Sorgen. Das sind deine Freunde. Deine Teamkameraden. Ich bin kein zartes Pflänzchen. Ich bin Handwerkerin, um Himmels willen. Ich werde nicht vor Schreck in Ohnmacht fallen, wenn sie fluchen oder so.«

»Das ist gut«, murmelte er. »Okay. Aber bevor wir da reingehen ... Ich möchte dich wiedersehen.«

Sie blickte verwirrt zu ihm auf. Die Wahrheit war, dass sie ihn auch wiedersehen wollte. Aber sie hatte das Gefühl, dass er ihre Zustimmung jetzt festhalten wollte, da er sich Sorgen machte, was seine Freunde sagen würden. »Okay«, stimmte sie zu.

»Ja?«, fragte er.

»Ja.«

»Daran werde ich dich erinnern«, warnte er sie.

Diese unsichere Seite an ihm war irgendwie süß. »Und ich werde dich daran erinnern, mich daran zu erinnern.«

Schließlich lächelte er. Ohne ein Wort zu sagen, ließ er die Hände von ihren Schultern über ihre Oberarme zu ihren Händen gleiten. Er drückte sie, ließ eine sinken, behielt aber mit der anderen ihre Finger in der Hand. Er holte tief Luft, schob die Tür auf und führte sie beide zurück in sein Haus, um seine Freunde zu treffen.

KAPITEL FÜNF

Gumby ging auf seine Freunde zu, wobei er auf eine Weise nervös war wie sonst nie, wenn er sich auf einer Mission befand. Er war der Flexible, der Typ, der mit dem Strom schwamm, aber im Moment war er verdammt nervös.

Er machte sich keine Sorgen, dass jemand Sidney verletzen oder verärgern könnte. Auf keinen Fall würden die Männer vor ihm jemals eine Frau verletzen, schon gar nicht eine, an der ihr Teamkamerad interessiert war. Aber das Gefühl des Unbehagens war trotzdem da, und es war kein willkommenes Gefühl. Es war wichtig für ihn, dass die Jungs Sidney mochten. Sie waren ein Team. Eine Einheit. Und Gumby wusste so gut wie sie alle, dass die Anwesenheit einer Frau, die niemand mochte, ihrem Zusammenhalt schaden konnte.

Er hatte sich nicht gefreut, sie an seiner Tür zu sehen. Es war zu früh. Er mochte Sidney, und er wollte nicht, dass sie darüber ausflippte, wie nahe er und seine Freunde sich standen. Vor allem, nachdem er von ihrem Bruder erfahren hatte.

Das war ein ganz anderes Thema, das er gründlich

erforschen wollte. Er wollte wissen, wie ihre Kindheit gewesen war, als sie mit diesem Psycho zusammenlebte. Er erinnerte sich nur bruchstückhaft an Brian James Hale aus den Nachrichten, und jetzt musste er alles über ihn wissen ... damit er einen Weg finden konnte, die Dinge für Sidney besser zu machen.

Aber im Moment musste er sich mit seinen überschwänglichen Freunden herumschlagen.

»Sidney, ich möchte dir die Männer aus meinem Team vorstellen. Rocco, Ace, Bubba, Rex und Phantom. Ich rate dir, nichts von dem, was sie sagen, ernst zu nehmen.«

Sie lächelte ihn an, bevor sie sich an die anderen wandte. »Hey.«

»Scheiß drauf«, sagte Bubba, bevor er einen Schritt nach vorn machte und Sidney in die Arme zog.

Gumby spannte sich an, aber als Sidney sich nicht daran zu stören schien, von einem Kerl umarmt zu werden, den sie nicht kannte, versuchte er, sich zu entspannen. Er behielt jedoch seine Hand auf ihrem Rücken, nur für den Fall, dass er sie zurückziehen und einen seiner Freunde verprügeln musste.

»Wir sind eine recht körperbetonte Gruppe«, sagte Rex mit einem Grinsen, zog Bubba mit einem Ruck an seinem Hemd zurück und umarmte Sidney selbst.

Und so ging es weiter. Sidney umarmte jeden einzelnen seiner Freunde zur Begrüßung.

»Also ... ihr habt alle interessante Namen«, bemerkte sie, nachdem Rocco sie losgelassen hatte.

»Es sind Spitznamen«, erklärte Ace ihr.

»Und bevor du fragst, wir würden dir sagen, was sie bedeuten, aber dann müssten wir dich umbringen«, fügte Phantom mit völlig ernstem Gesicht hinzu.

Erneut spannte Gumby sich an. Dann war er erleichterter, als er ausdrücken konnte, als Sidney lachte. Phantom hatte einen trockenen Sinn für Humor. Außerdem war er der Distanzierteste in der Gruppe.

»Stimmt. Ich schätze, *Nervig sein, bis sie aufgeben und mir die Bedeutung ihrer Spitznamen verraten* muss ich von meiner Liste streichen«, witzelte Sidney.

Alle lachten, und zum ersten Mal seit ihrer Ankunft entspannte Gumby sich völlig.

»Habt ihr schon zu Abend gegessen?«, fragte Rex.

Sidney runzelte die Stirn und schaute auf die Uhr. »Es ist erst halb vier.«

»Und?«

Sie grinste. »Lass mich raten. Du hast immer Hunger.«

Rex tätschelte seinen flachen Bauch, als er sagte: »Ich verbrenne eine Menge Kalorien. Ich muss mich ständig mit Energie versorgen.«

Sidney verdrehte die Augen. Dann schaute sie Gumby von der Seite an, bevor sie sagte: »Ich sollte wahrscheinlich gehen, dann könnt ihr miteinander abhängen.«

»Nein!«, riefen sechs männliche Stimmen auf einmal.

Sidney blinzelte überrascht – dann zuckten ihre Lippen.

»Hör zu. Wir sehen dieses Arschloch ständig«, sagte Rocco, wobei er auf Gumby deutete. »Wir sind hergekommen, um *dich* zu treffen. Um dich kennenzulernen.«

»Oh, aber ... ich bin doch gar nicht so interessant«, protestierte sie.

»Jungs ...«, warnte Gumby sie.

»Ist schon gut«, sagte Bubba. »Du bist *mehr* als interessant. Du bist die erste Frau, zu der sich Gumby hier seit einer gefühlten Ewigkeit hingezogen fühlt. Rocco hat sich eine Braut geangelt, und Caite ist klasse, also wenn Gumby dich mag, wollen wir dich kennenlernen. Damit *wir* dich auch mögen können.«

Gumby schüttelte den Kopf und seufzte. Seine Freunde meinten es gut, aber sie waren Idioten. Bevor er etwas sagen konnte, um die Situation zu retten, ergriff Ace das Wort.

»Wir haben heute Morgen beim Training viel über dich gehört. Wie klug du bist. Wie du all die Aufgaben in der Wohnwagensiedlung, in der du lebst, selbst erledigst. Dass du wunderschönes langes schwarzes Haar hast und deine Augen den tollsten Blauton haben.« Daraufhin grinste er Gumby an. »Wir wissen, dass du es im Alleingang mit einem Kerl aufgenommen hast, der doppelt so groß war wie du, und dass du dich um nichts anderes geschert hast, als diesem Hund zu helfen. Also wollen wir natürlich mehr wissen.«

Gumby spürte, wie er rot wurde. Gott, hatte er das heute Morgen während des Trainings wirklich alles gesagt?

Sidney drehte sich um und musterte ihn einen Moment lang. Er weigerte sich, den Blick abzuwenden, obwohl es ihm peinlich war. Er lächelte verlegen. »Es ist wahr. Ich habe vielleicht ein wenig mit dir vor den Jungs geprahlt.«

»Ein wenig?«, hörte er Phantom leise murmeln.

Sie hielt seinen Blick und sagte: »Ich kenne mich in dieser Gegend nicht aus. Gibt es hier irgendwelche guten Pizzerien?«

Mit einem Freudenschrei zückte Rex sein Handy. »Ich mache das schon. Gibt es irgendetwas, das du nicht auf deiner Pizza magst, Süße?«

Sidney hatte noch immer nicht den Blick von ihm abgewandt. »Nein. Ich bin nicht wählerisch. Ich esse alles.«

»Gebt mir eine Sekunde, Leute«, sagte Gumby, griff Sidneys Ellbogen und zog sie zurück auf die Terrasse. Er ignorierte, dass seine Freunde sofort anfingen, darüber zu streiten, welche Art von Pizza sie bestellen sollten.

Als die Schiebetür sich hinter ihnen schloss, legte

Gumby seine Hände rechts und links von Sidneys Hals. Seine Daumen ruhten auf ihrem Kiefer, während er sich nach unten beugte. »Ist das wirklich okay für dich?«

»Ja.«

»Denn wenn nicht, kann ich sie rausschmeißen, oder wir lassen sie hier und fahren zu dir.«

Sidney leckte sich über die Lippen, und Gumby konnte nicht anders, als sie anzustarren, wie sie im Nachmittagslicht glitzerten. »Du kennst mich erst einen Tag, und schon erzählst du deinen Freunden all das Zeug?«

Gumby nickte.

»Warum?«

»Ehrlich?«

»Natürlich.«

»Weil ich, obwohl ich dich erst seit ein paar Stunden kannte, bereits wusste, dass du anders bist als alle anderen, die ich bisher getroffen habe. Und ich konnte nicht aufhören, an dich zu denken.«

»Ich bin mir nicht sicher, was ich davon halten soll.«

»Das ist nicht einfach irgendein Spruch, falls du dir deswegen Sorgen machst. Ich bin nicht an einer flüchtigen Affäre mit dir interessiert, Sidney.«

»Das ist gut. Ich stehe nicht auf One-Night-Stands«, sagte sie leise.

»Ich auch nicht. Ich habe den heutigen Tag genossen.«

»Ich ebenfalls.«

»Also schwimmen wir einfach mit dem Strom. Wir lernen uns gegenseitig besser kennen. Und wie du vielleicht schon bemerkt hast, gehören meine Teamkameraden gewissermaßen mit zum Paket.«

Sie hatte sich nicht aus seiner innigen Umarmung gelöst. Gumby spürte, wie ihre Hände auf seiner Brust ruhten, aber er wandte den Blick nicht von ihr ab. Er strich mit den Daumen leicht über die Seiten ihres Gesichts, während sie sich unterhielten.

»Ich finde es eigentlich ziemlich toll. Ich wünschte, ich hätte solche Freunde wie du.«

»Die Sache zwischen uns funktioniert, Sid, und das wirst du. Meine Freunde sind deine Freunde. Ich denke, du wirst Caite auch mögen.«

»Sie ist mit Rocco zusammen, richtig?«

»Ja. Sie hat mir vor nicht allzu langer Zeit das Leben gerettet.«

Sidney runzelte die Stirn. »Du meinst im übertragenen Sinne, oder?«

»Nein. Buchstäblich. Rocco, Ace und ich waren in Übersee in einer Situation, aus der wir wahrscheinlich nicht mehr lebend herausgekommen wären, und da kam Caite hereinspaziert.«

»Heilige Scheiße.«

»Ja. Sie hat einen stählernen Kern, deshalb denke ich, dass ihr euch gut verstehen würdet.«

»Ich hätte nichts dagegen, sie eines Tages zu treffen.«

»Gut. Bist du sicher, dass es für dich in Ordnung ist, eine Weile mit meinen Freunden abzuhängen? Wann immer du gehen willst, scheue dich nicht, es anzusprechen.«

»Ich bin sicher.«

»Okay. Eine Sache noch.«

»Was?«

Gumby beugte sich vor und rieb seine Nase sanft an Sidneys. »Das«, flüsterte er, bevor seine Lippen die ihren trafen.

Sie krümmte die Finger auf seiner Brust, stieß ihn jedoch nicht weg. Er hielt den Kuss leicht, versuchte nicht, ihn zu vertiefen, egal wie sehr er sie kosten wollte.

Als er sich zurückzog, öffnete sie die Augen und grinste.

»Markierst du dein Revier?«, fragte sie mit einem kleinen Lachen.

Er erwiderte das Lächeln. »Auf jeden Fall. Ich kenne die Typen da drin. Wenn sie auch nur eine Sekunde glauben, dass sie dich mir wegnehmen können, werden sie es tun.«

»Ich bin nicht an ihnen interessiert«, sagte Sidney.

»Aber du bist an mir interessiert.«

Es klang mehr wie eine Frage als wie eine Feststellung, also antwortete Sidney: »Ja.«

»Gut. Na komm. Lass uns wieder reingehen, bevor sie beschließen, die Neuverkabelung meiner Küche selbst in die Hand zu nehmen.«

Ihre Augenbrauen schossen in die Höhe. »Würden sie das tun?«

»Im Handumdrehen.«

»*Können* sie das?«, stellte sie klar.

»Nicht, ohne das Haus abzufackeln«, entgegnete Gumby lachend.

Sidney drehte sich um, zog die Glasschiebetür auf und trat ein, während sie sagte: »Finger weg, Jungs!«

Alle fünf warfen ihr aus der Küche heraus schuldbewusste Blicke zu.

»Finger weg von der Elektronik.«

Sie hielten die Hände hoch und grinsten.

Sidney wandte sich wieder an Gumby. »Ich nehme an, da du ein Kerl bist und zum Militär gehörst, hast du irgendeine Art von Ballerspiel, das wir spielen können, um sie aus Ärger herauszuhalten?«

»Da hast du recht«, sagte er grinsend.

»Du spielst?«, fragte Bubba.

»Das wirst du wohl herausfinden müssen«, sagte Sidney.

»Ich will sie in meinem Team haben«, erklärte Phantom.

»Du weißt doch gar nicht, ob sie gut ist«, protestierte

Ace.

Phantom wandte den Blick nicht von ihr ab. »Sie ist gut«, prophezeite er. »Aber jeder von euch Ärschen, der das Risiko nicht eingehen will, kann in das andere Team gehen.«

Innerhalb von Sekunden hatten sie sich in zwei Dreierteams aufgeteilt. Gumby kümmerte es nicht einmal, dass er nicht eingeschlossen war. Er war mehr als zufrieden damit, Sidney dabei zuzusehen, wie sie mit seinen Freunden spielte. Er hatte keinen Zweifel, dass sie sie mögen würden. Sie hatte einfach etwas an sich ... etwas, von dem er wusste, dass die Jungs es wahrnehmen würden.

Eine Art von Verletzlichkeit, verborgen hinter einer Art Wagemut, der unbestreitbar faszinierend war.

Drei Stunden später konnte Gumby nicht aufhören zu lächeln. Sie hatten ein halbes Dutzend großer Pizzen verputzt, und seine Freunde und Sidney hatten fast die ganze Zeit über *This is War* gespielt. Wie Phantom vorausgesagt hatte, war Sidney tatsächlich verdammt gut. Sie hatten keine fünfzehn Minuten nach Beginn des Spiels beschlossen, gegen irgendwelche Online-Spieler anstatt gegeneinander zu spielen, was wahrscheinlich eine gute Entscheidung war. Sidney war ein wenig blutrünstig und extrem wetteifernd.

»Achtung, auf sechs Uhr«, warnte Sidney.

»Ich sehe ihn«, sagte Rex.

»Sie versuchen, sich von links anzuschleichen«, merkte Rocco an.

»Scheiß drauf«, murmelte Sidney.

Sein Haus war zwar noch nicht fertig, aber Gumbys Wohnzimmer war eingerichtet, wenn auch nicht ganz vollständig. Der riesige Fernseher war mit sechs Controllern bestückt und einsatzbereit. Es war nicht das erste Mal, dass das Team das Spiel zusammen gespielt hatte. In mancherlei Hinsicht verbesserte es ihre Missionen im wirklichen Leben. Sie übten, zusammen auf ein gemeinsames Ziel hinzuarbeiten, auch wenn es nur ein Videospiel war. Die Entwickler des Spiels waren Genies. Es gab Drehungen und Wendungen und die Szenarien waren absolut glaubwürdig. Gumby ahnte, dass die Programmierer einen militärischen Insider hatten, der ihnen half.

Er hatte Sidney schon zuvor für süß gehalten, aber nachdem er ihr stundenlang beim Spielen mit seinen Freunden zugesehen hatte, war er noch verliebter. Und er wusste, dass die Jungs genauso fasziniert waren. Sie waren gekommen, um sie kennenzulernen, um sicherzugehen, dass sie »gut genug« für ihn war … und er war sich ziemlich sicher, dass sie zu dem Schluss gekommen waren, dass sie *zu* gut war.

»Ich mache eine Pause«, sagte Rocco zu der Gruppe. »Bringt uns nicht um, während ich weg bin.«

»Du hast sowieso nachgelassen«, spottete Ace.

»Nicht wahr? Er hat nur völlig selbstgefällig rumgestanden, während wir die letzte Gruppe von Terroristen ausgeschaltet haben«, stichelte Sidney.

Alle lachten so sehr, dass sie sie zurechtweisen und ihnen sagen musste, sie sollten den Blick auf den Bildschirm richten.

Gumby folgte Rocco in die Küche. Sein Freund holte sich eine Flasche Wasser aus dem Kühlschrank und lehnte sich dann gegen den Tresen. Das Haus war klein, aber es war leicht für sie, unter vier Augen zu sprechen, da Sidney den anderen Jungs links und rechts Befehle zubrüllte.

»Du hast recht«, sagte Rocco leise, »sie ist ziemlich bemerkenswert.«

»Du hast ja keine Ahnung«, erwiderte Gumby.

Er hob fragend eine Augenbraue.

»Hast du von Brian James Hale gehört?«

»Wer hat das nicht?«, bemerkte Rocco. »Was ist mit ihm?«

Gumby hatte kein schlechtes Gewissen, seinem Freund von der Verbindung zwischen dem Serienmörder und Sidney zu erzählen. Zum Teil, weil sie alles teilten, aber auch, weil es mehr als offensichtlich war, dass sein Freund sie mochte und respektierte.

»Er ist ihr jüngerer Bruder.«

Roccos Hand mit der Wasserflasche hielt auf halbem Weg zu seinem Mund inne und er starrte Gumby schockiert an. »Was du nicht sagst!«

Gumby nickte. »Ich kenne nicht alle Einzelheiten, aber ich habe den Eindruck, dass es nicht gut war. Sie hat sich von ihren Eltern entfremdet, nachdem sie sich auf seine Seite gestellt hatten.«

»Er hat über zwei Dutzend Frauen umgebracht«, sagte Rocco angewidert. »Das macht keinen Sinn.«

»Ich weiß. Sie kam hierher nach Kalifornien, ohne viel Geld, ohne College-Abschluss, und hat es geschafft, auf eigenen Füßen zu stehen. Und das ist nur der Scheiß, den ich in den letzten anderthalb Tagen erfahren habe.«

Rocco nickte. »Nun, sie ist nicht mehr allein.«

»Das habe ich ihr auch gesagt. Darf ich dich etwas fragen?«, fragte Gumby.

»Natürlich. Was gibt's?«

Gumby blickte in sein Wohnzimmer. Sidney hüpfte in ihrem Sitz auf und ab, fingerte hektisch an der Steuerung des Spiels und schrie Bubba an, er solle denjenigen töten, der auf sie schoss.

»Woher wusstest du, dass Caite die Eine für dich ist?«, fragte er. »Ich meine, ich weiß, dass du körperlich interessiert warst, als du sie in diesem Fahrstuhl in Bahrain gesehen hast. Aber woher wusstest du, dass sie nicht nur irgendeine Braut ist, mit der du schlafen willst?«

Rocco stellte sein Getränk ab und sah Gumby an. »Ich bin mir nicht sicher, ob ich es erklären kann. Ja, ich fühlte mich sexuell zu Caite hingezogen, als ich sie das erste Mal sah, aber es war mehr als das. Ihr Benehmen, ihre Schüchternheit, die Art, wie sie mich ständig musterte, aber zu ängstlich war, um mit mir zu reden. Die Art und Weise, wie sie sich nicht aufregte, als der Aufzug stecken blieb, wie sie zu uns allen höflich war, wie sie nicht zögerte, als sie oben herausklettern musste ... es war einfach alles. Aber vor allem fiel mir auf, wie ich mich fühlte, wenn ich mit ihr zusammen war. Es ist schwer zu erklären.«

»Übermäßiges Bewusstsein?«, platzte Gumby heraus.

Rocco sah einen Moment lang überrascht aus, nickte dann aber langsam. »Ja. Das beschreibt es ganz gut. Ich habe mir Sorgen darüber gemacht, wie heiß es draußen war, als sie sagte, dass sie die Hitze nicht mochte. Ich habe mir Sorgen wegen ihres Chef gemacht, der ein Arschloch zu ihr war. Ich habe mir Sorgen wegen der Leute auf dem Stützpunkt gemacht, die sie belästigten. Die Liste ließe sich beliebig fortsetzen. Alles schien sich um *sie* zu drehen. Und ich schätze, es ist noch zu früh, um über Sex zu reden ...« Er hob fragend eine Augenbraue.

Gumby nickte.

»Gut, nun, erstens war es mir egal, wann wir zum ersten Mal miteinander schlafen. Ich hätte so lange gewartet, wie sie es brauchte. In der Vergangenheit hatte ich Sex immer im Hinterkopf. Wie gut er sein würde, wie schnell ich ihn bekommen könnte. Aber bei Caite spielte das keine Rolle. Ich wollte nur in ihrer Nähe sein. Ich hätte Jahre gewartet, wenn es das gewesen wäre, was sie brauchte. Aber sobald wir es taten, war es völlig anders als bei jeder anderen Frau. Verdammt, sogar sie zu küssen war anders. Das hört sich jetzt vielleicht blöd an, aber … man *weiß* einfach, dass sie die Richtige ist. Ich kann mir nicht vorstellen, jemals eine andere zu küssen. Und mit ihr zu schlafen? Auf gar keinen Fall. Caite ist das Wichtigste in meinem Leben. Ich würde alles tun, um sie zu beschützen.«

Als Gumby nicht antwortete, fragte Rocco: »Hat das geholfen? In irgendeiner Form?«

»Ja. Ich sage mir immer wieder, dass ich die Dinge zu früh fühle. Oder dass ich so für sie empfinde, weil es so lange her ist, dass ich in einer Beziehung war. Dass es nur daran liegt, dass das alles neu ist. Aber dann –«

Seine Worte wurden durch einen Freudenschrei aus dem anderen Zimmer unterbrochen. Sie drehten sich um und sahen, dass Sidney von ihrem Sitz aufgesprungen war und eine Art Siegestanz vollführte. Sie schwang die Hüften und stieß die Arme in die Luft.

»Ja, ja«, meckerte Bubba. »Jetzt setz dich hin und hilf uns, zum Hubschrauber zu kommen.«

Sie kicherte, setzte sich aber gehorsam. »Mir nach, Jungs!«, rief sie, dann lehnte sie sich vor, um sich wieder auf das Spiel zu konzentrieren.

»Was hast du gesagt?«, fragte Rocco grinsend.

»Aber dann macht sie *so* etwas, und ich weiß, dass meine Gefühle für sie nicht daher rühren, dass ich seit einer Weile mit niemandem mehr ausgegangen bin. Es liegt einfach an ihr.«

»Jup«, stimmte Rocco zu.

»Was soll ich tun, wenn sie nicht dasselbe fühlt wie ich?«, fragte Gumby seinen Freund.

»Gib sie nicht auf«, antwortete Rocco. »Wenn sie für dich bestimmt ist, musst du dafür arbeiten. Nichts Gutes ist jemals einfach. Das weißt du genauso gut wie ich. Wenn sie nicht so empfindet, kannst du sie natürlich nicht dazu zwingen, und du würdest in diesem Fall auch nicht mit ihr zusammen sein wollen. Aber ich habe das Gefühl, dass es für dich schon zu spät ist. Geh es langsam an, lerne sie kennen und lass sie dich kennenlernen. Sei ehrlich zu ihr. Kommuniziere. Wenn es passieren soll, dann wird es schon klappen.«

»Danke«, sagte Gumby zu ihm. Es war gut zu wissen, dass er nicht verrückt war. Dass die Gefühle, die er für Sidney hatte, selbst nachdem er sie erst so kurze Zeit kannte, nicht völlig verrückt waren.

Rocco klopfte ihm auf den Rücken und griff nach seiner Wasserflasche. Er trank den Rest aus und drückte das Plastik zusammen. »Jetzt muss ich dafür sorgen, dass mein Team die Ziellinie überquert«, sagte er und warf die leere Wasserflasche in einen Mülleimer, der neben den unfertigen Schränken stand.

Gumby folgte Rocco zurück in den anderen Raum und ließ sich in seinem Sessel nieder, um seinen besten Freunden dabei zuzusehen, wie sie die Welt der Videospiele eroberten ... und dabei jeden Befehl von Sidney befolgten.

Zwei Stunden später stand Gumby mit Sidney auf der Treppe vor seinem Haus. Die Jungs waren gegangen, nachdem sie Sidney das Versprechen abgenommen hatten, bald wieder mit ihnen zu spielen. Es war mehr als offensichtlich, dass sie sie alle mochten und dass das Gefühl auf Gegenseitigkeit beruhte.

Er fühlte sich wohl und war glücklich. Das Gespräch mit Rocco half ihm, nicht mehr so gestresst darüber zu sein, wie sehr er die Frau mochte. Er wollte ihr nach Hause folgen, dafür sorgen, dass sie sicher ankam, aber selbst Gumby wusste, dass das etwas zu früh wäre. Trotzdem konnte er nicht umhin, an eine Zeit in der Zukunft zu denken, wenn sie nicht gehen würde. Wenn sie sich den Sonnenuntergang von seiner Terrasse aus ansehen und Hand in Hand zurück ins Haus und in sein Schlafzimmer gehen würden. Wenn er mit ihr an seiner Seite einschlafen und mit demselben Gefühl aufwachen würde.

»Ich hatte heute Abend viel Spaß«, sagte sie, die Hände in die Jeanstaschen gesteckt.

»Ich auch.«

»Tut mir leid, dass ich dein Spiel übernommen habe.«

»Das muss es nicht«, sagte Gumby. »Ich habe dir gern zugesehen.«

»Ich hasse es zu verlieren«, gestand sie verlegen.

»Du passt perfekt rein«, beruhigte er sie.

Sidney biss sich auf die Lippe. »Ich habe nicht viel getan, um dein Haus für dich hundesicher zu machen.«

»Das ist schon okay.«

»Wenn du mich fragst, denke ich, dass es größtenteils in Ordnung ist. Du musst nur darauf achten, dass es keine Bretter gibt, aus denen Nägel ragen, und dass Hannah nichts fressen oder trinken kann, was ihr schaden könnte. Mit einem Hund ist es nicht genau wie mit einem Baby. Du musst nicht alle Steckdosen mit Schutzvorrichtungen versehen oder so. Aber abgesehen davon musst du herausfinden, ob Hannah ein Hund ist, der Schranktüren öffnen kann, und ob sie ein Anrichtenspringer ist.«

»Anrichtenspringer?«

Sidney lachte. »Ja. Sie ist ein großer Hund. Wenn sie sich auf die Hinterbeine stellt, um zu untersuchen, was auf der Anrichte liegt ... dann könnte sie leicht alles erreichen, was da oben ist. Und wenn es Futter ist und sie hungrig genug ist, wird sie es stehlen. Anrichtenspringen.«

»Ah. Gut. Ich werde darauf achten. Ich muss dir noch

meine Daten geben, damit die Hintergrundüberprüfung von mir gemacht werden kann«, sagte Gumby.

Sidney schüttelte den Kopf. »Nein. Nicht nötig. Es ist in Ordnung. Ich vertraue dir.«

Gumby konnte sich nicht zurückhalten. Er trat in ihren persönlichen Bereich und lehnte sich dicht an sie heran. »Tust du das?«

Sie nickte.

»Aber wir haben uns erst gestern kennengelernt. Ich könnte ein Vergewaltiger sein, der dich dazu verleitet, deine Deckung fallen zu lassen.«

»Das bist du nicht«, sagte sie, wenn auch nicht mit sicherer Stimme.

»Aber ich könnte es sein«, beharrte er.

Sidney schüttelte den Kopf. »Ich würde nicht so für dich empfinden, wenn du es wärst.«

Ihre Worte bewirkten, dass sich die Unruhe in seinem Inneren legte. »Ach ja?«

»Ja.«

»Ich will trotzdem die Adoptionsgebühr bezahlen.«

»Okay. Aber nur, weil es dem Tierschutzverein helfen wird.«

»Gib mir die Adresse und ich werde eine Spende schicken.«

»Das werde ich.«

»Wann kann ich dich wiedersehen?«, fragte Gumby.

»Ich ... ich weiß es nicht.«

»Meine Freunde mochten dich.«

»Und ich mochte sie.«

»Gut. Es tut mir leid, dass sie heute gestört haben.«

»Das ist schon in Ordnung. Wenn ich Freunde hätte, die mir so nahestehen, wie sie es zu tun scheinen, hätte ich das Gleiche getan. Sie waren nur neugierig auf mich.«

Gumby nickte. Er konnte nicht länger widerstehen, sie zu berühren. Er hob eine Hand und strich ihr eine Haarsträhne hinters Ohr. »Es ist wirklich weich«, murmelte er.

Sidney biss sich auf die Lippe, antwortete jedoch nicht.

Gumby beugte sich hinunter, um die Nase an der Seite ihres Halses zu vergraben, und war begeistert, als sie den Kopf neigte, um ihm mehr Raum zu geben. »Und du riechst so gut.«

»Das ist meine Lotion.«

»Ich glaube, das bist nur du«, konterte Gumby. Er strich mit seinen Lippen über die empfindliche Haut ihres Halses und freute sich über den Schauer, der durch ihren Körper ging und den sie vor ihm zu verbergen versuchte. In dem Wissen, dass er sein Glück überstrapazierte, richtete Gumby sich auf. »Ich rufe bald an.«

»Okay. Sagst du mir Bescheid, wenn Hannah nach Hause kommt?«

»Natürlich. Kommst du mit mir, wenn ich sie abhole?«

»Im Ernst?«

»Ja.«

»Wenn ich nicht arbeite, dann ja«, antwortete sie.

»Ich werde mich mit dir in Verbindung setzen und dafür sorgen, dass der Zeitpunkt, an dem ich sie abhole, in deinen Zeitplan passt.«

»Was machen wir?«, flüsterte sie.

»Wir lernen uns kennen«, erklärte Gumby sofort.

»Das ist verrückt.«

»Nicht verrückter, als eine App zu benutzen, um jemanden kennenzulernen«, gab er zurück.

Sie lächelte. »Stimmt.«

»Fahr vorsichtig«, bat Gumby sie.

»Das tue ich immer.«

»Wenn du irgendetwas brauchst, und ich meine *irgendetwas*, rufst du mich an«, befahl Gumby.

»Ich lebe schon lange allein«, konterte sie.

»Das verstehe ich. Ich weiß, dass du absolut fähig bist. Verdammt, du weißt mehr über Haushaltsdinge, als ich jemals wissen werde. Aber ich möchte nur, dass du verstehst, dass du nicht mehr allein bist. Wenn du jemanden brauchst, der dir den Rücken freihält, während du einen misshandelten Hund überprüfst, rufst du mich an. Wenn du abends ausgehen willst, ohne dich um Belästigungen sorgen zu müssen, rufst du mich an. Wenn du dich langweilst und einfach nur mit jemandem reden willst, rufst du mich an. Hörst du mich?«

Sie starrte ihn einen langen Moment an, bevor sie schließlich nickte.

»Gut. Ich bin dein Freund, Sidney. Genau wie all die anderen Jungs, die du heute Abend getroffen hast. Wenn ich nicht da bin, rufst du einen von ihnen an. Und ich sorge dafür, dass du auch die Nummer meines Kommandanten bekommst, für den Fall, dass keiner von uns in der Nähe ist. Es ist wichtig.«

»Okay.«

Gumby hatte das Gefühl, dass sie ihm nur zustimmte, um zuzustimmen, aber sie würde es früher oder später herausfinden. Sie war jetzt ein Teil seiner Navy-SEAL-Familie. Und seine Familie war immer füreinander da, egal was passierte.

Er deutete mit dem Kinn in Richtung ihres Wagens. »Geh schon. Schick mir eine SMS, sobald du zu Hause bist.«

Sidney nickte und drehte sich zu ihrem Fahrzeug um. Dann holte sie tief Luft, wandte sich wieder ihm zu und stellte sich auf die Zehenspitzen. Sie ergriff seine Arme, als sie sich vorbeugte, und Gumby beugte sich nach unten. Ihr

Kuss landete auf der Seite seines Mundes, und er unternahm nichts, um die Geste zu ruinieren.

Sie zog sich zurück, drückte seine Arme und entfernte sich. »Danke für einen schönen Nachmittag und Abend.«

»Ich hatte Spaß«, entgegnete Gumby schlicht.

»Ich auch. Ich schicke dir eine Nachricht, wenn ich nach Hause komme.«

Er nickte. »Tschüss.«

»Tschüss.«

Sie drehte sich um und joggte zu ihrem Wagen. Gumby stand noch einige Minuten auf der Veranda, nachdem ihr Accord aus dem Blickfeld verschwunden war. Schließlich ging er zurück ins Haus und stellte sich an den Rand seines Wohnzimmers, wo er sein Haus auf eine ganz neue Art sah. Wohin er auch blickte, sah er Sidney. Sie saß auf seiner Couch. Stand in seiner Küche. Verbrachte Zeit auf der Terrasse hinter dem Haus.

Der heutige Tag hatte ihn verändert. Er war sich vor diesem Abend nicht sicher gewesen, was er für sie empfunden hatte.

Aber nachdem er gesehen hatte, wie leicht sie sich bei seinen Teamkameraden einfügte ... in sein Haus. In sein Leben.

Gumby wusste, dass er die Frau gefunden hatte, mit der er den Rest seiner Tage verbringen wollte.

Natürlich gab es keine Garantie, dass sie dasselbe wollte. Er würde alles tun müssen, um sicherzustellen, dass sie auf der gleichen Seite standen. Wie Rocco gesagt hatte, würde er da sein, bis sie sich entschieden hatte, egal wie lange es dauerte.

Sidney Hale mochte ein schweres Leben gehabt haben, aber jetzt, da sie ihn kennengelernt hatte, würde sie feststellen, dass alles viel einfacher werden würde.

KAPITEL SECHS

Sidney lächelte, als sie auf das Display schaute und sah, dass die SMS, die sie gerade erhalten hatte, von Decker war. Es war schon eine Woche her, dass sie ihn gesehen hatte, dass sie bei ihm zu Hause gewesen war, aber das bedeutete nicht, dass sie nicht miteinander gesprochen hatten.

Und Decker Kincade redete *gern*.

Es war fast nicht zu glauben.

Er schrieb ihr ständig SMS, aber es waren die Telefonanrufe, die sie fast taumelig werden ließen. Er hatte angerufen, wie er es versprochen hatte. Und sie hatten stundenlang geredet. Vor zwei Nächten hatte sie auf die Uhr geschaut und war schockiert gewesen, als sie sah, dass es viertel nach zwei war. Sie wusste, dass er um vier Uhr dreißig aufstehen musste, um zum Marinestützpunkt zum Training zu fahren. Als sie sich entschuldigt hatte, hatte er gesagt: »Ich würde jeden Tag der Woche auf Schlaf verzichten, wenn ich dafür mit dir reden kann.«

Es hätte sich kitschig anhören sollen. Wie ein Spruch. Aber aus irgendeinem Grund hatte es das nicht. Er meinte es ernst.

Sidney hatte noch nie in jemandes Leben an erster Stelle gestanden. Niemals. Brian war der Liebling ihrer Eltern. Sie war nur drei Jahre älter als ihr Bruder, aber seit sie denken konnte, wurde Brian immer mit mehr Aufmerksamkeit überschüttet. Er bekam mehr Geschenke zu seinem Geburtstag und zu Weihnachten, ihre Mutter arbeitete emsig an seinen Halloween-Kostümen, während sie sich mit dem begnügen musste, was sie selbst zusammenstellen konnte. Der Zeitplan ihrer Eltern drehte sich um Brian und seine außerschulischen Aktivitäten, nicht um ihre.

Und als sie versucht hatte, ihnen zu erzählen, was Brian im Schuppen in ihrem Garten machte, hatten sie ihr nicht geglaubt. Sie hatten ihr gesagt, sie sei nur eifersüchtig auf ihren Bruder.

Sidney verdrängte die Erinnerungen an den Schuppen aus ihrem Kopf und las die SMS, die Decker geschickt hatte.

Decker: Die Tierärztin sagt, dass Hannah bereit sei, nach Hause zu gehen, wann immer ich sie abholen kann. Wie sieht dein Terminplan aus?

Sidney schrieb ihm sofort zurück.

Sidney: Ich habe heute Nachmittag noch einen Job zu erledigen, dann habe ich frei.

Decker: Prima. Ich kann dich gegen vier abholen. Dann haben wir genügend Zeit, um zum Tierarzt zu kommen, bevor die Praxis schließt.

Sidney: Ich treffe dich dort.

Decker: Ich kann dich abholen.

. . .

Sie seufzte. Durch ihre Telefonate hatte sie über Decker gelernt, dass er stur war. Seine Beschützerinstinkte waren enorm. Er hatte ihr in der letzten Woche eine Million Mal gesagt, sie solle vorsichtig sein, sicher fahren und auf sich aufpassen.

Sidney: Deck, denk doch mal nach. Du wirst Hannah nicht in deinem Haus lassen wollen, um mich nach Hause zu bringen. Sie wird wahrscheinlich Schmerzen haben, sie wird an einem fremden Ort sein, und wenn du sie allein lässt, könnte sie in Schwierigkeiten geraten.

Decker: Sie kann mit mir kommen, wenn ich dich nach Hause fahre.

Es schien, als hätte er auf alles eine Antwort.

Sidney: Ich kann durchaus selbst nach Hause fahren.
Decker: Bitte?

Sie seufzte.

Sidney: Na gut.
Decker: HURRA!

Kichernd rollte Sidney mit den Augen.

. . .

Decker: Ich werde noch kurz in den Laden gehen, um ein paar Sachen für Hannah zu besorgen, bevor ich dich abhole. Darf ich sagen, dass ich nervös bin? Was ist, wenn sie mich nicht mehr mag? Ich bin froh, dass du mit mir kommst, um sie zu holen.

Bei seinen Worten legte sie tatsächlich eine Hand auf ihre Brust. Es gefiel ihr wirklich, dass Decker ehrlich und mitteilsam war. Es war erfrischend. Oh, sie wusste, dass es Zeiten geben würde, in denen sie das nicht zu schätzen wusste, wie zum Beispiel, wenn er ihr sagte, dass sie in etwas, das sie trug, fett aussah – nicht dass er das tun würde, so ein Typ war er nicht. Aber trotzdem. Sidney tippte schnell eine Antwort.

Sidney: Sie wird dich mögen. Warum sollte sie nicht?

Decker: Ich weiß nicht. Ich hatte einfach noch nie einen Hund, obwohl ich mir einen gewünscht habe. Ich habe mir geschworen, dass ich, wenn ich den Scheiß in Bahrain überlebe, den Arsch hochkriege und es mache, aber jetzt, da es so ist, habe ich eine Todesangst.

Sidney: Hör auf, in Panik zu geraten. Hannah hat *dich* ausgesucht, Decker. Entspann dich.

Decker: Das hat sie, nicht wahr?

Sidney: Ja. Du hast doch die Liste mit den zu besorgenden Dingen, die wir besprochen haben, oder?

Decker: Ja. Sid?

Sidney: Genau hier, Deck.

Decker: Danke.

Sidney: Nichts zu danken. Jetzt muss ich Schluss machen. Ich muss bei jemandem das Türschloss austauschen, weil ihr dämlicher Freund es gestern Abend eingetreten hat.

Decker: Ist jemand anderes bei dir, während du das machst?

Sidney: Entspann dich. Der Typ ist immer noch im Knast. Es ist alles in Ordnung.

Sidney: Decker?

Decker: Fürs Protokoll ... ich bin nicht glücklich.

Sidney konnte sich ein Lächeln nicht verkneifen. Sie wusste genau, was er über einige der Leute dachte, die in ihrer Wohnwagensiedlung lebten. Aber es war nicht so, als könnte sie einigen helfen, anderen aber nicht. Und die meiste Zeit, zumindest tagsüber, waren die meisten Bewohner entweder bei der Arbeit oder schliefen die vergangene Nacht aus. Tagsüber fühlte sie sich bei der Arbeit an den Wohnwagen völlig sicher. Nur nachts fühlte sie sich gelegentlich unwohl.

Sidney: Es ist in Ordnung. Wir sehen uns um vier.

Decker: Ja, das werden wir.

Sidney: Bis später.

Decker: Bis später.

Während Sidney ihr Handy wieder in die Tasche steckte und sich auf den Weg zu dem Wohnwagen auf der anderen Seite der Siedlung machte, dachte sie weiter über Decker nach. Es passte perfekt zu ihm, ein Navy SEAL zu sein.

Wenn sie darüber nachgedacht hätte, wäre sie vielleicht sogar darauf gekommen. Sie war ziemlich nahe am Stützpunkt gewesen, als sie Hannah gefunden hatte, und er war so gebaut, wie sie sich einen Navy SEAL vorstellte. Groß, muskulös und definitiv bedrohlich ... wenn er es sein musste.

Seine Freunde waren lustig. Anfangs war sie nervös gewesen, aber das Videospiel war eine gute Möglichkeit, das Eis zu brechen. Sie war sich durchaus bewusst, dass Decker den größten Teil des Nachmittags damit verbracht hatte, sie einfach nur zu beobachten, aber anstatt sie zu verunsichern, hatte sich das ... gut angefühlt. Sie wusste ohne jeden Zweifel, dass er sich darum gekümmert hätte, wenn einer seiner Freunde aus der Reihe getanzt wäre.

Und obwohl das gut war, war es auch beunruhigend. Sie hatte nie einen Verfechter gehabt. Ihr Bruder hatte es genossen, sie zu quälen, und niemals in hundert Jahren wäre er eingeschritten, wenn jemand sie schikaniert oder anderweitig bedroht hätte.

Sidney lenkte ihre Gedanken von ihrem Bruder ab und beschloss, Faith, die Koordinatorin des Tierschutzvereins, anzurufen. Es war schon eine Weile her, dass sie mit ihr gesprochen hatte, und sie musste sich mal wieder melden.

Die ältere Frau nahm nach nur einem Klingeln ab.

»Hallo Sidney, wie geht es dir?«

»Alles in Ordnung. Wie geht es *dir*?«

»Viel zu tun. Wir haben alle Hände voll zu tun mit ausgesetzten Tieren. Ich schwöre, es kommt mir so vor, als gäbe es ein Memo an alle miesen Hundebesitzer, das besagt, dass sie ihre Tiere am selben Tag auf die Straße lassen sollen.«

Sidney lachte. Es war nicht wirklich lustig, aber irgendwie konnte Faith selbst die schlimmste Situation auflockern. »Es tut mir leid, dass ich nicht viel da war. Es scheint, als ginge in der Siedlung alles zur gleichen Zeit kaputt.«

»Ich verstehe. Ich bin dankbar für alles, was du tun kannst.«

»Ähm …« Sidney zögerte, Faith von Hannah zu erzählen, denn die andere Frau hatte sie immer wieder davor gewarnt, die Kleinanzeigen im Internet nach Tieren zu durchsuchen. Dass es nicht sicher sei. Und sie wusste, dass ihre Freundin recht hatte, sie wusste, dass sie es nicht tun sollte … aber sie konnte sich einfach nicht dazu bringen aufzuhören.

Sidney war sich bewusst, dass sie ein Problem haben könnte, dass ihr Verhalten ein wenig selbstzerstörerisch war. Aber sie redete sich ein, dass es definitiv schlimmere Dinge gab, die sie tun könnte. Die Hunde brauchten ihre Hilfe – und wenn sie ihnen nicht half, wer sollte es dann tun?

»Was hast du diesmal gemacht?«, fragte Faith, womit sie Sidneys inneren Kampf unterbrach.

»Du kennst mich«, sagte Sidney in dem Versuch, ihren Zwang nicht wie eine große Sache erscheinen zu lassen. »Ich konnte nicht anders! Ich habe zufällig einen Pitbull zum Verkauf gesehen und musste dem nachgehen. Ich schwöre, ich wollte nur nach der Hündin sehen. Er hat sie misshandelt, Faith, und ich konnte es nicht mehr ertragen.«

Faith seufzte, fragte jedoch: »Hast du sie bekommen?«

»Mehr oder weniger.«

»Erkläre das«, befahl Faith.

»Ich bin irgendwie in eine Schlägerei mit dem Mistkerl geraten, aber ein Typ sah uns kämpfen und hielt an, um zu helfen. Das Arschloch ist weggelaufen, und der gute Samariter hat mir geholfen, den Hund zu einem Tierarzt zu bringen.«

»Wie kommt es, dass ich davon noch nichts gehört

habe?«, fragte Faith. »Du weißt doch, dass ich so schnell wie möglich davon erfahren muss, damit ich die Finanzierung regeln kann. Und der Tierarzt hat mich nicht wegen eines neuen Falles angerufen. Was ist hier los, Sidney?«

Sie seufzte. »Ich weiß. Der Typ, der angehalten hat, hat Hannah zu einem Tierarzt in der Nähe seines Hauses gebracht. Und er will sie adoptieren.« Sie sprach noch schneller. »Und bevor du mich noch mehr anschreist, er ist ein guter Kerl. Ich war bei ihm zu Hause, er will unbedingt einen Pitbull, und Hannah vergöttert ihn total. Er hat gesagt, dass er dem Tierschutzverein eine Spende zukommen lassen will, obwohl er das gar nicht muss.«

Die Tatsache, dass Faith einen Moment lang nichts sagte, machte Sidney nervös.

»Faith?«

»Du magst ihn«, sagte sie.

Sidney stolperte fast über ihre Füße, als sie zu dem Wohnwagen ging, an dem sie das Schloss austauschen musste.

»Nein, tue ich nicht«, verneinte sie instinktiv.

Faith sagte kein Wort mehr.

»Meinetwegen«, schnaubte Sidney. »Das tue ich. Aber es hat nichts mit Hannah zu tun.«

»Ihr habt dem Hund einen Namen gegeben?«

»Er war das. Er sagte, sie bräuchte einen schönen, weiblichen Namen. Bist du sauer?«

»Nein«, sagte Faith sofort. »Na ja, nicht wegen des Typen, der sie adoptieren will. Es ist das Ziel dieses Vereins, für jeden einzelnen der Hunde, die zu uns kommen, ein Zuhause zu finden. Ich bin allerdings verärgert, dass du meine Warnungen, diesen Arschlöchern nicht selbst nachzujagen, weiterhin ignorierst. Liebes, eines Tages wird es nicht mehr so gut für dich laufen. Was hättest du getan, wenn dieser Kerl nicht angehalten hätte?«

»Ich kann auf mich aufpassen«, beharrte Sidney.

»Das bezweifle ich nicht. Aber Hundekämpfe sind ein großes Geschäft. Diese Typen verdienen eine Menge Geld. Und wenn du ihnen dabei in die Quere kommst, werden sie nicht zögern, dich auszuschalten. Das *weißt* du. Wir haben immer wieder darüber geredet. Du musst vorsichtiger sein! Du solltest diese Typen nicht auf eigene Faust verfolgen. Ruf mich an. Ich werde mein Team zur Hilfe holen. Du weißt, dass ich die Spezialeinheit der Polizei auf Kurzwahl habe. Die Beamten sind genauso darauf bedacht wie wir, die Hundekampfringe zu zerschlagen. Sie können innerhalb weniger Stunden eingreifen.«

»Hannah hatte keine Stunden«, protestierte Sidney. »Er hatte sie hinter einem Fahrzeug oder so her geschleift, Faith. Ihre Füße haben geblutet und sie hatte keine Krallen mehr. Und nicht nur das, er hatte ihr auch noch Batteriesäure auf den Rücken geschüttet.«

Faith seufzte. Sidney entspannte sich ein wenig. Sie wusste, dass die ältere Frau es genauso hasste, von misshandelten Tieren zu hören oder sie zu sehen, wie Sidney es tat.

»Liebes, wenn sie das einem wehrlosen Hund antun konnten, was glaubst du, würden sie dann jemandem antun, der versucht, ihnen ihre Lebensgrundlage zu nehmen?«

Darauf hatte Sidney keine Antwort. Sie hatte Faith angerufen, weil sie eine freundliche Stimme hören wollte, nicht um belehrt zu werden – obwohl sie wusste, dass die Frau recht hatte.

Gedanken an ihren Bruder und den berüchtigten Schuppen kamen ihr in den Sinn, aber sie verdrängte sie.

»Niemand sonst ist da, der sich um die Hunde kümmert«, sagte sie leise.

»Ich bin da«, entgegnete Faith sofort. »Und jeder, der für mich arbeitet. Du bist nicht die Einzige, die sie retten kann. Aber wir können nichts für die Tiere tun, wenn wir tot sind.«

Keine von beiden sagte etwas, und Sidney blieb vor dem Wohnwagen stehen, auf den sie zusteuerte.

Faith seufzte. »Gut, dann halte ich jetzt die Klappe. Was gibt's Neues von Hannah?«

»Decker holt sie heute ab. Er hatte noch nie einen Hund, aber er wollte unbedingt einen Pitbull, wenn er sich einen zulegt. Hannah ist eher klein, ganz schwarz. Er sagt, die Wunde auf ihrem Rücken heilt und ihre Krallen sollten bald nachwachsen. Er wohnt in einem kleinen Haus am Strand und ist bei der Marine.«

Sie hörte Faith lachen. »Ich habe nach dem Hund gefragt, aber es ist schön zu hören, dass dein Decker ein guter Kerl zu sein scheint, mit einem Haus und einem Job.«

Sidney schlug sich im Geiste gegen die Stirn.

»Warte, hast du Decker gesagt?«

»Ja, wieso?«

»Ist sein Nachname Kincade?«

»Ja.«

»Das erklärt dann auch die erstaunlich großzügige Spende, die Anfang der Woche eintraf. Ich habe mich schon gewundert.«

»Er sagte, er würde die Adoptionsgebühr bezahlen«, sagte Sidney zu Faith.

»Ja, nun, ich hoffe, du gehst nicht herum und erzählst den Leuten, dass es zweitausend Mäuse kostet, ein Tier von uns zu adoptieren.«

»Was?«

»Jup. Ich habe einen Scheck über zweitausend Dollar erhalten. Das hilft uns sehr, die Ausgaben für diesen Monat zu decken.«

»Heilige Scheiße«, hauchte Sidney. »Ich habe ihm gesagt, dass es nur hundertfünfzig Dollar sind. Hat er wirklich zweitausend geschickt?«

»Ja. Ich glaube, ich mag diesen Decker«, entgegnete Faith.

Nun, das Gefühl beruhte definitiv auf Gegenseitigkeit. Aber anstatt darüber nachzudenken, wie großartig Decker war und wie schnell sie sich in ihn verliebt hatte, sagte sie einfach: »Ich muss Schluss machen, Faith.«

»Okay, Liebes. Sag mir Bescheid, wenn du irgendwelche Fragen oder Probleme mit Hannah hast. Ich kann den Tierarzt anrufen, wenn es nötig ist, und mich über ihren Fall informieren. Aber da sie nicht über unsere offiziellen Kanäle läuft, werde ich mich so weit wie möglich raushalten ... es sei denn, einer von euch braucht mich. Vergiss nicht, Decker meine Kontaktinformationen zu geben. Ich beantworte gern alle Fragen, die er haben könnte.«

»Danke, ich werde es ihn wissen lassen.«

»Es ist schon zu lange her, dass ich dich gesehen habe«, sagte Faith. »Komm bald mal wieder vorbei.«

»Das werde ich.«

»Und bring deinen Mann mit. Vielleicht auch Hannah. Ich möchte sie kennenlernen.«

»Ich werde mit ihm reden«, sagte Sidney. Es gefiel ihr, dass Faith Decker als »ihren Mann« bezeichnete. Es war nicht das erste Mal, dass sie das gesagt hatte, und jedes Mal fühlte es sich richtiger an. Was verrückt war. Sie kannten sich noch gar nicht so lange. Aber das Gefühl war dennoch da.

»Sei vorsichtig da draußen, Sid«, sagte Faith. »Ich meinte es ernst, als ich dir sagte, du sollst kein Risiko eingehen.«

»Ich weiß. Bis dann.«

»Bis dann.«

Etwas gezüchtigt und unsicher darüber, ob sie sich nach dem Gespräch mit ihrer Freundin besser oder schlechter fühlte, verdrängte Sidney die Unterhaltung und machte sich auf den Weg zur Vordertür des Wohnwagens, um ihre Arbeit zu erledigen.

KAPITEL SIEBEN

Gumby fuhr vor Sidneys Wohnwagen vor und stellte den Motor seines Pick-ups ab. Er sprang heraus und joggte zu ihrer Tür. Die Wohnwagensiedlung, in der sie lebte, war nicht die schlimmste, die er je gesehen hatte, obwohl sie auch nicht gerade vornehm war. Aber die Wohnwagen schienen gut gepflegt zu sein, und die kleinen Grasflächen um sie herum waren größtenteils gemäht und sauber.

Er klopfte an die Tür, seltsamerweise nervös. Er fuhr sich mit der Hand über die Haare und versuchte, sich zu beruhigen. Ja, er wollte unbedingt in die Tierarztpraxis fahren und Hannah abholen, aber er war auch aufgeregt, weil er Sidney wiedersehen würde. Sie hatten während der letzten Woche viel miteinander geredet, und jedes Mal, wenn er mit ihr sprach, fiel ihm der Abschied schwerer und schwerer. Er hatte sich in der Nähe einer Frau noch nie so wohl gefühlt.

Er wollte jedoch auf keinen Fall in die Freundschaftszone gesteckt werden. Er glaubte zwar nicht, dass er und Sidney dort waren, aber dennoch war er nervös.

Die Tür öffnete sich und ließ ihn aufschrecken. Gumby

rollte gedanklich mit den Augen. Er konnte sich nicht erinnern, wann er das letzte Mal überrascht worden war, für gewöhnlich war er immer wachsam.

»Hey!«, sagte sie. Ihre blauen Augen funkelten.

»Hi.«

»Bist du bereit?«, fragte sie, als sie sich umdrehte und ihre Tür abschloss.

Gumby starrte auf ihren Hintern. Sie trug eine Jeans, und die Art, wie diese ihre Kurven umschmeichelte, ließ ihm das Wasser im Mund zusammenlaufen. Das T-Shirt, das sie anhatte, schmiegte sich an ihren Oberkörper, und der Blick, den er auf ihre Brüste erhaschte, löste in ihm den Wunsch aus, sie in ihren Wohnwagen zu schieben und alles zu vergessen, was mit Hunden, Tierärzten und anderen Dingen zu tun hatte.

Sie schloss ab und drehte sich zu ihm um. »Decker?«

Sein Blick traf auf den ihren, und er konnte nicht anders. Er trat auf sie zu, war froh, dass sie nicht vor ihm zurückwich, und legte eine Hand in ihren Nacken.

»Deck?«, wiederholte sie.

Er drängte sich in ihren persönlichen Bereich und konnte ihren heißen Atem an seinem Hals spüren, als sie den Kopf zurücklegte, um ihn anzustarren.

»Du siehst großartig aus«, brachte er hervor.

Sie zog die Augenbrauen nach unten. »Ich trage ein T-Shirt und eine Jeans«, sagte sie und teilte ihm damit etwas mit, dessen er sich sehr wohl bewusst war.

»Ja.«

»Decker, ich bin den ganzen Morgen unter Wohnwagen herumgekrochen. Ich bin erst vor zehn Minuten aus der Dusche gesprungen.«

Er stöhnte auf. »Bitte hör auf, über dich unter der Dusche zu reden.«

Ihr Stirnrunzeln verwandelte sich in ein Grinsen. »Ernsthaft?«

»Ja.«

»Warum? Macht dich das an?«, neckte sie ihn.

Er legte seine freie Hand um ihre Taille, um sie fest und schnell an sich zu ziehen. Sie stolperte und stieß ein *Uff* aus, als sie gegen ihn prallte. Der blumige Duft, von dem er wusste, dass er ihn immer mit ihr assoziieren würde, stieg ihm in die Nase, und er atmete tief ein.

»Riechst du mich?«, fragte sie.

»Ja«, gab er offen zu. »Du riechst köstlich.«

Sie starrten einander einen Moment lang an, und Gumby konnte sehen, wie ihr Puls in der Kehle hämmerte. Er spannte die Finger in ihrem Nacken an und konnte keine Sekunde länger warten, sie zu kosten.

»Muss ich euch daran erinnern, dass es hier Kinder gibt?«, rief eine weibliche Stimme hinter ihnen.

Gumby stöhnte.

Sidney kicherte. Sie versuchte nicht, sich aus seiner Umarmung zu lösen, sondern drehte nur den Kopf und sagte: »Als ob dich das interessiert, Nora.«

Die Frau, die dort stand, lachte und lehnte sich mit der Hüfte gegen die Front seines Wagens.

Widerwillig ließ Gumby Sidney los und trat einen Schritt zurück. Er warf einen Blick auf die Frau, die sie unterbrochen hatte. Sie sah älter aus als Sidney, aber er wusste, dass das vielleicht an ihrer Kleidung lag. Sie trug einen Minirock, der den Intimbereich der Frau entblößen würde, wenn sie es wagte, sich zu bücken. Die Pumps an ihren Füßen mussten mindestens zehn Zentimeter hoch sein und ihre Bluse war im Grunde ein Bikinioberteil. Ihr blondes Haar war fast zu Tode toupiert und umgab das geschminkte Gesicht der Frau wie eine große flauschige

Wolke. Gumby konnte ihr Parfüm auch von dort riechen, wo er stand.

Er schob eine Hand auf die Rückseite von Sidneys Jeans und hakte einen Finger in ihrer Gürtelschlaufe ein. Es war offensichtlich, dass die beiden Frauen befreundet waren, aber er wollte nicht, dass Sidneys frischer, sauberer, blumiger Duft vom Parfüm der anderen Frau überwältigt wurde. Auf keinen Fall würde er zulassen, dass sie zu ihrer Freundin hinüberging und sie umarmte. Nein. Ausgeschlossen.

»Oh, es interessiert mich, Süße. Es interessiert mich sehr wohl«, sagte Nora. »Stellst du mir deinen Freund vor?«

Sidney sah zu Gumby auf und schenkte ihm ein kleines Lächeln. »Decker, das ist Nora. Nora, das ist Decker.«

»Schön, dich kennenzulernen«, murmelte Nora, kam aber nicht auf ihn zu.

»Gleichfalls«, erwiderte er.

»Wo hast du ihn versteckt?«, fragte Nora Sidney.

Decker grinste über die Röte, die Sidney in die Wangen stieg.

»Ich habe ihn nirgendwo versteckt. Wir haben uns erst letzte Woche kennengelernt. Deck hat mir bei einem Problem mit einem Hund geholfen.«

Nora rollte mit den Augen. »Du und diese Hunde.«

Die Frau sah Decker an, und er konnte die Intelligenz in ihrem Blick erkennen. Es war überraschend – und er schalt sich selbst, weil er sie aufgrund ihrer Kleidung beurteilt hatte. Er wusste besser als die meisten Menschen, dass der Schein trog.

»Ich hoffe, du bringst unsere Sidney dazu, lockerer zu werden und ein bisschen Spaß zu haben«, sagte Nora.

»Ich tue mein Bestes«, entgegnete er.

»Gut. Denn sie arbeitet zu hart, und ich habe sie noch

nicht mit einem Mann – oder einer Frau, was das betrifft – gesehen, seit ich sie kenne.«

Gumby gefiel das. Es machte ihn zu einem Arschloch, aber er konnte nichts gegen die Genugtuung unternehmen, die ihn durchströmte.

»Nora, halt die Klappe«, sagte Sidney und machte einen Schritt auf ihre Freundin zu, kam jedoch nicht weit, da Gumby ihre Jeans immer noch festhielt.

»Mach dir nicht ins Hemd«, sagte Nora. »Ich sage ja nur, dass du zu viel arbeitest. Du läufst hier ständig rum und tust, was Jude dir sagt. Es ist wichtig, dass du dir etwas Zeit für dich nimmst ... und damit meine ich nicht, Kötern hinterherzujagen. Ich habe es dir schon einmal gesagt und sage es dir noch mal, du musst flachgelegt werden. Glaub mir, das heilt alles, was dich plagt.«

Gumby lächelte, als Sidney aufstöhnte. »Im Ernst, Mädchen, halt die Klappe.«

»Was denn?«, fragte Nora alles andere als unschuldig. »Hör mal, auch wenn du einen fragwürdigen Kleidergeschmack hast – ich meine, wer trägt schon Jeans bei einer Verabredung? Röcke ermöglichen einen leichten Zugang ... wenn du weißt, was ich meine. Und du hast einen verdammt heißen Körper. Kurven an den richtigen Stellen, einen schönen Vorbau. Und ich denke, dein Mann hier kennt sich mit dem Körper einer Frau aus und kann dich definitiv befriedigen.« Sie sah Gumby an. »*Bitte* sag mir, dass du dich mit dem Körper einer Frau auskennst.«

Er lächelte wieder. Nora war zwar sehr offenherzig, aber sie schien harmlos zu sein. »Es ist schon eine Weile her, aber ich hatte noch keine Beschwerden.«

Nora lächelte breit. »Siehst du? Ein paar Stunden mit diesem Kerl und deine Batterien sind bestimmt wieder aufgeladen.«

»Bring mich sofort um«, sagte Sidney, senkte den Kopf und bedeckte ihre Augen.

»Wenn ich so darüber nachdenke ... es ist schon eine Weile her, dass ich mit einem Mann mit Bart ausgegangen bin. Und deiner ist schön voll. Ich wette, er würde sich an den empfindlichen Innenseiten meiner Oberschenkel fantastisch anfühlen. Sid, wenn du bereit bist zu teilen, bin ich immer für einen Dreier zu haben.«

Da hob Sidney den Kopf und sah ihre Freundin mit zusammengekniffenen Augen an. »Hände weg, Nora. Er gehört mir.«

Nora lächelte und hob die Hände. »Das habe ich mir schon gedacht. Ich wollte nur sehen, ob du es zugeben würdest. Habt Spaß heute. Tut nichts, was ich nicht auch tun würde.«

»Ich bin mir nicht sicher, ob das möglich ist«, murmelte Sidney.

Nora lachte. »Stimmt. Ich muss jetzt los. Ich habe eine Verabredung.« Sie zwinkerte.

»Mit dem Typen von letzter Woche?«, fragte Sidney.

Nora schnaubte spöttisch. »Diesem Arschloch? Nein. Er war verheiratet. Ich mag Schwänze, aber ich wildere nicht. Ich mag meine Männer ungebunden und bestückt wie ein Hengst.« Sie musterte Gumby, wobei ihr Blick auf seinem Schritt verweilte. »Du siehst nicht so aus, als hättest du in diesem Bereich ein Problem.«

Sidney trat vor ihn. »Augen bei dir behalten, Nora. Du weißt, dass ich dich liebe, aber ernsthaft?«

»Tut mir leid«, sagte Nora. »Ich kann nichts dafür. Du hast dir da einen guten Mann geangelt, Sid. Wenn du irgendwelche Tipps brauchst, komm morgen zu mir ... aber nicht zu früh. Ich habe das Gefühl, dass ich morgen früh *sehr* müde sein werde, wenn du weißt, was ich meine. Ich rufe dich als Erstes an.«

»Pass auf dich auf«, rief Sidney, als Nora sich auf den Weg machte.

»Das tue ich immer«, rief die andere Frau zurück, während sie auf ihren hohen Absätzen gekonnt über die Kiesauffahrt ging und auf ein elegantes Cabrio zusteuerte, das hinter seinem Wagen geparkt war.

Als sie an der Rückseite seines Fahrzeugs ankam, zückte sie ihr Handy und machte ein Foto von seinem Kennzeichen. Danach blickte sie nicht mehr zurück, sondern stieg einfach in ihren Wagen und fuhr davon. Gumby war so sehr auf Sidney konzentriert gewesen, dass er nicht einmal gehört hatte, wie das Fahrzeug vorgefahren war. Er war im Moment wirklich nicht in Bestform.

»Ich glaube, das ist mir peinlich«, sagte Sidney.

»Warum?«, fragte Gumby.

Sie drehte sich herum, um ihn anzusehen. »Ernsthaft?«

Er zuckte mit den Schultern. »Ja.«

»Weil meine Freundin im Grunde eine Hure ist. Ich meine, sie nimmt kein Geld für Sex, obwohl sie kein Problem damit hat, den Kerl, mit dem sie sich in einer bestimmten Woche trifft, für alles bezahlen zu lassen, angefangen beim Hotelzimmer über das Essen bis hin zu den Klamotten, wenn sie damit durchkommen kann. Ein Typ, mit dem sie zusammen war«, diese Worte setzte Sidney in Anführungszeichen, »hat ein ganzes Jahr lang ihre Miete bezahlt, obwohl sie sich nach zwei Monaten nicht mehr gesehen haben. Und nicht nur das, sie hat dich regelrecht mit den Augen gevögelt, hat sich selbst zu einem Dreier mit uns eingeladen, hat mir gesagt, ich solle einen Rock tragen, damit du leichten Zugang zu meinen privaten Stellen hast, und hat mir unterstellt, ich sei vielleicht lesbisch!«

Da er sie wieder berühren wollte und es ihm gefiel, wie sie unter ihm zitterte, wenn er seine Hand in ihren Nacken legte, schob Gumby seine Hand noch einmal an diese Stelle. »Sie klingt, als wüsste sie, was sie will, und ich mag es, dass sie sich nicht dafür entschuldigt. Sie ist eine gute Freundin, die sich um dich sorgt, sie schläft nicht mit verheirateten Männern, und alles, was sie gesagt hat, war auf *dein* Wohl bedacht.«

Sidney starrte ihn an, offensichtlich zweifelnd.

»Täusche ich mich?«, fragte er.

Sie schüttelte langsam den Kopf. »Die meisten Leute sehen Nora an und halten sie für eine Schlampe. Sie denken, dass sie unter ihrer Würde ist.«

»Sie ist keine Schlampe«, sagte Gumby. »Sie mag, was sie mag. Das bewundere ich. Und sie ist klug. Sie hat mich davor gewarnt, dich wie Scheiße zu behandeln, und mir versichert, dass du Freunde hast, die dir den Rücken freihalten.«

Sidney schaute immer noch skeptisch. »Nein, hat sie nicht.«

»Sid, das hat sie. Sie hat dir gesagt, dass sie dich morgen früh anrufen wird. Sie hat ein Foto von meinem Kennzeichen gemacht. Mich getestet, um zu sehen, ob ich die Chance auf einen Dreier ergreifen würde. Sie hat alles getan, um mich dazu zu bringen, den Köder zu schlucken – den sie selbst ausgelegt hat –, um *dich* zu schützen. Was hättest du getan, wenn ich auf ihre Vorschläge eingegangen wäre?«

»Dir in die Eier getreten und deinen Arsch von meiner Türschwelle geschubst.«

»Ganz genau«, sagte er.

Sie starrte zu ihm auf, als ihr die Absichten ihrer Freundin klar wurden.

»Fürs Protokoll ... ich stehe nicht auf Dreier«, fuhr er fort. »Wenn ich mit einer Frau im Bett bin, bin ich ganz auf sie konzentriert. Ich bin nicht verheiratet, und ich habe die Größe meines Schwanzes nicht mehr mit der eines anderen verglichen, seit ich dreizehn Jahre alt war und in der Umkleidekabine der Mittelschule saß, aber ich bin ziemlich sicher, dass du zufrieden sein wirst. Ich stimme Nora zu, dass du mörderische Kurven hast, aber ich bin nicht der Meinung, dass die Jeans, die du trägst, nicht verdammt sexy ist. Du bist mir in Jeans allemal lieber als in einem Rock. Leichter Zugang ist nicht alles, was es zu sein scheint. Die Vorfreude hat auch etwas für sich.«

»Wow«, flüsterte Sidney, während sich ihre Augen weiteten und ihre Atmung schneller wurde.

Gumby strich mit dem Daumen über die Seite ihres Halses. »Habe ich dir schon dafür gedankt, dass du mit mir kommst, um Hannah zu holen?«

»Ja«, hauchte sie.

Sie standen noch einen Moment lang da und sahen sich in die Augen, bevor Gumby sich nicht mehr zurückhalten konnte. Er beugte sich langsam zu ihr hinunter und war zufrieden, als sie den Kopf noch weiter zurücklehnte und die Augen schloss.

Er streifte ihre Lippen einmal mit den seinen. Dann ein zweites Mal. Beim dritten Mal ließ sie ihre Hand zu seinem Kopf wandern und versuchte, sein Haar zu greifen. Es war zu kurz, als dass sie viel Halt hätte finden können, aber dennoch zog sie ihn näher an sich heran und neigte den Kopf. Ihre Zunge kam heraus und er öffnete sich für sie.

Gumby konnte nicht anders, als die Hand in ihrem Nacken anzuspannen, während die Lust seinen Körper durchströmte. Er umfasste ihren Hintern und zog sie an sich heran, wohl wissend, dass sie seine Erektion an ihrem Bauch spürte, aber es war ihm egal.

Er hatte keine Ahnung, wie lange sie auf ihrer Treppe knutschten, aber schließlich beruhigte sich ihr hektischer Kuss, bis Gumby sich einige Zentimeter zurückzog.

Sidney atmete schwer, ihre Brüste streiften bei jedem Atemzug seinen Oberkörper, und er konnte sich vorstellen, wie sich ihre steifen Brustwarzen an ihm anfühlen würden, wenn sie nackt wären. Sein Schwanz pulsierte, und er wusste, wenn sie ihre Hände auf ihn legte, würde er wahrscheinlich in Sekundenschnelle explodieren.

Sidney öffnete die Augen und platzte heraus: »Dein Bart kitzelt.«

Er lachte leise. »Ach ja?«

Sie nickte. »Aber er ist weich.« Sie hob die Hand, mit der sie die Vorderseite seines Hemdes umklammert hatte, als wollte sie ihn berühren, zögerte aber im letzten Moment.

»Mach nur. Es ist in Ordnung.«

»Ich will nicht unhöflich sein.«

»Du kannst mich immer und überall anfassen, Sid«, versicherte Gumby ihr.

Sie umfasste seine Wange und er atmete tief ein, als sie über seinen Bart strich.

»Gefällt dir das?«, fragte sie.

»Ja«, antwortete er ehrlich. Es gefiel ihm nicht nur, er *liebte* es. Noch nie hatte jemand seinen Bart gestreichelt. Es war erstaunlich intim und sinnlich.

Nachdem sie einen Moment lang seine Gesichtsbehaarung erkundet hatte, ließ sie ihre Hand sinken und lächelte ihn verlegen an. »Ich schätze, wir sollten gehen.«

»Ja.« So sehr er es auch mochte, Sidney zu küssen und ihre Hände auf sich zu haben, so wusste er doch, dass sie zur Tierarztpraxis fahren mussten, bevor diese schloss.

Mit einer letzten Liebkosung ihres Nackens löste Gumby sich von ihr, wobei er den Verlust ihrer Körperwärme an sich hasste. Er ergriff ihre Hand und führte sie die zwei Stufen zu seinem Wagen hinunter.

Auf dem Weg zum Tierarzt versuchte Sidney, sich zu beruhigen. Sie war sich nicht sicher, was gerade passiert war. Nora war ... nun ja ... Nora gewesen. Aber jetzt, da Decker sie darauf hingewiesen hatte, sah sie, wie beschützend die andere Frau gewesen war. Es war ein gutes Gefühl. Nora war nicht gerade das, was man eine normale Freundin nennen würde, aber Sidney stand ihr näher als jedem anderen, den sie seit ihrer Ankunft in Kalifornien kennengelernt hatte.

Sie hingen nicht zusammen ab. Sie gingen nicht auf einen Drink aus. Aber Nora war trotzdem eine echte Freundin.

Und dann war da noch Decker.

Sie hatte den Kuss nicht geplant, und sie hatte Nora gegenüber sicher nicht offen herausplatzen wollen, dass er ihr gehörte, aber beides hatte sich richtig angefühlt. Sidney mochte die Eifersucht nicht, die in ihr aufgestiegen war, als Nora Decker angemacht hatte oder als sie ihn mit ihrem Blick praktisch gevögelt hatte.

Und die Bemerkung über seinen Bart war einfach unpassend gewesen – aber nachdem sie ihn geküsst und das weiche Haar an ihrem Mund und ihren Wangen gespürt hatte, gingen ihr Noras Worte nicht mehr aus dem Kopf. Wenn es sich so gut anfühlte wie beim Küssen, wäre es fantastisch, ihn zwischen ihren Beinen zu haben.

Als sie sich in ihrem Sitz bewegte und ihr feuchtes

Höschen spürte, wusste Sidney, dass sie an etwas anderes denken musste, sonst würde sie sich wirklich blamieren. Das Letzte, was sie brauchte, war ein nasser Fleck auf ihrer Jeans, um der Welt mitzuteilen, wie sehr sie den Mann neben ihr begehrte.

Als sie zu Decker hinüberschaute, sah sie, wie er das Lenkrad fest umklammerte und wie angespannt seine Schultern wirkten. Da kein Verkehr herrschte, nahm sie an, dass er nicht wegen des Fahrens nervös war.

»Entspann dich, Decker.«

Er atmete tief ein und aus. »Was ist, wenn sie sich nicht an mich erinnert?«

»Du hast sie in der letzten Woche besucht, oder?«

»Ja, ich war ein paarmal dort«, stimmte er zu.

»Worüber machst du dir dann Sorgen?«

Er seufzte erneut. »Die Tierärztin hat mir gesagt, dass Hannah in den letzten Tagen ein wenig aggressiv war. Normalerweise würde sie nicht empfehlen, dass sie so schnell nach Hause geht, aber da sie in der Praxis *nicht aufblüht* – ihre Worte, nicht meine –, hielt sie es für besser, wenn sie sich die restliche Zeit zu Hause erholt.« Er blickte zu ihr hinüber. »Was, wenn sie nicht darüber hinwegkommt, was diese Arschlöcher ihr angetan haben?«

Sidney legte eine Hand auf Deckers Oberschenkel. Er griff sofort nach ihrer Hand und hielt sie fest. »Ich glaube wirklich, dass Hunde genau wie Menschen unter posttraumatischer Belastungsstörung leiden können. Ich denke, mit viel Zeit und Liebe wird es Hannah gut gehen.«

Er brummte, als glaubte er ihr nicht.

»Decker, dieser Hund betet den Boden an, auf dem du gehst. Wenn ich es nicht selbst gesehen hätte, hätte ich es nicht geglaubt. Deshalb habe ich auch nicht dagegen protestiert, dass du sie adoptierst, ohne die Hintergrundüberprüfung zu machen. Von der Sekunde an, in der du mir bei der Prügelei mit diesem Arschloch geholfen hast, konnte sie den Blick nicht mehr von dir abwenden. Sie war verletzt und zu Tode verängstigt, aber sie ließ sich von dir hochheben. Das kommt nicht sehr oft vor. Die Hunde, die wir retten, sind normalerweise sehr misstrauisch. Mach dir keinen Kopf. Wenn sie Aggressionsprobleme hat, kannst du mit ihr arbeiten. Zeig ihr, dass sie dir vertrauen kann. Kein Hund ist perfekt. Vielleicht ist es der Käfig beim Tierarzt, den sie nicht mag. Vielleicht ist es der Geruch des Ortes. Vielleicht sind es die anderen Hunde. Ich weiß es nicht. Du wirst ihre Macken herausfinden müssen, so wie sie deine kennenlernt.«

Decker sah ein wenig entspannter aus. »Du hast recht.«

»Aber Deck, manche Hunde kann man einfach nicht rehabilitieren. Das weißt du doch ... oder? Sie haben zu viel durchgemacht. Sie wurden ihr ganzes Leben lang grausam behandelt und können kein Vertrauen fassen.«

Er seufzte. »Ja. Deshalb mache ich mir ja auch so große Sorgen.«

Sidney drückte sein Bein. »Wir werden es einfach abwarten.«

Sie hatte nicht viel darüber nachgedacht, was sie da sagte, aber als er zu ihr hinübersah und fragte: »*Wir* werden es einfach abwarten?«, wurde sie rot.

»Redewendung«, murmelte sie und versuchte, ihre Hand zurückzunehmen.

Er hielt sie fester. »Daran werde ich dich erinnern«, sagte Decker zu ihr. »Ich habe keine Ahnung, was ich tue. Zumindest nach deiner Reaktion auf den ganzen Scheiß, den ich gekauft habe, zu urteilen.«

Sidney musste darüber lächeln. Sie schaute auf die Ladefläche des Pick-ups und schüttelte den Kopf über all das Zeug, das er im Laden besorgt hatte. Es sah aus, als hätte er fast das Geschäft aufgekauft. Neben Futter und Leckerlis hatte er auch eine Tasche voller Spielzeug, zwei flauschige Hundebetten, einen Haufen Leinen und Halsbänder sowie eine Menge Fleecedecken gekauft. Es gab auch einen kleinen Käfig, obwohl er ihr gesagt hatte, dass er nicht sicher war, ob er Hannah gefallen würde, aber er wollte für alle Fälle vorbereitet sein.

»Hannah ist einer der glücklichsten Hunde, die ich je getroffen habe«, sagte Sidney leise. »Sie hat den Hunde-Jackpot geknackt, als du angehalten hast, um uns zu helfen.«

Decker nickte, aber sie konnte sehen, dass er immer noch nervös war.

Sie fuhren auf den Parkplatz und Sidney sprang heraus, ohne darauf zu warten, dass Decker zu ihr kam, um ihr herauszuhelfen. Sie ergriff seine Hand und er sah sie eine Sekunde lang mit stummem Dank an, bevor er ihr die Tür zur Praxis aufhielt.

Innerhalb von Sekunden wurden sie in einen leeren Untersuchungsraum geführt, wo sie auf die Tierärztin und Hannah warteten.

Fünf Minuten später hörten sie einen Tumult hinter der Tür, die zum hinteren Teil der Praxis führte. Die Tür sprang auf und eine Tierarzthelferin kam rückwärts in den Raum, wobei sie die arme Hannah praktisch hinter sich her schleifte.

Kaum war die Tür geschlossen, ging Decker auf die Knie und streckte sich nach Hannah aus. Die Wunde auf ihrem Rücken sah viel besser aus als das letzte Mal, als Sidney sie gesehen hatte. Alle vier Pfoten waren in Mull eingewickelt, und das arme Ding zitterte und knurrte leise.

Doch als sie Decker sah, änderte sich ihr gesamtes

Verhalten. Sie wedelte leicht mit dem Schwanz und kroch auf dem Bauch zu ihm hinüber, wo er auf dem Boden kniete.

»Komm her, Mädchen.«

Anstatt nur ihren Kopf auf seine Knie zu legen, kroch Hannah buchstäblich in seinen Schoß. Decker bewegte sich und setzte sich mit gekreuzten Beinen hin, um den fünfundzwanzig Kilo schweren Pitbull an sich zu drücken.

Die Tierarzthelferin stand über ihm und schaute erstaunt nach unten.

Sidney legte unterstützend eine Hand auf Deckers Schulter. Ihr standen die Tränen in den Augen, als sie sah, wie sehr Hannah sich freute, ihn zu sehen. Es sah so aus, als gäbe es keinen Ort, an dem sie lieber wäre als hier auf seinem Schoß.

Die Ärztin kam ins Zimmer – und blieb stehen, als sie ihre Patientin auf Deckers Schoß sah.

»Wow«, rief sie aus. »Ich wusste ja, dass Hannah Sie mag, aber so wohl hat sie sich noch nicht gefühlt, seit Sie sie hergebracht haben.«

»Hat sie viel Ärger gemacht?«

Die Tierarzthelferin lachte.

Auch die Ärztin lächelte. »Sagen wir einfach, sie mag es nicht, wenn an ihr herumgedrückt und -gepikst wird.«

Sidney nahm an, dass sie die Dinge herunterspielte. Und zwar sehr.

Die Tierärztin schüttelte den Kopf. »Ernsthaft, das ist erstaunlich. Ich denke, wir lassen sie einfach hier bei Ihnen, während ich Ihnen erkläre, wie sie sich seit Ihrem letzten Besuch entwickelt hat.«

Und das taten sie. Während Hannah auf Deckers Schoß zusammengerollt blieb, zeigte die Ärztin ihm, wie man die Wunde auf ihrem Rücken säubert, und sagte zu ihm, er solle sich keine Sorgen machen, wenn ab und zu noch ein wenig Blut und Eiter aus der Wunde sickerten, da es helfen würde, sie zu reinigen. Dann nahm sie vorsichtig eine von Hannahs Pfoten und wickelte den Verband ab. Die Ballen erholten sich bereits und die Krallen waren zwar bis auf Stummel abgenutzt, aber die Ärztin sagte, dass auch sie irgendwann nachwachsen würden.

Trotz allem knurrte und verkrampfte Hannah sich nicht. Decker lobte sie immer wieder und sprach beruhigende Worte, während er ihren Kopf und ihre Seiten streichelte.

»Haben Sie ihr einen Mikrochip eingepflanzt?«, fragte er, als die Ärztin Hannahs Pfote wieder verbunden hatte.

»Ja. Sie müssen ihn bei der Firma registrieren lassen. Wir geben Ihnen die Details, wenn Sie auschecken. Wir haben auch alle ihre Impfungen aufgefrischt, wie Sie es gewünscht haben. Wie Sie wissen, war sie mit Flöhen übersät, und das hat sich jetzt erledigt. Sie hat allerdings Herzwürmer, und wir haben angefangen, sie dagegen zu behandeln.«

»Wird sie daran sterben?«, fragte Decker und schien Hannah noch enger an sich zu drücken, als könnten seine Arme allein sie vor dem Tod bewahren.

»Nein. Hunde können sterben, wenn die Würmer wirklich schlimm werden, aber es sieht so aus, als hätten wir Hannahs Fall relativ früh erkannt. Sie hat das Entwurmungsmittel bekommen und wir müssen es ihr weiterhin geben, aber irgendwann sollten sie absterben und sie wird wieder gesund. Halten Sie sie einfach ruhig und vermeiden Sie anstrengende Aktivitäten für mindestens sechs Wochen ... nicht dass sie mit diesen Pfoten viel wird tun wollen.«

»Ich wohne am Strand«, sagte Decker. »Was ist mit dem Sand, wird ihr das schaden?«

»Halten Sie sie mindestens zwei Wochen lang so oft wie

möglich auf dem Rasen. Danach können Sie nach Gefühl entscheiden. Sie wird Ihnen sagen, wozu sie bereit ist. Wenn sie Sand an die Pfoten bekommt, müssen Sie ihn gründlich abwaschen. Und kein Sand in die Wunde auf ihrem Rücken. Ich weiß nicht, ob sie sich wälzt oder nicht, aber wenn ja, wollen Sie nicht, dass die Sandkörner in ihren Rücken gedrückt werden.«

Decker sah entsetzt aus. »Nein, ich werde sie draußen im Gras lassen«, sagte er.

Sidney hörte amüsiert zu, wie Decker der Ärztin hundert Fragen stellte. Er blieb die ganze Zeit über mit gekreuzten Beinen auf dem Boden sitzen und bewegte sich keinen Zentimeter. Sie nahm an, dass er sich mit Hannahs Gewicht auf dem Boden unwohl fühlen musste, aber er verlagerte nicht einmal sein Gewicht.

Schließlich schienen Decker die Fragen auszugehen.

»Sie können jederzeit anrufen, wenn Sie etwas brauchen«, sagte die Tierärztin sanft. »Ich beantworte gern alle weiteren Fragen, die Sie vielleicht haben.«

»Das weiß ich zu schätzen«, sagte Decker. »Tut mir leid, dass ich so viel Ihrer Zeit in Anspruch genommen habe.«

Die Ärztin schüttelte sofort den Kopf. »Ich wünschte nur, alle würden so aufmerksam auf ihre Haustiere achten wie Sie.«

Hannah wählte diesen Moment, um laut zu schnarchen, und alle lachten. Sie hatte ihren Kopf auf Deckers Schulter gelegt, während er mit der Ärztin gesprochen hatte, und fühlte sich offensichtlich sicher genug, um einzuschlafen.

»Ich schätze, sie hat es bequem«, sagte Decker verlegen.

Die Tierärztin kniete sich noch einmal vor Decker hin und fuhr mit der Hand über Hannahs Kopf. »Sie hat nicht viel Schlaf bekommen, während sie hier war, aber ehrlich gesagt habe ich so etwas noch nie gesehen.«

»Was?«, fragte Decker.

»Sie beruhigte sich, wenn Sie zu Besuch kamen, aber jedes Mal, wenn Sie gingen, war sie nervös und misstrauisch. Sie schnappte nach jedem, und wir mussten sie betäuben, um ihre Pfoten und ihren Rücken zu reinigen. Aber jetzt, da Sie hier sind, ist sie so sanft wie ein Lamm. Es ist erstaunlich.«

»Wahrscheinlich mag sie den Käfig einfach nicht«, sagte Decker.

Die Tierärztin schüttelte den Kopf. »Nein. Ich glaube nicht, dass es das ist. Ich meine, ja, sie wird nie ein Fan von Zwingern sein, aber ich habe das nur wenige Male erlebt. Und das will was heißen, wenn man bedenkt, was ich beruflich mache. Ihr zwei seid füreinander bestimmt. Ich weiß nicht, wie ich es sonst erklären soll. Manchmal machen zwei Seelen einfach klick ... verbinden sich.«

Decker drehte den Kopf und sah zu Sidney auf, die schwer schluckte. Er konnte doch nicht denken, dass es das war, was zwischen ihnen passierte ... oder doch?

Denn das war es, was *sie* dachte. Wie groß war die Wahrscheinlichkeit, dass er genau in dem Moment vorbeikam, in dem sie ihn brauchte?

Sie hatte sich noch nie übermäßig für Männer interessiert ... bis zu ihm. Jetzt lebte sie bereits für seine SMS und Anrufe, und als sie ihm heute die Tür geöffnet hatte, schien sich alles in ihr zu beruhigen. Sie war sich ihrer Umgebung immer äußerst bewusst und hatte es schwer, zur Ruhe zu kommen. Aber bei ihm entspannte sie sich. Instinktiv wusste sie, dass sie die Gegend nicht ständig absuchen musste, weil er da war und sie beschützen würde.

Sie schüttelte das Gefühl ab und lächelte zu Decker hinunter. »Sie liebt ihr Herrchen«, sagte sie zu ihm.

Er lächelte zurück, und der Stolz und die Liebe in

seinen Augen für den Hund auf seinem Schoß waren unübersehbar. Gott, Sidney wusste, dass sie heute Nacht von diesem Blick träumen würde. Davon, ihn in seinen Augen zu sehen, wenn er an *sie* dachte.

»Hilfst du mir auf?«, fragte er.

Sidney nickte, nicht sicher, wie viel Hilfe sie sein würde, aber wie sich herausstellte, musste sie ihn hauptsächlich nur stützen, als er sich vom Boden aufrichtete und mit Hannah in den Armen aufstand.

»Sie kann laufen«, sagte die Tierärztin mit einem Funkeln in den Augen.

»Ich weiß. Aber sie ist müde. Diesmal werde ich sie tragen.«

Decker schritt mit dem Pitbull auf dem Arm aus dem Zimmer.

Sidney wollte ihm folgen, aber die Ärztin sagte leise: »Lassen Sie nicht zu, dass er sie zu sehr verwöhnt. Sie muss diese Füße benutzen. Ich glaube, es ist schwieriger für uns, ihr beim Laufen *zuzusehen*, als für sie, es tatsächlich zu tun.«

»Das werde ich nicht.«

»Das ist ein Glückspilz von Hund«, sagte sie, nickte Sidney zu und verschwand wieder im hinteren Teil der Praxis.

Sidney hätte nicht mehr zustimmen können.

Decker bat sie, sein Portemonnaie aus der Gesäßtasche zu holen, und sie stimmte freudig zu, wobei sie darauf bedacht war, ihn zu begrapschen, während sie es herausholte. Er schmunzelte in dem Wissen, dass sie ihn etwas mehr als nötig berührt hatte, aber er sprach sie nicht darauf an.

Es machte Spaß, Decker zu reizen, was überraschend war. Nachdem sie erfahren hatte, dass er ein SEAL war, hatte sie gedacht, er wäre vielleicht schroff und puritanisch, aber das hätte nicht weiter von der Wahrheit entfernt sein können. Hätte sie ihn an dem Tag, an dem er das Arschloch verjagt hatte, das auf sie einschlug, nicht im »Krieger«-Modus gesehen, hätte sie vielleicht nicht einmal geglaubt, dass er überhaupt Teil einer Spezialeinheit war.

Decker zuckte angesichts der Rechnung nicht mit der Wimper, und Sidney war umso froher, dass er es gewesen war, der angehalten hatte, um zu helfen. Sie wusste, dass Faith und der Tierschutzverein das Geld für Hannah aufgetrieben hätten, aber durch Deckers Großzügigkeit konnten sie nun einem anderen Tier helfen, das Hilfe brauchte.

Ehe sie sichs versah, hielt Sidney Decker die Vordertür seines Wagens auf.

»Bist du sicher, dass es dir nichts ausmacht, hinten zu sitzen?«, fragte er zum dritten Mal.

»Nein, Deck. Es ist in Ordnung. Hannah wäre am Boden zerstört, wenn sie nicht neben dir sitzen könnte.«

Er lächelte verlegen. Sobald er Hannah auf den Sitz geladen hatte, zog er Sidney zu sich. Er schlang die Arme um ihre Taille und vergrub sein Gesicht an ihrem Hals. Sein Bart streifte ihre Haut, was sie wohlig erschaudern ließ.

»Nochmals vielen Dank, dass du mit mir gekommen bist.«

»Nichts zu danken.«

Er stand einen langen Moment so da, und gerade als Sidney sich fragte, was um alles in der Welt er da tat, spürte sie, wie sich eine seiner Hände hinter ihr bewegte. Sie drehte den Kopf und sah, dass er Hannah mit einer Hand streichelte, während er sie mit der anderen immer noch festhielt.

»Decker?«

»Ja?«

»Fahren wir jetzt?«

»In einer Sekunde. Ich möchte, dass sie weiß, dass du zu mir gehörst. Dass du mir wichtig bist. Dass es, nur weil sie auf dem Beifahrersitz sitzt, nicht heißt, dass sie immer ihren Willen durchsetzen kann.«

Sidney wusste nicht, ob sie sich zu Deckers Füßen in eine Pfütze verwandeln oder schnauben und mit den Augen rollen wollte. Sie wusste, dass es nicht so einfach war, besonders bei misshandelten Tieren.

Deshalb war sie schockiert, als Hannah die Nase hob und an ihren Rücken drückte.

Decker drehte sie in seinen Armen und stellte sich hinter sie. Sidney streckte eine Hand aus und strich Hannah über den Kopf. Decker verschränkte seine Finger mit ihren und streichelte mit ihnen über die Seite des Hundes. Dann hielt er Hannah ihre Hände hin, damit sie daran schnüffeln konnte.

»Siehst du, Mädchen? Sidney gehört zu mir. Das heißt, du darfst sie weder anknurren noch gemein zu ihr sein. Außerdem ist sie diejenige, die dich gerettet hat, nicht ich. Du solltest *sie* lieb haben, nicht mich.«

Als hätte sie verstanden, streckte Hannah ihre Zunge heraus und leckte über Sidneys Finger.

Erfreut, aber irgendwie nicht überrascht, lachte sie.

»Du wirst sie ganz schön verwöhnen«, sagte Sidney, insgeheim begeistert, dass Hannah sie zu mögen schien. Vielleicht lag es daran, dass sie nach Decker roch. Vielleicht lag es auch nur daran, dass Decker direkt neben ihr stand. Aber das spielte keine Rolle. Hannah war für Decker bestimmt, so wie er dafür bestimmt war, ihr Herrchen zu sein.

Es gab eine Menge Dinge, denen Sidney skeptisch gegenüberstand. Aber das Schicksal stand ganz oben auf der Liste.

Sie glaubte nicht daran, dass Dinge vorherbestimmt waren. Das hatte sie noch nie. Selbst mit einem Bruder, der durch und durch böse war, glaubte sie nicht, dass seine Zukunft von dem Moment an, in dem er geboren wurde, vorbestimmt gewesen war. Er war ein glückliches Kind gewesen. Sie konnte sich daran erinnern, wie sie als Kind mit Brian gespielt und gelacht hatte. Sie wusste nicht, wann er begonnen hatte, sich zu verändern, aber an einem Tag war er ihr fröhlicher kleiner Bruder und am nächsten Tag war er der kleine, furchterregende Junge, der ihr Angst machte.

Und trotz allem, was passiert war, glaubte sie nicht, dass das Leben vorherbestimmt war.

Aber als sie dort mit Decker stand und von einem Hund abgeleckt wurde, der eigentlich bösartig und gebrochen sein sollte, konnte sie sich des Eindrucks nicht erwehren, dass Decker und Hannah dazu bestimmt waren, einander zu finden.

Sidney drehte sich in seinen Armen um, legte ihren Kopf an seine Brust und drückte ihn an sich.

»Nicht dass ich mich beschwere, aber wie komme ich zu der Ehre?«, fragte er.

Es war zu schwer zu erklären, also sagte Sidney einfach: »Ich freue mich für euch beide.«

»Ich mich auch«, antwortete er leise.

Sie spürte, wie er ihr einen Kuss auf den Kopf gab, und seufzte zufrieden. Eine Sekunde später stieß sie einen kleinen Schrei aus, als eine kalte, nasse Nase die Haut an der Rückseite ihres Arms berührte. Hannah hatte den Ärmel ihres Hemdes hochgeschoben und stupste sie mit der Nase an.

Lachend stieß Sidney Decker zurück. »Schon gut, schon gut. Wir fahren.« Sie blickte zu dem Mann auf, den sie immer noch in den Armen hielt. »Die Prinzessin will nach Hause und ihr neues Schloss sehen.«

Das Lächeln auf Deckers Gesicht war breit, und es ließ Sidney den Atem stocken. Sie hatte ihn schon öfter glücklich gesehen, aber in diesem Moment war er *glücklich*. Seine weißen Zähne schimmerten in der Nachmittagssonne und um seine Augen herum waren Lachfalten zu sehen.

»Dann lass uns die Prinzessin nach Hause bringen.«

Sidney wollte noch mehr in seine Worte hineininterpretieren, aber sie zwang sich, ihn loszulassen und sich unter seinem Arm zu ducken, um die Hintertür seines Pick-ups zu öffnen.

Nach Hause.

Es war lange her, dass sie sich an einem Ort wirklich zu Hause gefühlt hatte.

Das Haus, in dem sie aufgewachsen war, hatte in dem Moment aufgehört, ein Zuhause zu sein, in dem Brian sie dazu gebracht hatte, sich davor zu fürchten, die Tür zu öffnen. Der Wohnwagen, in dem sie lebte, war nie ein Zuhause gewesen, er war nur ein Ort, an dem sie schlafen konnte.

Aber wenn sie an Deckers Haus dachte? Ja, es war definitiv ein Zuhause ... und es war mehr als gefährlich für sie, diesen Gedankengang weiterzuverfolgen.

Sie schnallte sich an und lehnte sich zurück, während Decker Hannah Unsinn vorsäuselte und sie zu seinem Strandhaus fuhr. Sidney schloss die Augen und verlor sich im Klang seiner Stimme.

KAPITEL ACHT

Es war dunkel draußen und Gumby wusste, dass er Sidney nach Hause bringen sollte, aber in Wahrheit wollte er sie nicht aus den Augen lassen. Der heutige Tag war sehr emotional für ihn gewesen und er fühlte sich jetzt entspannt. Sidney lag ihm gegenüber auf der Couch, und Hannah hatte sich auf einem ihrer beiden neuen Hundebetten ausgestreckt und schnarchte. Die Tierärztin hatte ihn darauf aufmerksam gemacht, dass er Hannah wahrscheinlich einen Kragen anlegen müsste, damit sie nicht an ihren Pfoten lecken konnte, aber bisher hatte sie jedes Mal, wenn sie Interesse an ihnen gezeigt hatte, mit einem Wort von ihm damit aufgehört.

Zum Abendessen hatte er chinesisches Essen bestellt, und während sie aßen, schalteten sie den Wissenschaftskanal ein. Keiner von beiden schaute wirklich fern, stattdessen unterhielten sie sich. Er erzählte ihr von einigen Missionen, an denen er teilgenommen hatte – natürlich ohne streng geheime Details –, und sie erzählte von einigen der Hunde, die sie gerettet hatte.

Sie erzählte ihm, wie sie ihren Job in der Wohnwagensiedlung bekommen hatte ... sie war gerade erst eingezogen, und als eine der Wasserleitungen zu ihrem Wohnwagen geplatzt war, war sie gerade dabei gewesen, sie zu reparieren, als der Verwalter zufällig vorbeikam. Er war beeindruckt gewesen, dass sie sich selbst darum kümmern konnte, und das war's. Er hatte sie angefleht, für ihn zu arbeiten. Sein letzter Handwerker war faul gewesen und hatte es vorgezogen, den ganzen Tag zu schlafen und die ganze Nacht zu feiern, anstatt zu arbeiten.

Sie unterhielten sich weiter über Hannah und Pitbulls im Allgemeinen. Sidney erzählte ihm von Faith, der Frau, die den Tierschutzverein leitete. Stunden vergingen, bevor es ihnen auffiel, und es war offensichtlich, dass keiner von ihnen derjenige sein wollte, der den Abend beendete.

Gumby saß an einem Ende der Couch, während Sidney auf dem Rücken lag, die Zehen unter seinen Oberschenkel geschoben. Während sie sich unterhielten, fuhr er mit einer Hand rhythmisch an ihren Schienbeinen auf und ab.

»Das Haus sieht toll aus«, sagte sie nach einem kurzen Moment.

»Danke. Ich habe meinem Handwerker das Doppelte bezahlt, damit er das Erdgeschoss fertigstellt.«

Sie warf ihm einen finsteren Blick zu. »Du hättest das Geld nicht vergeuden sollen. Ich hätte dir geholfen.«

»Ich weiß. Aber glaub mir, oben gibt es noch viel zu tun.«

»Ich kann dir dabei helfen, weißt du. Ich habe zwar keine Lizenzen oder so, aber ich weiß, was ich tue.«

»Warum besorgst du sie nicht?«

»Was? Lizenzen?«

»Ja.«

»Ehrlich?«

»Immer.«

»Geld.« Sie hielt eine Hand hoch, um ihn von einem Kommentar abzuhalten. »Ich weiß, ich weiß. Wenn ich in mich selbst investiere, kann ich mehr Geld verdienen, indem ich bei einer Baufirma oder so etwas anheuere, anstatt die Routinearbeiten im Wohnwagenpark zu erledigen.«

Gumby zuckte mit den Schultern. »Warum tust du es dann nicht?«

»Ich hatte nie vor hierzubleiben«, gab sie zu, und sein Magen krampfte sich zusammen. »Aber dann lernte ich Jude, Nora und Faith kennen. Und ein Monat führte zum nächsten, und nach mehreren Jahren bin ich immer noch hier.«

Gumby zwang sich, sich zu entspannen. »Was hält dich zurück? Du könntest Abendkurse belegen und ein paar Zertifikate erwerben. Ich kenne mich da nicht aus, aber sind die Kosten für die Zulassungstests nicht in den Kursgebühren enthalten?«

Sidney zuckte mit den Schultern.

»Sprich mit mir, Sid«, flehte Gumby.

»Ich habe Angst, okay?«, sagte sie abwehrend.

Gumby konnte nicht glauben, was er gerade gehört hatte. »Was?«

»Du hast mich gehört«, brummte sie. »Als Frau würde der Lehrer wahrscheinlich besonders hart mit mir ins Gericht gehen. Außerdem wollen die meisten Handwerker keine Frauen in ihren Reihen haben.«

»Hast du aufgrund deines Geschlechts oft Schwierigkeiten?«, fragte er.

Sidney nickte. »Ich weiß, dass es heutzutage schwer zu glauben ist, aber viele Mieter – männliche und weibliche – mögen es nicht, wenn ich an ihren Sachen arbeite, weil sie behaupten, ich wüsste nicht, was ich tue. Und in der Highschool haben mir die Lehrer und meine Mitschüler die beiden Male, in denen ich eine Art Werkunterricht belegt habe, das Ganze zur Hölle gemacht. Ich brauche diesen Scheiß nicht.«

Es klang nicht so, als hätte sie Angst. Sie war vielleicht misstrauisch, und Gumby konnte es ihr nicht verdenken. Er hatte in der Navy einige außergewöhnliche Frauen kennengelernt, die wahrscheinlich hervorragende SEALs abgegeben hätten, und obwohl sie jetzt die Möglichkeit hatten, es zu versuchen, wusste er, dass es für sie doppelt so schwer war wie für Männer ... und für *Männer* war es schon verdammt schwer, die ganze Ausbildung durchzustehen.

Gumby beugte sich vor, um sein Handy vom Couchtisch zu nehmen. Er drückte eine Taste und stellte das Telefon auf Lautsprecher, als es zu klingeln begann.

»Wen rufst du –« Ihre Worte wurden unterbrochen, als jemand abnahm.

»Hallo?«

»Hi Max, hier ist Gumby.«

»Hey! Wie geht's denn so? Stimmt irgendetwas nicht?«

»Nein, nein, nichts dergleichen. Alles ist prima. Ich weiß es zu schätzen, dass du so hart arbeitest, um alles zu schaffen. Ich habe Hannah heute nach Hause gebracht, und sie schnarcht gerade vor mir auf dem Boden.«

»Gut, gut. Also, was gibt's? Hast du deine Meinung darüber geändert, dass ich nicht sofort mit dem Obergeschoss anfangen soll?«

Gumby lachte, wandte den Blick jedoch nicht von Sidney ab. »Nein. Ich muss jetzt schon eine Niere verkaufen, um die Arbeit zu bezahlen, die du schon gemacht hast. Aber ich habe eine Frage an dich.«

Max lachte leise am anderen Ende der Leitung. »Schieß los.«

»Wie stehst du dazu, Frauen für dich arbeiten zu lassen?«

Es gab eine Pause, bevor der andere Mann sagte: »Die Antwort darauf kennst du bereits.«

»Tu mir den Gefallen und sag es noch mal«, bat Gumby ihn.

»Ich stelle jeden ein, der für die Arbeit qualifiziert ist. Heutzutage ist es verdammt schwer, jemanden zu finden, der weiß, was er tut, egal ob Mann oder Frau. Ich verlange nur, dass meine Mitarbeiter pünktlich erscheinen und nicht pfuschen. Ich möchte, dass sie jeden Auftrag so behandeln, als würden sie am Haus ihrer Großmutter arbeiten. Das Geschlecht spielt dabei keine Rolle. Und das weißt du ganz genau, denn während der letzten Woche war praktisch meine gesamte Mannschaft bei dir.«

Gumby *wusste* es. Er hatte gesehen, wie die Männer mit den Frauen scherzten und lachten, während sie Seite an Seite arbeiteten, um seine Küche fertigzustellen und den Rest des Erdgeschosses zu vollenden.

Sidney starrte ihn mit undurchdringlicher Miene an.

»Genau.«

»Hast du jemanden, der einen Job braucht?«, fragte Max.

»Braucht? Nein. Aber sie ist der Meinung, dass Bauunternehmer nicht mit Frauen arbeiten wollen.«

»Scheiß drauf. Solange sie mit dem derben Humor und den Flüchen klarkommt, kann sie gern für mich arbeiten.«

»Ich werde es weitergeben.«

»Tu das. Und sag mir Bescheid, wenn wir mit deinem Obergeschoss beginnen sollen. Ich kann es kaum erwarten, das große Badezimmer in die Finger zu bekommen.«

Gumby lachte. Ursprünglich hatte er vorgehabt, das Schlafzimmer und sein Bad zuerst fertigzustellen, aber um sicherzugehen, dass das gesamte Erdgeschoss für Hannah sicher war, hatte er das geändert. »Wir beide«, sagte er zu Max. »Ich rufe an, wenn ich so weit bin.«

»Bis dann.«

»Bis dann.« Gumby legte auf und legte das Handy zurück auf den Couchtisch. Bevor Sidney etwas sagen konnte, drückte er ihr Bein und erklärte: »Du darfst auf keinen Fall Angst vor dem Unterricht haben, Sid. Eine Frau, die kein Problem damit hat, Tierquäler aufzuspüren und sich mit Typen anzulegen, die Hundekampfringe betreiben, kann keine Angst vor einer verdammten Prüfung haben. Du hast Max gehört, und ich glaube wirklich, dass es den meisten seriösen Unternehmern scheißegal ist, welches Geschlecht ihre Mitarbeiter haben. Sie wollen nur jemanden, der vertrauenswürdig und gut in seinem Job ist. Und nach dem zu urteilen, was ich gesehen habe, bist du beides. Also ... was ist *wirklich* los?«

Sidney seufzte und schaute an die Decke. »Ich habe Legasthenie«, sagte sie leise. »Bei Prüfungen schneide ich immer beschissen ab. Mir läuft immer die Zeit davon, und ich bin bei mehr als nur einem Test durchgefallen. Ich bin nicht klug genug, um aufs College zu gehen, und die Tests, die ich für meine Zulassungen machen müsste, könnten genauso gut auf Chinesisch geschrieben sein.«

Gumby brach das Herz für sie, aber er war auch wütend. »Du hast eine Lernschwäche, Sid. Das macht dich nicht dumm. Nicht im Geringsten. Und du kannst einen Ausgleich bekommen, damit du mehr Zeit für die Tests hast, wenn du sie brauchst. Hattest du das in der Highschool nicht?«

Sie zuckte mit den Schultern.

Gumby knirschte mit den Zähnen. »Sieh mich an, Sid.« Er wartete, bis sie seinen Blick erwiderte. »Bitte sag mir, dass deine Eltern dich haben testen lassen und dafür gesorgt haben, dass du in der Schule gefördert wurdest. Oder dass einem Lehrer aufgefallen ist, dass du Schwierigkeiten hattest, und er den Grund dafür herausgefunden hat.«

Sie sagte nichts. Sie starrte ihn nur an.

»Scheiße«, fluchte er. Dann ließ er seine Hände von ihren Beinen sinken und bewegte sich schnell, bis er über ihr war. Seine Knie ruhten rechts und links von ihren Oberschenkeln, seine Hände lagen auf ihren Schultern.

Sie blickte überrascht zu ihm auf, die Hände auf seiner Brust, die Augen weit aufgerissen.

Gumby liebte es, wie ihr dunkles Haar über das Zierkissen auf seiner Couch verteilt war. Er wünschte, es wäre die cremefarbene Bettwäsche, die er auf seinem Bett hatte, aber er schüttelte den Gedanken ab. Er hatte etwas zu sagen, und es war nicht hilfreich, sich von ihrem üppigen Körper ablenken zu lassen.

»Ich hoffe, dass du mir eines Tages alles über deine Kindheit erzählen wirst. Ich möchte jede Kränkung und jeden Schmerz kennen, den du erlebt hast, damit ich es für dich besser machen kann. Aber Sid, egal was du denkst, du bist klug, und ich weiß, dass du diese Prüfungen bestehen kannst. Ich gehe gern mit dir zur örtlichen Volkshochschule und helfe dir, dich anzumelden. Wir werden dafür sorgen, dass du getestet wirst, damit du die nötige Unterstützung bekommst. Dass du mehr Zeit für einen Test brauchst, macht dich nicht weniger schlau als andere, und ich kann dir garantieren, dass es Max egal ist, dass du langsamer liest als andere Leute. Ihn interessiert nur, ob du deine Arbeit machen kannst.«

Als sie nichts sagte, beugte er sich zu ihr hinunter, bis er fast Nase an Nase mit ihr war. »Begreifst du das?«

Anstatt seine Frage zu beantworten, sagte sie: »Noch nie hat sich jemand so für mich eingesetzt wie du gerade.«

»Gewöhn dich daran«, erwiderte Gumby.

Sie leckte sich über die Lippen, dann bewegte sie sich. Ihre Lippen lagen auf seinen und sie forderte Einlass in seinen Mund.

Gumby öffnete sich und schluckte das Stöhnen, das sie von sich gab, als ihre Zungen umeinander wirbelten und tanzten. Sie ließ die Hände zu seiner Taille wandern und unter sein Hemd gleiten, woraufhin er scharf einatmete. Sie küsste ihn fast schon verzweifelt, und so sehr Gumby ihre Berührungen auch liebte, er musste das Tempo drosseln.

Er ließ sich auf eine Hüfte fallen und hob Sidney hoch und über sich, sodass ihre Positionen vertauscht waren. Er drückte ihre Hüften an seine, ohne sich darum zu scheren, dass sie spüren würde, wie hart er für sie war.

Ihr Haar fiel um ihre Gesichter und verhedderte sich in seinem Bart. Ihre Hände ruhten unter seinem Hemd, aber Gumby konnte spüren, wie sie die Finger an seinem Bauch anspannte. Er griff nach oben, schob eine Hand in ihr Haar und ballte sanft eine Faust. Ihr Kuss wechselte von verzweifelt zu intim. Sie leckte über seine Unterlippe, dann über die Oberlippe. Er tat es ihr gleich, fand heraus, was ihr gefiel und was sie vor Verlangen nach ihm unruhig werden ließ.

Nach etwa einer weiteren Minute des Küssens löste sie ihre Lippen von seinen und zog ihre Hände unter seinem Hemd hervor. Sie lehnte den Kopf an seine Schulter und seufzte, wobei ihr heißer Atem an seinem Hals seine Brustwarzen hart werden ließ.

Seine Hand entspannte sich in ihrem Haar und er strich ihr über die Kopfhaut. Einmal. Zweimal. Sie an sich zu haben fühlte sich so gut an. Nichts in seinem Leben hatte ihn jemals so entspannt und glücklich gemacht wie Sidney, die in seinen Armen lag.

»Ich habe schon mein ganzes Leben lang Angst, Deck. Ich versuche nur, es mir nicht anmerken zu lassen.«

»Bei mir brauchst du keine Angst zu haben«, sagte er zu ihr.

»Das wird mir auch gerade klar.«

Ihre Worte gaben ihm das Gefühl, drei Meter groß zu sein.

»Eines Tages werde ich dir erzählen, wie alles angefangen hat.«

»Das würde mir gefallen.« Er drängte sie nicht. Für den Moment genügte es ihm, sie entspannt in seinen Armen zu haben.

Eine Bewegung erregte seine Aufmerksamkeit, und Gumby blickte nach links und unterdrückte ein Lachen. »Sieh nicht hin, aber wir werden angestarrt.«

Sidney drehte den Kopf und er fühlte, wie ein Lachen in ihrer Brust vibrierte. Das hatte er noch nie bei jemand anderem gespürt, und er wollte es sofort wieder spüren.

Hannah schlief nicht mehr, sondern starrte die beiden auf der Couch an, als wollte sie herausfinden, was die beiden Verrückten da taten. Als sie sah, dass sie sie beobachteten, richtete sie sich auf und ging vorsichtig zur Couch hinüber. Dann beugte sie sich vor und begann, Sidneys Gesicht zu lecken.

Sie kreischte, kicherte und versuchte, die Hände zu heben, um ihr Gesicht zu schützen. Gumby begann ebenfalls zu lachen, woraufhin Hannah die Aufmerksamkeit von Sidney auf ihn lenkte.

»Ich gebe auf!«, rief er und setzte sich auf, wobei Sidney sich immer noch an ihn klammerte. Als er die Beine über den Rand der Couch schwang, starrte Sidney ihn einen langen Moment an. Sie waren sich so nahe, wie zwei Menschen es nur sein konnten. Ihre Beine lagen über seinen Schenkeln, ihre Leisten waren aneinandergepresst. Gumby weigerte sich, sich dafür zu schämen, wie hart sein Schwanz war. Sie sollte wissen, dass es ihm gefiel, wie sie sich an ihm anfühlte. Dass er sich zu ihr hingezogen fühlte und sie wollte.

»Danke für einen schönen Tag«, sagte sie nach einem Moment.

»Ich glaube, das ist mein Satz«, erwiderte er.

»Danke, dass du nicht auf Nora herabschaust. Sie ist eine gute Freundin ... die zufällig Sex mag ... sehr.«

»Ich mag Sex auch sehr«, sagte er mit einem Grinsen zu ihr. »Aber ich bin etwas wählerischer, als sie es zu sein scheint.«

»Ich auch«, stimmte Sidney zu.

Gumby schaute auf die Uhr. »Es ist schon spät.«

Sidney nickte. »Kommst du mit Hannah zurecht?«

Er wollte am liebsten Nein sagen. Er wollte ihr sagen, dass sie über Nacht bleiben sollte, nur um sicherzugehen. Aber er wusste, dass sie morgen früh arbeiten musste, und er auch. Der Kommandant hatte sie am Vortag darüber informiert, dass eine Mission bevorstand, und er würde mehr Zeit auf dem Stützpunkt verbringen müssen, um sich vorzubereiten. Es war kein idealer Zeitpunkt, um sich einen Hund anzuschaffen, aber mit Caite, die sich bereit erklärt hatte, auf den Hund aufzupassen, wenn sie abreisten, und Sidney hatte Gumby das Gefühl, dass er abgesichert war.

»Ja, ich glaube, wir kommen klar«, sagte er und streckte eine Hand aus, um Hannahs Kopf zu streicheln. Sie hatte ihn neben Sidneys Bein auf die Couch gelegt.

Er stand auf, wobei er Sidney noch immer festhielt, und sie lachte und klammerte sich noch fester an ihn. Es war eine Qual, mit seiner Erektion zu gehen, aber er hätte sie um nichts in der Welt absetzen wollen. Gumby trug sie zur

Tür, wo er zögernd die Hände von ihrem Hintern nahm und sie ihre Beine auf den Boden sinken ließ. Er verschränkte die Hände an ihrem Kreuz und drückte sie für einen Moment an sich.

»Willst du morgen Abend zum Essen kommen? Und um nach Hannah zu sehen?«

»Ja.«

Gumby grinste. Sie hatte nicht einmal gezögert mit ihrer Antwort.

»Aber wir treffen uns diesmal hier. Du musst mich nicht abholen.«

»Hast du Angst, dass ich wieder mit Nora rede?«, neckte er sie.

»Allerdings.«

»Schreib ihr eine SMS, wenn du heute Abend nach Hause kommst«, sagte er zu ihr.

Sidney runzelte die Stirn. »Warum?«

»Damit sie weiß, dass ich dich sicher und gesund nach Hause gebracht habe.«

»Aber sie kommt morgen früh irgendwann vorbei.«

Gumby nickte. »Ich weiß. Aber sie hat sich Sorgen um dich gemacht. Beruhige sie und lass sie wissen, dass ich dich nicht entführt und deine Leiche im Meer versenkt habe.«

»Na ja, wenn du es so sagst ...«, stichelte sie. Dann wurde sie nüchterner. »Du wirst mir nicht wehtun«, sagte sie mit Überzeugung.

»Das werde ich ganz sicher nicht. Aber Nora kennt mich nicht.«

»Ich werde ihr eine SMS schicken.«

»Gut.« Er ließ sie lange genug los, damit sie sich bücken und ihre Schuhe aufheben konnte, die sie vorhin bei ihrer Ankunft abgestreift hatte. Während sie sie anzog, schnürte er seine eigenen. Dann schnappte er sich eine Leine und rief Hannah zu: »Willst du einen Ausflug machen, Mädchen?«

Mit einem fröhlichen, tiefen *Wuff* humpelte der Hund zu ihnen hinüber, wo sie an der Tür standen. Gumby beugte sich vor und hob sie hoch. »Machst du uns die Tür auf?«, fragte er Sidney.

Sie lächelte und schüttelte den Kopf. »Verwöhnt«, warnte sie.

Ohne zu zögern, lehnte er sich vor, um seine Lippen auf die ihren zu pressen. »Es ist nichts falsch daran, meine Mädchen zu verwöhnen.« Und damit ging er aus der Tür in Richtung seines Wagens.

KAPITEL NEUN

Die nächste Woche verging für Sidney wie im Flug. Manchmal traf sie sich morgens mit Nora auf einen Kaffee, was eine nette Abwechslung in ihrer Beziehung darstellte, denn bisher hatten sie nicht wirklich etwas miteinander unternommen. Sie vermutete, es lag daran, dass die andere Frau nach Details über ihr bisher nicht vorhandenes Sexleben mit Decker forschen wollte, aber da sie Nora mochte und sie sie zum Lachen brachte, störte Sidney sich nicht einmal an ihrer Neugierde. Nach dem Kaffee erledigte sie dann die Jobs, die Jude für sie vorgesehen hatte. Nachmittags fuhr sie zu Decker, um mit ihm und Hannah den Rest des Abends zu verbringen.

Meistens blieb sie länger, als sie eigentlich sollte, vor allem weil Decker immer müder aussah. Jedes Mal wenn sie verkündete, dass sie gehen sollte, widersprach er ihr vehement und sagte zu ihr, dass er lieber mehr Zeit mit ihr verbringen und es riskieren würde, ein wenig müde zu sein.

Hannah erholte sich mit rasender Geschwindigkeit. Ihre Pfoten mussten nicht mehr verbunden werden, und obwohl sie immer noch ein wenig zögerlich ging, zeigte sie mit jedem Tag mehr Persönlichkeit. Sidney hatte sie seit dem Tag in der Tierarztpraxis nicht mehr knurren hören, und der Hund schien sie genauso sehr zu lieben wie Decker.

Heute war einer der ersten Tage seit Langem, an dem sie fast nichts zu tun hatte. Sie hatte eine Notreparatur an der Klimaanlage in einem der Wohnwagen durchgeführt, aber sonst stand nichts weiter auf ihrer Liste. Nora war bei einem ihrer Freunde zu Hause und Decker arbeitete auf dem Stützpunkt.

Sidney versuchte, sich daran zu erinnern, was sie früher in ihrer Freizeit gemacht hatte, und stellte überrascht fest, dass sie an den meisten Tagen im Internet nach misshandelten Hunden gesucht hatte. Meistens in den Kleinanzeigen und manchmal auch in den sozialen Medien. Auf diese Weise hatte sie Hannah überhaupt erst gefunden.

Mit einem schlechten Gewissen, dass sie so viel Zeit hatte verstreichen lassen, ohne die Anzeigen zu überprüfen, setzte Sidney sich an den kleinen Tisch in ihrem Wohnwagen und rief die entsprechende Webseite auf. Sie konnte nicht glauben, dass sie die armen Hunde, die sie brauchten, so vernachlässigt hatte. Wie hatte sie zulassen können, dass ihre Besessenheit von Decker das überlagerte, was sie als ihre Lebensaufgabe betrachtete?

Sie musste es wiedergutmachen. Sie musste alles in ihrer Macht Stehende tun, um so vielen Hunden wie möglich zu helfen, um die auszugleichen, denen sie in letzter Zeit nicht geholfen hatte.

Mit einem Stich ins Herz dachte Sidney zum wahrscheinlich tausendsten Mal darüber nach, sich professionelle Hilfe zu suchen, um mit den Schuldgefühlen fertigzuwerden, die sie seit ihrer Jugend zerfraßen. Sie wusste, dass sie davon besessen war, Tiere zu retten. Sie wusste sogar warum. Aber sie konnte sich nicht dazu bringen, damit aufzuhören. Sie war nur allzu bereit, sich selbst und manchmal sogar andere in potenzielle Gefahr zu bringen, wenn es bedeutete, einen Hund zu retten.

Es war verrückt. Verdammt, wahrscheinlich war *sie* verrückt ... aber die Schuldgefühle ließen sie nicht aufhören. Und eine Therapie konnte sie sich sowieso nicht leisten.

Sidney tat ihr Bestes, diese Gedanken zu verdrängen, und surfte weiter im Internet.

Es dauerte nicht lange, bis sie fand, wonach sie suchte.

Dasselbe Arschloch, das sich mit ihr um Hannah geprügelt hatte, hatte eine Anzeige aufgegeben, in der er einen Pitbull für seine Tochter suchte. Er gab sich als Victor aus und sagte, es sei egal, ob der Hund alt oder ein Welpe sei, er wolle seinem süßen kleinen Mädchen unbedingt das geben, was ihr Herz begehrte.

Das war alles Blödsinn, dessen war Sidney sich sicher. Sie bezweifelte, dass er überhaupt eine Tochter hatte. Wahrscheinlicher war, dass er einen älteren Hund als Köder brauchte, und die jüngeren konnte er zu brutalen Kämpfern ausbilden.

Sie knirschte mit den Zähnen und ihr Herzschlag beschleunigte sich. Es gab ein paar Kommentare zu dem Beitrag des Mannes und sie fragte sich, ob er sich bereits weitere Hunde für seine ruchlosen Aktivitäten besorgt hatte.

Es gab nur eine Möglichkeit, das herauszufinden.

Sie wusste natürlich, wo er wohnte; sie hatte sich an sein Haus herangeschlichen, als er Hannah gehabt hatte. Der Gedanke, dass Victor einen anderen armen Hund so behandeln könnte, wie er Hannah behandelt hatte, verursachte ihr Übelkeit.

Sie klappte ihren Laptop zu und machte sich auf den Weg zur Tür.

Als sie in ihren Wagen stieg und aus der Wohnwagensiedlung fuhr, stellte sie zu ihrer Überraschung fest, dass sie weder den Rausch noch die Vorfreude verspürte wie normalerweise, wenn sie einem misshandelten Hund auf der Spur war. Ja, sie wollte ein weiteres Tier retten, aber was beim letzten Mal passiert war, war ihr noch frisch im Gedächtnis. Decker würde kein zweites Mal aus heiterem Himmel auftauchen, um ihr zu helfen.

Sie versuchte, ihre Bedenken zu verdrängen. Sie konnte das tun. Sie hatte das schon mindestens hundertmal getan. Sie konnte nicht zulassen, dass dieser Kerl ein unschuldiges Tier quälte.

Davon hatte sie für ein Leben mehr als genug gesehen.

Die Gegend, zu der sie unterwegs war, war nicht der beste Teil der Stadt, aber auch nicht der schlechteste. Sie hatte keine Ahnung, warum Victors Nachbarn ihn nicht schon früher angezeigt hatten. Sicherlich hatten sie Hannah in seinem Garten gesehen, so wie sie es getan hatte. Wollten sie sich einfach nicht einmischen? Hatten sie vielleicht Angst vor Victor? Oder waren sie wirklich alle herzlos?

Sie hielt ein paar Häuser von Victors entfernt an und saß einen langen Moment da. Sie war sauer auf sich selbst, dass sie diese zusätzlichen Minuten brauchte. Vor zwei Wochen hätte sie nicht gezögert.

Aber aus irgendeinem Grund war jetzt alles anders. Sie war sich nicht sicher, ob es an ihrem Gespräch mit Faith lag oder daran, dass sie mehr zu verlieren hatte. Die Dinge mit Decker liefen erstaunlich gut. Sie mochte ihn wirklich, und sie glaubte ernsthaft, dass er auch echte Gefühle für sie hegte. Sie hatte noch nie eine so intensive Beziehung gehabt

... und sie hatten noch nicht einmal mehr getan, als auf seiner Couch zu knutschen.

Sidney hatte das Gefühl, dass es für sie besiegelt wäre, sobald sie miteinander schliefen. Sie war bereits halb in Decker verliebt, und wenn sie mit ihm intim wurde, wäre es für sie endgültig.

Das wusste sie. Sie wusste auch, was er davon hielt, dass sie sich in Gefahr begab. Er hasste es. *Verabscheute* es. Er war zwar nicht so weit gegangen, ihr genau das zu verbieten, was sie gerade tat, aber sie hatte das Gefühl, dass er rasend wäre, wenn er wüsste, wo sie war und was sie vorhatte.

Das hätte sie wütend machen müssen. Niemand sagte ihr, was sie zu tun und zu lassen hatte. Aber stattdessen fühlte sie sich dadurch umsorgt. Ihren Eltern war es sicher völlig egal, was sie tat. Und nachdem sie im Prozess gegen ihren Bruder für die Staatsanwaltschaft ausgesagt hatte, hatten sie sich buchstäblich von ihr abgewandt. Aber sie war schon vorher allein gewesen ... solange sie sich erinnern konnte.

Decker bestand immer darauf, dass sie ihm eine SMS schrieb, wenn sie nach Hause kam. Wenn er mit ihr telefonierte, war er wirklich daran interessiert, was sie seit dem letzten Mal, an dem er sie gesehen oder gesprochen hatte, getan hatte. Wenn sie ausgingen, verhinderte er immer, dass andere sie anrempelten, und versuchte, in Restaurants den Außenplatz einzunehmen. Er war nicht chauvinistisch, aber jetzt, da sie darüber nachdachte, tat er alles, was er konnte, um sich zwischen sie und das zu stellen, was ihr schaden könnte.

Sidney schob Hannah absichtlich in den Vordergrund ihrer Gedanken und tat ihr Bestes, sich darauf zu konzentrieren, warum sie hier war. Die Tiere. Victor würde nicht zögern, einen anderen Hund zu treten, hinterher zu schleifen und zu verletzen, wie er es mit Hannah getan hatte. Sie nahm an, dass er dachte, er würde sie für den Ring abhärten oder so einen Blödsinn.

Die Hunde baten nicht darum, misshandelt zu werden. Sie baten nicht darum, in eine Grube mit anderen Hunden geworfen zu werden, die so gehirngewaschen und misshandelt worden waren, dass sie alles bekämpften, was man ihnen vor die Nase stellte.

Mit ihren Gedanken wieder bei den Hunden, dort, wo sie sein sollten, stieg Sidney aus dem Wagen, steckte ihren Schlüssel ein und machte sich auf den Weg zu Victors Haus. Sie würde nur ein wenig Aufklärung betreiben. Sehen, ob er noch andere Hunde in seinem Garten hatte. Sie würde die Informationen, die sie brauchte, an Faith weitergeben, damit sie ihr Netzwerk von Polizisten und Mitarbeitern des Veterinäramts einschalten konnte. Sie würde sich nicht physisch einmischen.

Zufrieden mit ihrem Plan und in dem Glauben, dass sie vielleicht, nur vielleicht, einen kleinen Schritt zur Überwindung der Schuldgefühle machte, an denen sie schon so lange festhielt, machte Sidney sich heimlich auf den Weg zur Rückseite von Victors Haus und spähte durch ein kleines Loch im Zaun.

Gumby war müde. Die Nächte mit Sidney und die langen Tage, an denen sie die Details ihrer nächsten Mission durchsprachen, hatten ihn eingeholt. Der Wunsch, mit dieser Frau zusammen zu sein, war tatsächlich wichtiger geworden als die Sicherstellung, dass sein Körper in bester Verfassung war. Er wusste, dass es gefährlich war, aber er konnte nicht genug von Sidney bekommen. Wie sie roch, wie sie lachte, wie sie ihn neckte ... wie sie sich an seinen Händen und Lippen anfühlte, wenn sie miteinander knutschten.

Er wollte in ihr sein, mehr als er atmen wollte, aber er genoss die Ausgeglichenheit ihrer Beziehung zu sehr, um etwas zu überstürzen.

Sie war die Eine für ihn. Das wusste er bereits ohne jeden Zweifel. Die Frau, mit der er den Rest seines Lebens verbringen wollte. Also musste er die Dinge langsam angehen. Sie sollte wissen, dass er nicht nur mit ihr zusammen war, um im Bett herumzutollen. Nein. Wenn es nach ihm ginge, würde sie irgendwann Sidney Kincade sein. Er würde ein größeres Haus brauchen, um Platz für die Kinder zu haben, die sie vielleicht bekämen, und für die Tierschar, die sie zweifellos würden haben wollen. Sie hatte ein viel zu großes Herz, als dass sie der Adoption von Tieren widerstehen könnte. Er könnte das Strandhaus als Urlaubsort behalten und ein größeres Haus in einer Wohnsiedlung mit anderen Familien bauen lassen –

»Was denken Sie, Gumby?«, fragte ihr Kommandant.

Blinzelnd konzentrierte er sich auf Storm North ... und stellte fest, dass er völlig verpasst hatte, was gerade besprochen worden war. »Es tut mir leid, Sir«, sagte er ein wenig verlegen, »das habe ich nicht mitbekommen.«

Ihr Kommandant seufzte, aber er wiederholte geduldig, wozu er Gumbys Meinung hören wollte.

Eine Stunde später verließ Gumby mit dem Rest seines Teams den Konferenzraum. Er wusste, dass er sich bei den Jungs entschuldigen musste. Er wartete, bis sie alle im Treppenhaus waren, und rief dann: »Wartet mal kurz, Leute.«

Alle blieben stehen und warteten darauf, dass er sagte, was er zu sagen hatte.

»Ich möchte mich dafür entschuldigen, dass ich in

letzter Zeit nicht ganz anwesend war. Das ist unentschuldbar, und es wird nicht wieder vorkommen.«

Rocco klopfte ihm mit einer Hand auf die Schulter. »Ich verstehe schon.«

Gumby wusste, dass von allen Jungs Rocco es verstehen würde. Er hatte jetzt Caite.

Phantom runzelte die Stirn. »Genau das hatte ich bei Rocco befürchtet. Frauen scheinen immer alles zu vermasseln.«

»Das Thema hatten wir schon«, warnte Rocco, der sich mit in die Hüften gestemmten Händen seinen Teamkameraden zuwandte. »Nur weil ich eine Frau habe, die ich liebe, heißt das nicht, dass ich nicht auch meinen Job machen kann.«

»Gumby hat nur die Hälfte von dem gehört, worüber wir da drin gesprochen haben«, protestierte Phantom. »Wie zum Teufel soll er seinen Job bei dieser bevorstehenden Mission machen können, wenn er nicht einmal die Hälfte von dem weiß, was wir besprochen haben?« Er gestikulierte zurück in Richtung des Konferenzraumes.

»Ich habe gesagt, es tut mir leid«, sagte Gumby zu Phantom und dem Rest des Teams. »Ich weiß, dass ich es versaut habe, und ich muss mich zusammenreißen.«

»Ich hoffe, die Muschi ist es wert«, brummte Phantom.

»Halt verdammt noch mal die Klappe«, sagte Gumby, der jetzt stinksauer war. Er konnte zugeben, dass er es vermasselt hatte, aber er wollte verdammt sein, wenn er einfach zuhörte, wie Phantom Sidney beleidigte.

»Nicht cool«, fügte Ace hinzu.

»Das war unangebracht«, sagte Bubba zu Phantom.

Seine Wut kühlte sich durch die Unterstützung seiner Teamkameraden ein wenig ab. Gumby holte tief Luft und sah Phantom in die Augen. »Ich weiß, dass du von den

Frauen in deinem Leben wie Scheiße behandelt wurdest – und das tut mir leid. Aber Sidney ist nicht wie sie. Und Caite auch nicht. Ich versuche, das Richtige zu tun, und entschuldige mich dafür, dass ich nicht hundertprozentig bei der Sache bin. Aber ich werde nicht zulassen, dass du meine Frau schlechtmachst. Ich will auf keinen Fall, dass sie sich in eurer Nähe unwohl fühlt, aber wenn du so weitermachst, werde ich alles tun, was ich kann, um sie von dir fernzuhalten. Und das würde der Dynamik dieses Teams schaden, was scheiße wäre. Sie ist die Eine für mich, Phantom. Ich will den Rest meines Lebens mit ihr verbringen. Aber ich will auch, dass sie euch alle als ihre Brüder betrachtet. Ich möchte, dass ihr sie wie eine Schwägerin liebt.«

Die anderen murmelten ihre Zustimmung, aber Gumby hatte nur Augen für Phantom. Der Mann sah sowohl wütend als auch entschuldigend aus.

»In all den Jahren, in denen wir dich kennen, haben wir dich nicht nach mehr Details über deine Kindheit gedrängt. Wir wissen nur, dass sie beschissen war und dass die Frauen in deinem Leben dafür gesorgt haben. Aber du kannst so nicht weitermachen, Mann. Deine Verbitterung frisst dich innerlich auf. Sidney hat nichts getan, außer nett zu dir zu sein. Du schienst sie zu mögen, als ihr alle bei mir zu Hause aufgetaucht seid, um sie kennenzulernen. Was ist jetzt anders?«

Der andere Mann zögerte. Dann sagte er leise: »Ich möchte nur nicht, dass einer von euch manipuliert und wie Scheiße behandelt wird. So wie meine Mutter Männer behandelt hat.«

Rex öffnete den Mund, um etwas zu erwidern, aber Gumby hielt eine Hand hoch, um ihn zu stoppen. »Ich liebe dich, Mann. Ich weiß, dass wir als Männer so etwas nicht sagen sollten, aber scheiß drauf. Ich liebe euch alle. Wir sind zusammen durch die schlimmste Hölle gegangen. Ich habe euch das Leben gerettet und ihr mir das meine. Und ich erwarte, dass ihr euch zu Wort meldet, wenn mir ein Miststück solche Scheiße antut. Aber Sidney ist nicht so, das weiß ich mit absoluter Überzeugung. Und ... dass ich Sidney liebe, heißt nicht, dass ich euch weniger liebe.« Er legte Phantom eine Hand auf die Schulter. »Gib ihr eine Chance. Es würde mich umbringen, wenn du dich nicht mit ihr vertragen könntest. Ich flehe dich an, Phantom. Bitte.«

Er nickte einmal.

Erleichtert ließ Gumby die Hand sinken. »Und ich werde mich bemühen, besser anwesend zu sein. Ich weiß, dass ich nachlässig war, und es wird nicht wieder vorkommen.«

»Es ist schwer, die Balance dabei zu finden, deiner Frau zu geben, was sie braucht, und auch den SEALs einhundert Prozent geben zu können«, sagte Rocco.

Gumby schätzte seine Einsicht. »Das lerne ich gerade.«

»Nach dem zu urteilen, was ich beobachtet habe, ist Sidney nicht die Art von Frau, die dich rund um die Uhr an ihrer Seite braucht. Genau wie Caite. Sie hat einen Job, ein Leben, außerhalb von dir.«

»Ich weiß«, sagte Gumby.

»Und sie ist der Hammer bei *This is War*«, warf Bubba ein.

Alle lachten.

»Stimmt«, sagte Gumby. »Wie auch immer, ich weiß es zu schätzen, dass ihr nachsichtig mit mir seid, aber ich komme jetzt klar. Ich verstehe es, und ihr müsst euch keine Sorgen darum machen, mich bei der anstehenden Mission mitschleppen zu müssen.«

Alle nickten und klopften ihm auf die Schulter, als sie die Treppe hinuntergingen.

Gumby hielt Phantom am Arm fest. »Alles gut zwischen uns?«

»Alles gut.«

»Ich habe das ernst gemeint«, sagte Gumby zu ihm. »Wenn du ein offenes Ohr brauchst ... ich bin da.«

Phantom nickte, aber Gumby hatte das Gefühl, dass sein Freund in nächster Zeit nicht vorbeikommen würde, um sich mit ihm auszusprechen. Er würde mit seinen Dämonen auf seine eigene Weise und in seiner eigenen Zeit fertigwerden müssen.

Gumby war auf dem Weg zu seinem Wagen, als sein Telefon klingelte. Als er sah, dass es Sidney war, bildete sich ein Lächeln auf seinem Gesicht.

»Hey.«

»Mir geht's gut.«

Gumbys Herzschlag beschleunigte sich sofort und er blieb abrupt stehen. Direkt in der Mitte des Parkplatzes. »Was?«

»Mir geht's gut. Das wollte ich dir gleich sagen, damit du nicht ausflippst.«

Dafür war es zu spät. »Was ist passiert?«

»Ich bin irgendwie in eine weitere ... Schlägerei ... mit diesem Arschloch von Hundetypen geraten.«

»*Was?*« Gumbys Verstand wollte einfach nicht funktionieren.

»Aber mir geht es gut! Ich habe es dir doch gesagt. Ich habe nur ein paar blaue Flecke und Schrammen. Aber ich habe es geschafft, einen anderen Hund von ihm wegzuholen.«

Gumby wurde schlecht. Das blaue Auge, das sie beim letzten Mal von diesem Arschloch bekommen hatte, war endlich verheilt, und jetzt hatte sie sich *schon wieder* mit ihm geprügelt? »Wo bist du?«, stieß er hervor.

Sidney zögerte, und er wusste, dass er zu hart gewesen war, aber er konnte nicht anders.

»Ich bin bei Faith.«

»Wie lautet die Adresse?«

»Decker, mir geht's gut«, sagte sie leise.

»Wie. Lautet. Die. Adresse?«, fragte er erneut, wobei er jedes Wort deutlich betonte.

Sie nannte sie ihm und sagte dann: »Es geht mir wirklich gut, Decker.«

»Geh nicht weg. Ich bin so schnell wie möglich da.«

»Ich dachte, du hättest heute diese Besprechung?«

»Hatte ich. Die ist erledigt. Ich war sowieso auf dem Weg nach Hause.«

»Oh.« Sie hielt inne. »Willst du nicht wissen, was mit dem Hund ist?«, fragte sie.

Gumby ging auf seinen Wagen zu, jetzt wesentlich schneller. »Ehrlich gesagt? Nein. Ich mache mir mehr Sorgen, dass meine Freundin sich wieder in Gefahr gebracht hat. Dass sie blaue Flecke und Kratzer hat, weil sie sich mit einem verdammten Arschloch angelegt hat, das kein Problem damit hat, Säure auf ein wehrloses Tier zu schütten.« Er holte tief Luft und versuchte, seine Gefühle unter Kontrolle zu bringen. Dann fragte er: »Hat Faith dich dazu angestiftet?«

Sie zögerte, und er wusste, wie ihre Antwort lauten würde, bevor sie auch nur ein Wort sagte.

»Nein. Ich saß zu Hause und habe gemerkt, dass ich schon lange nicht mehr auf den Internetseiten war, die ich normalerweise durchforste. Ich sah, dass Victor gepostet hatte, er sei auf der Suche nach weiteren Hunden. Ich hatte nicht vor, irgendetwas zu tun, ich schwöre es ... aber als ich den armen Welpen angekettet in seinem Garten heulen sah, konnte ich ihn nicht einfach dort lassen.«

»Du hättest die Polizei rufen können. Oder Faith. Oder mich«, entgegnete Gumby.

Als sie nicht reagierte, seufzte er. Er wurde immer müder, da ihn der Schlafmangel in letzter Zeit schließlich einholte. Er liebte Sidney wegen ihres Mitgefühls, auch wenn er es im Moment hasste. »Okay. Bleib dort. Ich komme, so schnell ich kann.«

»Du bist wütend«, sagte sie.

»Nicht wütend«, konterte er. »Besorgt. Verängstigt. Und ein wenig frustriert.«

»Es tut mir leid.«

»Wir sehen uns gleich.«

»Okay. Fahr vorsichtig.«

»Das werde ich. Bis dann.«

»Bis dann.«

Gumby atmete tief durch, bevor er seinen Wagen startete, und versuchte, seine Gefühle unter Kontrolle zu bringen, während er die Augen schloss. Theoretisch wusste er, dass er nicht jede Minute des Tages an Sidneys Seite sein konnte, aber er hasste es, dass sie sich in eine Lage gebracht hatte, in der sie ernsthaft hätte verletzt werden können. Er hatte keinen Zweifel daran, dass dieser Victor kein Problem damit hätte, seine Frustration an Sidney auszulassen. Er hatte sie schon zweimal in die Finger gekriegt, und Gumby wollte nicht, dass es ein drittes Mal geschah.

Aber er war sich nicht sicher, was er tun konnte, um Sidney zu schützen, wenn sie nicht erkannte, in welche Gefahr sie sich begab, wenn sie allein auf die Jagd nach Hundeschändern ging.

Kopfschüttelnd verließ Gumby den Parkplatz und fuhr zu der Adresse, die Sidney ihm gegeben hatte.

Sidney biss sich auf die Lippe – und bereute es sofort. Sie hatte vergessen, dass Victor es geschafft hatte, ihr einen kräftigen Schlag zu versetzen und sie aufplatzen zu lassen. Ihre Schulter schmerzte an der Stelle, an der er ihren Arm gepackt und nach oben gerissen hatte, um sie dazu zu bringen, den Welpen loszulassen, und ihr Gesicht tat an der Stelle weh, an der sie es am Zaun aufgeschürft hatte, als sie zurückkletterte, aber sie hatte den Welpen von ihm weggeholt.

Sie hatte sich wie im siebenten Himmel gefühlt, da es ihr gelungen war, den Welpen zu retten, und war voller Adrenalin gewesen ... bis sie bei Faiths Haus angekommen war.

Die ältere Frau hatte einen Blick auf sie geworfen und die Lippen aufeinandergepresst, als wäre sie enttäuscht.

Es hatte wehgetan.

Aber nachdem sie den Welpen gebadet und gefüttert hatte und ihn endlich im Arm hielt, während er schlief, fühlte Sidney sich um einiges besser.

»Er hat ein Recht darauf, wütend zu sein«, sagte Faith vom Sessel gegenüber des Sofas aus, auf dem Sidney gerade saß und den Welpen hielt.

»Er ist nicht mein Chef«, sagte Sidney, die sich sofort wie ein bockiges Kind vorkam.

Faith schüttelte nur den Kopf. »*Ich* bin stinksauer auf dich«, sagte sie zu Sidney. »Ich habe dir gesagt, du sollst nicht wieder solche Risiken eingehen.«

»Aber ...« Sidney wies auf den Welpen in ihrem Schoß. »Ich habe ihn rausgeholt.«

»Und wenn du mich angerufen und mir gesagt hättest, was los ist, hätte ich mich mit meinen Kontakten in Verbindung setzen können und sie hätten ihn auf *legalem* Wege rausgeholt.«

»Du weißt genauso gut wie ich, dass es nicht so einfach gewesen wäre. Das Veterinäramt hätte die Hundehütte und die Wasserschüssel gesehen und keinen Grund gehabt, ihn mitzunehmen. Victor tut gerade genug, um sich die Behörden vom Leib zu halten. Er hätte diesen Welpen getötet oder ihn zu einem Kämpfer erzogen, und das weißt du.«

»Wie dem auch sei, du kannst nicht herumlaufen und anderen die Tiere stehlen, Sidney«, tadelte Faith. »Dieser Tierschutzverein ist keine Gruppe für Selbstjustiz. Wenn sich herumspricht, dass wir uns unsere Tiere illegal beschaffen, werden wir schneller stillgelegt, als du *Klage* sagen kannst. Ich weiß, dass du Hunden helfen musst, Sid, das tue ich, aber so kannst du nicht weitermachen.«

Sidney hasste es, gescholten zu werden. Besonders nicht von einer Frau, zu der sie aufschaute und die sie bewunderte.

»Ich mache mir Sorgen um dich, Sidney. Ich bin schon sehr lange im Tierschutz tätig. Ich habe eine Menge Scheiße gesehen. Ich habe viele Leute kennengelernt, die leidenschaftlich bei dem dabei waren, was wir tun. Aber ich denke, du weißt so gut wie ich, dass du zu viele gefährliche Risiken eingehst. Du musst dich zurückhalten.«

»Ich ... ich weiß, dass das, was ich tue, nicht gesund ist«, gestand Sidney leise, während sie den Kopf im sauberen Fell des Welpen in ihren Armen vergrub. »Aber ich kann mich nicht dazu bringen aufzuhören.«

»Dann brauchst du vielleicht Hilfe dabei«, sagte Faith sachlich.

»Ich fürchte, es ist zu spät. Die hätte ich mir schon vor langer Zeit holen sollen, aus vielen Gründen.«

»Es ist nie zu spät«, entgegnete Faith sanft. »Mit jemandem zu reden und zu verstehen, warum du den Zwang verspürst, den Hunden zu helfen, kann dir sehr dabei helfen, nicht mehr so viele Risiken einzugehen.«

Dessen war Sidney sich nicht sicher, aber je mehr sie darüber nachdachte, desto mehr wollte sie es versuchen. Sie wollte die Sache mit Decker nicht aufs Spiel setzen. Und sie war die Schuldgefühle leid. Sie war es leid, das Gefühl zu haben, dass die Sicherheit jedes misshandelten Tieres allein auf ihren Schultern lastete.

Aber in dem Moment, in dem ihr der Gedanke durch den Kopf ging, sich Hilfe zu holen, kamen dieselben Schuldgefühle, die sie verzweifelt zu ignorieren versuchte, mit voller Wucht zurück.

Faith verstand es einfach nicht. Aber da sie wusste, dass sie sie im Moment nicht überzeugen konnte, nickte sie nur.

Faith seufzte erneut, offensichtlich nicht besänftigt von ihrer alles andere als glaubwürdigen Kapitulation.

In diesem Moment klopfte es an der Tür und Faith stand auf. »Bleib hier«, sagte sie zu Sidney. »Ich werde ihn reinlassen.«

Sidney nickte wieder, nicht besonders erpicht darauf, Decker zu sehen. Sie wusste, dass er ebenfalls wütend auf sie war, und sie war sich nicht sicher, ob sie ihm jetzt gegenübertreten konnte.

Innerhalb von wenigen Sekunden kniete er vor ihr auf der Couch. Er ließ eine Hand zu ihrem Gesicht wandern, um es zu umfassen. »Geht es dir gut?«, flüsterte er.

Obwohl sie ihm schon mehrmals gesagt hatte, dass sie in Ordnung war, sagte sie ihm, was er hören musste. »Mir geht's gut.«

Er ließ den Blick zu ihrer Lippe wandern und runzelte die Stirn. Dann betrachtete er den Rest ihres Körpers. Sie wusste, dass er aufgrund der Decke in ihrem Schoß und des Welpen dort nicht viel sehen konnte.

»Wo bist du noch verletzt?«, fragte er.

»Decker, mir geht's gut.«

»Wo bist du noch verletzt?«, wiederholte er. »Du hast gesagt, du hättest Schürfwunden und Prellungen.«

»Sie hat sich den Arm verstaucht«, mischte sich Faith von hinten ein. »Sie hat mir erzählt, dass sie sich die Seite aufgeschürft hat, als sie über den Zaun geklettert ist, und sie hat wahrscheinlich noch mehr blaue Flecke unter ihrer Kleidung, von denen sie mir nichts erzählt hat.«

Um seine Aufmerksamkeit von ihren kleinen Wehwehchen abzulenken, hielt Sidney den Welpen hoch. »Schau mal. Ist er nicht süß?«

Deckers Blick blieb eine Nanosekunde lang auf dem Welpen hängen, bevor er sie wieder ansah. »Ja.«

Aufgeschmissen durch seine ausbleibende Reaktion auf den Hund – oder eigentlich mehr, da ihr Versuch, seine Aufmerksamkeit von ihr abzulenken, fehlgeschlagen war – sah sie in sein Gesicht …

Und erkannte, was sie übersehen hatte, als er das Haus betrat. Er wirkte völlig erschöpft. Er hatte dunkle Ringe unter den Augen und seine Augenbrauen waren zu einer Art Dauerstirnrunzeln zusammengezogen.

»Geht es *dir* gut? Du siehst müde aus.«

»Ich bin erschöpft«, antwortete er sofort ohne Ausflüchte.

Sidney hatte ein schlechtes Gewissen. Sie wusste, dass ein Teil seiner Müdigkeit darauf zurückzuführen war, dass sie während der letzten Woche jeden Abend bis spät in die Nacht bei ihm zu Hause gewesen war. Sie wusste, dass er jeden Morgen früh aufstand, um zu trainieren, und dass er und seine Kameraden sich auf eine große Mission vorbereiteten. Sie hatte nicht zu viele Fragen gestellt, in dem Wissen, dass er sie nicht beantworten konnte, aber jetzt bereute sie es, so egoistisch gewesen zu sein. Sie hatte Zeit mit ihm verbringen wollen und sie wusste, dass er dasselbe wollte. Aber sie hätte sich besser um ihn kümmern müssen.

Der Gedanke erschreckte sie. Er war ein erwachsener Mann. Sie musste sich nicht um ihn *kümmern* ... aber der Ausdruck ging ihr nicht aus dem Kopf. Instinktiv wusste sie, dass er alles tun würde, um sie glücklich zu machen, und sie fühlte sich beschissen, dass sie nicht gesehen hatte, wie er sich überanstrengte.

Sie drückte den Hund mit einer Hand an ihre Brust und streckte die andere aus. »Hilf mir auf«, sagte sie zu Decker.

Er stand auf und tat, was sie verlangte. Sobald sie aufrecht war, ging sie zu Faith und reichte ihr den Welpen. »Ich muss gehen«, sagte sie zu der älteren Frau.

Mit überraschtem Blick nahm Faith ihr den Welpen ab.

Sidney wusste, dass sie sich untypisch verhielt. Normalerweise verbrachte sie Stunden damit, sich zu vergewissern, dass neue Hunde, die im Tierheim ankamen, sich wohlfühlten, bevor sie die Betreuung jemand anderem überließ. Und hier war sie, nur eine Stunde nach der Rettung dieses kleinen Kerls, und ließ ihn zurück.

Nein, sie ließ ihn nicht zurück. Sie überließ ihn Faith, die sehr wohl in der Lage war, sich um ihn zu kümmern. Sidney musste sich um ihren Mann kümmern. Er war am Ende seiner Kräfte.

»Komm schon«, befahl sie, während sie Deckers Hand ergriff.

Er zog sie zu sich und legte stattdessen einen Arm um ihre Taille. Sidney zuckte zusammen, als sein Arm über die Schürfwunde an ihrer Seite rieb, tat jedoch ihr Bestes, um das leichte Unbehagen vor ihm zu verbergen.

Er, der stets aufmerksam war, bemerkte es trotzdem und änderte sofort die Position seines Arms, bevor er sich Faith zuwandte. »Es tut mir leid, dass wir nicht die Gelegenheit hatten zu reden. Ich würde Sie gern besser kennenlernen, da Sie Sidney offensichtlich sehr wichtig sind.«

Faith sah wieder überrascht aus, aber ihre Miene wurde sanfter. »Daran werde ich Sie erinnern. Da Sie für Sidney offensichtlich auch wichtig sind, würde ich Sie auch gern kennenlernen.«

Decker nickte.

Sie ignorierte, wie froh sie darüber war, dass Faith Decker zu mögen schien und umgekehrt, wandte sich ihm zu und sagte: »Ich würde ja vorschlagen, dass ich uns beide zu dir nach Hause fahre, aber ich weiß, dass du morgen früh deinen Wagen brauchst. Bist du in der Lage, nach Hause zu fahren?«

Er warf ihr einen Blick zu. »Natürlich.«

Sie drehte sich um, winkte Faith zu und geleitete ihn zur Tür hinaus. Nachdem sie sich vergewissert hatte, dass die Tür hinter ihr geschlossen war, drehte sie sich in Deckers Armen um und sah zu ihm auf. »Du bist müde. Und gestresst. Und dich anzurufen und dir mitzuteilen, was ich heute getan habe, hilft dir nicht. Ich will dich nach Hause bringen, dich mit etwas zu essen versorgen und dich schlafen lassen. Ich bin in letzter Zeit zu lange geblieben. Das weiß ich jetzt, und es tut mir leid. Du brauchst eine ganze Nacht Schlaf, und ich werde dafür sorgen, dass du sie bekommst.«

»Sidney, ich bin ein SEAL. Wir sind es gewohnt, nicht viel Schlaf zu bekommen«, erklärte er.

»Du hast es selbst gesagt – du bist erschöpft. Also werde ich dir nach Hause folgen, es dir bequem machen und dich dann allein lassen, damit du dich ausruhen kannst. Wir können später darüber streiten, was ich getan habe.«

»Ich will nicht mit dir streiten«, sagte Decker seufzend. »Ich bin nur krank vor Sorge um dich und dein Bedürfnis, jeden Hund zu retten, und das auf Kosten deiner eigenen Sicherheit und Gesundheit.« Er strich ihr mit dem Daumen über die Lippe, berührte sie kaum, aber sie spürte die sanfte Liebkosung bis in ihre Seele hinein.

»Bist du wirklich in der Lage zu fahren?«, fragte sie in dem Versuch, ihre Fassung zu bewahren.

»Ja, Sid. Ich bin in der Lage zu fahren.«

»Gut. Dann werde ich dir folgen.«

Er seufzte, nickte jedoch. »Ich lasse mich von dir versorgen, aber nur unter einer Bedingung.«

Sidney verdrehte die Augen. »Und die wäre?«

»Im Gegenzug darf ich mich um dich kümmern. Ich will deine Verletzungen sehen. Lass dich von mir verarzten.«

Sie sah Decker in die Augen und erkannte, dass er sich selbst davon überzeugen musste, dass es ihr wirklich gut ging.

»Abgemacht.«

Er beugte sich hinunter und strich mit seinen Lippen über die unverletzte Seite ihres Mundes. »Abgemacht«, sagte er leise. Dann nahm er erneut ihre Hand in seine und führte sie die Treppe von Faiths Haus hinunter zu ihren Fahrzeugen.

Es war eine ereignislose Fahrt nach Hause. Decker erwartete sie an ihrem Wagen, als sie ausstieg, und nahm ihre Hand wieder in seine. Er ließ sie ins Haus, wo Hannah ihnen entgegenkam. Sie wedelte in Lichtgeschwindigkeit mit dem Schwanz. Sie begrüßte zuerst Decker und kam dann zu Sidney, um sich ein paar Streicheleinheiten abzuholen. Sie war besonders daran interessiert, an ihr zu riechen, vermutlich aufgrund des Welpen, den sie gehalten hatte.

Decker ließ den Hund nach draußen, damit er sein Geschäft verrichten konnte, danach tänzelte Hannah eifrig zurück ins Haus. Glücklich, dass ihr Mensch zurückgekommen war, tapste sie zu ihrem Hundebett und ließ sich dort nieder.

Ohne ein Wort zu sagen, führte Decker Sidney die Treppe hinauf ins große Badezimmer und sagte: »Lass mich mal sehen.«

In dem Wissen, dass sie ihn nicht mit etwas zu essen versorgen können und er nicht schlafen würde, bevor er sich nicht um ihre Wunden gekümmert hatte, tat sie, was er verlangte. Sie hob ihr Hemd, um ihm die Schramme an ihrer Seite zu zeigen.

Er sagte kein Wort, runzelte jedoch die Stirn, als er nach einem sauberen Waschlappen griff. Er ließ das Wasser laufen, bis es warm war, und reinigte vorsichtig die Schürfwunde. Sie musste ihre Jeans aufknöpfen, damit er an die Kratzer an ihrer Hüfte herankam, aber sie hatte keine Bedenken, dass er sich unangemessen verhalten würde. Es war offensichtlich, dass er sich mehr für ihre Gesundheit als für etwas Sexuelles interessierte. Als es an der Zeit war, sich ihren Arm anzusehen, führte sie ihn aus dem Hemd heraus, das sie trug. Sidney war immer noch größtenteils bedeckt, der Stoff fiel über ihre Brüste, aber sie kam sich dennoch nackt vor ihm vor.

Decker untersuchte ihren Arm, merkte, wenn sie zuckte und wenn ihr die Bewegung unangenehm war. Er drückte einen Kuss auf die fingerförmigen blauen Flecke auf ihrem Oberarm und half ihr, ihre Hand wieder durch das Armloch zu schieben.

»Ich glaube nicht, dass deine Lippe genäht werden

muss«, sagte er, als sie angezogen war. »Ich hole dir ein paar Eispackungen, eine für die Lippe und eine für die Schulter. Willst du dir etwas Bequemeres anziehen? Ich habe eine Jogginghose und ein T-Shirt, die du dir ausleihen kannst. Sie sind zwar groß, aber vielleicht bequemer als das, was du jetzt anhast, und sie sind sauber.«

Sidney schloss für einen Moment die Augen. Er war immer so fürsorglich. So sanft zu ihr. Er sollte sie anschreien. Ihr sagen, dass sie eine Idiotin war, weil sie das getan hatte, aber er hielt sich zurück und kümmerte sich um sie.

»Das wäre toll«, sagte sie.

Decker nickte und sah sie einen Moment lang an, bevor er sich vorbeugte und sie auf die Stirn küsste. »Ich lege etwas aufs Bett. Komm raus, wenn du so weit bist.« Und damit drehte er sich um und verließ das Bad.

Sidney brauchte ein paar Minuten, um sich zu sammeln. Das war der Grund, warum sie jeden Abend so ungern ging. Warum sie keine Probleme damit hatte, sich bis in die frühen Morgenstunden mit Decker zu unterhalten. Er hatte eine Art, ihr das Gefühl zu geben, etwas Besonderes zu sein. Als gäbe es niemanden auf der Welt außer ihnen beiden, als hätte er nichts Besseres zu tun, als ihr zuzuhören, wie sie über nichts Bestimmtes redete.

Da sie wusste, dass er auf sie wartete, zwang Sidney sich, das Badezimmer zu verlassen und die Sachen anzuziehen, die er für sie bereitgelegt hatte. Das graue T-Shirt mit dem Schriftzug NAVY war riesig an ihr, ebenso wie die Jogging-hose. Aber die Klamotten scheuerten nicht an ihrer Seite und sie liebte es, wie sie nach Decker rochen. Es war, als würde sie ununterbrochen am ganzen Körper umarmt werden.

Als sie sich in seinem Zimmer umsah, stellte sie fest,

dass es eine Katastrophe war. Überall waren Kartons verteilt und sie stand auf Spanplatten. Sogar die Farbe an den Wänden war abgeblättert. Der Vergleich zwischen diesem Zimmer und dem Erdgeschoss war fast schockierend. Als sie sich an den ähnlichen Zustand des Badezimmers erinnerte, in dem sie gerade gewesen war – der lindgrüne Waschtisch, die grässliche Tapete an den Wänden und die schreckliche Badewannen-Dusch-Kombination –, verstand sie wirklich, was Decker getan hatte. Anstatt seinen eigenen Lebensraum komfortabler und moderner zu gestalten, hatte er nur die Bereiche umgestaltet, in denen Hannah die meiste Zeit verbrachte.

Sie kannte nicht viele Leute, die dasselbe getan hätten. Für einen Hund. Viele Leute hätten ihm wahrscheinlich gesagt, dass er verrückt sei. Dass Hannah »nur ein Hund« sei. Aber er hatte es trotzdem getan.

Sidney schloss die Augen und erkannte in diesem Moment, dass sie sich bis über beide Ohren in Decker verliebt hatte.

Es war verrückt. Sie hatte ihn erst vor Kurzem kennengelernt, aber es war so. Niemand hatte ihr je das Gefühl gegeben, etwas Besonderes zu sein und umsorgt zu werden. Und jetzt war es an der Zeit, dass sie sich im Gegenzug um ihn kümmerte. Sie war eine ziemlich beschissene Freundin gewesen. Waren sie überhaupt in einer Beziehung? Sie wusste es nicht. Aber das würde sie nicht davon abhalten, alles zu tun, was sie konnte, um sicherzustellen, dass Decker bekam, was er brauchte ... eine Mahlzeit und eine gute Nachtruhe.

Als sie unten an der Treppe ankam, sah sie Decker sofort auf der Couch. Auf dem Couchtisch vor ihm lagen ein Handtuch und zwei Kühlkompressen. Hannah lag auf dem Boden, ihr Kopf auf seinen Füßen, und Deckers Kopf ruhte auf der Rückenlehne des Sofas. Seine Augen waren geschlossen und er sah aus, als schliefe er.

Das war nur ein weiterer Beweis dafür, dass er seine Belastungsgrenze erreicht hatte. Der Decker, den sie kennengelernt hatte, wäre nicht eingeschlafen, bevor er dafür gesorgt hatte, dass sie versorgt war und es ihr gut ging.

Auf Zehenspitzen schlich Sidney in die Küche, öffnete den Kühlschrank und warf einen Blick hinein. Sie sah, dass er alles hatte, was sie brauchte, um ihm eines ihrer Lieblingsgerichte zu machen ... selbstgemachte Makkaroni mit Käse. In der Hoffnung, dass er Nudeln hatte, öffnete sie die Speisekammer und lächelte. Bingo.

Dreißig Minuten später war sie gerade dabei, zwei Schüsseln mit cremiger, klebriger Pasta aufzutragen, als sie hörte, wie Decker sich bewegte. Sie schaute hinüber und sah, dass er aufgestanden war und auf sie zuging.

»Es tut mir leid«, sagte er, seine Augen noch immer glasig.

»Setz dich«, befahl sie, während sie mit dem Kopf auf den kleinen Tisch in der Nähe deutete.

Sie war etwas schockiert, als er der Aufforderung nachkam. Sie stellte ihm eine Schüssel mit Käse-Makkaroni sowie eine Flasche Wasser vor die Nase. Sie setzte sich neben ihn und hielt den Atem an, als er eine Gabel in die Hand nahm, eine Nudel aufspießte und sie zum Mund führte.

Er schloss die Augen und stöhnte, was Sidney ein Grinsen entlockte.

»Magst du es?«

»Gott, ja. Zu sehr«, antwortete er lächelnd. Er streckte eine Hand aus, legte sie in ihren Nacken und zog sie sanft zu sich heran. Er küsste sie. Es war eher ein kurzes, sanftes

Treffen der Lippen als etwas Leidenschaftliches, aber Sidney spürte es trotzdem bis in die Zehen.

»Danke«, sagte er leise.

»Gern geschehen.«

Mit einem letzten Blick auf ihre Lippen ließ er ihren Hals los und stürzte sich auf seine Mahlzeit, als hätte er tagelang nichts bekommen. Nachdem er die erste Schale aufgegessen hatte, stand er auf und bediente sich selbst, bevor er sich hinsetzte und die zweite Portion etwas langsamer aß. Als sie fertig waren, trug Sidney die Schüsseln zum Spülbecken und stellte das Wasser an.

»Lass sie stehen. Ich werde sie morgen sauber machen«, sagte er.

Sidney schüttelte den Kopf. »Ich werde nicht lange brauchen. Ich habe das andere Geschirr schon während des Kochens gespült.«

Er protestierte nicht, setzte sich aber auch nicht wieder hin. Er stand in der Küche, eine Hüfte an den Tresen gestützt, die Wasserflasche in der Hand, und sah zu, wie sie das Geschirr abwusch. Als sie mit dem Spülen der Schüsseln fertig war, hielt er ihr die Hand hin. Sidney nahm sie und er brachte sie zurück zur Couch. Sie setzten sich, woraufhin er sich vorbeugte und nach den Kühlkompressen griff.

»Sie sind zwar nicht mehr ganz gefroren, aber sie werden dir trotzdem guttun«, sagte er zu ihr, bevor er ihr sanft eine Packung ans Gesicht hielt.

Sidney sog den Atem ein, als sie das kalte Plastik auf ihrer warmen Haut spürte, aber sie wich nicht zurück.

»Leg die hier unter dein Hemd auf die Schulter«, befahl er, als er ihr die andere Packung, eingewickelt in ein kleines Handtuch, hinhielt. Sie tat, was er verlangte, und seufzte dann zufrieden, als er sie an seine Seite zog.

So saßen sie eine ganze Weile, bis die Kompressen lauwarm waren. In dem Wissen, dass Decker halb schlief, wollte Sidney nichts tun, was ihn aufwecken könnte. Sie warf die Kompressen und die Handtücher auf den Couchtisch und kuschelte sich wieder an ihn. Er überraschte sie, indem er sich drehte, sodass er flach auf dem Rücken auf der Couch lag und sie auf ihm.

Sidney wollte von ihm herunterrutschen, aber er hielt sie fester.

»Ich sollte gehen«, sagte sie leise.

»Bleib«, konterte er.

»Decker, du bist erschöpft. Du musst schlafen.«

»Ich muss dich noch ein wenig länger halten. Du hast mich heute zu Tode erschreckt, Sid.«

Wie konnte sie ihm das verweigern? Die Wahrheit war, dass sie eine Weile Angst um sich selbst gehabt hatte. Victor schien viel wütender gewesen zu sein als das letzte Mal, als sie mit ihm gekämpft hatte, und sie wollte nicht daran denken, was er ihr angetan hätte, wenn er es geschafft hätte, sie über den Zaun zurück in seinen Garten zu ziehen.

Sie entspannte sich an Decker und ließ ihren Körper schlaff werden.

»Danke«, flüsterte er.

»Ich bleibe nur eine Weile«, flüsterte sie zurück.

»Okay«, sagte er.

Sidney liebte es, wie er sich unter ihr anfühlte, wie gut sich seine Arme anfühlten, und schloss die Augen. Innerhalb weniger Minuten war sie eingeschlafen.

Auf der anderen Seite der Stadt war Victor Kennedy wütend.

Mehr als wütend.

Nicht wegen des Hundes. Scheiß auf den Hund. Er konnte sich noch hundert Welpen besorgen, wenn er wollte. Es war wegen der verdammten Weltverbesserin, die ihn überwältigt hatte – *erneut*.

Dieser Mist würde kein drittes Mal passieren.

Er ignorierte das Knurren und Bellen des Kampfes hinter ihm und versuchte, einen Weg zu finden, die Schlampe in die Finger zu bekommen. Ihr zu zeigen, dass sie sich mit dem falschen Kerl angelegt hatte.

Als der Hundekampf immer heftiger wurde, kam Victor eine wunderbare, schreckliche Idee in den Sinn.

Er wusste genau, was zu tun war. Sie würde es wieder versuchen, sie würde es auf jeden Fall tun. Und er wäre auf sie vorbereitet. Er würde Vorbereitungen treffen, bevor er eine weitere Anzeige in den sozialen Medien schaltete. Vermutlich wusste sie daher jedes Mal, dass er sich einen neuen Hund zugelegt hatte.

Während er abwesend beobachtete, wie ein Pitbull im Ring einem anderen die Kehle aufriss und ihn auch dann noch weiter biss und an seinem Fleisch zerrte, als der andere Hund sich nicht mehr bewegte, lächelte Victor.

Ja, die Schlampe würde den Tag, an dem sie seine Hunde gestohlen hatte, definitiv bereuen.

KAPITEL ZEHN

Gumby war im Laufe der Nacht mehrmals aufgewacht, vermutlich da er so früh eingeschlafen war. Es war keine Lüge gewesen, als er Sidney gesagt hatte, dass er nicht viel Schlaf brauchte. Natürlich brauchte er mehr, als er bisher bekommen hatte, aber zehn Stunden in einer Nacht waren ein wenig zu viel.

Er hatte es geliebt, aufzuwachen und Sidney bei sich zu haben. Sie lag immer noch auf ihm und schlief wie ein Stein. Offensichtlich war er nicht der Einzige, der nicht genügend Schlaf bekam. Zum ersten Mal seit Langem hatte er mit einer Frau geschlafen, ohne mit ihr *geschlafen* zu haben. Er liebte es, Sidneys lange, langsame Atemzüge an seinem Hals zu spüren, und noch mehr liebte er das Gefühl, sie auf ihm zu haben.

Da er ihren Zeitplan nicht kannte und wusste, dass sein Schwanz auf die falsche Idee kommen würde, wenn er weiter so liegen bliebe, rutschte Gumby langsam unter ihr heraus.

Draußen war es noch dunkel und er musste in etwa

einer Stunde zum Training, aber er wollte nicht gehen, ohne ihr Bescheid zu sagen.

Mit einem leisen Murren drehte Sidney sich auf die Seite in dem Versuch, es sich bequem zu machen. Grinsend deckte Gumby sie mit einer Decke zu, die er über die Rückenlehne der Couch geworfen hatte. Als sie noch ihre Körperwärme geteilt hatten, war die Decke nicht nötig gewesen, aber jetzt brauchte sie die zusätzliche Wärme. Er deckte sie zu und genoss es, wie sie zufrieden seufzte.

Aber der Anblick ihrer aufgeplatzten Lippe ließ ihn die Stirn runzeln. Er hasste es, dass sie wieder verletzt worden war. Noch mehr hasste er es, dass sie einen anderen Hund von demselben Arschloch gestohlen hatte, mit dem sie bei ihrer ersten Begegnung gekämpft hatte.

Er liebte ihr großes Herz, liebte es, dass sie das Mitgefühl hatte, Tiere zu retten. Aber er hasste, wie sie es anging. Die Missachtung ihrer eigenen Sicherheit. Es musste mehr dahinterstecken, als er wusste. Hoffentlich würde sie sich sicher genug fühlen und ihm genug vertrauen, um sich ihm zu öffnen, was auch immer es war. Er hatte das Gefühl, dass sie nicht in der Lage sein würde, ihre Auslöser zu überwinden, solange sie sich ihnen nicht stellen konnte.

Er küsste sie sanft auf die Stirn, stand auf und ging die Treppe hinauf, um sich umzuziehen. Wenn es nach ihm ginge, würde er heute zu Hause bleiben. Den ganzen Tag mit Sidney abhängen. Aber für ihn und seine SEAL-Kameraden stand die Abreise in den Nahen Osten bevor und sie trafen aktuell die letzten Vorbereitungen. Ganz zu schweigen davon, dass Sidney ihren eigenen Job zu erledigen hatte.

Er wollte mit ihr mehr über die Rettung von Tieren sprechen. Er wollte versuchen, ihr erneut klarzumachen, dass das, was sie tat, extrem gefährlich war. Dass er kein

Problem damit hatte, dass sie Hunde retten und misshandelten Tieren helfen wollte, aber Pitbulls von mutmaßlichen Hundekämpfern zu stehlen nicht die beste Art war, dies zu tun.

Aber heute würde nicht dieser Tag sein. Sie hatten beide etwas zu tun.

Er machte sich Sorgen um sie. Er hasste die blauen Flecke an ihrem Körper und er hasste es *wirklich*, ihr Blut zu sehen. Es war inakzeptabel, und Gumby wollte sie am liebsten zu ihrem eigenen Besten einsperren.

Aber dafür würde sie *ihn* hassen – und das war inakzeptabel. Er war sich noch nicht sicher, was die Antwort war. Wie sie weiterhin das tun konnte, was sie liebte, und gleichzeitig sicher bleiben konnte. Aber sie würden es herausfinden. Zumindest hoffte er das. Er war sich nicht sicher, ob er noch mehr Anrufe wie den von gestern verkraften würde. Das nächste Mal könnte es ein Polizist sein, der anrief. Oder jemand von der Notaufnahme, der ihm mitteilte, dass Sidney es nicht geschafft hatte.

Gumby zog seine Sportkleidung an und packte eine Tasche, damit er sich auf dem Stützpunkt duschen und umziehen konnte. Er und die anderen würden nach dem Training direkt in Besprechungen gehen, sodass sie heute hoffentlich etwas früher Feierabend machen konnten. Rocco wollte vor ihrer Abreise so viel Zeit wie möglich mit Caite verbringen, und die anderen wollten einfach nur eine Pause von den Gedanken an das, was sie in Übersee tun würden.

Auf Zehenspitzen ging er die Treppe hinunter und gab Hannah ein Zeichen, die gehorsam von ihrem Bett aufstand und zu ihm kam. Er ließ sie raus, damit sie ihr Geschäft verrichten konnte, danach brachte er sie in die Küche, um sich ihre Wunden anzuschauen. Ihr Rücken sah bereits viel besser aus. Das Nässen hatte aufgehört und alles, was noch übrig war, war eine rosafarbene, noch nicht verheilte, gewundene Linie auf ihrem Rücken, wo das Haar weggebrannt worden war. Die Haut war empfindlich, aber die Tierärztin hatte ihm versichert, dass Hannah dort keine großen Schmerzen verspürte, da die Nerven durch die Säure verätzt worden waren.

Auch ihren Pfoten ging es besser. Die Ballen hatten sich tatsächlich abgelöst, was Gumby einen Schreck eingejagt hatte, aber er musste der Tierärztin glauben, als sie sagte, das sei eine gute Sache. Dass die neuen Ballen darunter nachwuchsen. Hannah hinkte nicht mehr so stark wie zu Beginn, als sie nach Hause gekommen war, und Gumby war zufrieden, dass sie vollständig heilen würde.

Er gab Hannah etwas Futter in den Napf und frischte ihr Wasser auf. Als er sah, wie die fröhliche Hündin beim Fressen mit dem Schwanz wedelte, fragte Gumby sich zum tausendsten Mal, wie jemand einem so süßen Tier wie Hannah absichtlich etwas antun konnte.

Er nippte an einer Tasse Instantkaffee, während er darauf wartete, dass Hannah ihr Frühstück beendete. Das einzige Licht in der Küche stammte von der Glühbirne über der Spüle. Er hatte kein anderes anmachen wollen, um Sidney nicht zu stören. Von dort, wo er stand, konnte er sie nicht sehen, aber er wusste, dass sie noch schlief.

Gumby liebte es, sie bei sich zu haben. Er liebte es, mit ihr in seinen Armen aufzuwachen. Es war die Hölle, sie zu verlassen, nur um sich anzuziehen, aber er wollte sie nicht zu etwas drängen, wofür sie noch nicht bereit war.

Als Hannah mit dem Essen fertig war, kam sie zu ihm herüber, wobei sie immer noch wie verrückt mit dem Schwanz wedelte. »Bist du fertig, Mädchen?«, fragte er leise.

Daraufhin ging ihr Schwanz noch schneller hin und her,

und es sah ganz so aus, als würde sie zu ihm hochlächeln. »Pass heute auf Sid auf, bis sie geht, ja?«

Hannah leckte ihm die Hand und ging dann in den Wohnbereich. Gumby trank den Rest seines Kaffees aus, stellte die Tasse in die Spüle und folgte seinem Hund. Als er die Couch umrundete, blinzelte er überrascht.

Hannah war auf die Couch gesprungen – was das erste Mal war, dass er sie das hatte tun sehen – und rollte sich in Sidneys Kniekehlen zusammen.

Sid lag auf ihrer Seite, noch immer im Tiefschlaf.

Gumby stand einen Moment lang da, gerührt vom Anblick seines Hundes und seines Mädchens, die beide schliefen. Es war etwas, das er sich mehr wünschte, als er ausdrücken konnte. Er hatte sich schon immer einen Hund gewünscht, aber er hatte nicht erkannt, welche Befriedigung es ihm geben würde, einen zu haben. Hannah zauberte ihm immer wieder ein Lächeln ins Gesicht, und es war ein gutes Gefühl, ihr ein sicheres, glückliches Zuhause geben zu können.

Und Sidney. Er wollte auch *ihr* ein sicheres, glückliches Zuhause geben, aber sie war kein Hund. Sie hatte ihren eigenen Kopf und kam ganz gut ohne ihn zurecht. Das war der Haken – sie brauchte ihn nicht so wie Hannah. Aber Gumby hoffte inständig, dass sie eines Tages beschließen würde, dass sie ihn *wollte*.

Er beschloss, sie nicht zu wecken – wie könnte er auch, wenn sie so fest schlief –, beugte sich zu ihr hinunter und küsste sie auf die Schläfe. »Schlaf gut, Sid«, flüsterte er, bevor er aufstand und sich wieder auf den Weg in die Küche machte.

Er schrieb eine kurze Nachricht auf einen Zettel, in der er ihr mitteilte, dass er bis etwa vierzehn Uhr arbeiten würde und sie später sehen wollte, wenn möglich, und legte ihn neben seine Kaffeemaschine. Er hoffte, dass sie lange genug bleiben würde, um ihn zu finden. Sicherheitshalber beschloss er, ihr auch eine SMS zu schicken, sobald er mit dem Training fertig war.

Er holte eine Flasche Wasser heraus und stellte sie neben zwei Schmerztabletten auf den Tresen. Nach ihrer letzten Prügelei mit diesem Arschloch Victor würde ihr sicherlich einiges wehtun.

Da er wusste, dass es noch schwieriger werden würde zu gehen, wenn er noch länger bliebe, trat Gumby zur Tür.

Mit einem letzten Blick in sein Wohnzimmer auf die beiden Mädchen, die ihm die Welt bedeuteten, schlich Gumby aus dem Haus und machte sich auf den Weg zur Arbeit.

Sidney wachte völlig erfrischt auf. Sie konnte sich nicht erinnern, wann sie das letzte Mal so lange und so fest geschlafen hatte. Sie war in der Nacht ein paarmal aufgewacht und hatte gemerkt, dass sie immer noch in Deckers Haus war, sie hatte jedoch keine Lust gehabt, aufzustehen und nach Hause zu fahren.

Erstens hatte sie es bequem.

Zweitens wollte sie Decker nicht wecken.

Und drittens liebte sie es, in seinen Armen zu schlafen. Er war das beste Kissen überhaupt. Scheiß auf diese Werbespots, die das »perfekte Kissen« anpriesen. Nichts konnte so bequem sein wie Deckers Brust.

Sie spürte Hannah zu ihren Füßen, deren Kopf schwer auf ihren Waden lag, während sie leicht schnarchte. Sie wusste, dass Decker nicht mehr da war; im Haus war es ruhig und das Sonnenlicht kam gerade herein, um ihr zu zeigen, dass es für sie an der Zeit war, aufzustehen und den Tag zu beginnen.

Aber sie konnte sich noch nicht bewegen. Das Kissen unter ihrem Kopf roch nach Decker. Sein Hund schlief zufrieden zu ihren Füßen. Und sie hatte gerade die Nacht mit dem Mann verbracht, von dem sie wusste, dass er sie zerbrechen könnte, wenn er sie nicht mehr haben wollte.

Sie lag noch ein paar Minuten da, bevor sie tief seufzte und sich aufsetzte. Hannah murrte, da sie ihr Kissen verloren hatte, rutschte jedoch rüber und leckte Sidneys Hand, bevor sie den Kopf auf ihren Oberschenkel legte.

Kichernd streichelte Sidney ihren Kopf und sagte: »Ja, ich weiß. Morgen sind beschissen. Ich verstehe dich, Mädchen.«

Hannah klopfte mit dem Schwanz auf das Kissen.

»Darfst du überhaupt hier oben sein?«

Ihr Schwanz bewegte sich noch heftiger.

Sidney lachte wieder und tätschelte sie ein letztes Mal, bevor sie aufstand. Sie faltete die Decke zusammen, die sie benutzt hatten, und legte sie über die Rückenlehne der Couch. Sie suchte das Badezimmer auf, bevor sie in die Küche ging.

Der Anblick der beiden kleinen Tabletten neben der Wasserflasche ließ sie innehalten. Eigentlich war es albern. Es waren nur zwei Ibuprofen. Aber da sie schon so lange allein lebte und die meiste Zeit ihres Lebens für sich selbst gesorgt hatte, war diese Geste so, als hätte er ihr ein Paar Diamantohrringe hinterlassen. So viel bedeutete es ihr.

Sie schluckte die Tabletten hinunter in der Hoffnung, dass sie schnell wirkten. Ihre Lippe pochte und ihrer Schulter ging es nicht viel besser. Sie ging zur Kaffeemaschine, wo sie einen Zettel von Decker fand.

. . .

Guten Morgen, meine Schöne. Ich bin auf dem Weg zum Training und dann zu einem langen Tag voller Besprechungen. Aber ich habe gegen vierzehn Uhr Feierabend. Kann ich dich vielleicht überreden vorbeizukommen? :) Ich weiß, dass du viel zu tun hast, aber es scheint, je mehr ich in deiner Nähe bin, desto mehr möchte ich dich sehen. Ich hoffe, du hast gut geschlafen. Ich weiß, dass ich es getan habe.

Umarmungen und Küsse

Decker

Sidney drückte den Zettel an ihre Brust und schloss die Augen. »Wie ist das passiert?«, fragte sie sich.

Als sie spürte, wie eine Nase ihr Bein anstupste, öffnete sie die Augen und sah auf Hannah hinunter. Der Pitbull starrte sie mit einem so erbärmlichen Blick an, dass Sidney nur lachen konnte. »Ich bin mir sicher, Deck hat dich schon gefüttert.«

Als Hannah nicht mit dem Hundeblick aufhörte, gab Sidney nach. Sie griff nach der Schüssel mit den Hundeleckerlis und gab Hannah zwei davon. »Du wirst noch hundert Kilo wiegen, Hund«, sagte sie zu ihr, als sie davontrabte, nachdem sie ihren Willen bekommen hatte.

Aber wie konnte sie sie nicht verwöhnen, wo sie doch so viel durchgemacht hatte?

Wenn sie an Victor dachte und daran, was er Hannah und wahrscheinlich unzähligen anderen Hunden angetan hatte, ballte sie die Hände zu Fäusten. Als sie das Knittern von Papier hörte, entspannte sie sich sofort und strich den Zettel glatt, den Decker ihr geschrieben hatte.

Sie würde ihn für immer aufbewahren. Das war vielleicht albern und kindisch, aber es war der erste Liebesbrief, den sie je erhalten hatte, und er war von Decker. Er bedeutete ihr sehr viel.

Da sie wusste, dass sie zurück zu ihrem Wohnwagen musste, um zu sehen, was Jude heute für sie geplant hatte, suchte Sidney ihre Schuhe und machte sich bereit zu gehen. Sie ließ Hannah nach draußen und beobachtete, wie sie in Deckers Vorgarten herumschnüffelte und schließlich ihr Geschäft erledigte. Als sie wieder drinnen war, ging sie direkt zu ihrem Bett, wo sie sich mit einem großen Seufzen hinlegte.

Sidney lachte erneut. Sie liebte es, wie leicht der Hund sie zum Lächeln und Lachen bringen konnte. Es war lange her, dass sie sich so unbeschwert gefühlt hatte. Und das lag nicht nur an Hannah, sondern auch an ihrem Besitzer. Decker hatte geschafft, was bisher kein Mann geschafft hatte ... sie fühlte sich wohl dabei, in seiner Anwesenheit sie selbst zu sein. Sie wusste ohne Zweifel, dass er sie niemals absichtlich verletzen würde. Er würde alles tun, was nötig war, um sie zu beschützen. Ja, er war ein wenig zu überfürsorglich, aber war das wirklich etwas Schlechtes?

Sidney schloss die Tür hinter sich, drehte den Knauf, um sicherzugehen, dass sie abgeschlossen war, und machte sich auf den Weg zu ihrem Wagen. Ihr Handy vibrierte mit einer eingehenden SMS und sie schaute darauf.

Decker: Nur für den Fall, dass du die Nachricht, die ich dir hinterlassen habe, nicht gefunden hast, wollte ich dir einen guten Morgen wünschen. Ich musste zum Training und zur Arbeit. Ich habe gegen vierzehn Uhr Feierabend und würde dich gern heute Nachmittag sehen. Sag mir Bescheid.

. . .

Sidney schrieb ihm sofort zurück.

Sidney: Das hängt davon ab, was Jude für mich geplant hat, aber ich würde dich auch gern sehen. Übrigens ... dein Hund ist total verwöhnt und wenn du nicht aufpasst, wird sie bald einhundert Kilo wiegen.

Decker: Na ja, wenn jemand ihr keine Leckerlis geben würde, nachdem sie schon gefressen hat, würde sie keine hundert Kilo wiegen.

Sidney musste laut lachen. Erneut. Woher Decker wusste, dass sie nachgegeben und Hannah Leckerlis gegeben hatte, wusste sie nicht. Sie beschloss, ihm gegenüber ehrlich zu sein, und tippte schnell eine Antwort.

Sidney: Ich wollte eigentlich gehen, nachdem du letzte Nacht eingeschlafen warst, aber jedes Mal, wenn ich aufgewacht bin, konnte ich mich nicht überwinden, aufzustehen und nach Hause zu fahren.

Decker: Da bin ich froh. Es hat mir gefallen, dich bei mir zu haben. Das nächste Mal müssen wir es in einem Bett versuchen.

Daraufhin blinzelte sie. Der Gedanke, neben Decker im Bett zu schlafen, ließ eine Gänsehaut auf ihren Armen entstehen.

. . .

Decker: Zu früh? Entschuldige. Sag mir Bescheid, wenn du heute Nachmittag wegkannst. Ich dachte, wir könnten vielleicht zusammen in meinem Ozean schwimmen gehen.

Sidney: Deinem Ozean?

Decker: Er liegt direkt vor meiner Haustür, also ja, mein Ozean. Lol

Sidney: Das würde mir gefallen. Ich werde sehen, was ich tun kann.

Decker: Ich muss jetzt Schluss machen. Die Jungs werfen mir schon böse Blicke zu.

Sidney: Grüß sie von mir.

Decker: Mach ich. Hab einen schönen Tag. Ich werde an dich denken.

Sidney: Ich schreibe dir später eine SMS und lasse dich wissen, ob ich vorbeikomme.

Decker: Okay. Pass heute auf dich auf.

Sidney: Bbl.

Decker: Tschüss.

Sidney las ihre Nachrichten und konnte ihr Glück nicht fassen. Sie hatte Decker wirklich nicht verdient, aber sie würde mit dem Strom schwimmen. Sie würde so lange wie möglich an ihm festhalten ... zumindest so lange, bis er herausfand, dass sie seine Zeit und Energie nicht wert war.

Um fünfzehn Uhr dreißig an diesem Nachmittag öffnete Gumby die Tür für Sidney. Er hatte einen langen Tag hinter sich und sie hatten erfahren, dass sie am nächsten Morgen zu ihrer Mission aufbrechen würden. Er hatte gewusst, dass der Zeitpunkt näher rückte, an dem sie gehen mussten, aber sie hatten alle gedacht, sie hätten noch ein paar Tage, vielleicht eine Woche Zeit. Aber Terroristen, die dumme Dinge taten, hielten sich nicht immer an einen günstigen Zeitplan.

Decker war mehr als erleichtert, dass Sidney wieder zu ihm kommen konnte. Er hatte ihr Schwimmen versprochen, und das würde er ihr auch geben ... aber in Wirklichkeit wollte er sie nur mit in sein Bett nehmen und den Rest des Abends damit verbringen, ihr zu zeigen, wie viel sie ihm bedeutete. Er wusste besser als jeder andere, dass seine Sicherheit nicht gewährleistet war. Er wollte nicht bereuen, nicht mit Sidney geschlafen zu haben, aber ehrlich gesagt wusste er, dass es noch nicht der richtige Zeitpunkt war.

»Hi«, sagte sie, als er die Tür öffnete.

»Du hättest nicht klopfen müssen«, schimpfte er sanft. »Du hättest einfach reinkommen können.«

Sie sah überrascht aus. »Ich kann doch nicht einfach so dein Haus betreten.«

»Warum nicht? Ich wusste, dass du kommst, du hast kurz vor dem Losfahren eine SMS geschickt. Ganz zu schweigen davon, dass ich dich heute Morgen hier allein gelassen habe. Wenn ich dir nicht trauen würde, hätte ich dich geweckt.«

Sie zuckte mit den Schultern. »Es scheint nicht richtig zu sein.«

Gumby legte seine Hände auf ihre Schultern. »Sid, du bist Tag und Nacht in meinem Haus willkommen. Ich möchte, dass du dich hier genauso wohlfühlst wie in deiner eigenen Wohnung.«

»Das ist kein Problem«, murmelte sie. »Im Vergleich zu meinem Wohnwagen ist das hier ein Palast.«

Er grinste, zog sie in seine Arme und trat gerade so weit zurück, dass er die Eingangstür schließen konnte. »Ich habe noch gar nicht richtig Hallo gesagt«, sagte er.

Sie blickte ihn an. »Doch, das hast du. Als du die Tür geöffnet hast.«

»Nein«, konterte er und senkte den Kopf. Er sah sofort, dass sie seine Absicht erkannte, denn sie schloss die Augen und stellte sich auf die Zehenspitzen, um ihm auf halbem Weg entgegenzukommen.

Als sein Mund den ihren traf, achtete er darauf, nichts zu tun, was ihre aufgeplatzte Lippe verletzen könnte. Er liebkoste ihre Unterlippe mit der Zunge, und als sie sich ihm öffnete, drang er sanft in ihren Mund ein.

Er war sich nicht sicher, wer stöhnte. Es hätte einer von ihnen oder beide sein können. Er konnte die Zimtbonbons schmecken, die sie kürzlich gegessen hatte, und die Kombination aus ihrem eigenen Geschmack und dem erdigen Gewürz war unglaublich erregend. Sie knutschten einen langen Moment, und Gumby konnte sich nicht erinnern, dass ihn ein Kuss jemals so sehr erregt hatte.

Er löste sich von ihr und lächelte sie an. »Hi.«

»Hi«, erwiderte sie sofort.

»Wie war dein Tag?«, fragte er.

Sie zuckte mit den Schultern. »Es war ein Tag. Ich musste einen Haufen dummes Zeug für dumme Leute machen, die anscheinend nicht kapieren, dass sie nicht eine halbe Rolle Klopapier auf einmal in der Toilette runterspülen können, oder dass es nicht schlau ist, den Ofen auf Selbstreinigung zu stellen, wenn sie Besorgungen machen.«

Er hob eine Augenbraue.

»Ja, sie haben fast den Wohnwagen abgefackelt. Zum Glück kamen sie nach Hause und stellten fest, dass die Holzschränke um den Herd herum rauchten und in Flammen aufzugehen drohten. Ich musste sie herausnehmen und ausmessen, um neue anfertigen zu lassen.«

Gumby war fasziniert von den Dingen, die Sidney tun

konnte. Sie war nicht nur Expertin für eine Sache wie Klempnerarbeiten, sie konnte von allem ein bisschen. Das machte sie äußerst wertvoll.

»Willst du immer noch schwimmen gehen?«, fragte er.

Sidney nickte und deutete auf die Tasche, die sie hinter der Tür hatte fallen lassen, als er sie hineingezogen hatte. »Ja, wenn du willst. Ich habe meine Sachen dabei.«

Gumby konnte es kaum erwarten, sie im Bikini zu sehen, aber das behielt er für sich.

»Großartig. Mein Handwerker Max kommt in etwa zwanzig Minuten vorbei. Er war eine Nervensäge und wollte sich das Obergeschoss noch einmal ansehen, also habe ich nachgegeben. Sobald ich ihn losgeworden bin, können wir schwimmen und dann zu Abend essen. Klingt das gut?«

Sie nickte.

Gumby hatte nicht vor, ihr zu sagen, dass er Max angefleht hatte vorbeizukommen, damit er ihm Sidney vorstellen konnte. Er wusste, dass sie perfekt für sein Geschäft war. Sie mochte vielleicht kein Vertrauen in sich selbst haben, aber er hatte jede Menge Vertrauen in sie. Vielleicht würde nichts dabei herauskommen, aber es würde ihr zumindest ein paar Möglichkeiten eröffnen.

Genau zwanzig Minuten später läutete es an der Tür.

Gumby schreckte auf, als Hannah knurrend von ihrem Bett aufsprang und bellend zur Tür lief.

»Heilige Scheiße«, sagte Sidney, als sie ihm zur Tür folgte.

Gumby nahm Hannahs Halsband in die Hand. »Hannah! Nein!« Aber sie hörte nicht auf zu bellen.

Sidney trat heran und öffnete die Tür. Sie sprach über Hannahs Bellen hinweg und begrüßte Max, der vorsichtig das Haus betrat und den Pitbull im Auge behielt.

Gumby konnte sich nicht vorstellen, was in Hannah

gefahren war. Normalerweise war sie gutmütig. Es hatten schon öfter Leute bei ihm geklingelt und sie war nicht so aggressiv gewesen.

Dann fiel ihm etwas ein.

»Sidney, stell dich bitte hinter mich und Hannah.«

Sie schaute ihn an. »Warum?«

»Nur eine Vermutung.«

Ohne ein weiteres Wort tat sie, worum er sie bat – und fast sofort beruhigte Hannah sich etwas. Sie bewegte sich, bis sie vor Sidney stand, und setzte sich direkt auf ihre Füße.

»Was zum Teufel?«, fragte Sidney.

Gumby wollte lachen, aber er schaffte es, es nicht zu tun.

»Einen hübschen Wachhund hast du da«, sagte Max.

»Es tut mir leid. Das ist das erste Mal, dass jemand vorbeikommt, wenn Sidney hier ist.«

»Glaubst du, sie hat das meinetwegen gemacht?«, fragte Sidney.

»Das tue ich. Ich vermute, dass sie sich daran erinnert, wie du mit Victor gekämpft hast, und sichergehen will, dass so etwas nicht noch einmal passiert«, sagte Gumby.

»Das ist ein wenig beunruhigend«, sagte sie. »Wir können nicht zulassen, dass sie die Leute zu Tode erschreckt, wenn sie vor der Tür stehen, nur weil ich hier bin.«

Gumby öffnete den Mund, um zu widersprechen, aber Max kam ihm zuvor. »Eigentlich ist das eine gute Sache. Jeder, der sie bellen hört, wird es sich zweimal überlegen, ob er einbricht oder etwas tut, was dir schaden könnte.«

Sidney hockte sich neben Hannah und strich ihr mit der Hand über den Kopf. »Er ist in Ordnung, Hannah«, säuselte sie. »Du musst ihm nicht die Kehle rausreißen, okay?«

Gumby unterdrückte ein Lachen und sah, dass Max das

Gleiche tat ... Gott sei Dank. Viele Leute wären nicht so verständnisvoll wie sein Handwerker.

»Komm her, Sid«, sagte Gumby mit ausgestrecktem Arm.

Sidney stand auf und ging auf ihn zu. Er legte seinen Arm um ihre Schultern und sagte mit strenger Stimme: »Hannah. Bleib.«

Bemerkenswerterweise blieb die Hündin, wo sie war, während Gumby Sidney zu Max hinüberführte. »Sid, ich möchte dir meinen Handwerker Max Wyner vorstellen. Max, das ist die Frau, von der ich dir erzählt habe, Sidney Hale. Sie ist zurzeit die Handwerkerin der Evergreen-Wohnwagensiedlung.«

Max streckte eine Hand aus. »Freut mich, dich kennenzulernen.«

Sidney lächelte. »Gleichfalls.«

»Bist du so gut, wie Decker behauptet?«, fragte Max.

Sidney schaute überrascht, als sie ihm ihre Aufmerksamkeit zuwandte. »Du hast ihm von mir erzählt?«

Gumby nickte. »Jup.«

Sie blickte wieder zu Max. »Wahrscheinlich nicht. Er neigt zu Übertreibungen.«

Max warf den Kopf zurück und lachte. »Ich mag sie jetzt schon«, sagte er zu Gumby.

»Das wusste ich«, antwortete Gumby.

Hannah winselte, und Gumby sah auf sie herab. »Okay, Mädchen. Wenn du bereit bist, dich zu benehmen, kannst du jetzt unseren Besucher begrüßen.«

Er sah zu, wie Hannah sich auf den Bauch legte und zu Max kroch.

Sidney ging erneut in die Hocke, um Hannah zu versichern, dass Max keinem von ihnen etwas tun würde. »Siehst du? Er ist nett. Er wird dir und mir nicht wehtun.«

Gumby war froh, als Max die Hand ausstreckte und Hannah streichelte. Wenn ein Hund, der so groß und Furcht einflößend aussah wie Hannah, ihn so begrüßt hätte, wäre er nicht allzu scharf darauf gewesen, sie zu streicheln.

»Was ist mit ihrem Rücken passiert?«, fragte er.

Bevor Gumby antworten konnte, tat Sidney es. »Irgendein Arschloch hat beschlossen, sie zu foltern, indem er ihr Säure auf den Rücken geschüttet hat.«

»Warum?«, fragte Max ungläubig.

Sidney zuckte mit den Schultern. »Warum tut jemand, was er tut? Weil er ein Arsch ist. Und wahrscheinlich, weil er versucht hat, sie abzurichten, damit sie härter kämpft, wenn er sie in den Ring schickt.«

»Hundekämpfe?«, fragte Max. »Gott, jeder, der so einen Scheiß duldet, sollte erschossen werden.«

»Allerdings«, antwortete Sidney.

»Armes Baby«, sagte Max zu Hannah. »Da hast du hier ja den Jackpot geknackt, was?«

Gumby hätte über die Art und Weise gelacht, wie der große Mann mit seinem Pitbull redete, aber Hannah und Sidney waren begeistert, also hielt er den Mund.

»Wenn du damit fertig bist, meinen Hund zu verwöhnen, willst du dir das Obergeschoss noch einmal ansehen?«

Max stand auf. »Klar doch.«

»Geh schon mal hoch, wir sind gleich da«, sagte Gumby zu ihm.

Max nickte und steuerte auf die Treppe zu.

Als er außer Hörweite war, zog Gumby Sidney noch einmal an sich. »Wir müssen vorsichtig sein mit Hannah.«

Sie nickte.

»Sie ist dir gegenüber offensichtlich sehr beschützend. Wenn du jemals allein hier bist und jemand an die Tür klopft, musst du sie ins Badezimmer bringen oder so, bevor du die Tür öffnest. Bis wir sie weiter trainiert haben, können wir ihr nicht trauen.«

»Okay. Aber ich bin mir immer noch nicht sicher, woher das kommt. Ich habe sie noch nicht so oft gesehen.«

»Sidney, du warst während der letzten Woche fast jeden Abend hier. Du warst fast genauso oft bei ihr wie ich, da ich tagsüber nicht da bin.«

Sie sah ein wenig überrascht aus, nickte dann jedoch. »Glaubst du, sie würde tatsächlich jemanden beißen?«

»Das bezweifle ich«, sagte Gumby sofort. »Ich glaube, sie bellt mehr, als dass sie beißt, aber ich bin nicht bereit, ein Risiko einzugehen.«

»Ich auch nicht.«

»Aber ich muss sagen, ich bin irgendwie begeistert, dass sie dich so beschützt. Das beruhigt mich ein wenig.«

Sidney starrte ihn nur an.

Er lächelte. »Willst du nicht fragen warum?«

Sie schüttelte den Kopf.

»Gut. Aber ich sag's dir trotzdem. Ich glaube, es liegt daran, dass sie irgendwie weiß, dass ich dich schützen will. Und es beruhigt mich, dass sie bereit ist, alles zu tun, was nötig ist, damit du in Sicherheit bist, wenn ich euch hier allein lassen muss.«

Er war sich nicht sicher, wie Sidney auf seine Aussage reagieren würde – aber er rechnete nicht mit Tränen.

»Was? Sidney?«

Sie beugte sich vor, legte ihre Stirn an seine Brust und klammerte sich fester an seine Arme. Gumby ließ ihr einen Moment Zeit, da er es genoss, sie nahe bei sich zu haben, auch wenn es ihm nicht gefiel, dass sie aus irgendeinem Grund aufgebracht war.

»Mein ganzes Leben lang war ich auf mich allein gestellt. Ich habe mich nie wirklich sicher gefühlt.

Niemals. Es tut gut zu wissen, dass du dir Sorgen um mich machst.«

Gumby küsste sie auf den Kopf. »Ich mache mir Sorgen um dich, Sid. Zweifle nie daran.«

»Danke.«

»Bist du bereit, nach oben zu gehen und herauszufinden, was Max zu sagen hat?«

Sie blickte auf, und Gumby war froh zu sehen, dass sie keine Tränen vergossen hatte. »Ich kann hier unten bleiben, während ihr euer Ding macht.«

Gumby wusste, dass er vorsichtig vorgehen musste. Er wollte, dass sie Max genau sagte, wie *sie* das große Badezimmer und auch den Kleiderschrank haben wollte. Aber er wollte sie nicht verängstigen. »Ich könnte deine Vorschläge gebrauchen«, sagte er vorsichtig.

Sie neigte den Kopf. »Wirklich?«

»Ja. Du kennst dich mit diesen Dingen besser aus als ich. Ich meine, wenn es nach mir ginge, würde ich ihm wahrscheinlich sagen, er soll die billigste Toilette und das billigste Waschbecken einbauen, die er finden kann, und die Badewanne und die Dusche so lassen, wie sie sind.«

Sie sah entsetzt aus, und er grinste innerlich. Er hatte sie.

»Ich werde mit dir hochgehen«, erklärte sie. »Dir kann man offensichtlich nicht trauen. Komm schon.« Und damit packte sie ihn an der Hand und zog ihn mit Hannah auf den Fersen zur Treppe.

Dreißig Minuten später hörte Gumby immer noch zu, wie Sidney und Max fachsimpelten. Sie hatten das obere Stockwerk besichtigt und sie hatte Max sofort ihre Vorschläge für das Badezimmer gegeben. Als sie fertig waren, hatten sie beschlossen, eine Wand einzureißen, das große Schlafzimmer zu vergrößern, um Platz für einen größeren Kleiderschrank zu schaffen, und sie hatten sich für Waschtische aus Granit für das Badezimmer, Fußbodenheizung, eine separate Dusche und Wanne und zwei Waschbecken entschieden. Sie hatten sogar herausgefunden, dass sie die Toilette auf die andere Seite des Raumes verlegen und sie, indem sie den Raum nutzten, den der aktuelle Wäscheschrank einnahm, hinter einer Tür verstecken konnten.

Dann hatten sie die Gestaltung des anderen Schlafzimmers und des Wäscheschranks im Flur fertiggestellt sowie dem Gästezimmer ein eigenes Bad hinzugefügt.

Gumby folgte ihnen einfach grinsend.

Als sie wieder unten ankamen, wusste er, dass Sidney sich an Max verkauft hatte.

Er hielt ihr an der Tür die Hand hin. »Wenn du einen Job willst, gehört er dir«, sagte er zu ihr.

Sidney sah überrascht aus. »Was?«

»Ein Job. Ich könnte einen Vorarbeiter ... äh ... eine Vorarbeiterin gebrauchen, die weiß, was sie tut. Du hast ein gutes Auge für Design und kennst dich offensichtlich aus.«

»Oh, aber ...« Sie sah Gumby an, dann wieder Max. »Ich bin nicht auf der Suche nach einem Job. Und ich habe keine Lizenzen.«

Max schien nicht beunruhigt zu sein. Er nannte ein Anfangsgehalt, bei dem Sidney fast die Augen aus dem Kopf fielen.

»Es tut mir leid, dass es nicht mehr ist, aber mehr kann ich im Moment nicht tun.«

»Nein ... das ist ... das ist großartig«, stotterte Sidney.

»Und mach dir keine Sorgen wegen der Lizenzen. Wir können uns darum kümmern, dass du sie bekommst, wenn du eingestellt bist. Ich würde auch für sie bezahlen. Und wenn du vor der Prüfung noch einen Kurs besuchen musst, um den Stoff aufzufrischen, übernehmen wir das auch.«

»Ich weiß nicht, was ich sagen soll.«

»Du musst jetzt noch nichts sagen. Aber bring diesen Kerl dazu, mir grünes Licht zu geben, damit ich sobald wie möglich anfangen kann, ja?«, neckte er sie.

»Gib mir ein oder zwei Monate«, sagte Gumby. »Ich muss erst die Arbeit abbezahlen, die du hier unten gemacht hast.«

Max lachte und nickte. »Es sieht gut aus.«

»Das tut es. Ich danke dir.«

»Ich gehe dann mal.« Er zog eine Visitenkarte heraus und reichte sie Sidney. »Hier ist meine Karte. Ruf mich an, wenn du den Job willst. Das Angebot ist unbefristet. Ich suche schon monatelang nach der richtigen Person und habe bisher noch niemanden gefunden, dem ich das zutraue.«

»Und du glaubst, dass ich es kann, nachdem du mich gerade mal eine halbe Stunde kennst?«, fragte Sidney.

Max wurde ernst. »Ja, Sidney, das tue ich. Ich bin schon sehr lange in diesem Geschäft. Viele Männer und Frauen haben versucht, mich davon zu überzeugen, dass sie wissen, was sie tun, aber die meiste Zeit war es nur Blödsinn. Du hast nicht einmal versucht, dich selbst zu verkaufen, und trotzdem hast du es getan. Der Job gehört dir, wenn du ihn willst.«

»Ich ... äh ... danke«, brachte sie hervor.

»Nichts zu danken. Bis später, Decker.«

»Bis später, Max. Danke fürs Vorbeikommen.«

Der ältere Mann nickte und ging zu seinem Wagen, der hinter Sidneys Accord geparkt war.

Sie drehte sich zu ihm um, nachdem er die Tür geschlossen hatte, und sprang ihn praktisch an.

Überrascht fing Gumby sie auf und lachte, als sein Rücken gegen die Wand prallte. Sidney schlang die Beine um ihn und legte die Arme um seinen Hals. Hannah dachte, sie würden ein Spiel spielen, weshalb sie bellte, während sie um die beiden herumsprang.

Gumby verschränkte die Hände unter ihrem Hintern und lächelte Sidney an. »Bist du glücklich?«, fragte er.

»Glücklich? Gott, Decker, bei ihm würde ich das Doppelte dessen verdienen, was ich bei Jude bekomme! Ich könnte es mir wahrscheinlich sogar leisten, in eine schöne Wohnung zu ziehen oder so. Glücklich beschreibt nicht einmal ansatzweise, was ich fühle.«

Gumby wollte dagegen protestieren, dass sie irgendwo anders als bei ihm einzog, aber er hielt den Mund.

»Und er hat gesagt, er würde mir die Kurse und die Lizenzen bezahlen! Das ist fast zu schön, um wahr zu sein.«

»Guten Menschen widerfahren gute Dinge«, sagte Gumby.

Sie verdrehte die Augen. »Wie auch immer.«

Er konnte nicht anders, er spannte die Finger an ihrem Hintern an und spürte, wie sie sich kurz verkrampfte und dann an ihn schmolz.

»Decker?«

»Ja?«

»Ich glaube, ich will dich.«

Er liebte es, diese Worte zu hören, aber er brauchte mehr. »Ich werde warten, bis du dir sicher bist.«

»Ich könnte mich überzeugen lassen«, sagte sie schüchtern.

»Ich will dich nicht überzeugen müssen«, erwiderte er ehrlich. »Ich möchte, dass du es bis ins Mark deiner Knochen brauchst, von mir geliebt zu werden. Du sollst das Gefühl haben, dass du stirbst, wenn ich nicht sofort in dir bin.«

Sie starrte ihn an.

»Weil ich genau so für dich empfinde. Jedes Mal wenn ich deine Stimme höre, will ich dich mehr. Wenn ich dich sehe, möchte ich dich über die Schulter werfen und mit dir in mein Bett gehen. Wenn ich dich berühre, sehne ich mich danach, dich zu der Meinen zu machen.«

»Decker ...« Ihre Stimme brach ab.

»Ich sage das nicht, um dich unter Druck zu setzen, Sid. Ich bin bereit, so lange zu warten, wie es nötig ist. Für mich ist das keine Affäre. Kein One-Night-Stand oder wie auch immer du es nennen willst. Ich möchte jeden Morgen mit dir in meinen Armen aufwachen und auch mit dir an meiner Seite einschlafen. Wenn es so weit ist, lass es mich wissen, und ich werde alles in meiner Macht Stehende tun, um dich glücklicher zu machen, als du es je zuvor warst. Ich werde mir ein Bein ausreißen, um dir alles zu geben, was du brauchst und willst.«

»Ich bin bereits glücklicher als je zuvor. Aber Decker, es gibt eine Menge, was du nicht über mich weißt.«

»Es gibt auch eine Menge, was du nicht über mich weißt, Sid. Aber es gibt nichts, was du mir sagen kannst, um meine Meinung zu ändern. Ich weiß, was ich will, und das bist du.«

Sie starrte ihn an und Gumby wusste sofort, dass er sie ein wenig erschreckt hatte. Um die Stimmung aufzulockern, sagte er: »Bist du bereit, dich von mir beim Wettschwimmen schlagen zu lassen?«

Die Furche in ihrer Stirn glättete sich, als sie lächelte. »Du glaubst, du schaffst das?«

»Ich *weiß*, dass ich das schaffe, Baby. Die Frage ist nur, ob du damit umgehen kannst. Ich weiß, wie ehrgeizig du bist.«

»Wie wäre es mit einer Wette?«, fragte sie.

Gumby lächelte. Er war erleichtert, dass sie nicht angedeutet hatte, seine Arme verlassen zu wollen. Er könnte sie für immer festhalten und als glücklicher Mann sterben. Er musste ihr immer noch mitteilen, dass er am nächsten Tag für eine unbekannte Zeit abreisen würde, aber er wollte erst einmal den Augenblick genießen. Er wollte nichts tun, was die gute Stimmung, die sie hatte, ruinieren könnte. »Was für eine Wette?«

»Wenn ich gewinne, musst du mir eine dreißigminütige Rückenmassage geben.«

Gumby lachte. Als wäre das wirklich eine Strafe fürs Verlieren. Er würde töten, um sie auf jede mögliche Art zu berühren. »Und wenn ich gewinne?«

»Dann gebe ich dir eine.«

»Abgemacht.« Scheiße, ja. Er war so oder so ein Gewinner. Nach dem Grinsen auf ihrem Gesicht zu urteilen hatte Gumby das Gefühl, dass sie genauso empfand. Er ließ sie langsam auf den Boden sinken, wobei ihr Körper den seinen liebkoste. Er wusste, dass er hart war – wieder einmal –, aber er tat nichts, um diese Tatsache vor ihr zu verbergen.

»Zieh dich um. Du kannst das Gästezimmer oder das Bad hier unten benutzen. Wir treffen uns wieder hier, wenn du fertig bist.«

Sie blieb in seinen Armen und sah ihn einen Moment lang an, bevor sie sagte: »Ich denke immer noch, dass du viel zu gut für mich bist, Decker, aber ich komme langsam an den Punkt, an dem es mir egal ist.«

»Gut.«

»Obwohl ich fürchte, dass du dich, sobald du mich besser kennst, fragen wirst, warum du so viel Zeit mit mir verschwendet hast.«

»Niemals, Sid. Ich weiß, dass du nicht perfekt bist, so wie ich es auch nicht bin. Ich weiß genau, wer du bist, hier«, er berührte ihre Schläfe mit einem Finger, »und hier«, er legte seine Handfläche flach über ihr Herz, »und deshalb verliebe ich mich in dich.«

Sie starrte ihn mit großen Augen an, sagte jedoch nichts.

»Geh und zieh deine Schwimmsachen an. Und ich hoffe bei Gott, dass du eine Art Oma-Badeanzug mitgebracht hast, denn ich glaube nicht, dass mein Herz es aushalten könnte, wenn du einen Bikini trägst.«

Sie lächelte. »Es ist kein Bikini.«

Er seufzte erleichtert auf.

»Aber es ist auch kein Oma-Badeanzug.«

»Scheiße.«

Sie kicherte. »Bitte sag *mir*, dass du eine eng anliegende Badehose trägst.«

Er blickte entsetzt zu ihr hinunter. »Auf keinen Fall.«

Sie schmollte. »Aber ich wollte mir deinen Hintern ansehen.«

Gumby schüttelte den Kopf, griff nach unten und packte ihre Tasche. Sie nahm sie, als er sie ihr reichte. »Du wirst noch mein Tod sein.«

»Als würdest du *mir* nicht auf den Hintern gucken«, konterte sie, während sie mit Hannah an ihrer Seite auf die Treppe zuging.

Gumby blickte ihr nach, bis er sie nicht mehr sehen konnte, dann griff er nach unten und richtete seinen steinharten Schwanz. Sie hatte nicht unrecht. Er hatte auf jeden Fall vor, ihren Hintern zu betrachten. Und ihre Brüste. Und alles dazwischen.

KAPITEL ELF

Sidney paddelte im Ozean auf der Stelle und starrte Decker an. Sie hatte schon lange nicht mehr so viel gelacht. Je mehr Zeit sie mit Decker verbrachte, desto mehr Zeit *wollte* sie mit ihm verbringen. Er war wie eine Droge ... sie brauchte mehr und mehr von ihm, um zufrieden zu sein.

»Okay«, sagte Decker, »wir werden von hier aus schwimmen, bis wir auf gleicher Höhe mit dem knallblauen Haus da unten sind.« Er deutete auf ein grelles Haus, das etwa fünf Grundstücke neben seinem lag.

Sidney wusste, dass sie nicht in der Lage sein würde, ihn zu schlagen. Er war ein Navy SEAL, um Himmels willen, und es war schon viel zu lange her, dass sie im Wasser gewesen war. Aber der Gedanke, ihn berühren zu können, wenn er seinen Preis für den Sieg einforderte, wäre den Versuch wert. Ganz zu schweigen davon, dass sein Anblick in seiner hautengen Badehose es wert war, dafür zu verlieren.

Er hatte extrem ausgeprägte Bauchmuskeln, und Sidney wollte sich an ihnen hochlecken, um sicherzugehen, dass sie echt waren. Seine Oberschenkel waren verdammt muskulös, das knielange, enge Lycra schmiegte sich an jede Kurve und betonte eher, als dass es etwas versteckte.

Und die Wölbung zwischen seinen Beinen brachte sie fast zum Sabbern. Sidney hatte sich nicht für eine sexhungrige Verrückte gehalten – nicht wie Nora –, aber Decker praktisch nackt zu sehen hatte sie fast in die Knie gezwungen. Als er im Haus auf sie zugekommen war, hatte sie ihn anflehen wollen, sie auf der Stelle zu nehmen.

Und der Ausdruck in seinen Augen, als er sie in ihrem schlichten schwarzen Einteiler sah, trug nicht gerade dazu bei, die Kontrolle über sich selbst zu behalten. Sein Blick war von ihren Füßen über ihren Körper zu ihren Brüsten und dann wieder nach unten gewandert. Die Hitze, die von ihm ausging, reichte aus, um sie zum Schwitzen zu bringen. Sie hatte sich nie besonders sexy gefühlt, und sie hatte Süßigkeiten ein klein wenig zu gern, um jemals als dünn bezeichnet zu werden, aber als Decker sie ansah, als wäre er zwei Sekunden davon entfernt, sie zu vernaschen, konnte sie nicht anders, als die lebenslangen Überzeugungen über ihren Körper zu überdenken.

»Hey, hörst du zu oder denkst du immer noch an mich in meiner Badehose?«, fragte Decker.

Sidney lächelte. »An dich in deiner Badehose natürlich.«

Er grinste sie wieder an. »Verständlich, denn ich kann auch nicht aufhören, an dich zu denken.«

Allein der Klang seiner tiefen Stimme erregte sie. Aber sie wusste, dass sie etwas tun musste, sonst würde Decker ihr in diesem Rennen ernsthaft in den Hintern treten.

Sie schaute nach links und sah eine kleine Gruppe von Kindern, die in der Nähe des Ufers spielten. Sidney wusste, dass das, was sie tun wollte, Betrug war, aber sie tat es trotzdem.

»Oh mein Gott«, sagte sie, während sie versuchte,

besorgt auszusehen. »Hat eines dieser Kinder gerade um Hilfe geschrien?«

Wie sie erwartet hatte, erstarb Deckers Lächeln und er schaute zu der Stelle hinüber, auf die sie zeigte. Sofort begab er sich in diese Richtung – und Sidney rief: »Eins, zwei, drei, LOS!«, und schwamm los.

Sie hörte seine Antwort nicht, da sie so schnell schwamm, wie sie konnte, aber sie konnte nicht aufhören zu lächeln.

Es dauerte nicht lange, bis sie Decker an ihrer Seite sah, als sie den Kopf drehte, um Luft zu holen. Er hatte sie innerhalb weniger Sekunden eingeholt. Sie war eine gute Schwimmerin, aber er war offensichtlich um Längen besser.

Er schwamm mühelos an ihr vorbei, und da sie völlig fertig war, hörte sie einfach auf, wo sie war, und versuchte, Luft zu holen, während sie immer noch lachte.

Decker bemerkte, dass sie nicht lange nach seinem Vorbeiziehen gestoppt hatte, und schwamm zu ihr zurück, wo sie auf der Stelle paddelte. Er schlang eine Hand um ihre Taille und zog sie an sich heran. Ihre Beine stießen immer wieder gegeneinander und schließlich hörte sie auf, ihre Beine zu benutzen, um sich über Wasser zu halten. Es war nicht nötig. Decker würde sie nicht untergehen lassen. Niemals.

»Du kleine Betrügerin«, warf er ihr lächelnd vor.

Unverfroren zuckte Sidney mit den Schultern. »Hey, ein Mädchen muss tun, was ein Mädchen tun muss.«

»Du weißt schon, dass es eine Strafe für Betrüger gibt, oder?«, fragte er.

Sidney vertraute sich ihm völlig an, schlang die Beine um seine Taille und legte die Arme um seine Schultern. Er hielt sie jetzt vollständig über dem Wasser und sie hatte keinerlei Zweifel an seiner Fähigkeit, dies zu tun. Eine seiner Hände fühlte sich an ihrem Rücken riesig an, und die andere benutzte er, um im Wasser zu paddeln. »Ach ja? Welche denn?«

»Der Wetteinsatz verdoppelt sich. Also bekomme ich jetzt eine einstündige Massage statt nur dreißig Minuten.«

Sidney rollte mit den Augen. »Wie auch immer.«

Sie starrten einander einen Moment lang an. Obwohl sie die anderen am Strand hören konnten, war es, als wären sie die einzigen beiden Menschen auf der Welt.

»Ich habe keine Ahnung, wie ich es bisher ohne dich in meinem Leben geschafft habe«, sagte Decker leise.

»Dito«, erwiderte Sidney sofort. »Du machst mich glücklich, Decker. Und ich habe nicht einmal gemerkt, dass ich nicht so glücklich war, bis du aufgetaucht bist.«

Er senkte den Kopf und küsste sie. Es war ein sanfter Kuss, da ihre Lippe noch nicht verheilt war, aber intimer als alles, was sie bisher getan hatten. Sie waren von der Leiste bis zur Brust aneinandergepresst, und da sie nur Badebekleidung trugen, konnte Sidney jeden Zentimeter von Decker an sich spüren. Ihre Brustwarzen spannten sich an und sie wusste, dass sie nass war ... und das nicht, weil sie gerade im Meer schwamm.

Sie konnte Deckers Erektion zwischen ihnen spüren und der Drang, ihn lange und hart zu reiten, traf sie wie ein Blitz. Sie stöhnte auf, bevor sie ihren Mund von ihm losriss. Als sie ihm in die Augen sah, wusste sie, dass es ihm genauso ging.

»Ich glaube, ich bin genug geschwommen«, sagte sie leise zu ihm.

»Ja, ich auch. Außerdem wartet Hannah wahrscheinlich darauf, dass wir nach Hause kommen.«

»Richtig.« Sidney stürzte sich auf die Ausrede. In Wirklichkeit schnarchte die Hündin wahrscheinlich in einem der extrem bequemen Hundebetten, die Decker ihr gekauft hatte, aber Sidney wollte unbedingt zurück in sein Haus.

Er leckte sich über die Lippen, beugte sich noch einmal vor und gab ihr einen Kuss mit geschlossenem Mund, bevor er sie langsam losließ und sich vergewisserte, dass sie klarkam, bevor er mit der Hand den Weg zurück wies, den sie gekommen waren. »Nach dir.«

Sie schwammen langsam zurück zum Strand vor seinem Haus und Sidney musste zugeben, dass sie ein wenig enttäuscht war, als er sich eines der Handtücher, die sie im Sand liegen gelassen hatten, um die Taille schlang. Ohne ein Wort zu sagen, ergriff er ihre Hand, und sie gingen zurück zu seinem Haus.

Irgendetwas hatte sich da draußen im Ozean verändert. Sidney war sich nicht genau sicher was, aber sie fühlte sich Decker dadurch näher.

Fünfundvierzig Minuten später, nachdem sie beide geduscht hatten, lag Decker ohne Hemd auf dem Boden seines Wohnzimmers. Er trug eine graue Jogginghose, die ihm tief an den Hüften hing. Hannah hielt das Herumliegen ihres Menschen auf dem Boden für ein lustiges neues Spiel und es dauerte ein paar Minuten, bis sie begriff, dass Decker nicht zu ihrem Vergnügen dort lag. Sie legte sich neben ihn und beobachtete sowohl ihn als auch Sidney.

Sidney war sich plötzlich nicht mehr so sicher, wie sie es zuvor gewesen war. Die Idee, Decker eine Rückenmassage zu geben, war eine Sache, aber die Realität war so viel ... mehr.

Seine Rückenmuskeln kräuselten sich, als er sich auf einen Ellbogen stützte und eine Augenbraue hochzog. »Ziehst du dich aus unserer Wette zurück?«

Sie schüttelte den Kopf. »Nein. Ich versuche nur herauszufinden, wie ich das am besten anstellen soll.«

Decker griff nach ihrer Hand und zog sie zu sich heran. »Setz dich auf meine Oberschenkel. Ja ... genau so.«

Als sie auf ihm war, atmete Sidney tief ein. Gott, er war gebaut wie ein Panzer. Kein Wunder, dass er Hannah herumtragen konnte, als wöge sie nichts.

Sie beugte sich vor, legte zaghaft die Hände auf seinen Rücken und drückte sie nach oben.

Er stöhnte auf.

Sidney erstarrte. »Decker?«

»Tut mir leid. Mach weiter.«

Das tat sie. Mit jeder Liebkosung entspannte sie sich ein wenig mehr. Seine Arme waren angewinkelt, sein Kopf ruhte auf seinen Händen und zum ersten Mal hatte sie das Gefühl, seinen Anblick genießen zu können, ohne sich auch nur im Geringsten unwohl zu fühlen.

Die dunklen Tätowierungen auf seinen Armen fügten sich so gut in seine tiefe Bräune ein, dass es ihr schwerge-fallen wäre, sie überhaupt zu erkennen, wäre sie nicht so nahe an ihm dran gewesen.

Die Jeans, die Sidney trug, schien viel zu eng zu sein, und sie spürte, dass sie zwischen den Beinen bereits feucht war. Sie war verdammt erregt und konnte nicht aufhören, über Decker zu fantasieren.

Als könnte er ihre Gedanken lesen, drehte Decker sich plötzlich um, und bevor Sidney sichs versah, blickte er zu ihr auf. Seine großen Hände lagen an ihrer Taille und sie konnte seine Finger auf ihrer nackten Haut spüren, dort, wo ihre Jeans auf ihr Hemd traf. Sie hatte sich noch nie so verletzlich und erregt gefühlt.

»Das war erst eine Viertelstunde«, sagte sie leise.

»Ich kann es nicht mehr ertragen«, gab Decker zu. »Ich dachte, ich könnte es. Ich habe unterschätzt, wie gut es sich anfühlt, wenn du auf mir sitzt und mich berührst.«

Sidney holte tief Luft und sein Blick wanderte direkt zu ihrer Brust. Sie trug die Jeans von vorhin und ein T-Shirt, aber bei der Wirkung, die sein lüsterner Blick auf ihren Körper hatte, hätte sie genauso gut nackt sein können.

Sie schaute nach unten in dem Versuch, seinem intensiven Blick zu entgehen, und sah sich mit dem Beweis seiner Erregung konfrontiert. Sie konnte ihn nicht so deutlich sehen wie in der Badehose, aber es war mehr als offensichtlich, dass er bereit und in der Lage war, die Dinge in Sachen Sex voranzutreiben.

»Du bist so schön«, sagte er ehrfürchtig.

Sidney wandte den Blick von seinem Schwanz ab und richtete ihn auf seinen Oberkörper. Sie konnte sich nicht davon abhalten, mit ihren Händen über seinen Bauch zu seinen Brustwarzen und dann wieder nach unten zu fahren. »Du bist der Schöne«, sagte sie zu ihm.

»Sieh mich an«, befahl Decker.

Sidney atmete tief ein und tat, wie befohlen. Die Hitze, die sie in seinen Augen sah, war fast beängstigend. Ohne es zu merken, biss sie sich auf die Lippe und rutschte noch weiter auf seinen Schenkeln zurück.

Sofort löste er die Hände von ihrem Körper und legte sie unter seinen Kopf. »Ganz ruhig, Sid.«

»Ich ... ich habe mich nur noch nie so gefühlt. Es ist überwältigend.«

Er nickte. »Ich weiß. Für mich auch.« Dann setzte er sich langsam auf und Sidney ging auf die Knie, um ihm Platz zu machen. Er stand auf und reichte ihr eine Hand, um ihr aufzuhelfen. Als sie aufrecht war, führte er sie zur Couch und setzte sich.

Ohne zu zögern, ließ Sidney sich nieder und schmiegte sich an ihn. Decker legte einen Arm um ihre Schultern und sie ließ ihren Kopf an seiner Brust ruhen. Ihre Knie waren angewinkelt, während er den anderen Arm um sie schlang, um sie festzuhalten.

Sie saßen etwa fünf Minuten lang so, bevor er sprach. »Du musst keine Angst vor mir haben.«

Sidney schüttelte den Kopf. »Die habe ich nicht.«

»Hattest du aber«, gab er zurück. »Ich will dich nie wieder so sehen. Zumindest nicht, wenn es um mich geht.«

»Ich ... der Ausdruck in deinen Augen war einfach intensiv.«

Er nickte. »Ich bin ein recht intensiver Typ«, sagte er. »Ich bin mir nicht sicher, ob ich will, dass du mich jemals siehst, wenn ich im Arbeitsmodus bin. Ich bin sehr konzentriert und habe eine Art Tunnelblick. Aber du musst dir nie Sorgen machen, dass ich dir wehtue. Oder dich zu etwas dränge, wofür du noch nicht bereit bist.«

»Aber das ist es ja. Ich glaube, ich *bin* bereit«, protestierte Sidney.

Er schüttelte den Kopf und sie spürte, wie sein Bart über ihre Stirn strich. »Wenn du dir sicher bist, werden wir sehen, wie es mit unserer körperlichen Beziehung weitergeht. Bis dahin gehen wir in deinem Tempo vor.«

»Das ist nicht fair«, protestierte sie, ohne zu wissen, warum sie sich beschwerte. Er hatte recht, seine Intensität hatte sie erschreckt, aber nicht so, wie er dachte. Sie wusste, dass er ihr nie wehtun würde. Sie blickte auf seinen Schoß hinunter und sah, dass seine Erektion noch genauso groß war wie zuvor. »Du hast Schmerzen.« Sidney deutete mit dem Kopf auf seinen Schoß.

Decker lachte. »Sid, so geht es mir schon seit zwei Wochen. Das ist nichts Neues. Ich kann mich genauso darum kümmern, wie ich es tue, seit wir uns kennengelernt haben ... allein unter der Dusche. Oder wenn ich abends im Bett liege, nachdem ich mit dir gesprochen habe.«

Sidney war nicht gerade schockiert. Sie hatte auch ein paarmal masturbiert, nachdem sie mit ihm gesprochen hatte. Aber sie hatte dennoch ein schlechtes Gewissen.

Decker hob eine Hand und legte sie unter ihr Kinn. Sie hob den Kopf und sah ihm in die Augen. Sie starrten sich einen Moment lang an, bevor er sich nach vorn beugte. Eifrig kam sie ihm ein Stück entgegen, bis sie sich küssten.

Es begann langsam und leicht, aber schon bald drängten sie sich einander entgegen. Sidney legte den Kopf schräg und als Decker sich zurückziehen wollte, legte sie eine Hand auf seinen Kopf und hielt ihn fest.

Während der nächsten Minuten war Sidney in Decker versunken. Er ließ seine Finger wandern und entfachte ein Feuer in ihr, wo immer er sie berührte. Mit einer Hand glitt er den Rücken ihres Hemdes hinauf, wo er ihre nackte Haut berührte. Dann streichelte er weiter nach unten und schob sie hinten in ihre Jeans.

Selbst diese kleine Berührung ließ sie noch mehr brennen als zuvor.

Da sie ihm näher sein wollte, setzte Sidney sich rittlings auf seinen Schoß und presste sich an ihn, ohne ihren Kuss zu unterbrechen. Mit den Händen streichelte sie von oben bis unten über seine nackte Brust, während sie sich an seinem Schwanz rieb.

Eine Sekunde lang dachte sie, dass es das war. Dass sie sich hier und jetzt auf seiner Couch lieben würden. Doch als er mit einer Hand unter die Vorderseite ihres Hemdes glitt und eine ihrer Brüste umfasste, versteifte sie sich.

Es war nur für eine Sekunde, aber er spürte es ... und zog seine Hand sofort zurück.

Mit einem frustrierten Seufzen zog Sidney sich zurück und leckte sich über die kussgeschwollenen Lippen. Ihre Stirn war in Falten gezogen, als sie ihn anstarrte. Sie wollte ihn. *Wirklich.* Aber sie hatte keine Ahnung, warum sie sich jedes Mal zurückzog, wenn er sie einen Schritt näher an den Sex heranbrachte.

Ohne ein Wort zog er sie zu sich, woraufhin sie sich an ihm entspannte. »Hör auf, so viel zu denken, Sid«, murmelte er, während er ihr sanft mit einer Hand übers Haar strich.

»Ich fühle mich, als würde ich dich ständig scharf machen, nur um dann einen Rückzieher zu machen«, murmelte sie. »Und das will ich eigentlich gar nicht.«

»Schhhh, das tust du nicht. Du musst dir nur sicher sein. Unabhängig von meinen Gefühlen weiß ich, dass das alles sehr schnell geht. Wir müssen uns nicht beeilen. Es wird nur ein erstes Mal für uns geben.«

Seufzend schloss sie die Augen und nahm sich einen Moment Zeit, um einfach nur das Zusammensein mit Decker zu genießen. Um die Tatsache zu genießen, dass er nicht erwartete, dass sie mit ihm ins Bett sprang, und dass es für ihn völlig in Ordnung zu sein schien, dass sie nicht mehr taten, als auf seiner Couch zu knutschen.

Plötzlich lachte er.

Sidney hob den Kopf und fragte: »Was?«

»Hannah.«

Sie drehte sich, um den Hund anzusehen – und unterdrückte ein Kichern.

Hannah saß neben dem Couchtisch und starrte sie an. Als sie bemerkte, dass die beiden sie ansahen, begann sie, energisch mit dem Schwanz zu wedeln.

»Es gibt nichts Schöneres, als Publikum zu haben«, scherzte Decker. »Ich hatte eigentlich erwartet, dass sie ein Schild mit einer Zahl hochhält, um unsere Darbietung zu beurteilen.«

Sidney konnte ihr Lachen nicht mehr unterdrücken. Sie kicherte, und dann wurde es zu schallendem Gelächter. Sie lachte so sehr, dass ihr der Bauch wehtat und sie von Decker herunterklettern musste, um sich vornüberzubeugen und zu versuchen, wieder zu Atem zu kommen. Als sie das tat, kam Hannah natürlich zu ihr, um ihr das Gesicht abzulecken.

»Oh mein Gott«, sagte sie, nachdem sie wieder zu sich gekommen war. »Ich glaube, ich bin für immer traumatisiert. Bitte sag mir, dass sie nicht ins Schlafzimmer darf, wenn wir endlich Sex haben.«

Sie dachte nicht darüber nach, was sie gesagt hatte, bis sie merkte, dass Decker nicht mehr lachte. Als sie ihn ansah, lächelte er jedoch. Er hatte einen liebevollen Ausdruck im Gesicht ...

Und plötzlich stellte sie sich vor, wie er wohl bei ihrer Hochzeit aussehen würde. Wie er sie mit genau demselben Gesichtsausdruck ansah.

»Niemand außer mir sieht deinen Hintern«, sagte er zu ihr, immer noch lächelnd.

Da die Stimmung gebrochen war, stand Decker auf und reichte ihr die Hand. »Hilfst du mir, das Abendessen zuzubereiten?«

»Natürlich«, sagte sie, als sie sich von ihm hochziehen ließ.

Die nächste Stunde verbrachte sie glücklich damit, Seite an Seite mit Decker zu kochen und zu lachen. Sie hatte in ihrem Leben noch nie so viel gelacht wie mit ihm. Es war etwas Neues ... und es gefiel ihr.

Nachdem sie zu Abend gegessen hatten, sagte Decker: »Wir müssen reden, Sid.«

Sie erstarrte. Oh Gott. Hatte sie den Tag völlig falsch interpretiert? Es konnte nicht gut sein, wenn ein Typ sagte, sie mussten reden ... oder doch?

»Hör auf, in Panik zu geraten«, sagte Decker, der offensichtlich ihre Gedanken las ... oder ihren Gesichtsausdruck. »Ich mache nicht Schluss mit dir, ich will dich immer noch sehen, und du bleibst bei mir, solange du das willst, okay?«

Sidney stieß einen Seufzer der Erleichterung aus. »Okay.«

Er ging zurück zur Couch und setzte sich wieder, und sie nahm neben ihm Platz. Sie hatte keine Ahnung, worüber um alles in der Welt er reden wollte.

Gumby nahm einen tiefen Atemzug. Der heutige Tag war fantastisch gewesen. Einer der besten Tage seines Lebens ... und er hasste es, ihr sagen zu müssen, dass er abreisen würde. Er hatte sich daran gewöhnt, Sidney fast jeden Tag zu sehen, und der Gedanke, die unbekannte Anzahl nächster Tage ohne sie auskommen zu müssen, war beschissen. Er beschloss, dass sie schon gestresst genug war, und zog es nicht weiter in die Länge.

»Du weißt, dass ich ein SEAL bin ... nun, morgen bricht das Team zu einer Mission auf.«

Er sah zu, wie seine Worte bei ihr eindrangen. Er wusste, dass es nicht das war, was sie von ihm zu hören erwartet hatte, aber er war froh, als sie nicht sofort protestierte oder sich über seine Abreise beschwerte.

»Für wie lange?«

Gumby presste die Lippen aufeinander und antwortete: »Ich weiß es nicht. Es könnten ein paar Tage sein oder auch ein paar Wochen. Es hängt alles davon ab, wie schnell wir unser Ziel erreichen.«

»Und du kannst mir nicht sagen, wohin ihr geht oder was das Ziel ist, oder?«

Er schüttelte den Kopf. »Leider nein. Ich weiß, das ist scheiße, und es tut mir leid.«

Sidney nahm einen tiefen Atemzug. »Eigentlich ist es besser so. Wenn ich alle Details wüsste, würde mich das wahrscheinlich noch mehr stressen.«

Gott, er liebte diese Frau. Sie würde eine fantastische SEAL-Ehefrau abgeben. »Komm her«, sagte er, woraufhin sie sich sofort wieder an seine Seite schmiegte. »Du musst mir ein Versprechen geben.«

Sie blickte misstrauisch zu ihm auf. »Was?«

»Du musst mir versprechen, dass du nicht losziehst und Victors Haus oder irgendeine andere Situation untersuchst, in der möglicherweise ein Hund misshandelt wird, bis ich nach Hause komme.«

Sie stimmte nicht sofort zu, und sein Magen krampfte sich vor Sorge zusammen. Schnell begründete er seine Bitte. »Ich verstehe, dass du erwachsen bist. Dass du schon lange Hunde gerettet hast, bevor ich ins Spiel kam. Aber es macht mir eine Scheißangst, wenn ich daran denke, dass du das allein machst. Ich finde es großartig, dass du ein großes Herz hast und misshandelten Tieren helfen willst, aber ich bin nicht glücklich darüber, dass du dich dabei in Gefahr bringst. Ich weiß nicht, was dich dazu treibt, dich so zu gefährden, aber wenn du den Zwang hast und es tun musst, werde ich mit dir gehen. Ich werde dir den Rücken freihalten. Ich bitte dich lediglich darum, es nicht zu tun, wenn ich weg bin. Der Gedanke daran, dass du verletzt wirst, während ich nicht zu dir kommen kann, macht mich körperlich krank.«

»Und wenn ich sage, dass ich das nicht tun kann?«, fragte sie.

Gumby seufzte. »Dann könnte ich nichts dagegen unternehmen. Ich würde mir Sorgen um dich machen, was ich sowieso tue, aber eben noch mehr.«

»Was passiert, wenn du auf dieser Mission verletzt wirst oder, Gott bewahre, stirbst?«

»Erstens werde ich nicht sterben, das kannst du mir glauben. Aber ... was willst du wirklich fragen?«

»Wir sind zusammen. Wir sind nicht verheiratet, also denke ich, die Navy würde mich nicht benachrichtigen. Würde ich einfach nie wieder von dir hören? Würde ich eines Tages an diesem Haus vorbeifahren und sehen, dass es zum Verkauf steht?«

Gumby schüttelte vehement den Kopf. »Nein. Verdammt nein. Mein Kommandant weiß, wer du bist, denn ich habe ihm bereits deine Kontaktinformationen gegeben. Nicht nur das, auch Caite, Roccos Freundin, weiß über dich Bescheid. So gut wie jeder, mit dem ich arbeite, weiß, wer du bist. Wenn mir etwas zustößt, wirst du benachrichtigt. Die Jungs haben auch alle deine Nummer.«

»Wenn du verletzt wärst, würde man mich also zu dir kommen lassen? Mir erlauben, an deiner Seite zu sein?«

»Ja, Sid. Und ich weiß ohne Zweifel, dass es mir viel schneller besser gehen würde, wenn du bei mir wärst.«

Sie nahm auf, was er ihr gerade gesagt hatte, und versprach dann: »Ich werde keine Hunde irgendwo rausholen, während du weg bist.«

Gumby atmete erleichtert auf. »Ich danke dir.«

»Aber ich kann es nicht vollkommen aufgeben. Das weißt du doch, oder?«

Er nickte zögernd. »Das weiß ich. Aber ich wünschte, du würdest es sicherer machen. Kannst du mir sagen warum? Was treibt dich an, dich in Gefahr zu begeben, um die Hunde zu retten?«

Eine Sekunde lang dachte er, sie würde es ihm endlich

erzählen, weshalb er innerlich frustriert seufzte, als sie nur mit den Schultern zuckte.

»Ich weiß es nicht.«

»Ich werde dich nicht drängen«, sagte er. »Aber ich hoffe, dass du dich eines Tages sicher genug fühlst und meine Gefühle für dich so gut verstehst, dass du mich einweihst.«

Sidney fühlte sich offensichtlich unwohl und wechselte das Thema. »Also weiß jeder, mit dem du arbeitest, von mir? Einschließlich Caite?«

Er nickte. »Ja. Anscheinend kann ich nicht den Mund halten, wenn es um dich geht.«

»Ich denke, das habe ich schon herausgefunden, als du Max hergeholt und ihn dazu gebracht hast, mir einen Job anzubieten.«

»Hey, ich habe ihm nicht gesagt, dass er dir etwas anbieten soll. Ich dachte nur, dass ihr beide euch gut verstehen würdet.«

»Mh-hm«, erwiderte sie skeptisch.

»Das ist die Wahrheit! Und ich hatte recht«, prahlte er.

»Besteht die Chance, dass ich Caite bald kennenlerne? Ich glaube, ich würde gern Erfahrungen austauschen. Du weißt schon, da sie auch mit einem großen, bösen Navy SEAL zusammen ist.«

Glücklich darüber, dass sie die andere Frau kennenlernen wollte, nickte Gumby. »Na klar. Ich werde es arrangieren, sobald wir zurück sind.« Er fuhr ihr mit einer Hand über die Haare und strich ihr eine Strähne hinters Ohr. »Ich werde dir die Nummern aller Jungs und meines Kommandanten geben. Die von Caite auch. Du kannst jeden von ihnen anrufen, sollte während meiner Mission etwas schiefgehen.«

»Oh!«, sagte sie und setzte sich aufrecht hin. »Wer kümmert sich um Hannah? Soll ich sie nehmen?«

Gumby zuckte zusammen. »Was das betrifft ...«

»Was?«

»Ich hatte es schon arrangiert, bevor wir uns näherkamen. Und ich könnte jederzeit umdisponieren, aber Caite schien sich darauf zu freuen, einige Zeit hier im Haus zu verbringen.«

»Sie passt also auf den Hund auf?«

»Ja. Es gab vor einiger Zeit einen ... Zwischenfall ... in ihrem Apartmentgebäude. Caite und die Frau eines Konteradmirals waren zur falschen Zeit am falschen Ort und wurden eine Zeit lang gefangen gehalten. Rocco möchte sie ungern dort allein zurücklassen und hat gefragt, ob es mir etwas ausmacht, wenn sie hier unterkommt. Ich habe das Angebot sofort angenommen, da ich mir nicht sicher war, wie es bei uns aussieht, wenn ich zu meiner Mission aufbreche. Caite liebt den Strand, und sie und Rocco sehen sich Häuser an, aber sie haben noch nichts gefunden.«

Gumby wusste, dass er plapperte, aber er konnte einfach nicht aufhören. Sidney sollte auf keinen Fall denken, dass zwischen ihm und Caite etwas lief. Und er hasste es, sie zu enttäuschen.

»Zu dem Zeitpunkt war es die perfekte Lösung. Sie und Rocco kamen neulich morgens vorbei und haben Hannah kennengelernt, und sie mochte sie ... nicht so, wie sie dich mag, aber sie verstanden sich.« Er holte tief Luft. »Bist du verärgert?«

Sie schüttelte den Kopf. »Nein, es ist alles in Ordnung. Ich wollte anbieten, Hannah in meinen Wohnwagen zu holen, während du weg bist, aber ich glaube, sie wird sich hier zu Hause wohler fühlen. Es ist wahrscheinlich nicht gut, sie so kurz nach ihrer Rettung zu oft umzusiedeln.«

»Ich werde dir Caite vorstellen, sobald wir zurück sind«, sagte Gumby zu Sidney. »Du wirst sie mögen, glaube ich.«

»Decker, ich schließe nicht leicht Freundschaften. Manche Frauen sind von mir eingeschüchtert, wahrscheinlich weil es mir scheißegal ist, was sie denken. Und wenn ich ehrlich bin, schüchtern *mich* manche Frauen auch ein. Lass mich raten, Caite ist wahrscheinlich superschlau, oder?«

»Sie ist nicht schlauer als du, Sid.«

»Klar. Ich wette, sie hat einen Hochschulabschluss?«

»Ja. Sie hat einen Job auf dem Stützpunkt. Sie spricht fließend Französisch und war für die Strafverfolgungsbehörde der Navy schon von unschätzbarem Wert.«

»Meine Güte. Die einzige andere Sprache, die ich beherrsche, ist, wie ein Seemann zu fluchen, wenn ich mir den Finger einklemme«, scherzte Sidney. »Und das ist die Frau, die dir das Leben gerettet hat, richtig?«

Gumby beugte sich vor und nahm ihr Gesicht in seine Hände. »Sie wird dich lieben«, sagte er ernst. »Nach dem zu urteilen, was Rocco sagt, hat Caite auch nicht so viele Freundinnen. Ich kenne dich, Sid, und wenn ich sage, dass ihr euch verstehen werdet, dann werdet ihr euch auch verstehen. Ich würde nicht so darauf drängen, wenn ich es nicht glauben würde.«

Sidney nickte. Er küsste sie auf die Stirn und lehnte sich zurück, wobei er sie losließ, auch wenn er sich wünschte, er könnte sie für immer an seiner Brust halten.

»Was ist mit Tierarztbesuchen? Hat Hannah noch irgendwelche Nachuntersuchungen?«

»Nicht wirklich. Die Tierärztin sagte, ich solle in ein paar Wochen wiederkommen, solange sie gut heilt.«

»Mir ist aufgefallen, dass sie heute ein bisschen gehumpelt hat. Wie geht es ihren Pfoten?«

Gumby gefiel es, wie sehr sie sich um seinen Hund

sorgte. »Sie sind in Ordnung. Sie sind noch empfindlich und es wird noch eine Weile dauern, bis die Ballen nachgewachsen sind. Im Moment ist die neue Haut noch recht empfindlich, sie sollte noch nicht an den Strand, und sie hat immer noch die Herzwürmer, also heißt es drinnen bleiben und Ruhe bewahren, solange ich weg bin.«

»Und Caite weiß das alles?«

»Ja, sie weiß es.«

Sidney zögerte einen Moment, dann nahm sie einen tiefen Atemzug. »Ich werde dich vermissen«, sagte sie leise.

»Oh, Sid, ich werde dich auch vermissen«, antwortete Gumby und seufzte erleichtert, als Sidney sich wieder in seine Arme schmiegte.

»Vielleicht kann ich tatsächlich mal eine Nacht durchschlafen«, scherzte sie, dann zuckte sie zusammen. »Tut mir leid. Das war unhöflich, da du wahrscheinlich nicht schlafen wirst, während du deine Missionssache machst.«

»Ist schon in Ordnung. Und sieh es mal so ... je weniger Schlaf ich bekomme, desto schneller ist diese Mission vorbei.« Das stimmte zwar nicht ganz, aber er würde alles sagen, damit Sidney sich besser fühlte. »Wirst du mit Jude über den Job bei Max reden?«

»Ja. Aber ich habe ein schlechtes Gewissen. Jude hat mir wirklich geholfen, als ich hergezogen bin. Ich war jung und naiv, und er hat mir sogar für mindestens zwei Jahre Mietnachlass gegeben, während ich überlegt habe, was ich mit meinem Leben anfangen wollte.«

»Und in dieser Zeit hast du ihm sicherlich umsonst oder fast umsonst geholfen, nicht wahr?«, vermutete Gumby.

Sie zuckte mit den Schultern. »Vielleicht.«

»Es ist ja nicht so, dass du sofort aufhören würdest«, sagte Gumby. »Ich bin sicher, du kannst dich mit ihm einigen. Vielleicht kannst du weiterarbeiten, bis er jemand anderen einstellt. Oder du kannst in Teilzeit arbeiten, bis die neue Person den Dreh raus hat. Wer weiß ... vielleicht braucht die Person, die Jude einstellt, wirklich Hilfe ... so wie du, als du hierherkamst.«

»Stimmt«, sagte sie.

»Also wirst du mit ihm reden?«

»Ja.« Sie kuschelte sich fester an ihn. »Ich kann es kaum erwarten, eine Wohnung oder so etwas zu bekommen. Ich habe so lange in diesem alten Wohnwagen gelebt, dass eine Wohnung ein echter Fortschritt sein wird.«

Gumby biss sich buchstäblich auf die Zunge, um nicht damit herauszuplatzen, dass er wollte, dass sie bei ihm einzog. Dafür würde später noch Zeit sein. Es war schließlich nicht so, als würde sie morgen losziehen und eine Wohnung mieten. Nein, Sidney würde vorsichtig mit ihrem Geld umgehen und sich ein kleines Polster ansparen wollen, bevor sie diesen Schritt tat.

Er hatte Zeit, sie dazu zu bringen, sich unsterblich in ihn zu verlieben und zuzustimmen, ihn zu heiraten und für immer bei ihm zu bleiben.

Der Gedanke an die Ehe erschreckte Gumby nicht mehr so sehr wie noch vor ein paar Monaten. Bevor er in Bahrain mit seiner eigenen Sterblichkeit konfrontiert worden war, hatte er nicht wirklich darüber nachgedacht, sesshaft zu werden. Er hatte gedacht, dafür noch mehr als genügend Zeit zu haben. Aber jetzt wusste er es besser. Das Leben war kurz. Zu kurz. Und nachdem er Sidney kennengelernt hatte, wusste er, dass er sein Leben mit ihr so schnell wie möglich beginnen wollte, damit er keine Minute der Zeit verpasste, die sie zusammen haben konnten.

»Wann brichst du morgen auf?«

»Früh.«

»Dann sollte ich gehen.«

Gumby stimmte nur ungern zu, aber sie hatte recht. Er musste um drei Uhr morgens aufstehen, um den Transport aus dem Land zu erwischen, und er brauchte wirklich etwas Schlaf, bevor die Kacke am Dampfen war. Es gab nie eine Garantie dafür, dass er während eines Einsatzes überhaupt Zeit zum Ausruhen hatte. »Ich rufe an, sobald ich zurück bin«, versprach er ihr.

Sidney nickte und setzte sich auf. »Pass auf dich auf, hörst du? Ich werde stinksauer sein, wenn du mit Löchern in dir nach Hause kommst.«

Gumby lächelte. »Natürlich. Ich weiß, wir haben nicht viel darüber gesprochen, aber ich arbeite mit einigen der besten Jungs in der Marine zusammen. Sie halten mir den Rücken frei, und ich ihnen den ihren. Wir sind auch diese Mission immer wieder durchgegangen und haben Pläne B, C, D und E vorbereitet, für den Fall der Fälle, so wie wir es jedes Mal tun.«

»Damit fühle ich mich besser.«

»Gut.« Er stand auf und nahm sie in die Arme, als sie sich zu ihm gesellte.

»Ich komme mit langen Verabschiedungen nicht gut klar«, informierte sie ihn. »Also werde ich jetzt einfach gehen.«

Er konnte sehen, dass sie Tränen zurückhielt. Und er hasste es. Es war das erste Mal, dass eine Mission nicht mehr denselben Reiz hatte wie in der Vergangenheit.

Er küsste sie auf die Stirn und ließ seine Lippen einen langen Moment dort verweilen, bevor er sich zurückzog. Gumby sah zu, wie sie zu Hannah hinüberging und sie umarmte. Der Hund leckte ihr das Gesicht ab, bevor Sidney sich außer Reichweite entfernen konnte. »Sei brav für Caite«, sagte Sidney leise, bevor sie sich aufrichtete und zur

Haustür ging. Sie schnappte sich ihre Tasche und öffnete die Tür.

Als sie auf der Veranda stand, drehte sie sich um, und die Tränen in ihrem Gesicht zwangen Gumby beinahe in die Knie.

»Ich bin stolz auf dich«, sagte sie. »Tritt ein paar Terroristen in den Arsch.« Dann drehte sie sich um und ging schnell zu ihrem Wagen. Innerhalb weniger Augenblicke sah Gumby nur noch ihre Rücklichter die Straße hinunter verschwinden.

Hannah winselte an seiner Seite.

»Ich weiß, Mädchen. Ich vermisse sie auch schon.«

Dann drehte Gumby sich um, schloss die Tür und tat sein Bestes, um sich geistig auf die bevorstehende Mission einzustellen.

KAPITEL ZWÖLF

Acht Tage.

So lange war es her, dass Decker gegangen war ... nicht dass Sidney mitgezählt hätte oder so.

Sie atmete tief durch und rollte mit den Augen über sich selbst. Sie war erbärmlich. Sie war ein introvertierter Mensch. Sie *mochte* es, allein zu sein. Sie hatte es gemocht, bis sie Decker kennengelernt und zwei Wochen lang jeden Abend mit ihm verbracht hatte, entweder persönlich oder am Telefon.

Jetzt hatte sie einen ganz neuen Respekt vor Soldatenfrauen. Wie zum Teufel machten die das bloß die ganze Zeit? Und sie hatte keine Kinder. Sidney konnte sich nicht vorstellen, wie höllisch es wäre, wenn sie zu allem Überfluss auch noch alleinerziehende Mutter sein müsste.

Ein Blick auf die Uhr zeigte ihr, dass es siebzehn Uhr zweiundvierzig war. Für den Abend hatte sie nichts geplant, und das war beschissen. Während der letzten Woche hatte sie versucht, sich zu beschäftigen. Sie hatte ein paarmal mit Nora zu Abend gegessen, was sehr nett gewesen war, hatte

Faith einen Besuch abgestattet, um sich ein paar neue Hunde anzusehen, die sie bekommen hatte, und hatte sogar Jude gesagt, dass sie gern abends arbeiten würde, was er zweimal genutzt hatte.

Eines Abends war sie sogar so weit gegangen, online zu gehen und nach Anzeigen von Victor zu suchen.

Und sie hatte eine gefunden. Es war furchtbar. Er hatte sich eine Geschichte über einen älteren Hund ausgedacht, den er angeblich jahrelang besessen und nun hatte einschläfern lassen müssen, weshalb seine kleine Tochter am Boden zerstört war und er jetzt nach einem Welpen suchte. Dieses Arschloch hatte keine Tochter. Darauf hätte sie jeden Cent verwettet. Der miese Abschaum suchte nur nach weiteren Hunden, die er zum Kämpfen abrichten konnte.

Sie hatte zu seinem Haus gehen und sicherstellen wollen, dass er keine neuen Hunde in die Finger bekam, aber sie hatte Decker versprochen, es nicht zu tun. Der Zwang war jedoch da gewesen. Und er war stark gewesen. Mist.

Mit zuckenden Fingern ging Sidney auf und ab. Sie dachte über die Anzeige nach, die sie vor ein paar Abenden gesehen hatte, und es machte sie verrückt. Sie musste sich etwas einfallen lassen, das sie ablenkte – sowohl von Victor und dem, was er möglicherweise einem armen, wehrlosen Hund antat, sowie von Decker und der Gefahr, in der er sich wahrscheinlich befand.

Sie könnte sich etwas im Fernsehen ansehen. Aber sie war nicht in der Stimmung für irgendetwas.

Sie könnte lesen, wusste jedoch, dass nichts ihre Aufmerksamkeit fesseln würde, und ein Liebesroman würde sie jetzt wahrscheinlich traurig machen.

Sie konnte nicht wieder online gehen, denn sonst würde sie wahrscheinlich ihr Versprechen gegenüber Decker brechen und zu Victor fahren.

Nora war mit einem ihrer Freunde unterwegs.

Faith war beschäftigt.

Und Jude hatte ihr bereits gesagt, dass für die Nacht alles ruhig schien und er sich um alles kümmern würde, was auftauchte.

»Verdammt«, murmelte sie. Wie lange dauerten Deckers Missionen normalerweise? Sie hatte keine Ahnung. Würde er einen Monat weg sein? Zwei? Sie fluchte. Er hätte ihr wenigstens eine ungefähre Schätzung geben können, wie lange sie sich um ihn sorgen musste, bevor er zurückkehrte.

Als ihr Handy klingelte, stürzte Sidney sich praktisch darauf. Jede Ablenkung war im Moment willkommen.

Da sie die Nummer auf dem Display nicht erkannte, ging sie vorsichtig ran. »Hallo?«

»Sidney?«

»Ja. Ich bin's. Wer ist da?«

»Gott sei Dank! Hier ist Caite. Caite McCallan. Ich weiß nicht, ob Gumby dir von mir erzählt hat oder nicht, aber ich brauche Hilfe!«

Die Frau am anderen Ende der Leitung schluchzte und Sidney spannte sich an. Decker hatte ihr gesagt, er hätte Caite ihre Nummer gegeben. Aber warum die Frau anrief, war ihr ein Rätsel.

»Beruhige dich, Caite. Was ist los?«, fragte Sidney.

Caite schluchzte, und Sidney hatte Mühe, sie zu verstehen.

»Ich b-bin heute etwas später zu Gumbys Haus z-zurückgekommen und als i-ich reinkam, war überall B-Blut!«

»Was? Scheiße, ganz langsam. Hast du den Notruf gewählt?«

»Nein, d-das ist es nicht.«

Sidney war verwirrt. »Was nicht?«

»Es ist H-Hannah! Sie ist verletzt, und ich weiß nicht, was ich tun soll!«, wimmerte Caite.

Jeder Muskel in Sidneys Körper spannte sich an. Sie war schon auf dem Weg zur Tür, bevor sie überhaupt darüber nachdachte. »Hannah? Was ist mit ihr los?«

»Ich weiß es nicht! Sie lässt mich nicht an sich ran. Aber da ist überall B-Blut! Ich schwöre bei Gott, es sieht aus, als wäre ein Serienmörder hier drin gewesen und hätte seine Opfer zerstückelt.«

Sidney hatte keine Ahnung, ob Caite überdramatisch war oder nicht, da sie sie nicht kannte. Aber der Gedanke, dass Hannah verletzt war, dass sie Schmerzen hatte, war nicht akzeptabel.

Bilder aus Sidneys Kindheit drohten sie zu überwältigen, aber sie weigerte sich, an etwas anderes zu denken, als zu Deckers Haus zu kommen.

»Ich wusste nicht, wen ich sonst anrufen sollte«, fuhr Caite fort. Je mehr sie redete, desto klarer wurden ihre Worte. Offensichtlich half es ihr, jemanden zum Reden zu haben, um ihre Panik zu lindern. »Gumby sagte, ich solle den Tierarzt anrufen, wenn etwas passiert. Ich habe es versucht, aber die Praxis ist geschlossen. Und ich kann Hannah nicht dazu bringen, zu mir zu kommen, um sie zum Notfalltierarzt zu bringen. Er hat auch gesagt, dass ich *dich* anrufen kann, wenn ich Hilfe mit ihr brauche. Also rufe ich dich an. Was soll ich tun?«

»Beruhige dich erst einmal. Ich bin schon auf dem Weg.«

»Gott sei Dank!«, hauchte Caite.

»Kannst du sagen, woher das Blut kommt?«, fragte Sidney.

»Nein. Aber es ist überall. Ich denke, vom Boden ist es wieder wegzubekommen, aber es ist auf den Schränken in der Küche und überall auf ihrem Hundebett. Oh! Und auf seiner Couch. Oh mein Gott, ich glaube, die ist ruiniert!«

Sidney merkte, dass Caite wieder in Panik geriet. »Das sind nur Gegenstände, Caite. Decker wird sich nicht darum scheren. Konzentrier dich auf Hannah. Kommt es aus der Wunde auf ihrem Rücken?«

Sie hörte ein Knurren im Hintergrund und war etwas überrascht. Sie hatte Hannah schon gehört, wenn sie böse war, wie an dem Tag, als Max vor der Tür gestanden hatte, aber sie hatte keine Ahnung, welches Problem der Hund in diesem Moment hatte.

»Das glaube ich nicht. Ich meine, ihr Fell ist schwarz, also ist es schwer zu sagen, aber es sieht aus, als wären es ihre Pfoten oder so.«

Während Sidney wie ein geölter Blitz zu Deckers Haus fuhr, nickte sie vor sich hin. Es war möglich, dass Hannahs Fußballen gereizt waren und wieder zu bluten begonnen hatten. Es war zwar eine Woche her, seit sie den Hund gesehen hatte, aber es schien ihr, dass sie jetzt auf dem besten Weg zur Heilung sein sollten.

»Oh nein!«

»Was?«, blaffte Sidney.

»Da liegt Glas auf dem Boden neben der Couch! Ich habe gestern eine Vase mit Blumen dorthin gestellt. Blake hat sie mir zur Arbeit schicken lassen. Ich glaube, Hannah muss sie umgestoßen haben und die Vase ist zerbrochen.«

Das würde es erklären. Da Hannahs Pfoten noch heilten, waren sie empfindlich – eine Glasscherbe hätte ihr leicht in die Fußballen schneiden können, und die bluteten wie verrückt. Und wenn sie im Zimmer herumlief, würde sich das Blut natürlich überall verteilen.

Jetzt, da Sidney wusste, dass Hannah wahrscheinlich nicht verblutete oder so, fühlte sie sich etwas ruhiger und atmete tief durch. »Okay, Caite, du hast wahrscheinlich recht. Kannst du das Glas wegräumen, damit sie nicht wieder reintritt?«

»Oh ja. Natürlich. Kommst du trotzdem?«

»Ja. Ich bin schon auf halbem Weg.«

»Danke! Ich mache mir Sorgen um Hannah. Sie hat sich mir gegenüber noch nie so verhalten. Ich hatte die ganze Zeit, die ich hier bin, keine Probleme mit ihr. Sie liegt in ihrem Bett und knurrt.«

»Knurrt sie dich an?«, fragte Sidney. »Oder knurrt sie einfach so?«

»Oh, ähm ... Jetzt, da du es erwähnst, glaube ich, sie knurrt einfach allgemein.«

»Gut. Wahrscheinlich weil ihre Pfote wehtut und sie nicht versteht warum. Räum einfach die Scherben weg und komm nicht in ihre Nähe. Wir werden sehen, wie es ihr geht, wenn ich da bin.«

»Okay. Sidney?«

»Ja?«

»Danke noch mal. Ich wusste nicht, was ich tun sollte. Ich weiß, dass du und Gumby gerade erst angefangen habt, euch zu treffen, und wir uns noch nicht kennen, aber ich weiß es zu schätzen, dass du vorbeikommst.«

»Ich habe Rocco nur einmal getroffen, aber ich mochte ihn. Und glaub mir, ich mag definitiv nicht jeden, dem ich begegne. Ich bin froh, dass du mich angerufen hast. Ich habe Hannah vermisst.«

Es herrschte Stille am anderen Ende der Leitung, bevor

Caite sagte: »Oh scheiße, du wolltest wahrscheinlich auf sie aufpassen, nicht wahr? Ich bin so eine Idiotin! Daran hätte ich denken sollen. Ich habe einfach mitgemacht, als Blake fragte, ob es mir etwas ausmachen würde. Ich weiß, dass er es getan hat, um mich aus der Wohnung zu bekommen, während er weg ist. *Scheiße!* Ich hätte mir das überlegen sollen. Es tut mir so leid.«

»Ist schon gut«, sagte Sidney, die die andere Frau immer mehr mochte.

»Nein, ist es nicht«, gab Caite zurück. »Blake war über-fürsorglich, was mir meistens nichts ausmacht, aber das muss für dich sehr ärgerlich gewesen sein. Ich schwöre, dass ich nichts für Gumby übrighabe. Ich meine, ich mag ihn – was gibt es da nicht zu mögen –, aber ich *mag* ihn nicht, wenn du weißt, was ich meine.«

Sidney kicherte. »Das tue ich.«

»Ich schwöre, es ist mir nicht einmal in den Sinn gekommen – weil ich eine Idiotin bin –, dass Gumby gewollt haben könnte, dass *du* hier wohnst und nicht ich. Er wollte wahrscheinlich nur nett sein. Weil er nett *ist*.«

»Im Ernst, es ist okay«, sagte Sidney, als Caite Luft holte. Sie hatte das Gefühl, dass die andere Frau sich immer wieder entschuldigen würde, wenn sie die Gelegenheit dazu hätte. »Ich hatte viel zu tun, und es ist gut für Hannah, sich an andere Menschen zu gewöhnen.«

»Nun, wenn Blake und Gumby nach Hause kommen, werde ich sie wissen lassen, dass sie Idioten sind«, schnaubte Caite.

Sidney konnte sich ein Lachen nicht verkneifen. Es war mehr ein Loslassen von Anspannung als alles andere, aber Caite war tatsächlich unterhaltsam.

»Bist du bald da?«, fragte Caite. »Ich habe die Glasscherben weggeschmissen, aber ich mache mir wirklich Sorgen um Hannah.«

»Ich bin noch ungefähr drei Minuten entfernt«, antwortete Sidney. »Hat sie sich schon bewegt?«

»Nein. Sie sitzt nur auf ihrem Bett, leckt eine ihrer Pfoten und wirft mir böse Blicke zu.«

»Böse Blicke?«, fragte Sidney. »Ist das überhaupt möglich?«

»Ja und ja«, sagte Caite. »Jetzt, da ich nicht mehr ausflippe und weiß, dass sie nicht wirklich *mich* anknurrt, ist sie eigentlich ziemlich bedauernswert und tut mir richtig leid.«

»Lass ihr einfach etwas Freiraum, ich bin gleich da.«

»Ich komme dir an der Tür entgegen.«

»Okay. Ich lege jetzt auf. Bis gleich.«

»Gut. Danke.«

»Tschüss.«

»Tschüss.«

Sidney schaltete ihr Bluetooth aus und konzentrierte sich darauf, zu Deckers Haus zu kommen. Als sie kurz darauf hinter Caites Wagen in die Einfahrt einfuhr, sah sie eine zierliche Frau in der Tür von Deckers Haus stehen. Sie hatte eine Cargohose und eine hellblaue Bluse an. Sie schien etwas größer zu sein als Sidney, aber nicht viel. Sie hatte braunes Haar, das zerzaust war, als wäre sie vor Aufregung mit den Händen hindurchgefahren.

Aber was Sidney glücklich machte, war die Tatsache, dass sie so ... normal aussah.

Sie wusste, dass sie irrational war, aber wenn sie vorgefahren wäre und Caite hätte ausgesehen wie ein verdammtes Laufstegmodel, wäre sie nicht glücklich gewesen. Es war schlimm genug zu wissen, dass Decker eine Art besondere Beziehung zu ihr hatte, weil sie ihm buchstäblich das Leben gerettet hatte. Es wäre zu viel gewesen, wenn sie so ausgesehen hätte, als wäre sie einem Schönheitsmagazin entsprungen.

Das sollte nicht heißen, dass Caite nicht hübsch war, das war sie, aber eher auf eine Art *Mädchen von nebenan* als auf eine *Wow, ist die schön* Art.

Mit einem Kopfschütteln darüber, wie lächerlich sie sich benahm, stellte Sidney den Motor ab, stieg aus, steckte ihr Handy in die Tasche und ging schnell zu Caite, die auf sie wartete.

Ohne zu zögern, warf Caite die Arme um Sidney und umarmte sie. Fest.

Erschrocken erwiderte Sidney die Umarmung.

»Vielen Dank, dass du gekommen bist«, sagte Caite.

»Aber natürlich.«

»Komm«, fuhr Caite fort und trat einen Schritt zurück. »Gumby hat mir erzählt, wie sehr Hannah dich liebt. Wenn sie dich sieht, hört sie hoffentlich auf zu knurren.«

In der Sekunde, in der Sidney Deckers Haus betrat, blieb sie wie angewurzelt stehen. Sie schaute sich mit großen Augen um, da sie nicht glauben konnte, was sie sah.

»Ich hab's dir ja gesagt«, murmelte Caite.

»Heilige Scheiße. Ich war mir sicher, du würdest übertreiben.«

»Leider habe ich das nicht.«

»Das sehe ich«, erwiderte Sidney. Das Haus war genau so, wie Caite es beschrieben hatte. Überall war Blut. An den Wänden. Auf dem Boden. Sie sah sogar Pfotenabdrücke an der Tür, als sie diese hinter sich schloss. Aber anstatt darüber nachzudenken, wie lange es dauern würde, das Haus zu reinigen, konnte sie nur an die arme Hannah denken.

Sie folgte Caite in den Wohnbereich und sah Hannah genau dort, wo Caite es gesagt hatte. Sie lag auf ihrem Hundebett in der Ecke und leckte sich eine ihrer Pfoten. Sie war so vertieft in das, was sie tat, dass sie nicht einmal bemerkt oder sich darum geschert hatte, dass Caite gegangen war, um die Tür zu öffnen.

»Hannah, Mädchen, was hast du dir angetan?«, fragte Sidney leise.

Beim Klang ihrer Stimme hob die Hündin den Kopf und das Knurren in ihrer Kehle wurde durch ein Winseln ersetzt. Hannah sprang auf und stürzte sich auf Sidney. Caite schnappte nach Luft und wich einen Schritt zurück, aber Sidney ging auf die Knie und breitete die Arme aus.

Hannahs Kopf prallte gegen Sidneys Brust und sie stieß sie fast rückwärts von den Knien auf den Boden. Sie setzte sich dennoch auf den Hintern, in der Annahme, dass es vermutlich sicherer wäre. Das Winseln wurde lauter und Hannah wedelte praktisch in Lichtgeschwindigkeit mit dem Schwanz. »Hey, Baby. Geht es dir gut?«, säuselte Sidney.

Hannah tat ihr Bestes, um auf Sidneys Schoß zu kriechen, und vergrub ihre Schnauze unter ihrem Arm. Ihr Hintern war immer noch auf dem Boden, aber ihr Oberkörper drückte Sidney nach unten.

Verwirrt blickte Sidney zu Caite auf.

Die andere Frau starrte auf sie herab, und als sie bemerkte, dass Sidney sie ansah, lächelte sie. »Ich schätze, sie hat dich vermisst, was? Ich werde auf jeden Fall mit meinem Mann und Gumby reden, wenn sie nach Hause kommen.«

Sidney sah wieder auf den über fünfzwanzig Kilo schweren Hund in ihrem Schoß hinunter und fuhr mit ihrer Hand über Hannahs Rücken. Die Wunde dort sah wirklich gut aus. Besser als zuvor. Das heftige Rot hatte sich in ein helleres Rosa verwandelt, was darauf hindeutete, dass sie heilte. Es sah sogar so aus, als würden einige der Haare an den äußeren Rändern der Wunde nachwachsen. Sie wusste, dass sie die Narbe nie ganz bedecken würden, aber der Anblick war ermutigend.

»Darf ich mir deine Pfote ansehen, Baby?«, fragte Sidney.

Hannah hob den Kopf nicht von ihrem Schoß, wedelte aber schneller mit dem Schwanz.

»Was brauchst du?«, fragte Caite.

»Papierhandtücher. Vielleicht einen warmen, feuchten Lappen? Ich weiß nicht, was ich sonst noch brauche, bis ich mir ansehen kann, wo sie sich geschnitten hat.«

»Es tut mir so leid«, sagte Caite. »Ich hätte die Blumen heute Morgen auf den Tresen stellen sollen, bevor ich zur Arbeit gegangen bin.«

»Es ist nicht deine Schuld«, sagte Sidney sofort. »Hunde sind neugierig. Außerdem ist es offensichtlich, dass sie einen guten Geschmack hat. Ich nehme an, die Blumen sind hinüber?«

Caite lachte. »Ja, zertrampelt, und ich glaube, sie hat sogar welche gefressen.«

»So ein Mist. Ich glaube, ich habe noch nie Blumen von einem Kerl bekommen.«

»Wirklich? Noch nie?«

»Nein.«

»Blake schafft es jedes Mal, mir welche liefern zu lassen, wenn er weg ist. Das ist seine Art, mir zu zeigen, dass er an mich denkt, auch wenn er nicht hier ist.«

Das war das Süßeste, was Sidney je gehört hatte. »Du hast Glück«, sagte sie.

»Glaub mir, das weiß ich. Ich bin gleich wieder da«, sagte Caite und drehte sich um, um in die Küche zu gehen.

Sidney beugte sich über Hannah und sagte leise: »Ich habe dich vermisst, Baby. Warst du brav? Abgesehen von der ganzen Blumensache heute, meine ich.« Hannah antwortete nicht mit Worten, aber sie schmiegte sich enger an sie. »Ich muss deine Pfote sehen, Mädchen. Ich weiß, dass du das nicht willst, aber wenn da noch Glas drin ist, muss ich es rausholen. Du wirst mich doch nicht beißen, oder?«

Tatsache war, dass Sidney nicht sicher war, was genau die Hündin tun würde, wenn sie anfing, ihre Schnittwunde zu behandeln. Sie wusste besser als die meisten anderen, dass verletzte Tiere gelegentlich schnappten. Hannah kannte sie und schien sie zu lieben, aber manchmal überlagerten Schmerzen alles andere.

Caite kam zurück und legte die Sachen, um die sie gebeten hatte, neben ihr auf den Boden. »Kann ich helfen?«, fragte sie.

»Lass uns einen Schritt nach dem anderen machen«, sagte Sidney. »Ich will nicht, dass du gebissen wirst, wenn sie beschließt, dass ihr nicht gefällt, was ich mit ihr mache.«

»Und wenn du gebissen wirst?«, fragte Caite.

Sidney zuckte mit den Schultern. »Das wäre nicht das erste Mal.«

Caite runzelte die Stirn, antwortete aber nicht.

Sidney bewegte sich so, dass der Großteil von Hannahs Körper auf ihrem Schoß lag, und zog vorsichtig eines von Hannahs Vorderbeinen zurück, dasjenige, an dem sie geleckt hatte. Der Hund winselte, bewegte sich jedoch sonst nicht und knurrte auch nicht.

»So ist es gut, Mädchen, lass mich dir helfen. Ich kriege dich schon wieder hin«, murmelte Sidney. Sie nahm den nassen Waschlappen und strich damit vorsichtig über die

Pfote des Hundes. »Ah ja, da hast du dir wirklich was einge-brockt, was? Caite?«

»Ja?« Die andere Frau sprach leise und gleichmäßig, was Sidney zu schätzen wusste.

»Kannst du mir eine Spitzzange oder so etwas besorgen? Ich werde etwas anderes als meine Finger brauchen, um dieses Stück Glas aus ihrem Ballen zu holen.«

»Ähm ... sicher, aber ... wie sieht die aus?«

Sidney blickte überrascht auf. »Was ... eine Spitzzange?«

Caite wurde rot. »Ja. Ich weiß, ich weiß, ich sollte es wissen. Aber ich bin bei solchen Dingen hoffnungslos über-fordert. Ich weiß auch nicht, was der Unterschied zwischen einem Kreuzschlitzschraubenzieher und einem Flachkopf-schraubenzieher ist.«

»Ernsthaft? Ich meine, ein Flachkopfschraubenzieher beschreibt mit seinem Namen, was er ist.«

»Ich weiß, aber wenn jemand nach einem Kreuzschlitz-schraubenzieher fragt, bin ich trotzdem verwirrt und weiß nicht, welchen er will. Lach ruhig. Ich bin daran gewöhnt. Blake macht sich ständig über mich lustig.«

Sidney hätte das Lachen nicht unterdrücken können, selbst wenn ihr Leben davon abgehangen hätte. Schließlich hatte sie sich wieder unter Kontrolle. »Tut mir leid. Ich arbeite den ganzen Tag mit Werkzeugen, deshalb über-rascht es mich, wenn ich so etwas höre. Ich glaube, ich habe einen Werkzeugkasten im vorderen Schrank gesehen, als Decker mich herumgeführt hat. Wenn du ihn herbringst, zeige ich dir, was ich brauche.«

»Okay. Abgemacht«, sagte Caite fröhlich, während sie zum Schrank ging.

In wenigen Augenblicken war sie mit dem ramponierten roten Werkzeugkasten zurück. Genau wie Sidney gehofft hatte, hatte Decker eine Spitzzange obenauf gelegt. »Die da.

Das Ding mit dem blauen Griff und den langen Spitzen, die wie eine lange Schnauze aussehen.«

Caite strahlte. »Siehst du? Du weißt, wie man auf eine Weise nach Dingen fragt, die ich verstehe.«

Immer noch kichernd nahm Sidney ihr die Zange ab, als sie sie ihr hinhielt. Dann wurde sie ernst. »Okay, tritt zurück. Ich werde das jetzt schön schnell machen, damit Hannah keine Zeit hat auszuflippen.«

»Damit *Hannah* keine Zeit hat auszuflippen?«, fragte Caite scharfsinnig.

»Ja. Das ist meine Geschichte und ich bleibe dabei«, erklärte Sidney ihr. »Also los.« Sie wischte das Blut weg, das während des Gesprächs ausgetreten war. Die Glasscherbe war nicht riesig, aber auch nicht klein. Sie packte sie und zuckte zusammen, als Hannah winselte. »Ich weiß, Baby, aber wenn das erst einmal draußen ist, wirst du dich viel besser fühlen, versprochen.«

Dann zog sie schnell und fest das Stück Glas aus der Pfote der Hündin. Hannah winselte noch ein wenig, schnappte aber nicht nach ihr und machte auch sonst keine bedrohlichen Bewegungen.

Erleichtert atmete Sidney aus und streckte die Zange aus, die Glasscherbe noch immer zwischen den Greifflächen. »Kannst du das nehmen?«, fragte sie Caite.

»Gott, mein Herz schlägt wie wild«, sagte Caite, als sie Sidney das Werkzeug abnahm.

»Meines auch«, erwiderte Sidney mit einem Lächeln. »Und das von Hannah.«

Während Caite in die Küche ging, bedeckte Sidney Hannahs Ballen mit dem nassen Tuch und hielt es fest an seinem Platz. Der Ballen würde weiter bluten, aber mit direktem Druck würde es hoffentlich sobald wie möglich aufhören.

Als Sidney sich umschaute, verzog sie das Gesicht. Es gab eine Menge zu säubern. Sie hatte keine Ahnung, was in aller Welt Hannah getan hatte, dass überall Blut war, aber sie konnte es Caite auf keinen Fall allein überlassen.

Vierzig Minuten später lag Hannah wieder auf ihrem Bett – ohne die bequeme Decke, die in der Waschmaschine war – und sah zu, wie Sidney und Caite die Wände und Böden schrubbten.

Caite hatte sich eine Jogginghose und ein T-Shirt angezogen, und Sidney hatte sich eines von Deckers T-Shirts aus seiner Kommode geschnappt. Es war viel zu groß, aber sie knotete es in der Taille zusammen und dachte, da nur sie und Caite da waren, würde man ihr ihren modischen Fauxpas verzeihen.

»Im Ernst, wie um alles in der Welt ist das Blut hier auf die Arbeitsplatte gekommen?«, murmelte Caite, während sie in der Küche schuftete.

»Auf die gleiche Weise, wie es unter die Couch gekommen ist«, antwortete Sidney.

Die beiden Frauen unterhielten sich über alles und nichts, während sie putzten, bis Sidney sich zurücklehnte und sagte: »Weißt du, was das Ganze besser machen würde?«

»Ähm ... jemanden zu finden, der das für uns macht?«, erwiderte Caite.

Sidney lachte. »Ja, das auf jeden Fall, aber ich dachte eher an Alkohol.«

Caite hörte auf, die Schränke zu wischen, und sah zu ihr hinüber. »Es ist immerhin Freitagabend, und ich muss morgen nicht arbeiten.«

Sie grinsten sich an, legten ihre Putzmittel weg und begannen, Deckers Küche zu durchstöbern. Sie stießen auf eine Flasche Rum und Kool-Aid. Es war nicht gerade anspruchsvoll, aber das war beiden egal.

Eine Stunde später, als das Haus weitgehend sauber war, saß Caite auf der einen Seite der Couch und Sidney kuschelte mit Hannah auf der anderen. Zum Glück hatte die Blutung vollständig aufgehört, aber Sidney hielt einen Waschlappen um die Wunde gewickelt, nur für den Fall.

»Ich glaube nicht, dass das Blut jemals aus diesen Kissen herauskommen wird«, beklagte sich Sidney.

»Dann muss Gumby eben eine neue Couch kaufen«, rief Caite ein wenig zu überschwänglich aus.

Die Flasche Rum war fast leer. Zu zweit und mit einer ganzen Menge Kool-Aid hatten sie sie fast komplett getrunken. Es war schon eine Weile her, dass Sidney sich betrunken hatte, aber der heutige Abend hatte es definitiv nötig gemacht.

Caite war ebenso betrunken wie Sidney, aber sie schien eine fröhliche Betrunkene zu sein, während Sidney immer superemotional wurde. Nicht so verrückt, dass sie sich prügeln würde, nur weinerlich.

»Wie hat Rocco es geschafft, dir Blumen zu schicken, wenn er auf einer Mission ist?«, fragte Sidney die andere Frau. Sie hatte darüber nachgedacht, seit Caite herausgefunden hatte, wie Hannah zu Schaden gekommen war.

»Er arrangiert es im Voraus. Manchmal kommen sie am Tag nach seiner Abreise, manchmal erst eine Woche später. Ich glaube, er macht das so, dass sie immer eine Überraschung sind. Ich meine, ich bin mir immer ziemlich sicher, dass sie kommen, aber ich weiß nicht *wann*.«

»Das ist so süß«, sagte Sidney und legte den Kopf auf die Lehne des Sofas.

»Ich weiß. Und wenn man ihn ansieht, würde man nie vermuten, dass er so romantisch ist.«

»Was hat es mit den Bärten auf sich?«, fragte Sidney.

Caite kicherte. »Nicht wahr? Ich meine, ich habe nichts gegen einen heißen Kerl mit Bart, aber dass alle Jungs im Team einen haben, ist irgendwie verrückt.« Sie beugte sich vor und zwinkerte. »Aber jetzt, da ich mit einem bärtigen Kerl schlafe, kann ich definitiv sagen, dass ich im Bett für Bärte bin.«

Sidney lächelte höflich.

»Oh mein Gott, ernsthaft?«

»Was?«, fragte Sidney und sah sich verwirrt um.

»Du hast noch nicht mit Gumby geschlafen?«

Sidney wusste, dass sie rot wurde, aber sie konnte es nicht verhindern. Sie nahm noch einen Schluck von dem selbstgemachten »Mülltonnenpunsch«, den sie gebraut hatten. »Das schmeckt wirklich wie pures Kool-Aid.«

»Hör auf, das Thema zu wechseln«, schimpfte Caite, die mit dem Finger auf Sidney zeigte. »Ich war mir sicher, ihr beide würdet der Stimme der Natur folgen.«

»Wir kennen uns noch nicht so lange«, verteidigte sich Sidney.

»Mädchen, worauf auch immer du wartest, hör auf damit.«

»Ich ... ich schlafe nicht herum, und ich denke ständig, Decker ist zu gut, um wahr zu sein.«

Caite schüttelte heftig den Kopf. »Nein, das ist er nicht. Das habe ich bei Blake auch gedacht. Aber diese Jungs ... sie sind ... fantastisch. Das ist ein beschissenes Wort für das, was ich zu sagen versuche, aber mein Gehirn arbeitet im Moment nicht so gut. Sie sind ehrenhaft, süß und absolut knallhart. Wenn Gumby dich mag, musst du dir keine Sorgen machen, dass er dich betrügt oder ein Arschloch ist.«

Sidney hob eine Augenbraue. »Alle Männer können Arschlöcher sein.«

Caite winkte ab. »Oh, ich sage nicht, dass er keinen Mist bauen wird. Das wird er. Alle Männer tun das. Sie können nicht anders. Es ist in ihrer DNA verankert. Ich meine, wenn du dich entscheidest, mit ihm zusammen zu sein, *wirklich* mit ihm zusammen zu sein, wird er dafür sorgen, dass du weißt, wie besonders du bist.«

»Ist es das, was Rocco mit dir macht?«

»Ähm, ja. Blumen?«

Sidney nickte. Caite hatte nicht ganz unrecht.

»Und die Sache mit dem Bart? *Total* heiß. Vor allem, wenn er es dir oral macht.«

Sidney wusste, dass sie knallrot war.

Caite verdrehte die Augen. »Sag mir, dass du noch nicht darüber nachgedacht hast.«

Sidney zuckte mit den Schultern. »Ich habe darüber nachgedacht.«

Die andere Frau grinste breit und nickte. »Wie ich schon sagte ... überwältigend.«

»Darf ich noch etwas fragen?«

»Natürlich. Ich glaube, nachdem wir das gesäubert haben, was wie der Tatort eines Mordes aussah, sind wir jetzt so was wie beste Freundinnen oder so. Es würde mich nicht wundern, wenn wir morgen früh in einer Gefängniszelle aufwachen und uns fragen, was zum Teufel wir in der Nacht davor gemacht haben.« Sie lachte über ihren eigenen Witz, und Sidney konnte nicht anders, als sie anzulächeln.

»Decker sagte, du hättest ihm das Leben gerettet.«

Caite verdrehte die Augen. »Diese Typen sind viel zu sehr darauf fixiert.«

»Also ist es wahr?«, fragte Sidney.

Caite zuckte mit den Schultern. »Ich denke schon. Ich

meine, ich bin sicher, dass sie einen Weg aus dem Loch gefunden hätten, in dem sie gesteckt haben, bevor die Bösewichte gekommen wären und sie erschossen hätten, wenn ich nicht aufgetaucht wäre.«

Sidneys Augen traten ihr fast aus dem Kopf. »*Was?*«

»Ja. Es war in Bahrain. Sie sollten nur ein paar Dinge überprüfen. Es sollte nichts Schlimmes passieren, aber sie wurden überfallen und in diesen Keller geworfen. Ich hörte, wie die Bösen davon sprachen, zurückzugehen und sie zu erschießen, und das konnte ich nicht zulassen. Blake hatte mich um eine Verabredung gebeten, und es war ewig her, dass ich eine Verabredung hatte, und ich *wollte* diese Verabredung, verdammt noch mal! Also ging ich in die Stadt, fand sie und öffnete die Luke, wo sie festgehalten wurden. Das ist alles, was ich getan habe. Sie machen viel mehr daraus, als es war. Wusstest du, dass Gumby *mir* das Leben gerettet hat?«

In Sidneys Kopf drehte sich alles. In der Theorie wusste sie, dass Decker ein Navy SEAL war, aber als sie das alles hörte, bekam sie ein ganz neues Bild von dem Mann, der er wirklich war. Und das war sowohl beängstigend als auch verdammt heiß. »Nein.«

»Ja, ich kann nicht schwimmen. Nun, ich kann treiben. Mehr oder weniger. Ein böser Kerl wollte mich umbringen, wegen der Scheiße, die in Bahrain passiert ist, und um von ihm wegzukommen, bin ich dummerweise ins Meer gesprungen. Gumby und dieser andere SEAL-Typ, Cookie, tauchten aus dem Nichts auf und zogen mich ans Ufer.«

»Im Ernst?«

»Ja. Das hat mir das Leben gerettet.«

»Nein, ich meine, du kannst wirklich nicht schwimmen?« Sidney war nicht überrascht, dass Decker hinter

Caite her ins Meer gegangen war. Er war ein wirklich guter Schwimmer.

»Na ja, jetzt bin ich besser. Blake bringt es mir bei. Lass mich raten, du bist wahrscheinlich Olympionikin oder so was, stimmt's?«

Sidney lachte. »Nein.«

»Puh.«

»Aber ich war in der Highschool in der A-Kader-Wasser-ball-Mannschaft.«

»Miststück«, sagte Caite. Aber sie sagte es mit einem Lächeln im Gesicht, sodass Sidney nur kicherte.

Nach einem Moment sagte sie: »Ich mag dich.«

»Ich mag dich auch«, erwiderte Caite.

»Ich war mir nicht sicher, ob ich das tun würde«, gab Sidney zu. »Ich meine, der Typ, den ich mag, hat mir begeistert erzählt, dass du sein Leben gerettet hast und wie sehr er dich bewundert. Dann hat er dich gebeten, auf Hannah aufzupassen, und nicht mich, was, wie ich zugeben muss, ziemlich wehtat. Ich war darauf vorbereitet, höflich zu dir zu sein, aber ich mag dich wirklich.«

»Oh mein Gott!«, rief Caite aus. »Mir ging es genauso. Na ja, nicht wegen des Aufpassens auf Hannah, denn ich wusste nicht, dass er dich nicht gefragt hat. Als Blake sagte, dass er hierhergefahren ist und dich getroffen hat, und wie nett du bist, war ich irgendwie eifersüchtig. Ich weiß, dass Blake mich nie betrügen würde, aber ich mochte es irgendwie nicht, dass du dich in ›meine‹ Jungs einmischst. Ich meine, ich gehe nicht mit ihnen aus, es ist nicht so eine Art umgekehrter Harem oder so, aber ich habe irgendwie angefangen, das Team als meins zu betrachten, weißt du? Aber du warst der einzige Mensch, den ich anrufen konnte, und du bist sofort gekommen und hast dir solche Sorgen um die arme Hannah gemacht ...« Ihre Stimme brach ab.

Sidney strich Hannah mit der Hand über den Kopf und hörte den Hund zufrieden seufzen. Dann sagte sie: »Ich schließe nicht leicht Freundschaften, aber ich würde gern glauben, dass wir jetzt Freundinnen sind.« Sie spürte, wie ihr die Tränen in die Augen stiegen, und sie tat alles, um sie nicht zu vergießen. Wenn sie weinte, würde Caite sie für eine Vollidiotin halten. Verdammter Alkohol, der sie weinerlich machte!

»Ja! Wir sind definitiv Freundinnen. Du bist so cool, und ich kann nicht glauben, dass du nicht schon eine Million Freundinnen hast. Du bist viel cooler als ich. Ich meine, ich hatte Französisch als Hauptfach auf dem College. Wer macht denn so was?«

»Na ja, ich war nicht mal auf dem College«, gestand Sidney.

»Dann hast du einen Haufen Geld gespart. Ein Hoch auf dich!«, sagte Caite mit einem Lächeln.

Es war schwer zu glauben, dass Caite so aufrichtig war, aber nach der Art zu urteilen, wie sie sie anlächelte, wusste Sidney, dass es stimmte.

»Wie kommst du damit klar, dass Rocco weg ist?«, platzte Sidney heraus. »Wir haben keine Ahnung, wo sie hinge-fahren sind oder wie lange sie weg sein werden.«

»Es ist scheiße«, sagte Caite mit einem Stirnrunzeln. »Ich will nicht lügen. Aber ich muss darauf vertrauen, dass sie wissen, was sie tun. Sie gehen die Missionen immer noch einmal durch, bevor sie aufbrechen. Blake hat mir erzählt, dass sie jede Menge Ausweichpläne haben, nur für den Fall, dass etwas schiefgeht.«

»Das hat Decker auch erwähnt«, entgegnete Sidney.

»Ich muss einfach daran glauben, dass er gesund nach Hause kommt. Aber selbst wenn er verletzt wird, würde ich ihn nie verlassen«, erklärte Caite leidenschaftlich. »Ich habe schon so viele Geschichten von Frauen gehört, die ihre Männer verlassen, während sie im Krankenhaus liegen.«

»Das tun sie nicht!«, rief Sidney schockiert.

Caite nickte. »Doch. Aber es ist mir egal, was passiert, ich werde Blake nie verlassen. Niemals. Er wird mich nicht mehr los.«

Sidney konnte nicht einmal daran denken, dass Decker etwas zustoßen könnte. Es tat ihr im Herzen weh.

Es war dieser Moment, in dem ihr klar wurde, wie sehr sie sich in den Navy SEAL verliebt hatte.

»Es hilft, mit jemandem darüber zu reden«, sagte Caite. »Blake hat mir eine Gruppe von SEALs vorgestellt, mit denen er zusammengearbeitet hat, und deren Frauen, und ich muss dir sagen, ich war superneidisch darauf, wie nahe sie sich alle standen.«

»Wie kommt es, dass du heute Abend keinen von ihnen angerufen hast?«, fragte Sidney aufrichtig neugierig.

Caite zuckte mit den Schultern. »Sie waren alle sehr nett, und ich weiß, dass Blake will, dass ich sie anrufe, wenn ich mal was brauche, aber ich weiß nicht ... sie sind alle so ... etabliert. Sie sind schon seit Jahren mit ihren Männern zusammen, haben Kinder und stehen sich sehr nahe. Ich fühle mich irgendwie wie eine Außenseiterin. Nicht wegen irgendetwas, was sie gesagt oder getan haben, sondern einfach, weil Blake nicht zu dem Team gehört, in dem ihre Männer sind. Ergibt das einen Sinn?«, fragte sie.

»Überraschenderweise ja«, beruhigte Sidney sie. Sie hielt ihren Becher hoch. »Auf neue Freunde!«

»Auf neue Freunde«, erwiderte Caite und hielt ihren eigenen Becher hoch.

»Du kannst mich jederzeit anrufen.«

»Und du mich«, erwiderte Caite.

Sie lächelten einander an.

Der Raum drehte sich, und Sidney wusste, dass sie definitiv genug getrunken hatte. Sie lehnte sich nach vorn, ignorierte Hannahs Murren darüber, bewegt zu werden, und stellte ihren Becher auf dem Couchtisch ab. Sie schnappte sich eine Decke von der Lehne der Couch und deckte sich und Hannah zu.

»Glaubst du, Decker wird sauer sein, dass ich seinen Kleiderschrank geplündert habe?«, fragte sie Caite.

»Was hättest du denn sonst anziehen sollen?«, fragte die andere Frau achselzuckend. »Wenn er hier wäre, würde er dich vermutlich mit den Augen vögeln. Kerle mögen es, wenn ihre Frauen ihre Kleidung tragen.«

»Warum das?«, fragte Sidney. »Es ist seltsam.«

Caite zuckte mit den Schultern. »Keinen Schimmer. Aber ich muss zugeben, dass ich es liebe, Blakes T-Shirts zu tragen. Besonders wenn er weg ist. Sie riechen nach ihm und ich fühle mich dann nicht so einsam.«

Und schon waren die Tränen in Sidneys Augen wieder da. »Ja«, stimmte sie zu.

»Du bleibst doch über Nacht, oder?«, fragte Caite lallend.

»Mh-hm ... wenn das okay ist.«

»Natürlich ist es das. Ich würde dich sowieso nicht fahren lassen. Ich sollte wahrscheinlich morgen in meine Wohnung zurückkehren und dich auf Hannah aufpassen lassen, bis die Jungs wieder da sind.«

»Auf keinen Fall. Decker hat dich gebeten hierzubleiben.«

»Aber Hannah hat sich durch meine Schuld verletzt«, sagte Caite traurig.

»Nein, das hat sie nicht. Sie ist ein neugieriger Hund. Das ist auch gut so. Es zeigt, dass sie mutiger wird, und nach dem, was ihr mit diesem Idioten passiert ist, ist das eine gute Sache.«

»Sie hat Glück, dass du sie gefunden hast.«

Vor einer Weile hatte Sidney erklärt, wie es dazu gekommen war, dass Decker Hannah überhaupt bekommen hatte. »Es gibt so viele andere Hunde wie sie da draußen«, sagte Sidney schniefend. »Wahrscheinlich hat das Arschloch, das ihr wehgetan hat, im Moment noch mehr Hunde.«

»Im Ernst?«

»Ja. Ich habe im Internet nachgeschaut und gesehen, dass er in den sozialen Medien vermehrt Nachrichten gepostet hat, in denen er fragt, ob jemand Hunde hat, die er nicht mehr haben will.«

»So ein Arschloch!«

»Ja. Aber ich habe Decker versprochen, ihn nicht zu konfrontieren, während er auf seiner Mission unterwegs ist.«

»Das ist scheiße.«

»Ja.«

»Sidney?«

»Ja?«

»Wenn ich morgen irgendetwas vergessen habe, worüber wir gesprochen haben, erinnerst du mich daran, ja?«

Sidney kicherte. »Ja, Caite. Ich werde dich daran erinnern.«

»Du wirst nicht so tun, als würdest du mich nicht kennen?« Sie grinste.

»Nein. Wir haben zusammen einen Tatort sauber gemacht. Wie du gesagt hast, das bedeutet, dass wir jetzt für immer beste Freundinnen sind«, scherzte Sidney.

»Gut. Ich werde jetzt die Augen schließen.«

»Nacht, Caite. Danke, dass du mich angerufen hast.«

»Nacht. Danke, dass du vorbeigekommen bist.«

Sidney schloss die Augen, wobei sie sich so wohlfühlte wie schon lange nicht mehr. Mit einem schweren, warmen Hund auf dem Schoß, Alkohol, der durch ihre Blutbahn floss, einem neuen Bewusstsein für ihre Gefühle für Decker und einer neuen besten Freundin, wie könnte es da anders sein?

KAPITEL DREIZEHN

Gumby steckte den Schlüssel in das Schloss seiner Tür und hielt sie für Rocco offen. Er hatte keine Ahnung, warum Sidney in seinem Haus war, aber er war mehr als erfreut darüber. Als er seine Straße hinuntergefahren war, hatte er sich darüber gewundert, ihren Wagen in seiner Einfahrt zu sehen. Er war sofort ein wenig besorgt, aber auch froh, dass er sie früher als geplant sehen würde.

Es war ein Uhr nachts, und er war fast zwanzig Stunden unterwegs und in Nachbesprechungen gewesen. Er war erschöpft, weshalb sein Plan darin bestanden hatte, ein paar Stunden zu schlafen und dann Sidney zu schreiben, um sie wissen zu lassen, dass er zu Hause war.

Doch plötzlich schien seine Erschöpfung wie von Zauberhand zu verschwinden. Er konnte es nicht erwarten, Sidney zu sehen. Sie zu umarmen.

Die Mission war ohne Probleme verlaufen. Sie hatten sich mit einem Team von Delta-Force-Soldaten getroffen, die in Texas stationiert waren, und einen der meistgesuchten Terroristen in Afghanistan aufgespürt. Die Informationen über sein Versteck waren korrekt gewesen, und nach mehreren Tagen der Überwachung hatten die beiden Teams zugeschlagen und ihn ausgeschaltet.

Einer weniger, noch immer zu viele übrig, dachte Gumby bei sich, als er die Tür hinter sich und Rocco schloss. In der Küche brannte ein Licht, das hell genug war, um den kleinen Wohnbereich des Hauses zu erhellen.

Rocco stand am Ende der Couch, schweigend und ohne sich zu bewegen. Gumby trat neben ihn – und blinzelte verwirrt über das, was er sah.

Sidney lag auf dem Boden, den Kopf in Hannahs Hundebett. Sie hatte sich zu einer kleinen Kugel zusammengerollt und einen Arm um seine Hündin gelegt, als würde sie mit ihr kuscheln. Hannah wedelte wie wild mit dem Schwanz, aber sie stand nicht auf, um ihn zu begrüßen ... wahrscheinlich weil Sidney so fest um sie gewickelt war.

Caite schlief auf dem Sofa. Sie lag auf dem Rücken, hatte einen Arm über den Kopf gelegt, den Mund geöffnet und atmete sehr tief. Auf dem Couchtisch standen eine fast leere Flasche Rum und zwei leere Becher mit rotem Zeug auf dem Boden. Eine Rolle Papierhandtücher und ein Waschlappen vervollständigten das seltsame Bild.

»Was um alles in der Welt?«, sagte Gumby leise, als Rocco sich neben seine Freundin setzen wollte. Gumby stand über Sidney, unsicher darüber, wie er sie bewegen sollte. Er hasste es, sie zu wecken, aber es war unumgänglich. Es gab keine Möglichkeit, ihren Griff um seinen Hund zu lockern, ohne sie zu stören.

»Oh mein Gott!«, sagte Caite laut, nachdem Rocco sie geweckt hatte. »Du bist wieder da!«

»Ich bin wieder da«, bestätigte er.

Gumby ignorierte das Wiedersehen der Liebenden und wandte die Aufmerksamkeit wieder Sidney zu. Er ging in die Hocke und legte ihr eine Hand auf die Schulter, während er mit der anderen Hannah streichelte.

»Sidney?«, sagte er sanft. Als sie sich nicht bewegte, stupste er sie etwas fester an. »Wach auf, Sid. Ich bin zu Hause.«

Ihre Augen sprangen auf, als wäre sie schon die ganze Zeit wach gewesen – und füllten sich sofort mit Tränen.

Erschrocken legte er eine Hand auf ihr Gesicht. »Sid?«

»Du bist zurückgekommen«, sagte sie leise.

»Natürlich bin ich zurückgekommen. Ich freue mich, dich zu sehen, und ich bin froh, dass du hier bist, aber warum liegst du auf dem Boden?«

Anstatt zu antworten, setzte Sidney sich auf und warf die Arme um seinen Hals, um sich festzuklammern. Gumbys Blick traf auf den von Rocco und sie schauten sich sowohl belustigt als auch verwirrt an. Er hob Sidney vom Boden auf und trug sie zu dem großen Sessel neben dem Sofa hinüber. Er setzte sich auf die Kante und wartete einfach ab.

Hannah stand auf, streckte sich und humpelte dann zu ihm hinüber, wo er mit Sidney saß. Stirnrunzelnd legte Gumby den Kopf schief und versuchte, den Hund einzuschätzen.

»Geht es dir gut?«, fragte Rocco Caite.

»Ja, mir geht's gut«, sagte sie, wobei sie dafür, vor einer Minute noch praktisch ohnmächtig gewesen zu sein, äußerst wach klang.

»Warum hat Sidney auf dem Boden geschlafen?«, fragte Rocco.

»Ich habe sie angerufen. Hannah war verletzt, und sie kam her und half. Wir haben was getrunken, den Tatort sauber gemacht, Gumbys Schubladen geplündert, und jetzt sind wir beste Freundinnen.«

»Sie ist betrunken«, sagte Rocco, der sich zu Gumby drehte, um ihn anzugrinsen.

»Tatort?«, fragte er.

Aber Caite hatte ihr Gesicht an Roccos Brust vergraben, und Rocco zuckte nur mit den Schultern, da er ebenso im Dunkeln tappte wie Gumby, was die Frauen getrieben hatten.

»Sid?«, fragte er und lehnte sich zurück, um ihr ins Gesicht zu sehen. Sie schenkte ihm ein zittriges Lächeln. »Alles in Ordnung hier?«

»Mh-hm.«

Er brauchte mehr. »Du bist hergekommen, weil Hannah verletzt war?«, fragte er.

Sidney nickte und legte ihren Kopf auf seine Schulter. Sie kuschelte sich an ihn, als wäre er das beste Kissen der Welt. Er konnte nicht leugnen, dass er sich dadurch drei Meter groß fühlte, aber er brauchte trotzdem Antworten.

»Sie hatte eine Schnittwunde am Fußballen. Decker?«

»Ja?«

»Ich hoffe, du lässt nie die Spurensicherung vorbeikommen und das Haus inspizieren.«

Die Bemerkung kam so aus heiterem Himmel, dass Gumby einfach fragen musste: »Warum?«

»Weil dieser Ort, wenn sie dieses Luminol-Zeug benutzen, wie ein Weihnachtsbaum leuchten wird.«

»*Was?*«

»Da war überall Blut. Ich meine, überall. Hannah hat es geschafft, fast jeden Zentimeter des Bodens mit ihrem Blut zu bedecken, und es war auch auf den Schränken und so. Ich habe ein paar Fotos gemacht, weil ich wusste, dass du nicht glauben würdest, wie schlimm es war. Wie auch immer, wenn jemals gegen dich ermittelt wird, werden sie dich für schuldig befinden, weil es so aussehen wird, als hätte hier ein Massaker stattgefunden. Glaub mir, ich weiß, wie so was läuft. Da Caite und ich es sauber gemacht haben, wird es wie ein Haufen Schlieren und so aussehen, wenn sie es sich unter dem Speziallicht ansehen.«

Das erklärte die Tatortbemerkung von Caite. Aber das war eine Menge Informationen gewesen, und Gumby gefiel nicht, was Sidney daraus schlussfolgerte. Nicht dass jemals gegen ihn ermittelt würde ... aber dass sie wusste, wie verschmiertes Blut unter den Chemikalien in Luminol aussah.

Er sah sich im Raum um und bemerkte, was er vorhin übersehen hatte, weil er nur Augen für Sidney gehabt hatte. Auf seiner Couch waren Pfotenabdrücke, von denen er annahm, dass es Blut war, und er entdeckte ein paar kleine Flecke auf dem Fliesenboden, die ebenfalls wie Blut aussahen. In der Ecke neben der Küche stand ein Wischmopp, und auf dem Tresen neben dem Spülbecken war ein Eimer.

Er konnte sich nur vorstellen, wie das Haus ausgesehen hatte, *bevor* die Frauen geputzt hatten.

»Deck?«, murmelte Sidney.

»Ja?«

»Du bist viel bequemer als die Couch. Ich bin dort eingeschlafen, aber Hannah wurde unruhig, also haben wir uns auf den Boden gelegt. Ich bin froh, dass du zu Hause bist.«

»Ich auch, Süße. Ich auch.«

»Wie betrunken bist du?« Es war Rocco, der Caite fragte.

Sie kicherte. »Auf einer Skala von eins bis zehn, würde ich sagen, so um die siebeneinhalb.«

»Willst du bleiben?«, fragte Gumby seinen Freund.

Rocco sah aus, als würde er darüber nachdenken, schüttelte dann aber den Kopf. »Nein, ich werde Caite nach Hause bringen. Sie könnte morgen Schmerzen haben, und ich weiß, dass sie lieber in ihrem eigenen Bett liegen würde.«

Gumby nickte. Er nahm es ihm nicht übel – und war insgeheim ein wenig erleichtert. Er liebte Rocco und Caite, aber Sidney am Morgen für sich allein zu haben gefiel ihm sehr. »Ich komme raus und fahre Sidneys Wagen weg, damit du mit Caites zurückfahren kannst.«

»Danke«, sagte Rocco. »Ich komme morgen Nachmittag wieder und hole ihre Sachen ... wenn es okay ist, sie über Nacht im Gästezimmer zu lassen.«

»Natürlich«, sagte Gumby zu seinem Freund. Dann stand er auf, wobei er Sidney in den Armen hielt, bis er sicher war, dass sie allein stehen konnte. »Warum gehst du nicht nach oben ins Bett?«

»Dein Bett?«, fragte sie.

Sein Magen krampfte sich zusammen, als er hörte, wie richtig diese Worte auf ihren Lippen klangen. »Ja.«

Sidney nickte, aber anstatt zur Treppe zu gehen, steuerte sie auf Caite zu. Die Männer sahen verwirrt zu, wie sich die beiden Frauen umarmten.

»Danke, dass du gekommen bist, als ich dich angerufen habe«, sagte Caite.

»Ich wäre stinksauer gewesen, wenn du jemand anderen angerufen hättest«, gab Sidney zurück.

»Sagst du mir Bescheid, wie es Hannah geht?«

»Natürlich. Wir sollten mal zusammen essen gehen.« Sidney zog sich zurück und sah Caite in die Augen, wobei sie die Arme um ihre Taille legte.

»Das würde ich gern. Ich möchte mehr über die Tiere hören, die du gerettet hast.«

»Und ich möchte mehr über Bahrain und die Strafverfolgungsbehörde der Navy wissen.«

»Ich möchte dir auch die anderen SEAL-Frauen vorstellen«, sagte Caite.

»Diejenigen, von denen du gesagt hast, dass du nicht zu ihnen passen würdest?«, fragte Sidney.

»Nun, ja. Aber sie sind trotzdem klasse. Supernett. Ich passe nur nicht dazu, weil sie schon eine Familie sind. Aber jetzt werden *wir* unsere eigene Familie gründen. So können wir mit ihnen abhängen, denn sie haben einander und wir haben uns.«

Gumby sah Rocco mit hochgezogenen Augenbrauen an, während sie das Gespräch der beiden Frauen verfolgten. Er zuckte mit den Schultern, lächelte aber im Gegenzug.

»Genau. Wir haben uns. Ich würde dich ja zu mir einladen, aber ich habe nur einen Wohnwagen«, sagte Sidney zu ihrer neuen besten Freundin.

»Was ist so schlimm an einem Wohnwagen?«, fragte Caite. »Ein Zuhause ist ein Zuhause ist ein Zuhause.«

»Stimmt. Es ist gemütlich. Ich mag es. Oh! Und ich muss dir Nora vorstellen. Sie ist sexsüchtig, deshalb sind die Unterhaltungen mit ihr ein bisschen verrückt, aber sie ist nett.«

»Und ich möchte dir Brenae vorstellen. Sie ist die Frau des Konteradmirals. Erinnerst du dich? Ich habe dir doch erzählt, wie diese verrückte Schlampe uns im Postraum in unserem Gebäude als Geiseln genommen hat.«

»Ist ein Konteradmiral nicht so etwas wie ein hohes Tier? Sollte ich überhaupt mit ihr reden?«, fragte Sidney.

»Natürlich solltest du das«, rief Caite aus. »Ein Konteradmiral ist tatsächlich ziemlich hochrangig, aber das merkt man nicht, wenn man mit ihr spricht. Sie ist so *normal* –«

»Okay, ihr zwei«, unterbrach Gumby. »Es ist Zeit zu gehen. Ihr könnt später miteinander reden.«

»Ich werde dich vermissen«, sagte Sidney, die leicht lallte und Caite erneut umarmte.

Gumby konnte nur staunend dastehen. Er hatte Sidney noch nie so ... körperbetont mit jemandem gesehen. Sie hatte definitiv ihre Deckung fallen gelassen. Was auch immer mit Hannah passiert war, hatte offensichtlich eine Verbindung zwischen Caite und Sidney ermöglicht – zusammen mit dem Alkohol. Er konnte nicht behaupten, dass er nicht glücklich darüber war. Er hoffte nur, dass sie beide morgen genauso empfinden würden, wenn der Rum nicht mehr durch ihre Adern floss.

»Geh nach oben, Sid«, sagte Gumby und sah zu, wie sie sich langsam, wenn auch stolpernd und taumelnd, auf den Weg zur Treppe machte.

Grinsend drehte er sich zu Rocco um und sah dasselbe nachsichtige Lächeln auf dem Gesicht seines Freundes, als er sagte: »Komm schon, Caite. Es ist Zeit, nach Hause zu fahren.«

»Ich mag dieses Haus«, informierte Caite Rocco. »Wusstest du, dass der Strand ... genau *dort* ist?« Sie streckte die Hand zur Rückseite des Hauses aus.

»Ja, das wusste ich, Babe«, antwortete er.

»Blake?«

»Ja?«

»Ich liebe dich. Ich bin so froh, dass du zu Hause bist.«

»Ich liebe dich auch. Und ich bin auch froh.«

Fünf Minuten später hatte Gumby die Haustür abgeschlossen und ging hinüber zu Hannah, die vor der Couch lag. Er verbrachte eine Weile damit, sie zu betrachten und ihr die Aufmerksamkeit zu schenken, die er ihr zuvor nicht geschenkt hatte. Er sah die Wunde an ihrer Pfote und war dankbar, dass Caite die Idee gehabt hatte, Sidney anzurufen.

Er war nicht überrascht, dass Sidney gekommen war, um zu helfen. Es lag nicht in ihrer Natur, ein verletztes Tier zu ignorieren, vor allem nicht Hannah, von der er wusste, dass sie sie genauso lieb gewonnen hatte wie er.

»Danke, dass du auf unser Mädchen aufgepasst hast«, sagte Gumby zu der Hündin. Er wusste immer noch nicht, wie sie sich verletzt hatte, aber er würde es früher oder später herausfinden.

Er tätschelte Hannah ein letztes Mal am Kopf und stieg die Treppe hinauf. Er hielt den Atem an, als er den Flur entlangging, in der inständigen Hoffnung, dass Sidney in sein Zimmer gegangen war und nicht in das zweite Schlafzimmer. Wenn sie sich nicht wohl dabei fühlte, mit ihm zu schlafen, würde er sie in Ruhe lassen ...

Aber er atmete erleichtert auf, als er das Häuflein in der Mitte seines Doppelbetts sah.

Er hatte nach ihrer Ankunft auf dem Stützpunkt geduscht, also verschwendete er keine Zeit, zog sich Hemd und Hose aus und kroch neben Sidney ins Bett.

Sie kuschelte sich sofort an ihn, und Gumby hätte schwören können, dass er spürte, wie die Anspannung aus ihm herausfloss, sobald ihr Kopf auf seiner Schulter landete und sie den Arm um seinen Bauch schlang. Ihre Beine verschränkten sich mit seinen und er musste tief durchatmen, da sie genauso nackt waren wie seine eigenen. Sie trug noch eines seiner T-Shirts, aber die Jeans, die sie untenherum getragen hatte, hatte sie offensichtlich ausgezogen.

Sie seufzte und ihr warmer Atem strich über seine Brust, wodurch seine Brustwarzen hart wurden ... ebenso wie sein Schwanz. Das Wissen, dass jetzt nichts passieren würde, trug nicht gerade zur Beruhigung seines Körpers bei. Gumby würde sich nicht an Sidney ranmachen, wenn sie betrunken war. Zumindest nicht bei ihrem ersten Mal. Er hoffte, dass er sie irgendwann in der Zukunft lieben konnte, wenn sie zu viel getrunken hatte, aber im Moment begnügte er sich damit, sie einfach zu halten.

»Was ist mit Hannah passiert, Sidney?«

»Sie hat sich an der Pfote geschnitten. Ich glaube, Rocco hat Caite ein paar Blumen geschickt, die in einer Vase neben der Couch standen. Hannah musste neugierig geworden sein, hat sie umgestoßen und die Vase zerbrochen. Sie hat sich eine Glasscherbe in die Pfote gerammt, und die Ballen bluten wie verrückt.«

Gumby hasste den Gedanken an Hannah, wie sie verletzt war und blutete, aber er war erleichterter, als er sagen konnte, dass Sidney sich um sie gekümmert hatte. »Danke, dass du sie versorgt hast.« Er hielt inne. »Woher weißt du, wie Blutspuren unter Luminol aussehen?«

Wie er vermutet hatte, war sie zu entspannt und beschwipst, um über ihre Antwort nachzudenken. »Ich habe die Bilder von der Wohnung meines Bruders gesehen. Und des Schuppens.«

Sein Verstand drehte sich. Er hatte so viele Fragen, war sich jedoch nicht sicher, mit wie vielen er noch davonkommen konnte. »Erzählst du mir von Brian?«, fragte er nach einem Moment.

Sidney drückte den Kopf an seine Schulter und er zog sie fester an sich, um ihr ein Gefühl der Sicherheit zu geben.

»Du könntest ihn googeln«, sagte Sidney nach einer Minute. »Ich bin mir sicher, dass die Protokolle des Prozesses online zu finden sind.«

»Ich will es von dir hören. Alles, was du mir sagen willst, ich bin hier, um zuzuhören«, sagte er leise.

»Es war furchtbar«, flüsterte Sidney. »Alles davon.«

»Alles wovon, Süße?«

»Meines Lebens«, war ihre herzzerreißende Antwort.

»Erzähl es mir«, drängte Gumby.

»Ich bin drei Jahre älter als Brian. Und als wir klein waren, war alles ziemlich gut. Ich war ungefähr acht, als ich merkte, dass ich tatsächlich Angst vor ihm hatte.« Sie atmete schnaubend aus. »Er war fünf. *Fünf.* Und ich hasste es, mit ihm allein zu sein.«

»Was hat er getan?«

Sie zuckte unbeholfen mit den Achseln. »Er war einfach ... *seltsam.* Er hatte dieses Spielzeuggewehr, das er einmal zu Weihnachten bekommen hatte, und er schlich sich gern an mich heran, hielt es mir an den Kopf und drückte ab. Er hat nur darüber gelacht, wie viel Angst ich hatte. Er versteckte sich überall im Haus, wo er nur konnte, sprang dann hervor und fand es lustig, wenn ich ausgeflippt bin. Als ich zwölf war, kam er mitten in der Nacht in mein Zimmer und setzte sich auf mein Bett. Er hatte eines der Messer aus der Küche in der Hand ... und hielt es mir an die Kehle. Ich stieß ihn von mir und schrie nach meinen Eltern. Als sie reinkamen, fing er an zu weinen und sagte, ich hätte ihm wehgetan.«

»Was hat er mit dem Messer gemacht?«, fragte Gumby, der sein Bestes tat, um unter ihr entspannt zu bleiben. Mit jedem Wort, das sie sprach, wurde er wütender, aber sich aufzuregen half ihr im Moment nicht weiter. Sie musste alles rauslassen, und er musste es hören.

»Ich schätze, er hat es unter meinem Bett versteckt. Ich habe Ärger bekommen, weil meine Eltern mir nicht geglaubt haben, als ich ihnen erzählt habe, was er getan hatte. Am nächsten Tag sagte er mir zum ersten Mal, dass er mich umbringen würde. Er fand es lustig, dass ich bestraft wurde und er nicht, aber er war auch sauer, dass ich versucht hatte, ihn in Schwierigkeiten zu bringen.«

Da hörte sie auf zu reden, und Gumby fuhr ihr beruhigend mit der Hand über den Hinterkopf. »Was noch?«

»Eine ganze Menge. Er hat mich jeden verdammten Tag terrorisiert. Ich habe mich jeder außerschulischen Aktivität angeschlossen, die mir einfiel, nur damit ich nicht zu Hause war. Die Wochenenden waren das Schlimmste. Und der Schuppen.« Sidney schauderte.

Als sie nicht weitersprach, fragte er: »Was ist in dem Schuppen passiert, Sidney?«

Wenn Brian sie angerührt hatte, würde Gumby einen Weg finden, dem Mann das Leben hinter Gittern ganz und gar zur Hölle zu machen.

»Der Schuppen war sein ›Arbeitsbereich‹, als wir Kinder waren. Dort ... dort hat er gelernt, wie man Menschen am besten zerstückelt. Wie man sie verletzt, ohne sie zu töten. Dort hat er seine Fähigkeiten mit dem Messer verfeinert«, flüsterte Sidney, als wäre der Mann im Zimmer nebenan und könnte es hören.

»Er hat schon als Kind Leute umgebracht? Als ihr noch klein wart?«, fragte Gumby entsetzt.

Sie schüttelte den Kopf. »Nein. Tiere. Er hat Tiere getötet.«

Oh scheiße.

Es war plötzlich sehr klar, woher Sidneys Mitgefühl für Hunde kam.

»Du weißt, dass ich dir das nicht erzählen würde, wenn ich nicht betrunken wäre, oder?«, fragte Sidney.

»Ja. Und ich nutze diese Tatsache aus. Wir beide wissen das. Aber du musst dir das von der Seele reden.«

»Ich habe bei der Verhandlung alles gesagt. Alle wissen es schon«, protestierte sie.

»Ich nicht«, sagte Gumby schlicht.

»Versprichst du mir, dass du mich morgen nicht hassen wirst, wenn ich dir erzähle, was mein Bruder getan hat?«

Gumby setzte sich ein wenig auf und hob Sidneys Kinn

mit einem Finger an, sodass sie ihn ansehen musste. Ihre Augen tränten und ihre Wangen waren gerötet vom Alkohol, der noch in ihrem Körper floss. Die Erregung, die er zu Beginn im Bett verspürt hatte, war verblasst. Jetzt wollte er nur noch seine Frau trösten. Ihr versichern, dass sie nicht wie er war, nur weil sie ein wenig DNA mit ihrem Bruder teilte. In keinerlei Weise oder Form.

»Versprochen«, schwor er.

Sie nickte, und er ließ sie erneut den Kopf senken. Wenn es einfacher war zu reden, wenn sie ihn nicht ansah, dann war es eben so. Gumby merkte sich, dass er die Protokolle, auf die sie sich vorhin bezogen hatte, nachschlagen musste. Wenn er sie nicht fand, würde er Wolf, einen SEAL-Kameraden, bitten, ihm über seinen Computerexperten zu besorgen, was er brauchte. Da er wusste, wie schrecklich Sidneys Kindheit und wie schrecklich Brian James Hale schon als Kind gewesen war, verspürte Gumby das tiefe Bedürfnis, alles in Erfahrung zu bringen.

Der Mann mochte bereits im Todestrakt sitzen, aber Gumby hatte das Gefühl, dass er nach seinem Gespräch mit Sidney heute Abend und nachdem er sich über den Mann informiert hatte, einen Weg finden würde, Brians Leben noch elender zu machen, als es hoffentlich schon war. In Florida im Todestrakt zu sitzen war kein Zuckerschlecken, aber es gab immer Wege, es noch ungemütlicher zu gestalten.

»Eines Tages verschwand eine der Nachbarskatzen. Das kleine Mädchen – sie war etwa sieben – war am Boden zerstört. Sie machte Flugblätter und hängte sie überall auf. Es wurde sogar eine Belohnung ausgesetzt. Brian war eine Weile nett zu mir gewesen, und als er sagte, er wolle mir etwas im Schuppen zeigen, dachte ich mir nicht viel dabei. Ich folgte ihm dorthin, und nachdem ich hineingegangen war, blockierte er die Tür und ließ mich nicht hinaus. Er hatte die Nachbarskatze entweder gefunden oder gestohlen ... Scruffy ... und er hatte ihr wehgetan. Auf *übelste* Weise. Ich kann nicht darüber sprechen ... was er getan hat. Ich kann es nicht erneut erleben. Aber glaub mir, wenn ich sage, dass er dem armen Kätzchen Dinge angetan hat, an die kein vernünftiger Mensch auch nur denken würde. Nachdem er das arme Ding gequält hatte, ließ Brian mich zusehen, wie er der Katze den Hals aufschlitzte. Er hat gelacht, Decker. *Gelacht.* Er sagte mir, wie viel Spaß es macht, die Katze zappeln zu sehen.«

»Meine Güte, Sid. Es tut mir so leid.«

»Aber das war noch nicht mal das Schlimmste. Bei Weitem nicht. Er hat so viele Tiere gefangen und gequält. Aber die Hunde ... Wenn ich schon dachte, dass das, was er dem armen Kätzchen angetan hatte, schlimm war, dann war das, was er den Hunden antat, noch schlimmer. Und er sammelte Gläser über Gläser mit Blut und erzählte mir, wie sehr er es genoss, es auf seinen Händen zu spüren. Einmal schlug er einem Hund den Kopf ab und steckte ihn in eine Schachtel. Er gab sie mir als Geschenk, als meine Eltern nicht da waren, und ich öffnete sie dummerweise. Ich werde nie die Augen des armen Hundes vergessen, die mich anschauten, als ich den Deckel öffnete.«

»Und deine Eltern haben *nichts* getan?«, fragte Gumby schockiert. »Wie ist das möglich? Sie mussten doch wissen, was in diesem Schuppen vor sich ging.«

Sidney zuckte mit den Schultern. »Ich habe es ihnen gesagt und sie meinten, ich solle aufhören, eine Petze zu sein, und mich um meine eigenen Angelegenheiten kümmern.«

»Aber ... das ergibt doch keinen Sinn«, sagte Gumby, der sich nicht vorstellen konnte, dass ein Erwachsener die Misshandlung, die buchstäblich in seinem Garten stattfand, ignorieren konnte. »Wussten sie nicht, dass viele Serienmörder Tiere misshandeln, wenn sie noch Kinder sind? Zumindest hätten sie wissen müssen, dass das kein normales Verhalten ist, und versuchen müssen, ihm Hilfe zu besorgen.«

Sidney schüttelte den Kopf. »Ich habe keine Ahnung, *was* sie sich dabei gedacht haben. Sie hatten sich immer einen Sohn gewünscht, und in dem Moment, in dem sie einen hatten, war es, als hätten sie ihr anderes Kind ganz vergessen. Manchmal denke ich, dass sie beide auch eine Art psychisches Problem haben müssen, denn es ist verrückt, dass sie alles ignorieren konnten, was er in seiner Jugend getan hat ... ganz zu schweigen davon, dass sie ihn noch unterstützt haben, nachdem die Wahrheit über die Frauen, die er getötet hatte, herausgekommen war. Sobald ich die Highschool abgeschlossen hatte, bin ich abgehauen. Ich wollte nichts mehr mit meinem Bruder zu tun haben. Ich bin nicht einmal über die Feiertage nach Hause gefahren. Nach dem Prozess zog ich hierher, so weit weg von ihnen, wie ich nur konnte. Ich wollte so weit wie möglich von dem wegkommen, was er getan hatte.«

Gumby wusste, was Brian James Hale getan hatte. Er hatte sein erstes Opfer getötet, als er erst sechzehn Jahre alt gewesen war. Gott, das war nur ein Jahr nach Sidneys Abreise gewesen. Er war in die Innenstadt von Miami gefahren, hatte eine Prostituierte gefunden und sie mit einem Stich ins Herz getötet.

Ein paar Monate später hatte er eine weitere Prostituierte ermordet, da er sich vermutlich sicherer fühlte, nachdem er beim ersten Mord nicht erwischt worden war. Von da an eskalierten die Dinge. Als er die Highschool abschloss, hatte er insgesamt schon fünf Frauen umgebracht. Dann zog er in eine kleine Wohnung – die von seinen Eltern bezahlt wurde – und setzte seine Mordserie fort, wobei er immer dreister und unvorsichtiger wurde.

Als er gefasst wurde, hatte er den Mord an fünfundzwanzig Frauen gestanden. Er konnte auch beschreiben, wie er jede einzelne ermordet hatte. Bis hin zu den kleinen Details darüber, wie ihre letzten Worte lauteten. Seine Methoden waren mit der Zeit immer sadistischer geworden, und die letzten beiden Frauen hielt er über eine Woche lang in seiner Wohnung am Leben, während er sie mit seinen Messern folterte. Er hatte sie nicht sexuell missbraucht, das war nicht seine Vorliebe. Er genoss einfach ihren Schreck und ihnen beim Bluten zuzusehen.

Ja, Brian James Hale war ein kranker Mistkerl … und Gumby *hasste* es, dass Sidney mit ihm verwandt war. Er hasste es, dass sie als Zeugin seiner Grausamkeit hatte aufwachsen müssen. Aber er war mehr als erleichtert, dass sie entkommen war.

»Wie wurdest du in seinen Prozess verwickelt?«, fragte Gumby, nachdem ein oder zwei Minuten vergangen waren.

»Meine Eltern baten mich, für ihn auszusagen. Ich konnte nicht glauben, dass sie mich überhaupt gefragt hatten! Ich meine, er hat über zwei Dutzend Menschen ermordet! Und ich glaube eigentlich, dass die Zahl viel höher ist, er gibt es nur nicht zu. Ich wollte auf keinen Fall in einen Gerichtssaal gehen und versuchen, die Leute davon zu überzeugen, dass er gar nicht so ein schlechter Kerl war, dass er nur missverstanden wurde oder so. Nach dem Telefonat mit meinen Eltern rief ich den Staatsanwalt an und versicherte ihm, dass Brian genauso zurechnungsfähig war wie ich. Dass er eine gute Kindheit gehabt hatte. Dass es keine Misshandlungen oder so was gegeben hatte. Er sollte wissen, dass ich normal bin und unsere Erziehung nicht die

Schuld daran trägt. Er fragte mich, ob ich den Geschworenen und dem Richter persönlich erzählen würde, was ich ihm gesagt hatte. Und ich sagte Ja. Ich saß während des gesamten Prozesses dabei. Ich habe alle Fotos gesehen, die die Ermittler von seiner blutgetränkten Wohnung gemacht haben. Sie waren sogar zum Haus meiner Eltern gefahren und hatten Fotos von dem Schuppen gemacht, nachdem ich dem Staatsanwalt erzählt hatte, was Brian dort getan hatte. Daher weiß ich von der Sache mit dem Luminol.«

»Ich bin so stolz auf dich, Sid. Du hast ja keine Ahnung«, sagte Gumby zu ihr.

Sie schniefte.

Er hasste es, dass sie weinte, aber er versuchte nicht, sie aufzuhalten. Es schien, dass seine Sidney traurig wurde, wenn sie trank. Oder vielleicht lag es auch nur an der Unterhaltung. Wie auch immer, er würde darauf achten müssen. Er mochte diese angeheiterte Seite von ihr, aber es gefiel ihm nicht, dass sie ernsthaft leiden könnte.

»Ich fühle mich *so* schuldig, dass ich als Teenager nicht mehr getan habe.«

»Was hättest du denn anders machen können? Ich denke, du weißt genauso gut wie ich, dass dein Bruder so geboren wurde, wie er war. Nichts, was du hättest tun können, hätte ihn gerettet.«

»Nicht wegen Brian. Wegen der Tiere«, sagte Sidney leise. Dann sah sie zu ihm auf. »Ich hätte mehr tun können, um diesen armen Tieren zu helfen, die er gequält hat.«

Gumby brach es das Herz, und jetzt ergab *alles* einen Sinn. Warum sie so hartnäckig war, wenn es darum ging, Tierquäler zu konfrontieren. Warum sie sich selbst in Gefahr begab, um Hunde zu retten. Warum sie deren Wohlbefinden über ihr eigenes stellte.

Schuldgefühle waren eine mächtige Sache, und sie

trieben sie dazu, sich selbst in Gefahr zu bringen. Sie brauchte offensichtlich professionelle Hilfe, um über etwas hinwegzukommen, das in erster Linie nicht ihre Schuld war. Um die Schuldgefühle zu lindern, die sie hatte. Dies war nicht der richtige Zeitpunkt, um es anzusprechen oder zu versuchen, sie zu überzeugen. Aber da er nun wusste, was sie antrieb, konnte er sein Bestes tun, um zu helfen.

»Oh, Sidney. Er hätte immer einen Weg gefunden, an die Tiere heranzukommen, egal was du getan hättest.«

Sie schüttelte den Kopf.

Da er wusste, dass er im Moment nichts sagen konnte, was sie umstimmen würde, begnügte Gumby sich damit, die Arme um sie zu legen und sie auf die Stirn zu küssen.

Zehn Minuten später flüsterte Gumby: »Sid?«

»Hmmm?«

»Ich wollte nur wissen, ob du schon schläfst.«

Sie hob den Kopf. »Ich bin wach. Der Raum dreht sich ziemlich schnell, was das Einschlafen schwer macht. Wie war deine Mission? Habt ihr gewonnen? Wurde jemand verletzt? Ich habe nicht einmal gefragt.«

Er lächelte. »Sie war in Ordnung. Niemand wurde verletzt.«

»Gut. Ich bin froh darüber.«

»Ich auch. Ich wollte eigentlich nur ein paar Stunden schlafen und dich dann gleich morgen früh anrufen. Stell dir vor, wie überrascht ich war, als ich in mein Haus kam und du da warst. Angekuschelt an meinen Hund, wie eine lebendig gewordene Fantasie.«

Sie kicherte. »Oh ja, mit meinem Schnarchen, deinem blutenden Hund und meinem Zustand, nachdem ich zu viel getrunken hatte, weil ich mich mit dem Aufwischen all des Blutes hatte auseinandersetzen müssen.«

»Ja, Sid. Mit dir in meinen Klamotten, an meinen Hund

gekuschelt, sicher und gesund in meinem Haus. Es war das perfekte Ende einer sehr langen Mission.«

»Ist das die normale Zeitspanne, die du normalerweise weg bist?«, fragte sie.

Gumby antwortete nicht, und sie fuhr fort.

»Weil ich damit umgehen kann. Ich meine, ich kann auch damit umgehen, wenn du länger weg bist, aber zu wissen, dass du normalerweise nur ein oder zwei Wochen weg bist, ist etwas anderes, als zu denken, dass du monatelang weg bist.«

Er verstand. Er war gegangen, ohne ihr irgendeinen Zeitrahmen für seine Rückkehr nennen zu können. »Was hättest du getan, wenn ich monatelang weg gewesen *wäre*?«, fragte er, aufrichtig an ihrer Antwort interessiert.

»Ich hätte geweint. Wahrscheinlich sehr viel. Ich wäre traurig gewesen, dass wir keine gemeinsamen Fotos gemacht haben. Ich hätte mit meinem Leben weitergemacht.«

»Will heißen?« Gumby gefiel der letzte Teil nicht. Meinte sie damit, dass sie sich einen anderen Partner suchen würde? Hatte sie beschlossen, dass sie als Paar miteinander fertig waren?

»Ich hätte Max angerufen, um zu sehen, ob er mich wirklich einstellen will. Hätte angefangen, Geld zu sparen. Hätte eine Wohnung gemietet. Hätte versucht, nicht daran zu denken, wie sehr ich Hannah vermisse. Solche Dinge.«

Gumby entspannte sich. »Ich kann nicht mit Sicherheit sagen, dass es nicht Zeiten geben wird, in denen ich einen Monat oder länger weg bin, aber im Allgemeinen werden wir für kürzere Zeiträume eingesetzt. Sobald alle Informationen gesammelt sind, machen wir die Drecksarbeit.« Mehr konnte er eigentlich nicht sagen, aber er hoffte, dass es reichte.

»Gut«, hauchte sie. »Weil ich dich vermisst habe. Ich mochte es nicht, dass ich dir keine SMS schreiben konnte. Dass ich dich nicht anrufen konnte, wenn ich dir etwas sagen wollte. Das hatte ich noch nie, weißt du.«

Ihm gefiel es auf jeden Fall. »Ich auch nicht«, erwiderte er. »Es gab so viele Dinge, die mich an dich denken ließen, während ich weg war.«

»Zum Beispiel?«, fragte sie.

Er überlegte, was er ihr sicher erzählen konnte, und entschied sich für eine herzerwärmende Szene, die sie am Rande der Stadt, die sie in Afghanistan infiltrierten, erlebt hatten. »Eines Tages waren wir zur Aufklärung auf dem Dach eines Gebäudes, als mir etwas unter uns auffiel. Ein kleiner Junge führte einen Welpen aus. Er hatte ein Stück Schnur um den Hals des Welpen gebunden und versuchte, ihn dazu zu bringen, ihm zu folgen. Aber da es sich um einen Welpen handelte, wollte er bei jeder Kleinigkeit, die ihm ins Auge fiel, spielen. Es dauerte etwa fünf Minuten, bis die beiden auch nur einen Block zurückgelegt hatten. Aber jedes Mal, wenn der Welpe abgelenkt wurde, wurde der kleine Junge weder wütend noch ungeduldig. Er wartete einfach, bis der kleine Kerl wieder bereit war weiterzugehen. Er erinnerte mich an dich ... oder wie du als Kind gewesen sein könntest.«

»Ist das dein Ernst? Das hast du dir nicht nur ausgedacht, damit ich mich besser fühle?«, fragte Sidney.

»Ich schwöre, es ist wahr. Früher hätte ich das Kind und den Hund nicht einmal bemerkt. Natürlich hätte ich sie gesehen, aber ich hätte mir keine Gedanken über sie gemacht. Dass du in meinem Leben bist, hat mich dazu gebracht, die Augen für die kleinen Dinge zu öffnen. Das Kind und der Hund haben nicht einmal die Hälfte der

Dinge, die Kinder hier in den Staaten haben, aber sie schienen zufrieden zu sein.«

»Decker?«

»Genau hier, Sid.«

»Bist du sauer, dass ich deine Sachen trage?«

Er schüttelte den Kopf darüber, wie ihr Gehirn in seinem berauschten Zustand von einem Thema zum anderen wechselte.

»Nein. Ich finde es sogar ziemlich heiß.«

»Obwohl ich deine Sachen total durchwühlt habe? Ich musste einen Haufen Schubladen öffnen, um deine T-Shirts zu finden, und selbst als ich sie gefunden hatte, konnte ich nicht aufhören herumzuschnüffeln.«

»Hast du etwas Interessantes gefunden?«, fragte er, mehr amüsiert als alles andere. Er hatte nichts zu verbergen, schon gar nicht vor ihr.

»Einen Stapel schmutziger Zeitschriften aus den Neunzigern, etwas Gleitmittel, einen alten Zauberwürfel und eine Schublade voller nicht zusammenpassender Socken.«

Gumby lachte. »Scheint mir richtig zu sein.«

»Deck?«

»Ja?«

»Ich war ein bisschen verärgert, dass du mich nicht gebeten hast, auf Hannah aufzupassen, aber jetzt verstehe ich es.«

»Wirklich?«

»Mh-hm. Caite hat mir erzählt, dass Rocco sich Sorgen gemacht hat, weil sie allein in dem Apartmentgebäude war nach dem, was dort passiert ist, und dass er sich sicherer fühlt, wenn sie hier ist. Und ich kann auf mich selbst aufpassen, also verstehe ich das.«

»Glaubst du, ich habe mir keine Sorgen um dich gemacht?«, fragte er.

»Nun ... Wir sind noch nicht lange zusammen, und ich bin nicht die Art Mensch, um die man sich Sorgen macht.«

»Ich habe Jude angerufen und ihn gebeten, ein Auge auf dich zu haben. Er sagte, er würde es tun. Ich habe auch Faith angerufen und ihr gesagt, dass du versprochen hast, keine Hunde irgendwo rauszuholen, bis ich zurück bin. Sie hat ebenfalls versprochen, ein Auge auf dich zu werfen.«

Bei seinen Worten stützte sie sich auf einen Ellbogen. »Das hast du getan?«

»Das habe ich«, bestätigte er. »Du hast recht mit Rocco und Caite. Ich wollte dich fragen, aber ich wusste, dass es Rocco besser gehen würde, wenn Caite hier wäre. Und ich wusste, dass du auf jeden Fall auf dich selbst aufpassen kannst. Ich habe mir trotzdem Sorgen um dich gemacht, aber eher, weil ich nicht wollte, dass du dich mit den Tieren in eine gefährliche Situation begibst. Ich habe es gehasst, dass du Hannah nicht sehen konntest, während ich weg war, und sie dich nicht. Ich bin froh, dass Caite dich angerufen hat. Ich habe ihr eine Million Mal gesagt, dass sie sich mit dir in Verbindung setzen soll, wenn Hannah etwas zustößt. Dass du wissen würdest, wie man helfen kann.«

»Oh.«

»Und ... du solltest es wissen. Da ich jetzt weiß, dass du dich gut mit Caite verstehst, werde ich euch *beide* bitten, hier bei Hannah zu bleiben, falls Rocco bis zu unserer nächsten Mission keine neue Bleibe für sich und Caite gefunden hat.« Er hoffte, dass er sie überreden konnte, noch vor der nächsten Mission bei ihm einzuziehen, sodass nur Caite zu Gast sein würde, aber diesen Teil ließ er aus.

»Ich mag Caite«, sagte Sidney, als sie sich wieder auf seinen Oberkörper sinken ließ.

Er schüttelte nur den Kopf darüber, wie sie alles andere, was er gesagt hatte, ignorierte. Es verhieß Gutes, dass sie nicht ausgeflippt war, weil er hinter ihrem Rücken mit Jude und Faith gesprochen hatte. Hoffentlich hatte sie herausgefunden, dass er es aus Sorge um sie getan hatte und nicht, weil er versuchte, sie zu kontrollieren.

»Und es scheint, als würde sie dich auch mögen«, versicherte Gumby ihr.

Es vergingen noch einige Minuten, bevor Sidney sagte: »Ich bin müde.«

»Ich auch.«

»Wir sollten schlafen.«

Gumby lachte leise. »Okay.«

Und einfach so war Sidney weg. Ihre Atemzüge an seiner nackten Brust fühlten sich gut an. Richtig.

Gumby schloss seine eigenen Augen und drückte Sidney fester an sich. So eine Heimkehr wie heute hatte er noch nie erlebt. In der Vergangenheit war er immer zu einem leeren Haus zurückgekehrt, den Kopf voller Gedanken an die Menschen, die er getötet hatte, um seine Pflicht gegenüber seinem Land zu erfüllen.

Aber heute Abend war er nicht nur zu seinem Hund nach Hause gekommen, sondern auch zu seiner Frau. Einer schläfrigen, beschwipsten, gesprächigen, anschmiegsamen Sidney, die ihm unmissverständlich zu verstehen gab, dass sie ihn vermisst hatte. Die ihn in ihre Vergangenheit einweihte. Die freimütig zugab, in seinen Sachen herumgeschnüffelt zu haben, und die sich dafür auch nicht gerade entschuldigte.

Ja, das Leben war gut – und er war der größte Glückspilz aller Zeiten.

KAPITEL VIERZEHN

Sidney wachte auf und stellte fest, dass sie die glücklichste Frau aller Zeiten war. Sie verschaffte sich einen Überblick über ihre Umgebung und ihren Körper. Sie erinnerte sich an alles, was am Vortag geschehen war. Der Anruf von Caite, die Fahrt zu Deckers Haus, der Schock über den Zustand des Hauses, das Putzen, das Trinken, Rocco und Decker, die unerwartet nach Hause kamen, das Kuscheln mit ihm in seinem Bett ... und ihre Gespräche.

Ohne den Alkohol hätte sie ihm wahrscheinlich nicht erzählt, was sie über ihren Bruder wusste, aber im Nachhinein war sie froh, dass sie es ihm gesagt hatte. Es fühlte sich an, als wäre ihr eine Last von den Schultern genommen worden. Es war nie lustig, über Brian zu reden, aber Decker war die perfekte Mischung aus Mitgefühl und Empörung für sie gewesen.

Sie war nicht im Geringsten verkatert. Das war sie nie. Gott sei Dank.

Und jetzt lag sie neben einem fast nackten Decker in nichts als einem seiner übergroßen T-Shirts. Die Decke hatten sie mitten in der Nacht nach unten getreten, und da er noch schlief, hatte sie freie Hand, seinen Körper zu untersuchen, ohne sich Sorgen machen zu müssen, erwischt zu werden.

Sie hatte ihn gesehen, als sie schwimmen gegangen waren, aber das war etwas anderes. Jetzt konnte sie ihn ausgiebig betrachten, ohne es heimlich tun zu müssen.

Decker sah nicht so aus, als hätte er auch nur ein Gramm zusätzliches Fett am Körper. Seine Bauchmuskeln waren erstaunlich. Sidney glaubte nicht, dass sie jemals im wirklichen Leben einen Waschbrettbauch bei einem Mann gesehen hatte, außer bei ihm. Sie bewegte ihre Hand nach unten und legte sie sanft auf seinen Bauch. Er rührte sich, wachte aber nicht auf.

Lächelnd ließ Sidney den Blick von seinem akkurat gestutzten Bart über die Tätowierungen auf seinen muskulösen Armen bis hin zu der Beule zwischen seinen Beinen wandern. Er trug nur einen Boxerslip, der an allen richtigen Stellen dicht an ihm anlag.

Seine Oberschenkel waren ebenfalls muskulös, und sie konnte in ihren Gedanken sehen, wie sie sich anspannten, als sie sich vorstellte, wie er zwischen ihren Beinen auf den Knien war und in sie stieß. Errötend versuchte Sidney, ihre Libido unter Kontrolle zu bringen. Sie war nicht wie Nora. Sie begehrte nicht jeden gut aussehenden Mann, den sie sah. Aber Decker hatte etwas an sich, das sie außerordentlich erregte.

Es war nicht nur, dass er ein Prachtexemplar von einem Mann war, er war zweifellos umwerfend. Es war vielmehr so, dass sie wusste, was für ein Mann er im Inneren war. Mutig. Rücksichtsvoll. Beschützend. Das alles zusammen machte ihn absolut unwiderstehlich.

Als sie ihre Beine aneinanderrieb, bemerkte Sidney, dass

sie feucht war. In jeder anderen Situation wäre ihr das vielleicht peinlich gewesen, aber nicht bei Decker.

»Gefällt dir, was du siehst?«

Sidney zuckte zusammen und ihr Blick schnellte zu Deckers Gesicht hinauf. Seine Augen waren offen und er lächelte sie an.

»Oh. Hi.« Sie versuchte, es herunterzuspielen. Ohne Erfolg.

Mit einer Hand bedeckte er die ihre auf seinem Bauch und hielt sie fest. »Denn ich muss sagen, dass ich *liebe*, was ich gerade sehe.« Er ließ den Blick von ihrem Gesicht zu ihrer Brust und hinunter zu ihren nackten Beinen wandern. »Dieses T-Shirt hat an mir nie so gut ausgesehen.«

Sidney stützte sich auf einen Ellbogen und leckte sich nervös über die Lippen. »Du bist wirklich nicht sauer, dass ich deine Schubladen geplündert habe?«

»Wann immer du etwas von mir plündern willst, nur zu.«

Die sexuelle Anspielung in seiner Antwort war nicht zu überhören. Sidney wusste, dass sie rot wurde, aber sie wich nicht zurück. Sie starrte einfach auf ihn hinunter.

»Wie fühlst du dich?«, fragte er.

»Gut.«

»Keine Kopfschmerzen?«

»Nein.«

»Ist dir nicht übel?«

»Nein, es geht mir gut. Aus irgendeinem Grund bekomme ich nie einen Kater.«

»Gut.« Dann, plötzlich, stürzte Decker sich auf sie.

Sidney fand sich auf dem Rücken wieder, mit Decker über ihr, bevor sie auch nur blinzeln konnte. Sie umklammerte seinen Bizeps und spreizte die Beine, als er sich über ihr niederließ. Ihr Hemd war leicht hochgerutscht und sein Schwanz ruhte zwischen ihren Schenkeln.

Sie schluckte schwer und starrte zu ihm auf.

»Erinnerst du dich an letzte Nacht?«, fragte er.

Sidney nickte.

»An alles?«

»Ja.«

»Wirst du ausflippen? Einen Rückzieher machen?«

Sie schüttelte den Kopf.

»Gut. Denn soweit es mich betrifft, haben wir gestern Abend eine Grenze überschritten. Du hast dich mir gegenüber geöffnet und mir Sachen erzählt, die du sonst kaum jemandem erzählt hast. Habe ich recht?«

»Ja.«

»Ich kann nichts tun, ohne an dich zu denken. Wenn ich jemanden mit seinem Hund spazieren gehen sehe, frage ich mich, was du machst. Ich höre, wie Rocco über Caite spricht, und es erinnert mich daran, dass ich dir schon lange keine SMS mehr geschrieben habe. Ich schaue mich in diesem Schlafzimmer um und sehe, wie lange es noch dauert, bis es fertig ist, und ich denke daran, dass du es wahrscheinlich sofort fertigstellen würdest. Du hast dich irgendwie so tief in mein Unterbewusstsein gegraben, dass keine Minute vergeht, in der ich nicht daran denke, mit dir zu reden, oder mir wünsche, du wärst bei mir.«

»Decker ...«, protestierte Sidney.

»Letzte Nacht war ich enttäuscht, dass ich noch fünf oder sechs Stunden warten müsste, um dich zu sehen, aber als ich vor meinem Haus vorfuhr und deinen Wagen sah, atmete alles in mir auf. Ich habe so gut geschlafen wie schon lange nicht mehr, weil du an meiner Seite warst. Es ist mir egal, dass unsere Beziehung schnell war. Es ist mir egal, was die anderen sagen oder denken. Ich brauche dich, Sid.«

Mit jedem Wort, das er sagte, schmolz Sidneys Herz weiter. Er könnte diese Dinge nur sagen, um sie dazu zu bringen, mit ihm zu schlafen, aber das glaubte sie nicht. Und sie fühlte genau dasselbe. Typen aus dem Militär waren ihr bisher noch nie aufgefallen. Sie wusste, dass sie da waren, aber sie bemerkte sie nicht. Jetzt dachte sie jedes Mal, wenn sie einen Marineaufkleber an Fahrzeugen sah, an Decker. Wenn sie in einem Geschäft einen Mann in seiner Marineuniform sah, dachte sie an Decker. Verdammt, wenn sie einen süßen Kerl mit Bart sah, dachte sie an Decker.

Er war immer in ihren Gedanken, so wie er behauptete, dass sie in den seinen war.

Und sie konnte nicht leugnen, dass sie sich in seinen Armen sicherer fühlte. Aber als sie letzte Nacht aufgewacht war und ihn neben sich hatte knien sehen, hatte sich alles in ihr entspannt. Er war zu Hause. Sicher und unversehrt. Es fühlte sich an, als könnte sie zum ersten Mal seit acht Tagen wieder richtig durchatmen.

»Ich brauche dich auch«, sagte sie zu ihm, wobei sie seinem Blick begegnete.

»Gott sei Dank«, murmelte er, bevor er den Kopf senkte.

Sidney machte sich keine Gedanken über morgendlichen Mundgeruch oder irgendetwas anderes. Sie konnte nur daran denken, Decker in sich zu bekommen.

Er neigte den Kopf und küsste sie auf den Mund, als könnte er es keinen Moment mehr ohne sie aushalten. Innerhalb von Sekunden verwandelte es sich von einem faulen Morgen in ein feuriges Inferno. Sidney hob ein Bein und legte es um seine Hüfte, während er ihren Mund verschlang. Sein Schwanz versteifte sich an ihrem Schritt und sie spürte, wie sie noch feuchter wurde.

Er ließ die Hände zu ihrer Taille wandern und Sidney

wölbte den Rücken, um ihm zu helfen, ihr das Hemd auszuziehen, das sie trug. Er zog sich gerade lange genug von ihrem Mund zurück, um ihr den Stoff über den Kopf zu ziehen, dann war er wieder da. Er knabberte an ihren Lippen und stieß seine Zunge hinein.

Sidney konnte sich nur stöhnend an ihn klammern, denn jede seiner Bewegungen steigerte ihre Libido. Als seine Hände sich ihren Brüsten näherten und er mit den Fingern leicht ihre Brustwarzen drückte, packte sie seine Pobacken und drückte zu ... fest.

Er hob den Kopf und starrte auf sie herab. Sie atmeten beide schwer und Sidney bemerkte, dass seine Pupillen geweitet und seine Wangen gerötet waren.

»Ich bin nicht sicher, ob ich es langsam angehen kann«, warnte er.

»Dann ist es ja gut, dass ich es nicht langsam will«, erwiderte sie, leckte sich über die Lippen und schmeckte ihn an ihnen.

Und damit bewegte Decker sich über ihr und kroch ihren Körper hinunter.

Sidney versuchte, ihn wieder nach oben zu ziehen, aber er war unerbittlich. Das Gefühl seiner Lippen, seiner Zunge und seiner Zähne auf ihren empfindlichen Knospen ließ sie den Rücken krümmen, während ihr ein ungeduldiges Knurren entwich. Das Kratzen seines Bartes auf ihrer Haut machte den Moment umso erotischer.

Sie spürte, wie er sie anlächelte, dann ließ er sich zwischen ihren Beinen nieder.

Einen Moment lang war Sidney verlegen. Es war sehr lange her, dass jemand sie oral befriedigt hatte, und sie konnte sich nicht erinnern, wann sie sich das letzte Mal dort unten gestutzt hatte. Aber dann war sein Mund auf ihr und sie ignorierte alles außer dem Gefühl seiner Zunge, die über sie leckte.

»Gott, Decker!«

»Du schmeckst fantastisch«, murmelte er. »Ich will mehr.«

Dann griff er sie an.

Es gab kein anderes Wort dafür. Er packte ihre Schenkel, drückte sie so weit auseinander, wie er sie bekommen konnte, und vergrub sein Gesicht zwischen ihren Beinen. Abwechselnd leckte er zwischen ihren Schamlippen und saugte sie in seinen Mund. Sidney hatte so etwas noch nie erlebt und wusste, dass sie nach diesem Morgen nie wieder dieselbe sein würde.

Er hob eines ihrer Beine über seine Schulter und drückte das andere auf die Matratze. Sie war gespreizt und konnte förmlich spüren, wie ihre Erregung aus ihrem Körper floss.

»So verdammt schön«, murmelte er, als er zu ihr aufsah.

Sidney konnte sich auf seinem Bart glänzen sehen. Es war sinnlich und obszön zugleich, aber sie konnte den Blick nicht von ihm abwenden. Er leckte sich über die Lippen und lächelte sie an. »Halt dich fest, Sid.«

Sie öffnete den Mund, um etwas zu erwidern, kam jedoch nicht dazu, als er den Mund senkte und an ihrer Klitoris saugte.

Sidney kreischte vor Ekstase und konnte nicht mehr denken. Seine Zunge peitschte gegen ihre empfindliche Knospe, während er einen Finger in ihren feuchten Körper gleiten ließ. Die Haare seines Bartes streiften ihre Schamlippen und Schenkel und ließen sie ihn auf eine gänzlich neue Weise wahrnehmen. Sidney konnte ihre Hüften nicht kontrollieren und stieß sie nach oben, während er sie mit dem Finger fickte.

Sie hatte keine Ahnung, wie er es schaffte, seinen Mund auf ihrer Klitoris zu halten, während sie sich so sehr wand und krümmte, aber irgendwie brachte er es fertig. Seine Zunge war wie ein Motor an ihrer Klitoris, schnellte, rieb und hörte nicht auf, wie der verdammte Duracell-Hase.

»Decker!«, rief sie, als sie spürte, dass sie immer näher dran war, den Verstand zu verlieren.

Als wüsste er es, erhöhte er die Geschwindigkeit seines Fingers in ihr und fügte einen weiteren hinzu. Sidneys Schenkel zitterten und ihre Bauchmuskeln spannten sich in Vorbereitung auf einen Orgasmus an.

Dann drehte er seine Hand, was den Winkel seiner Finger in ihr änderte, und sein Mittelfinger strich über etwas, das Sidney erstarren ließ.

»Oh Gott«, hauchte sie, als er es erneut tat. War das ihr G-Punkt? Sie hatte keine Ahnung, aber nichts in ihrem Leben hatte sich je so gut angefühlt wie das, was er in diesem Moment mit ihr machte. Er umschloss ihre Klitoris und saugte, während er gleichzeitig diese besondere Stelle in ihr liebkoste, und Sidney explodierte in eine Million Stücke.

Sie hatte keine Ahnung, was sie in diesem Moment sagte oder tat, sie wusste nur, dass der Orgasmus, den er ihr entlockt hatte, in seiner Intensität fast schmerzhaft war. Sie atmete schwer, als wäre sie einen Marathon gelaufen, und hatte Mühe, ihre Muskeln dazu zu bringen, den Botschaften zu gehorchen, die ihr Gehirn ihnen sandte.

Bevor sie sichs versah, schwebte Decker über ihr, ein Kondom bereits übergezogen und ihre Hüften in den Händen, als er sich darauf vorbereitete, sie zu nehmen.

Der Ausdruck auf seinem Gesicht war so intensiv, wie sie ihn noch nie gesehen hatte. Im Allgemeinen war Decker ein ziemlich lockerer Mann. Er lächelte schnell und hatte immer einen Witz auf Lager. Aber in diesem Moment stellte sie sich vor, dass er so bei der Arbeit aussah. Intensiv und mit nur einem Ziel vor Augen. Jeder Muskel in seinem Körper war angespannt, und zwischen ihren Schenkeln spürte sie, wie die Spitze seines Schwanzes ihre nassen Schamlippen berührte.

»Sid?«, presste er zwischen zusammengebissenen Zähnen hervor. »Sag Ja.«

Sidney sah zu ihm auf und erkannte, dass er es ernst meinte. Wenn sie ihn wegstieß oder sich nicht sicher war, würde er sich absolut zurückziehen und sie nicht vögeln.

Und das war inakzeptabel. Nach diesem Monsterorgasmus schien sie ihn noch mehr zu brauchen.

»Ja«, hauchte sie.

Im selben Moment, in dem sie ihre Hüften hob, stieß er in sie hinein.

Sie atmeten beide scharf ein und Sidney konnte den Blick nicht von ihm abwenden. Ohne den Blickkontakt zu unterbrechen, zog Decker sich aus ihrem Körper zurück und stieß dann wieder hinein. Hart.

Er nahm sie auf diese Weise, stieß schnell in sie hinein. Und Sidney genoss jede Sekunde. Sie war die Erste, die den Blick abwandte, um an seinem Körper hinunterzuschauen und zu staunen, dass dieser fantastische, wunderschöne Mann mit ihr schlief.

Mit *ihr*.

Plötzlich hatte Sidney das Bedürfnis, ihn zu berühren, weshalb sie die Hände auf seine Brust legte und seine Haut streichelte. Als er scharf einatmete, als ihre Finger seine Brustwarzen berührten, tat sie es noch einmal. Dann zwickte sie sie leicht, während er weiter in sie stieß.

»Heilige Scheiße«, hauchte er, während er sie nahm.

Sidney lächelte. Sie hatte noch nie eine sexuelle Begegnung wie diese gehabt. Decker war fast verzweifelt, und sie liebte es. Sie spannte ihre inneren Muskeln an, als er sich das nächste Mal herauszog, und genoss es, wie er stöhnte.

»So eng«, murmelte er. »So feucht.«

Das war definitiv wahr. Die Geräusche, die sein Schwanz machte, während er in sie hineinhämmerte und wieder hinausglitt, waren etwas peinlich, aber sie konnte sich einfach nicht darum scheren.

Als er eine Hand zwischen ihre Körper schob und erneut ihre Klitoris zu reiben begann, zuckte sie in seinem Griff zusammen.

»Oh ja ... das gefällt dir«, sagte Decker mit einem Lächeln in den Augen.

»Natürlich«, flüsterte sie.

»Ich bin kurz davor«, informierte er sie. »Aber ich fände es schön, wenn du an meinem Schwanz kommst.«

Das wollte sie auch. Sie war noch nie die Art von Frau gewesen, die mehrere Orgasmen hatte, aber Decker schien genau zu wissen, was sie brauchte, um sie zum Höhepunkt zu bringen. Mit dem Daumen sammelte er etwas von der Nässe zwischen ihnen und rieb aggressiv ihre Klitoris.

Sidney warf den Kopf zurück und schnappte angesichts der Lust, die ihren Körper durchströmte, nach Luft. Er war nicht sanft. Er versuchte nicht, ihr geduldig eine Reaktion zu entlocken. Er forderte es. Erzwang es. So etwas hatte sie noch nie gefühlt, und sie konnte ihren Körper nicht davon abhalten, genau das zu tun, was Decker von ihr wollte.

Ihre Beine begannen erneut zu zittern und sie versuchte, sich seiner Berührung zu entziehen. »Zu viel«, brachte sie heraus, aber Decker ignorierte sie.

Er drückte fester gegen ihre Klitoris und seine Hüften klatschten laut gegen ihre Haut, während er sie fickte. »Komm, Sid. Um Himmels willen, komm!«

Und das tat sie.

Ihre inneren Muskeln flatterten und umklammerten seinen Schwanz, als er mit voller Kraft in sie eindrang, während sie sich verkrampfte. Stöhnend stieß er sich so weit in sie hinein, wie er konnte, und warf den Kopf zurück.

Selbst inmitten ihres eigenen Orgasmus genoss Sidney die Schönheit des Mannes über ihr, als er explodierte. Die Muskelstränge in seinem Nacken traten hervor und er wurde so still wie eine Statue über ihr, als er kam.

Er verharrte einen kurzen Moment so, bevor er ein langes, lautes Stöhnen ausstieß. Dann brach er zusammen, wobei er darauf achtete, sie nicht zu erdrücken, indem er auf der Seite landete, und zog sie näher an sich heran. Er drehte sich, bis sie auf ihm lag, immer noch verbunden. Sie atmeten beide schnell und waren schweißgebadet.

Der Sex mit Decker war schmutzig und intensiv gewesen. Er hatte genau das getan, was er gesagt hatte, und sie hart und schnell genommen. Und es war wunderbar gewesen.

Jeder Muskel in ihrem Körper schmerzte, aber auf eine gute Art.

Guter Gott, wenn er jedes Mal so mit ihr schlief, würde sie das nicht überleben.

Einen langen Moment sagte keiner von beiden etwas, sie genossen nur die Nähe, die ihr Liebesspiel erzeugt hatte.

»Habe ich dir wehgetan?«, flüsterte Decker schließlich.

»Mich Stück für Stück auseinandergenommen und dann explodieren lassen, ja. Mir wehgetan? Nein.«

Sie spürte sein Lachen mehr, als dass sie es hörte, da ihre Wange auf seiner Brust lag.

»Das war die schönste Erfahrung meines Lebens«, sagte er leise. »Danke.«

»Ich glaube, das ist mein Satz«, witzelte Sidney.

Sie spürte, wie er sie umarmte, dann glitt sein Schwanz aus ihrem Körper. Sie stöhnten beide auf. Sidney hob den Kopf. »Danke, dass du ein Kondom übergezogen hast. Ich war zu benebelt, um überhaupt daran zu denken.«

Decker schüttelte den Kopf. »Ich würde dich nie einem Risiko aussetzen. Ich weiß, wir hätten das Gespräch über Verhütung führen sollen, bevor es so weit gekommen ist, aber ehrlich gesagt war ich verloren, sobald ich dich gekostet hatte. Ich bin gesund, Sid. Es ist schon lange her, dass ich mit jemandem zusammen war, und ich lasse mich für meinen Job regelmäßig testen.«

Sie schätzte es, dass er es ihr sagte, aber ein Teil von ihr, tief in ihrem Inneren, ahnte es bereits. »Das bin ich auch. Gesund, meine ich. Ich bin nicht getestet worden, aber es ist mindestens ein Jahr her, dass ich mit einem Mann zusammen war. Ich kann aber in die kostenlose Klinik gehen und es machen lassen, um sicherzugehen.«

Decker schüttelte den Kopf. »Nicht nötig. Verhütung?«

Diesmal schüttelte sie den Kopf. »Ich habe eine Zeit lang die Pille ausprobiert, aber davon ist mir richtig schlecht geworden.«

Er nickte. »Dann also Kondome. Wenn du eine andere Form der Verhütung ausprobieren willst, können wir das tun, aber ich bin nicht bereit, dich etwas tun zu lassen, das dir schadet.«

Sidneys Herz schmolz wieder einmal dahin. »Kondome sind nicht idiotensicher«, fühlte sie sich verpflichtet zu sagen.

Decker zuckte mit den Schultern. »Wir werden vorsichtig sein.«

Sie hob den Kopf, stützte ihr Kinn auf seine Brust und sah ihn an. »Das war's?«

Er lächelte sie an. »Ja. Ich habe mir immer Kinder

gewünscht. Ich hatte zwar nicht vor, in nächster Zeit welche zu bekommen, aber ich kannte dich ja auch noch nicht.«

Sidney war nicht gerade begeistert davon, Kinder zu bekommen. Punkt. Sie hatte eine hautnahe und persönliche Erfahrung mit Anlage und Umwelt gemacht. Sie und Brian waren nicht anders erzogen worden, aber er hatte sich als Serienmörder entpuppt. Mit etwas Glück und ihrer DNA würde sie ein Kind bekommen, das sich genauso entwickelte wie ihr Bruder.

»Hör auf, dir Sorgen zu machen«, schimpfte Decker. »Ich hatte gerade den denkwürdigsten Orgasmus meines ganzen Lebens, konnte mein Mädchen vernaschen und bin erschöpft.«

Sidney schüttelte den Kopf und rollte mit den Augen. »Du bist so ein Kerl.«

»Jup«, stimmte er zu. Dann setzte er sich entgegen seiner Behauptung, erschöpft zu sein, mit Sidney in den Armen auf.

Sie kreischte und setzte sich rittlings auf ihn. Die Nässe zwischen ihren Schenkeln war fast peinlich, aber sie klammerte sich an ihn und ließ ihn nicht los, auch nicht, als er aufstand und ins Bad ging.

»Solange das Bad nicht renoviert ist, wird das gemeinsame Duschen nicht allzu aufregend sein, aber wir müssen nach Hannah sehen, sie rauslassen, Frühstück machen und unseren Tag beginnen.«

Sidney gefiel es, wie mühelos er sie herumtrug, und sie fragte: »Was hast du vor?«

»Zeit mit dir verbringen«, antwortete er sofort. »Wenn wir von einer Mission zurückkommen, haben wir normalerweise ein oder zwei Tage Auszeit.« Er platzierte ihren Hintern auf der Ablage neben dem Waschbecken. Er legte seine Hände rechts und links von ihren Hüften und hielt sie so fest, als er fragte: »Ist das okay?«

Sidney nickte sofort. Sie strich mit den Händen an seinen Seiten entlang und sah ihn an, wobei sie zum ersten Mal ein vollständiges Bild des nackten Deckers bekam. Sein Schwanz war halbhart und noch immer von dem benutzten Kondom umhüllt. Während sie ihn anstarrte, spannte sich sein Schwanz an und begann zu wachsen.

»Ernsthaft?«, fragte sie.

Achselzuckend lächelte Decker, griff nach unten und zog das Kondom ab. Er öffnete den Schrank unter dem Waschbecken und warf es in den Müll, bevor er sich wieder in seine vorherige Position begab. »Ich glaube, in deiner Nähe bin ich so gut wie immer hart.«

»Wie ist das passiert?«, fragte sie, mehr sich selbst als Decker. Aber er antwortete ihr dennoch.

»Schicksal«, erwiderte er ohne einen Hauch von Unsicherheit.

Dagegen konnte sie nicht wirklich etwas einwenden.

»Bereit zum Duschen?«, fragte Decker.

»Mit dir? Auf jeden Fall.«

Er half ihr vom Waschtisch herunter und zeigte auf eine Schublade. »Da ist eine neue Zahnbürste drin. Ich habe sie beim letzten Zahnarztbesuch bekommen und meine alte bisher nicht ausgetauscht.« Dann wandte er sich der Dusch-Wannen-Kombination zu und beugte sich vor, um das Wasser aufzudrehen.

Sidney konnte den Blick nicht von seinem Hintern abwenden. Er war weißer als der Rest seines Körpers und der Anblick brachte sie zum Grinsen.

»Hör auf, mich anzustarren, Frau«, beschwerte Decker sich, ohne sich umzudrehen.

Immer noch lächelnd öffnete Sidney die Schublade,

holte die Zahnbürste heraus und machte sich daran, ihre Zähne zu putzen. Decker stellte sich neben sie und tat dasselbe. Sie teilten sich das Einzelwaschbecken und als sie fertig waren, nahm er ihr Gesicht in die Hände und beugte sich vor.

Der Kuss, den sie sich gaben, war langsam und sanft. Aber er fühlte sich gänzlich anders an, denn sie waren beide nackt wie an dem Tag ihrer Geburt.

Stöhnend zog Decker sich zurück. »Hannah überkreuzt wahrscheinlich die Beine, um es zu halten. Wir haben jetzt keine Zeit, es noch einmal zu treiben.«

»Aber später?«, fragte Sidney.

»Auf jeden Fall später«, stimmte Decker zu. Dann nahm er ihre Hand und führte sie unter die Dusche.

Als sie danach das Frühstück aßen, das Decker für sie gemacht hatte, gestand Sidney sich ein, dass sie so glücklich war wie schon lange nicht mehr. Nicht nur das, sie war auch zufrieden.

Und bei diesem Gedanken schauderte sie. Wenn die Dinge in ihrem Leben gut liefen, war es normalerweise nur eine Frage der Zeit, bis die Kacke am Dampfen war. Sie hoffte inständig, dass es dieses Mal anders sein würde.

***

»Also, wo ist diese Schlampe, von der du so sicher warst, dass sie auftauchen würde?«, fragte Miguel, als er sich gegen den Zaun hinter Victors Haus lehnte.

»Ja, es sind schon zwei Wochen vergangen und sie hat sich immer noch nicht blicken lassen«, fügte Kyle hinzu.

Victor spuckte auf den Boden und funkelte die beiden Männer an. »Sie wird vorbeikommen, sie wird nicht widerstehen können.«

»Weißt du, du sagst das, aber selbst mit den Anzeigen, die du ins Netz gestellt hast, ist sie immer noch nicht hier«, sagte Miguel skeptisch.

Victor befürchtete insgeheim, dass er sich in der dummen Schlampe getäuscht hatte.

Er hatte sich bei seinen Freunden über sie ausgelassen, und die hatten es weitererzählt, und nun erwarteten alle in ihrem Umfeld ein großes Fest mit dem Miststück, wenn sie endlich auftauchte.

Die neue Anzeige, die er vor einem Tag ins Netz gestellt hatte, hätte sie direkt in seine Falle locken sollen ... aber bisher hatte sie den Köder nicht geschluckt.

»Sie wird kommen«, beharrte er.

»Das sollte sie auch«, sagte Kyle. »Dallas hat deine Idee so gut gefallen, dass er sie weiterverbreitet hat. Es gibt eine ganze Reihe von Leuten, die auf den großen Kampf warten. Mit dem Scheiß lässt sich viel Geld verdienen, und wenn sie nicht bald auftaucht, werden Köpfe rollen.«

»Halt deine verdammte Klappe«, murmelte Victor und stieß sich vom Zaun ab. Er ging auf die beiden Welpen zu, die er kürzlich erworben hatte, und trat nach ihnen. Keiner von beiden würde ein guter Kämpfer sein, dazu fehlte ihnen das Temperament, aber sie würden sich als Köderhunde eignen, wenn sie etwas größer waren.

Die beiden braun-weißen Welpen kläfften und liefen mit eingezogenen Schwänzen davon. Victor fühlte sich besser, ruhiger, nachdem er die Hunde verängstigt laufen sah.

Er konnte nicht glauben, wie naiv manche Menschen waren. Sie hatten kein Problem damit, Hunde an jeden zu verschenken, der online um sie bat. Sie machten sich nicht die Mühe, irgendjemanden zu überprüfen, sie waren einfach nur froh, dass sie sich keine Sorgen mehr um die

Tiere machen mussten. Sie glaubten lieber, dass sie in ein nettes, glückliches Zuhause gingen, als sich ein wenig Mühe zu geben, um sicherzugehen. Idioten.

»Sie wird schon auftauchen«, sagte er, mehr zu sich selbst als zu seinen Freunden. »Und wenn sie auftaucht, müsst ihr beide bereit sein, den Kampf zu verkünden.«

»Er findet doch bei Dallas statt, oder?«

»Natürlich«, sagte Victor mit einem Augenrollen. »Er hat die Einrichtung. Wir müssen nur unsere Kämpfer und die Schlampe dorthin bringen, dann verdienen wir Geld im Überfluss. Wir werden versorgt sein – und in dieser beschissenen Stadt endlich respektiert werden.«

Kyle und Miguel klatschten sich gegenseitig ab, während Victor die verängstigten Welpen in die Enge trieb. Er packte sie im Genick und warf sie zurück in die Plastikkiste, in der sie seit ihrer Ankunft hier lebten. Er hatte seine Lektion gelernt und ließ die Hunde nicht mehr draußen. Neugierige Nachbarn und der Vorfall mit dem Miststück, die seinen letzten Hund gestohlen hatte, hatten ihn gelehrt, dass es besser war, sie alle unten in seinem Keller zu halten und nur für kurze Zeit nach draußen zu lassen.

Als die drei Männer zurück ins Haus gingen, konnte Victor nicht aufhören, darüber zu fantasieren, wie großartig ihr nächster Kampf sein würde. Die Leute wollten aus allen Ecken der Stadt kommen, und Dallas hatte sogar behauptet, dass er einen Kontakt aus Mexiko hatte, der für dieses einmalige Ereignis über die Grenze kommen wollte.

Jetzt musste nur noch seine Hauptkämpferin auftauchen.

KAPITEL FÜNFZEHN

Fünf Tage später trank Gumby eine Tasse Kaffee und musterte Sidney über den Rand hinweg. Sie war heute nervös, und er war sich nicht sicher warum.

Die Dinge zwischen ihnen liefen gut. Wirklich gut. Es war einfach, mit ihr zu leben. Sie verbrachten die meiste Zeit bei ihm zu Hause. Allerdings hatte er auch eine Nacht in ihrem Wohnwagen verbracht, als Jude eines Abends wegen einer dringenden Reparatur angerufen hatte, und nachdem sie fertig gewesen war, waren sie beide zu müde gewesen, um zu ihm zurückzufahren.

Es schien ihr unangenehm zu sein, ihn in ihrem Wohnwagen zu haben, und als er sie darauf ansprach, gab sie zu, dass sie Angst hatte, er würde sie wegen ihres Wohnorts verurteilen. Er hatte ihr gesagt, dass sie völlig falschliege, dass es ihm scheißegal sei, wo sie wohnte, solange sie in Sicherheit war – und dann hatte er mit ihr geschlafen, bis sie alles vergaß außer das Gefühl von ihm in ihr.

Gumby hatte noch nie für jemanden so viel empfunden wie für Sidney. Sie war perfekt für ihn, und er konnte es kaum erwarten, sie jeden Abend nach der Arbeit zu sehen.

Heute Morgen jedoch schien etwas sie zu stören. Aber er wusste nicht was. Und das frustrierte ihn zutiefst.

»Alles in Ordnung?«, fragte er zum dritten Mal, als sie sich schließlich mit ihrem getoasteten Bagel neben ihn setzte.

Sidney zuckte mit den Schultern.

»Rede mit mir«, flehte er. »Irgendetwas stimmt nicht, und selbst wenn ich nichts tun kann, kann ich dir wenigstens ein offenes Ohr leihen. Hast du mit Jude gesprochen? Hat er seine Meinung darüber geändert, dass du den Job bei Max annimmst?«

»Nein. Er ist damit einverstanden«, sagte Sidney. »Der Neue kommt ab nächster Woche mit mir mit, um die Bewohner kennenzulernen und zu sehen, was ich mache.«

»Das ist doch gut, oder?«

»Ich denke schon.«

»Hast du noch mal mit Max gesprochen?«, fragte Gumby.

»Ja.«

»Und?«

Sidney seufzte. »Da ist alles in Ordnung. In etwa zwei Wochen gehe ich in sein Büro, fülle Papiere aus und so weiter und komme auf den Dienstplan.«

Gumby runzelte die Stirn. »Du hörst dich nicht gerade begeistert an.«

»Das bin ich aber«, beharrte sie. »Es ist eine fantastische Gelegenheit, und ich bin dir mehr als dankbar, dass du uns einander vorgestellt hast.«

Er zermarterte sich das Hirn, um herauszufinden, was sie sonst noch stören könnte. »Du hast nichts von Brian oder deinen Eltern gehört, oder?«

»Was? Nein!«, rief sie aus. »Obwohl sie mich bestimmt in schlechte Laune versetzen würden«, murmelte sie.

Wenigstens gab sie zu, dass etwas nicht in Ordnung war. »Wie geht es Nora und Faith?« Wenn es nicht ihr Job war, der sie störte, dann war vielleicht etwas mit einer ihrer Freundinnen los.

»Es geht ihnen gut. Hör mal, ich habe einfach schlechte Laune. Ich bin manchmal so. Das ist eine Frauensache.«

Decker war sich da nicht so sicher. »Habe *ich* etwas getan?«, fragte er geradeheraus. »Wenn ja, dann musst du es mir sagen. Tu nicht so, als wäre alles in Ordnung, wenn es das nicht ist, Sid. Das ist der schnellste Weg, unsere Beziehung zu ruinieren.«

Sie erstarrte mit einem Stück Bagel auf halbem Weg zu ihrem Mund. »Meinst du das jetzt ernst?«

Er zuckte mit den Schultern und hob eine Augenbraue.

»Es liegt nicht an dir. Wenn du es unbedingt wissen musst, ich bin einfach nur ungeduldig, zurück zu Victors Haus zu kommen und die Dinge zu überprüfen.«

Gumby starrte sie gereizt an. »Ich glaube, *du* bist diejenige, die es im Moment nicht ernst meinen kann.« Er wusste, dass er sich wie ein Idiot benahm, aber er hatte sein Bestes getan, mit ihr über dieses Thema zu reden. Ihr die Gefahr einer Konfrontation mit mutmaßlichen Tierquälern klarzumachen. Und nach allem, worüber sie gesprochen hatten, wollte sie immer noch zu Victors Haus gehen? Das war verrückt.

»Fordere mich nicht heraus, Decker. Ich bin wirklich nicht in der Stimmung.«

»Das kann ich sehen. Ich versuche herauszufinden warum, aber du willst nicht mit mir reden. Du kannst doch nicht *wirklich* daran denken, wieder zum Haus dieses Arschlochs zu gehen, oder?«

Sie setzte sich aufrechter hin. »Doch. Ich habe gestern Abend im Internet nachgesehen, und er hat wieder eine

Anzeige aufgegeben, dass er einen Hund sucht. Es ist widerlich! Diesmal hat er gesagt, dass der Hund, den er hat, einen Bruder oder eine Schwester haben möchte. Ich hasse es, daran zu denken, dass er schon *einen* armen Hund in seinen Fängen hat, und jetzt will er noch einen? Es ist fast zwei Wochen her, dass ich misshandelte Tiere gerettet habe, und ich habe das Gefühl, dass ich sie im Stich lasse. Ich habe versprochen, nichts zu tun, während du weg warst, aber jetzt bist du zurück, und ich war so sehr mit dir und Jude beschäftigt, dass ich keine Zeit hatte, etwas anderes zu tun.«

Gumby versuchte, sein Temperament zu zügeln und vernünftig zu sein. »Du sagst also, Zeit mit mir zu verbringen ist für dich ein Hindernis, wenn es darum geht, dein Leben für einen Hund in Gefahr zu bringen?«

Sie funkelte ihn an. »Du tust so, als wäre ein Hund es nicht wert«, warf sie ihm vor.

»Das habe ich nicht gesagt, und das weißt du auch.«

Sidney holte tief Luft. »Ich kann nichts dafür, wie ich fühle, Decker. Du weißt, was passiert ist und warum ich das tun muss. Ich habe einfach das Gefühl, Faith und die Hunde im Stich zu lassen.«

»Hast du mit ihr darüber gesprochen?«, fragte Gumby.

Sidney schüttelte den Kopf. »Nein, denn sie würde nur sagen, dass ich sie nicht im Stich lasse und sie alles zu schätzen weiß, was ich tun kann, um zu helfen.«

»Du sagst das so, als glaubtest du, sie würde lügen, wenn sie behauptet, dass sie alles zu schätzen weiß, was du für sie und den Tierschutzverein tust.«

»Das würde sie«, sagte Sidney mit Überzeugung. »Sie ist genauso an der Rettung von Tieren interessiert wie ich. Und ich weiß, dass die Tatsache, dass ich ihr keine Hunde gebracht habe, sie beunruhigt.«

Gumby bezweifelte das ernsthaft. Er hatte Faith kennengelernt, und er hatte nichts anderes als Sorge um Sidney gespürt, als sie über ihre Methoden zur Rettung von Hunden für den Verein gesprochen hatten. »Eigentlich nicht, du hast nur halb recht. Faith nimmt sich der Sache an, aber auf eine sichere, gesunde Art und Weise. Sie schleicht nicht um die Häuser der Leute und stiehlt Hunde. Sie nutzt ihre Verbindungen und arbeitet mit den Behörden zusammen, um den Arschlöchern das Handwerk zu legen, die Tiere misshandeln.«

Er sah, wie Sidney die Hände zu Fäusten ballte, aber sie reagierte nicht. Sie funkelte ihn einfach nur an.

Gumby bemühte sich, sein Temperament zu zügeln, aber jetzt, da sie diese Schleusen geöffnet hatten, konnte er nicht mehr aufhören. Er tat sein Bestes, um seinen Tonfall zu mäßigen, aber immer noch nachdrücklich genug, um seinen Standpunkt klarzumachen, sagte er: »Du hast als Kind einige schreckliche Dinge gesehen. Du hast viele Jahre lang in Angst gelebt. Du hattest Angst davor, was dein Bruder den Tieren antut und was er dich als Nächstes sehen lassen oder dass er *dir* etwas antun könnte. Ich mache mir Sorgen um dich, Sid. Ich glaube, du leidest unter dem Überlebenden-Syndrom. Ich habe das bei einigen meiner SEAL-Kameraden gesehen, wenn Missionen schiefgehen und sie lebend zurückkommen, während ihre Freunde und Teamkameraden nicht überlebt haben. Ich glaube wirklich, dass du mit jemandem über alles reden solltest, was passiert ist, jemandem, der dir helfen kann, damit umzugehen.«

»Ich habe schon mit jemandem geredet. Ich habe mit *dir* gesprochen«, sagte Sidney steif.

»Das weiß ich, und es bedeutet mir sehr viel, dass du dich mir geöffnet hast. Aber ich bin kein Psychologe. Ich habe weder das Wissen noch die Mittel, um dir so zu helfen, wie es jemand mit einer entsprechenden Ausbildung tun würde«, erklärte Gumby.

»Ich bin noch nicht bereit«, entgegnete Sidney stur.

Erneut stieg Frustration in Gumby auf. Sie *wusste*, dass ihr Bedürfnis, Tiere zu retten, und ihre Bereitschaft, sich in Gefahr zu begeben, eine direkte Folge dessen waren, was ihr als Kind widerfahren war. »Ich kann heute nicht mitkommen, also musst du noch einen Tag warten, um dich wegen eines Hundes in Gefahr zu begeben.«

»Jetzt nimmst du dein Angebot, mit mir zu gehen, also zurück? Mich zu schützen? Das sind *deine* Worte, nicht meine.«

Gumby nickte. »Ja, das tue ich.«

»Na, das ist ja großartig. Dein ganzes Gerede darüber, dass du nicht willst, dass ich verletzt werde, dass du verstehst, dass ich den Hunden helfen muss, war also nur Quatsch?«

»Du weißt, dass das nicht wahr ist«, sagte Gumby. »Ich habe heute eine Menge zu tun, und ich kann nicht alles stehen und liegen lassen, wenn du im Internet ein wenig überaktiv wirst und beschließt, auf einem Ein-Frau-Kreuzzug durch Riverton zu ziehen, um Hunde zu stehlen.«

»Ich stehle keine Hunde«, zischte Sidney.

»Wie nennst du es dann, um ein Haus herumzuschleichen, über Zäune zu klettern und den Leuten die Hunde wegzunehmen?«

»Gumby, Victor *misshandelt* diese Hunde!«, schrie sie praktisch.

»Sicher. Ich weiß das. Aber ich war dabei, Sid. Ich habe gesehen, wie er dich *geschlagen* hat. Wäre ich nicht vorbeigefahren, hätte er dir noch viel mehr wehgetan.«

»Danke für den Vertrauensbeweis«, sagte sie sarkastisch.

»Tu das nicht«, sagte Gumby, der jetzt zusätzlich zu

seiner Frustration auch noch große Wut empfand. »Du weißt so gut wie ich, dass er dir *wirklich* wehtun würde, wenn es hart auf hart kommt. Er hat es schon zweimal getan! Und du denkst nicht klar darüber nach. Du denkst wie die verängstigte Zehnjährige, die du einmal warst. Eilmeldung, Sidney, du bist nicht mehr zehn. Victor ist nicht Brian, und ich bin nicht die Art von Mann, die sich damit abfindet, dass du dein Leben wegen eines Hundes wegwirfst.«

In der Sekunde, in der die Worte seinen Mund verließen, wusste er, dass er zu weit gegangen war.

»Ich weiß, dass ich nicht zehn bin, Decker. Aber du kannst nicht dastehen und mir sagen, was ich fühlen soll und was nicht! Du hast nicht gesehen, was Brian mit den armen Tieren gemacht hat! Du musstest nicht in einem Gerichtssaal stehen, dich von den Leuten verurteilen lassen und dich fragen, ob du nicht genauso bist wie dein kleiner Bruder, weil ihr dieselbe DNA habt! Du musst dein Leben nicht mit der Frage verbringen, ob du irgendetwas hättest tun können, um auch nur *einem* dieser wehrlosen Tiere zu helfen. Du willst nicht mit mir gehen? Prima! Ich brauche dich nicht. Ich bin bis jetzt gut allein zurechtgekommen und werde auch weiterhin gut zurechtkommen. Deine herablassende, selbstgefällige Art wird langsam sowieso alt!«

»Ich will nicht, dass du zu ihm zurückgehst, Sidney«, antwortete Gumby viel lauter als beabsichtigt.

Sie setzte sich auf ihrem Stuhl aufrechter hin und funkelte ihn an. »Nur weil du mich fickst, heißt das nicht, dass du mir vorschreiben darfst, was ich zu tun und zu lassen habe.«

»Ernsthaft?«, fragte er.

»Ernsthaft!«

Seufzend rieb Gumby sich das Gesicht und versuchte,

sein Temperament zu zügeln. »Sidney, das kann doch nicht dein Ernst sein. Der Typ hat dir *wehgetan*. Du kannst nicht allein da rausgehen!«

»Wenn du nicht mitkommst, muss ich es wohl tun, oder?«, argumentierte sie. Der Bagel, den sie hatte essen wollen, lag bereits vergessen vor ihr auf dem Tisch.

Gumby erkannte, dass er nicht weiterkam und dass Sidney, wenn er sie weiter ärgerte, sein Haus verlassen und direkt zu Victor gehen würde, ohne Rücksicht auf die Konsequenzen, weshalb er nicht sofort antwortete. Er wusste, dass sie im Moment nicht klar dachte. Sie war zu emotional bei dem Thema und fühlte sich schuldig, weil sie in letzter Zeit nichts getan hatte, um einem der misshandelten Tiere zu helfen, zu deren Unterstützung sie sich verpflichtet fühlte.

Also tat er sein Bestes, um die Wogen zu glätten. »Wie wäre es mit einem Kompromiss?«

»Wie wäre es, wenn du dich ins Knie fickst?«, gab Sidney zurück, offensichtlich nicht bereit, sich beschwichtigen zu lassen. Sie schob ihren Stuhl vom Tisch zurück und stapfte in die Küche. Sie warf den Rest ihres ungegessenen Bagels weg.

Gumby folgte ihr, und als sie sich umdrehte, war er direkt vor ihr. Er drängte sie zurück, bis sie von der Theke und seinem Körper eingekesselt war. »Hör mir zu«, befahl er.

»Warum sollte ich?«, fauchte sie und versuchte, ihn wegzuschieben, aber er rührte sich nicht.

»Weil ich mir *Sorgen* um dich mache«, sagte Gumby. »Weil ich weiß, woher deine Besessenheit kommt, und ich glaube, es gibt gesündere und *sicherere* Wege, damit umzugehen. Und weil ich dich liebe!«

Gumby hatte nicht vorgehabt, mit diesen Worten

herauszuplatzen, aber sobald sie ausgesprochen waren, tat es ihm nicht leid.

Sidneys Augen weiteten sich. Sie starrte ihn ungläubig an, die Hände, die ihn weggedrückt hatten, ruhten jetzt schlaff auf seiner Brust.

»Ja, Sid. Ich *liebe* dich. Du bedeutest mir alles. Ich mache mir Sorgen um dich. Ich möchte, dass du tust, was du tun musst, um misshandelten Tieren zu helfen, aber nicht, wenn du dich dadurch selbst in Gefahr bringst. Verstehst du denn nicht? Wenn du getötet wirst, wirst du keinem Tier mehr helfen können. Mit Hundekampfringen sollte man sich nicht anlegen. Die Männer und Frauen, die sie betreiben und den Kämpfen beiwohnen, haben keinerlei Mitgefühl. Das zeigt sich daran, dass sie genau die Hunde verletzen und töten können, mit denen sie ihr Geld verdienen. Sie zögern nicht, jeden niederzumähen, der sich ihnen in den Weg stellt.«

»Was soll ich also dann tun?«, fragte sie mit einer vernünftigeren Stimme als noch vor einer Minute.

Gumby war nicht überrascht, dass sie seine Liebeserklärung ignorierte. Es machte ihm nichts aus ... im Moment. Damit konnten sie sich später befassen. Im Augenblick musste er seine Frau davon überzeugen, sich nicht Hals über Kopf in eine Gefahr zu stürzen, der sie nichts entgegenzusetzen hatte. Und so kampfeslustig und gewieft sie auch sein mochte, sie war der Sache nicht gewachsen, wenn es um knallharte Hundekämpfer ging.

»Ich sage nicht, dass du aufhören sollst, mit und für misshandelte Tiere zu arbeiten. Ganz und gar nicht. Ich schlage nur vor, dass du vielleicht nicht mehr an der Front sein musst. Vielleicht könntest du das tun, was du die ganze Zeit getan hast ... hinter den Kulissen arbeiten, die sozialen Medien überprüfen und Tipps an die Polizei weitergeben.

Oder du könntest tun, was Faith tut, und eine Aufnahmekoordinatorin sein. Hannah mochte dich sofort. Sie hat sich zwischen dich und Max gestellt, als er das erste Mal vorbeikam, weißt du noch? Die Hunde brauchen jemanden mit deiner freundlichen Art, der ihnen hilft, wenn sie gebracht werden.«

Sidney sagte nichts, sondern sah ihn weiterhin mit undurchdringlicher Miene an.

»Ich will nicht, dass du ganz aufgibst. Ich weiß, dass deine Seele helfen muss. Ich bitte dich nur, dich nicht in direkte Gefahr zu begeben. Ich wüsste nicht, was ich tun würde, wenn dir etwas zustößt.«

»Er tut ihnen weh, Decker«, sagte sie, und der Schmerz war deutlich in ihrer Stimme zu hören. »Wenn ich nichts unternehme, wer dann? Niemand hat den armen Tieren geholfen, die mein Bruder gequält hat, und sie starben einen grausamen Tod. Ich kann nicht einfach zusehen und nichts tun!«

»Das verlange ich gar nicht von dir«, beharrte Gumby. »Wir können mit dem Veterinäramt und der Polizei sprechen und dafür sorgen, dass sie über diesen Kerl und seine Taten Bescheid wissen.«

»Das würde zu lange dauern. Wie viele Hannahs wird er noch verletzen, bis sie etwas unternehmen?«

Als sie ihren Namen hörte, winselte Hannah. Sie saß direkt vor der Küche und starrte sie an.

Gumby seufzte. »Ich muss heute wirklich zur Arbeit gehen. Es tut mir leid, dass ich gesagt habe, ich würde mit dir kommen. Ich war frustriert und besorgt. Ich werde mitkommen, Sid, aber erst morgen. Wir gehen zusammen hin und sehen uns sein Haus an, okay?«

Er wusste, dass sie protestieren wollte. Sie wollte argumentieren, dass es morgen zu spät wäre. Aber schließlich seufzte sie nur und nickte.

Gumby legte eine Hand an ihre Wange und wartete, bis sie zu ihm aufsah. »Denk wenigstens über das nach, was ich gesagt habe«, flehte er. »Ich mag es, dein Gesicht und deinen Körper ohne blaue Flecke und Schrammen zu sehen. Wir können einen Weg finden, wie du den Tieren so helfen kannst, wie du es musst, ohne dein Leben aufs Spiel zu setzen.«

»Ich glaube, du übertreibst. Ich kann mit ein paar Schnitten und Kratzern umgehen ... aber gut.«

Gumby zog sie in seine Umarmung und schloss die Augen. Er konnte sich nicht vorstellen, sie nicht um sich zu haben. Sie war sein Ein und Alles. Seine Welt. Theoretisch verstand er ihr Bedürfnis, sich in Gefahr zu begeben, um misshandelten Tieren zu helfen. Sie hatte das Gefühl, für etwas zu büßen, das sie gar nicht verschuldet hatte. Er wollte sie wirklich dazu bringen, mit einem Therapeuten über alles, was sie durchgemacht hatte, zu sprechen, um zu versuchen, den Teil von ihr zu verstehen, der für misshandelte Tiere da sein musste. Aber er wusste, dass sie dazu noch nicht bereit war.

Er trat einen Schritt zurück und sagte: »Alles klar zwischen uns?«

»Ja, Deck. Alles klar.«

»Was steht heute auf deinem Programm?«

»Ich fahre rüber zur Wohnwagensiedlung, um ein wenig zu arbeiten. Dann gehen Caite und ich mit Caroline zum Mittagessen.«

»Caroline Steel?«, fragte Gumby erstaunt.

»Ja.«

Er freute sich. Caroline war mit Wolf verheiratet, einem

SEAL-Kameraden. Einem, den er sehr respektierte. »Klingt großartig.«

Sidney zuckte mit den Schultern. »Ich freue mich mehr darauf, Caite zu sehen. Ich habe seit dem Abend bei dir ein paarmal mit ihr gesprochen, aber wir haben es nicht geschafft, uns persönlich zu treffen.«

»Cool.«

»Ja. Ich mag sie sehr.«

»Ich sollte so gegen halb vier Feierabend haben. Willst du heute Abend noch mal herkommen?«

»Ich denke, ich muss ein paar Sachen an meinem Wohnwagen machen. Es ist schon eine Weile her, dass ich dort gewesen bin.«

Gumby runzelte die Stirn. Es gefiel ihm nicht, dass sie versuchte, sich von ihm zurückzuziehen. »Dann komme ich rüber und bringe das Abendessen mit.«

Sie sagte nichts.

»Sid, wir hatten einen Streit. Wir haben es ausdiskutiert. Ich weiß, dass es heute Morgen nicht gut gelaufen ist, aber ich liebe dich. Ich will dich sehen. Ich *muss* dich sehen. Wir können auch nur im selben Raum sitzen und unser eigenes Ding machen, wenn du willst, aber nur weil ich mit dir nicht einer Meinung bin, heißt das nicht, dass ich nicht mit dir zusammen sein will.«

»Okay.«

»Okay? Ich kann vorbeikommen?«

»Ja. Aber ... ich kann es nicht erwidern. Noch nicht.«

Gumby wusste genau, wovon sie sprach. »Das ist okay, Sid. Lass dir Zeit. Ich habe dir nicht gesagt, dass ich dich liebe, um dich zu zwingen, es auch zu sagen. Ich wollte nur, dass du weißt, wie viel du mir bedeutest. Dass ich alles, was ich tue, in deinem besten Interesse tue.«

»Du bist zu perfekt«, flüsterte sie.

Gumby stieß ein Lachen aus. »Ich bin nicht perfekt. Ich baue ständig Mist. Ich bin eine Niete im Kochen, ich hasse Hausarbeit. Ich bin egoistisch und würde lieber hier in meinem Haus mit dir und meinem Hund abhängen, als etwas mit meinen Freunden zu unternehmen. Die meiste Zeit habe ich keine Ahnung, was ich mit Hannah mache, und ich weiß ganz genau, dass ich dich auch in Zukunft nerven werde. Ich bin nicht perfekt, Sidney, und du sollst nicht denken, dass ich es bin. Einem solchen Druck kann ich nicht gerecht werden.«

Sie lächelte.

»Aber ich bin in vielen anderen Dingen gut. Trainieren, schwimmen, Omeletts machen, Auto fahren, schießen und dich zum Orgasmus bringen. An allem anderen kann ich arbeiten.«

Das brachte ihm ein leises Kichern ein. Damit war er einverstanden.

»Danke, Decker.«

»Fühlst du dich besser?«

Sie nickte. »Ja.«

»Gut. Rufst du mich nach dem Mittagessen an und sagst mir, wie es gelaufen ist?«, fragte er.

»Bist du sicher? Ich will dich nicht stören.«

»Ich habe dir immer wieder gesagt, dass du nicht störst, wenn du anrufst. Wenn ich gerade beschäftigt bin und nicht reden kann, gehe ich einfach nicht ran und rufe dich zurück, wenn ich kann. Ich rede gern mit dir, Sid.«

»Okay.«

»Willst du, dass ich etwas Bestimmtes zum Abendessen mitbringe?«

»Chinesisch?«

»Perfekt. Überleg dir, was du willst, und sag es mir, wenn du nach dem Mittagessen anrufst.«

»Cashew-Hühnchen«, sagte sie zu ihm. »Mit Krabben-Rangoon und Pot-Stickers als Vorspeise.«

Gumby lachte. Er liebte es, dass sein Mädchen immer wusste, was sie mochte. »Geht klar.« Er beugte sich vor und küsste sie auf die Stirn. »Ich weiß, dass du dir Sorgen um die Hunde machst. Ich verspreche dir, dass wir uns etwas einfallen lassen, um diesen Kerl hoffentlich für immer aufzuhalten, okay?«

Sidney nickte. »Okay. Decker?«

»Ja, Süße?«

»Es tut mir leid, dass ich eine Nervensäge bin.«

Er lächelte. »Ich würde dich nicht anders haben wollen als genau so, wie du bist. Ich liebe dein großes Herz. Wenn du nicht so mitfühlend wärst, wärst du mir an dem Tag, an dem wir uns kennengelernt haben, nicht zum Tierarzt gefolgt, weil du dir Sorgen um Hannah gemacht hast. Wir wären nicht da, wo wir jetzt sind. Wie könnte ich diesen Teil von dir ändern wollen?«

»Du solltest wissen, dass wir wahrscheinlich noch mehr Haustiere haben werden.«

Gumbys Lächeln wurde breiter. Die Tatsache, dass sie so weit in die Zukunft dachte und ihn in ihre Vision einbezog, war ermutigend und verdammt aufregend. »Das habe ich mir schon gedacht«, sagte er. »Irgendwann werden wir aus diesem Haus herauswachsen, aber ich glaube nicht, dass ich es jemals verkaufen will. Es wird ein perfektes Wochenendhaus sein.«

Sidney blinzelte überrascht.

Da er sie nicht zu früh zu schnell drängen wollte – er hatte sie bereits viel weiter gedrängt als geplant –, sagte er: »Es ist schon spät. Ich muss zum Stützpunkt, und ich bin sicher, Jude wartet schon ungeduldig auf deine Ankunft. Viel Spaß beim Mittagessen.« Dann senkte er den Kopf. Als

Sidney sich auf die Zehenspitzen stellte, um ihm auf halbem Weg entgegenzukommen, entspannte er sich schließlich völlig und küsste sie.

Es war ein langer, langsamer Kuss, und Gumby tat sein Bestes, Sidney ohne Worte zu zeigen, wie sehr er sie liebte. Er wusste, dass sie wahrscheinlich immer noch sauer auf ihn war und sich Sorgen um die Hunde machte, die Victor misshandeln könnte, aber er war froh, dass sie sich so weit beruhigt hatte, dass sie wenigstens mit ihm reden konnte.

Als er sich zurückzog, hob Sidney langsam eine Hand und umfasste eine Seite seines Gesichts. Sie fuhr mit der Hand über seinen Bart und lächelte leicht. »Ich war kein Fan von Bärten, bis ich dich traf«, sagte sie zu ihm.

Er konnte die sexy Gedanken nicht unterdrücken, die ihm bei ihren Worten durch den Kopf schossen. Wie sehr sie das Gefühl seiner Gesichtsbehaarung an den Innenseiten ihrer Schenkel mochte, während er sie vernaschte. Wie sie sich wand, wenn er sich ihren Bauch hinauf küsste, weil seine Haare kitzelten. Man konnte mit Sicherheit sagen, dass er ihn wahrscheinlich nicht so bald abrasieren würde. Nicht, wenn es seiner Frau gefiel.

»Freut mich zu hören«, sagte er nach einem Moment.

Sidney verdrehte die Augen, als wüsste sie, dass er an etwas Sexuelles dachte. »Du bist so ein geiler Bock«, sagte sie lächelnd, während sie spielerisch gegen seine Brust stieß.

Froh darüber, dass die Stimmung wieder lockerer war, entgegnete er: »Nur wenn es um dich geht, Sid.«

»Gute Antwort«, scherzte sie. Dann duckte sie sich unter seinem Arm hindurch und ging zu ihren Schuhen, die an der Wand standen.

Er sah zu, wie sie die Schnürsenkel ihrer Chucks zuband und ein oder zwei Minuten damit verbrachte, Hannah zu streicheln und zu loben, weil sie »der beste Hund auf der ganzen Welt« war. Dann stand sie auf und schnappte sich ihre Handtasche und ihr Handy.

»Fahr vorsichtig«, sagte Gumby, als sie zur Tür ging.

»Du auch. Wir sehen uns später«, rief sie zurück, als sie durch die Vordertür verschwand.

Hannah winselte.

»Mir geht es genauso, Mädchen«, sagte Gumby zu seinem Hund, schüttelte dann den Kopf und machte sich selbst auf den Weg zur Arbeit.

Sidney starrte auf das Handy in ihrer Hand, während sie vor dem Restaurant saß, in dem sie sich mit Caite und Caroline zum Mittagessen treffen wollte.

Victor hatte eine weitere Nachricht gepostet ... diesmal auf Facebook. Er hatte ein Bild von zwei Welpen beigefügt, die im Dreck neben einem Zaun saßen. Sie kauerten und sahen zu Tode verängstigt aus. Sein Beitrag lautete:

Ich hab gerade diese 2 Welpen bekomen und denke, sie brauchen einen älteren Hund, damit sie sich wohler fühlen. Sie sind wirklich verengstigt. Wenn Sie eine ältere Hündin haben, die Sie loswerden müssen, nehm ich sie und geb ihr ein gutes Zuhause.

Sidney wollte am liebsten schreien. Es gab bereits eine ganze Reihe von Antworten, in denen nach seinem Standort gefragt wurde. Eine Person sagte sogar, sie habe eine streunende Hündin gefunden und könne sie nicht behalten, und wenn Victor sie wolle, könne sie sich irgendwo mit ihm treffen.

Sidney war wütend auf Victor und hatte Todesangst um die Welpen, die er gerade in seinen Fängen hatte, weshalb sie den Beitrag als anstößig markierte, in der Hoffnung, Facebook würde ihn löschen. Als Sidney eine Hand auf ihre Brust legte, merkte sie, dass ihr das Herz für die Welpen wehtat. Sie schloss die Augen – und eine Erinnerung aus ihrer Vergangenheit schoss ihr durch den Kopf, als wäre sie gestern passiert und nicht vor Jahren.

Brian war fast einen ganzen Monat lang nett zu ihr gewesen. Er hatte nichts getan, was sie nervös oder misstrauisch gemacht hätte, und Sidney hatte ihre Deckung ein wenig fallen gelassen. Trotzdem lehnte sie ab, als er ihr sagte, er wolle ihr draußen etwas zeigen. Sie erinnerte sich lebhaft daran, was sie gesehen hatte, als sie das *letzte* Mal mit ihm in den Schuppen gegangen war.

Aber auch wenn er jünger war als sie, war Brian ein großer Junge. Größer und stärker. Er zerrte sie schreiend und strampelnd in den Garten ... und in den gefürchteten Schuppen.

In dem Moment, in dem er die Tür öffnete, überkam sie das Grauen bei dem Gedanken, was Brian ihr wohl zeigen wollte. Er schob sie hinein und stellte sich vor die Tür, um sie nicht entkommen zu lassen.

»Das waren Streuner«, sagte Brian und deutete auf etwas, das in der Ecke des Schuppens auf dem Boden lag. »Keiner wollte sie haben. Wahrscheinlich waren sie auch krank.«

Dort, in der Ecke, lagen zwei Welpen ... zumindest dachte sie, dass sie das gewesen waren. Sie hatte keine Ahnung, was Brian ihnen angetan hatte, als sie den Kopf drehte und die Augen zukniff – aber nicht bevor sich das

Bild des Blutes, der Fliegen und der armen verstümmelten Körper in ihr Gedächtnis eingebrannt hatte.

Sie hatte gewusst, dass Brian mehr Zeit in seinem Schuppen des Grauens verbracht hatte, aber sie war im Haus geblieben, so weit weg von ihm, wie sie nur konnte. Aus Angst.

Und während sie herumgesessen und nichts getan hatte, waren diese armen Welpen einen grausamen Tod gestorben.

Sidney übergab sich auf der Stelle im Schuppen.

Brian war wütend auf sie, weil sie »seinen Arbeitsplatz versaut« hatte. Er packte sie an den Haaren und zerrte sie aus dem Schuppen, warf sie zu Boden und trat ihr kräftig in den Magen, bevor er wieder hineinging und die Tür zuschlug.

Sidney öffnete die Augen und tat ihr Bestes, um den Rückblick abzuschütteln. Brian war im Gefängnis und er konnte keine weiteren Welpen oder Kätzchen – oder Frauen – verletzen.

Aber Victor konnte es.

Sidney hatte das Bild der Welpen gespeichert, bevor sie den Beitrag gemeldet hatte, und starrte es jetzt an. Vor all den Jahren hatte sie diese armen Hunde nicht gerettet ... aber sie würde verdammt sein, wenn sie dieses Mal nur herumsaß und nichts tat.

Sie *musste* sie retten.

Die Pläne wirbelten in ihrem Kopf herum. Sie würde mit Caite und Caroline zu Mittag essen und dann die Lage begutachten. Vielleicht hatte Victor gar keine Welpen. Vielleicht hatte er das Bild aus dem Internet genommen oder so. Sie würde einfach in seinem Garten nachsehen und wieder gehen, wenn sie nicht da waren. Wenn sie da waren, konnte sie sie vielleicht heimlich rausbringen. Wenn sie vorsichtig war, wenn sie sich von Victor fernhielt, musste Decker nichts erfahren. Sie wäre drin und wieder draußen. Zehn Minuten, höchstens.

Sie wusste, dass Decker sauer auf sie sein würde, wenn er es herausfand. Und sie überdachte, was sie vorhatte ... für eine Sekunde. Sie wusste, dass sie verkorkst war. Sie wusste, dass ihr Bruder und alles, was er getan hatte, ihr den Kopf verdreht hatte. Sie würde alles tun, um sich wegen dem, was Brian getan hatte, nicht so verdammt schuldig zu fühlen. Vielleicht *würde* sie mit Decker darüber reden, einen Psychologen aufzusuchen. Wenn das den intensiven und überwältigenden Drang, Tiere zu retten, lindern würde, wäre es das vielleicht wert.

Aber dann schaute sie sich noch einmal das Bild an, das Victor gepostet hatte.

Sie könnte nicht mit sich selbst leben, wenn sie nichts tat, um diesen Hunden zu helfen.

Sidney ging ihren Plan noch einmal im Kopf durch und stieg aus ihrem Wagen. Sie freute sich auf das Mittagessen und das Wiedersehen mit Caite, aber sie hoffte, dass es nicht zu lange dauerte. Sie hatte Welpen zu retten.

KAPITEL SECHZEHN

»Am nächsten Morgen hatte ich fürchterliche Kopfschmerzen, aber Sidney sagte, sie sei überhaupt nicht verkatert gewesen. Das erstaunt mich, denn wir haben eine *Menge* Rum getrunken.« Caite lächelte und lachte, als sie Caroline die Geschichte erzählte, wie sie und Sidney sich kennengelernt hatten.

Die andere Frau kicherte und stützte sich mit den Ellbogen auf den Tisch. »Klingt, als hättet ihr euch gut verstanden.«

Caite nickte. »Ich weiß, ich hätte dich anrufen können, aber Gumby hat geschworen, dass Sidney eine Hunde-Expertin ist, und ich dachte, sie wüsste, was zu tun ist.«

»Gute Entscheidung. Ich wäre wahrscheinlich ausgeflippt, wenn ich reingekommen wäre und so viel Blut gesehen hätte«, sagte Caroline.

Sidney bezweifelte das. Die andere Frau sah so gefasst und besonnen aus wie niemand sonst, den sie je getroffen hatte.

Bevor Caroline eintraf, hatte Caite Sidney ein wenig von

ihr erzählt, unter anderem, wie sie ein ganzes Flugzeug voller Menschen vor dem Absturz bewahrt hatte und wie es ihr gelungen war, Terroristen zu überlisten und eine geheime Nachricht an ihren jetzigen Ehemann und sein SEAL-Team zu übermitteln, in der sie preisgab, wo sie festgehalten wurde, damit sie zu ihr gelangen und sie retten konnten.

Es war fast unglaublich, aber jetzt, da sie Caroline getroffen hatte, wusste Sidney, dass Caite nicht übertrieben hatte. Sie fühlte sich völlig fehl am Platz in Gegenwart der beiden Frauen. Sie war nicht von vielen Leuten eingeschüchtert, aber Caroline gab ihr definitiv das Gefühl, unzulänglich zu sein. Sie war nicht nur bodenständig und mit einem angesehenen und dekorierten Navy SEAL verheiratet, sie war auch Chemikerin. Eine verdammte *Chemikerin*, um Himmels willen.

Das und die Tatsache, dass Caite fließend Französisch sprach und der Navy bei Kriminalfällen mit französischsprachigen Bösewichten half, sorgten dafür, dass Sidney sich neben den beiden wie ein schäbiges schwarzes Schaf vorkam.

Erst als Caite anfing zu erzählen, wie sehr Rocco sie beschützte, wurde Sidney hellhörig und zeigte etwas mehr Interesse an dem Gespräch.

»Ich schwöre, nach der ganzen Scheiße, die mit mir passiert ist, ist Rocco total paranoid. Deshalb wollte er, dass ich in Gumbys Haus wohne, während das Team auf seiner letzten Mission war. Er traut niemandem mehr in dem Apartmentgebäude, obwohl er vor der Sache mit der Frau des Konteradmirals überhaupt kein Problem mit ihnen gehabt hatte.«

»So sind sie nun mal gestrickt«, meinte Caroline mitfühlend. »Wolf ist genauso, und wir sind schon seit Jahren zusammen. Sie können es einfach nicht zulassen, dass uns etwas zustößt.«

»Aber es macht mich verrückt, und ich habe ein schlechtes Gewissen, weil ich mich über ihn ärgere«, sagte Caite. »Ich meine, ich bin erwachsen. Ich bin durchaus in der Lage, selbst zum Mittagessen zu fahren, wenn ich das möchte. Aber er hat darauf bestanden, zu mir ins Büro zu kommen, mich abzuholen und mich hierherzufahren. Er sagte, er würde mich abholen, wenn wir fertig sind, aber ich sagte ihm, dass Sidney mich zurück zur Arbeit bringen könnte. Ist das in Ordnung?«

Sidney versuchte, ihre Frustration zu verbergen. Sie wollte so schnell wie möglich zu den Welpen kommen. Aber sie konnte Caite den Gefallen nicht verweigern. Sie nickte. »Ja, natürlich. Ich hätte auch kommen und dich abholen können.«

»Ich weiß. Aber Tatsache ist, dass ich das Gefühl habe, Rocco ständig zur Last zu fallen ... und jetzt auch noch meinen Freundinnen. Wenn er mich einfach selbst hätte fahren lassen, müsste niemand einen Umweg machen, um mich zur Arbeit zu bringen oder von dort abzuholen.«

Caroline legte eine Hand auf die von Caite. »Ich gebe zu, dass ihr Beschützerinstinkt überwältigend sein kann, aber du darfst nicht vergessen, dass sie das Schlimmste der Menschheit sehen. Sie werden in arme Länder geschickt, wo die Menschen buchstäblich auf der Straße verhungern. Oder in reiche Länder, in denen Männer und Frauen mit Geld manchmal diejenigen versklaven, die sich keine Lebensmittel leisten können, sodass sie sich freiwillig verpflichten, nur um zu essen. Sie töten und sind immer wieder in Gefahr, selbst umgebracht zu werden, wenn sie außer Landes sind. Und dann gibt es Leute in *diesem* Land, die denken, dass unsere SEALs hirnlose Drohnen sind, die alles tun, was man ihnen sagt, ohne darüber nachzudenken, ob es richtig oder falsch ist. Unsere Männer wollen nur, dass wir sicher sind. Sie wollen uns vor den Übeln der Welt schützen, die sie regelmäßig sehen. Und ist das wirklich so schlimm? Denk doch mal über die Alternative nach. Dass Rocco sich nicht kümmert. Dass es ihm egal ist, dass du spät arbeitest und nachts nach Hause fährst. Dass er auf seinem Hintern sitzt und dich spätabends an die Tür gehen lässt, wenn jemand klingelt.«

»Hmmm«, brummte Caite. »Es ist tatsächlich schön zu wissen, dass Rocco immer da sein wird, um mich am Flughafen abzuholen, wenn ich spät von einem Besuch bei meiner Mutter nach Hause komme. Ich muss mir keine Sorgen machen, dass ich allein über den großen Parkplatz zu meinem Wagen gehen muss.«

»Genau«, sagte Caroline. »Und wenn er nicht da sein kann, sorgt er dafür, dass jemand anderes, den er kennt und dem er vertraut, da ist, richtig?«

»Richtig.«

»Aber was ist, wenn er dir befiehlt, etwas zu tun oder zu lassen, was du gern tust?«, fragte Sidney.

Beide Frauen drehten sich zu ihr um.

Sidney sah verdammt neugierig aus, aber Caroline nickte nur, als überraschte die Frage sie nicht im Geringsten.

»Nun, ich nehme an, dass das keine rhetorische Frage ist, und ohne die Details zu kennen, ist es schwer zu beantworten. Aber ich werde es versuchen. Aus meiner Ehe mit einem SEAL habe ich gelernt, dass sie dazu neigen, sehr direkt zu sein. Matthew ist nicht sehr gut darin, subtil zu sein oder zu versuchen, ein Thema zu umschreiben. Er prescht einfach mit Volldampf los und legt seine Gedanken zu den Dingen offen dar, ohne wirklich darüber nachzudenken, wie ich reagieren werde. Erst wenn ich auf eine Weise reagiere, die er nicht erwartet, hält er inne und denkt über das nach, was er gerade gesagt hat. Normalerweise sprechen wir uns aus und mir wird klar, dass er nicht wirklich verlangt, dass ich mit etwas aufhöre. Er macht sich nur Gedanken darüber, wie meine Handlungen sich auf mich auswirken werden.«

»Zum Beispiel?«, fragte Sidney.

Caroline dachte einen langen Moment nach, bevor sie sagte: »Okay, es gab eine Zeit, in der ich dachte, es wäre eine großartige Idee, die Familie der Adoptivtochter unseres Freundes Tex im Irak zu finden. Ich hatte mich da sehr hineingesteigert. In meinem Kopf stellte ich mir vor, wie glücklich alle im Irak sein würden, Akilah zu sehen, und wie sehr sie sich freuen würde, ihre Familie wiederzusehen. Eines Abends erzählte ich Matthew davon und er sagte mir rundheraus, es sei eine schreckliche Idee. Ich wurde wütend. Sehr wütend. Wie kann ein Treffen mit deiner Familie schlecht sein? Nachdem ich ihm eine Standpauke gehalten hatte und weggestürmt war, kam er zu mir. Ich wollte nicht mit ihm reden, aber er zwang mich zuzuhören. Und er erklärte mir, dass keiner ihrer Verwandten etwas getan hatte, um ihr die nötige Hilfe zukommen zu lassen, als Akilah verletzt wurde. Es war ein Soldat gewesen, der sie mitten in ihrem zerbombten Haus vor Schmerzen schreiend gefunden hatte. Offenbar hatte das Rote Kreuz versucht, die für sie Verantwortlichen zu finden, aber niemand gab zu, sie zu kennen. Jetzt spulen wir zur Gegenwart vor. Sie hat sich an das Leben hier in den USA gewöhnt, ist glücklich mit ihrer Familie und hat eine kleine Schwester. Ich kann mir vorstellen, dass sie nicht die besten Erinnerungen an ihre Zeit im Irak hat, und wenn jemand ihr gesagt hätte, dass er sie zurückbringt, um ihre Familie zu treffen, die sie im Stich gelassen hat, wäre sie wahrscheinlich nicht glücklich darüber gewesen. Matthew und ich haben mindestens eine Stunde lang über das Für und Wider gesprochen, und ich bin schließlich zu dem Schluss gekommen, dass meine Idee nicht gerade die beste war. Er stimmte zu, dass ich vielleicht sehen könnte, welche Informationen ich sammeln kann, und wenn sie später in ihrem Leben, wenn sie erwachsen ist, ihre Familie kontaktieren wollte, wäre das *ihre* Entscheidung und nicht etwas, das ich ihr aufzwingen würde. Wenn Matthew das Thema ruhig und rational angegangen wäre, als ich es ansprach, hätte ich wahrscheinlich nicht so heftig reagiert. Aber weil er sich Sorgen um *mich* machte und befürchtete, dass mir die ganze Sache um die Ohren fliegen könnte, legte er zunächst einfach sein Veto gegen meine Idee ein. Das hat mich geärgert, aber jetzt verstehe ich es.«

Sidney schwieg und dachte über alles nach, was Caroline gesagt hatte.

»Rocco hat mir verboten, mich tätowieren zu lassen«, platzte Caite heraus.

Sidney starrte sie ungläubig an. »Du wolltest ein Tattoo?«

»Warum tust du so überrascht?«, fragte die andere Frau.

»Du scheinst einfach nicht der Typ dafür zu sein«, beschwichtigte Sidney sie. Und das war sie auch nicht. Caite war zu … vorsichtig … als dass sie ihre Haut mit etwas so Dauerhaftem wie einer Tätowierung markieren wollte.

»Ja, nun, ich war sauer auf Rocco und habe ihm gesagt, dass er nicht mein Boss ist und kein Mitspracherecht hat.«

»Ich wette, das kam gut an«, stichelte Caroline.

Überraschenderweise errötete Caite. »Er hat sich geweigert, sich von mir die kalte Schulter zeigen zu lassen, und mich verführt. Dann, als ich entspannt und befriedigt war, sagte er mir, dass er meinen Körper so mag, wie er ist. Und obwohl es letztlich meine Entscheidung sei, ob ich mich tätowieren lassen will oder nicht, wollte er, dass ich eine Weile darüber nachdenke, bevor ich etwas tue, was ich vielleicht bereue.«

»Und?«, fragte Sidney.

»Er hatte recht. Ich habe mich unsicher gefühlt, weil mir immer mehr heiße, tätowierte Matrosinnen auf dem Stützpunkt auffielen, Frauen, von denen ich annahm, dass er sie regelmäßig sah und mit ihnen zu tun hatte, und ich wollte nicht, dass Rocco es bereut, mich gewählt zu haben, wenn er jemand Cooleres und Hipperes haben könnte.«

Sidney wollte nicht zugeben, dass beide Frauen recht hatten. Decker war extrem unverblümt. Andererseits war sie das auch. Sie hatten beide an diesem Morgen einige Dinge gesagt, die sie vielleicht nicht so offen ausgesprochen hätten, wenn sie vorher darüber nachgedacht hätten. Er äußerte sich freimütig, aber als sie sich an ihr Gespräch erinnerte, musste sie zugeben, dass er nicht gesagt hatte, dass sie die Arbeit mit misshandelten Tieren ganz aufgeben sollte, sondern nur, dass er wollte, dass sie mit der Arbeit an der Front aufhörte.

Doch dann dachte sie an das Bild, das Victor vorhin gepostet hatte, und schüttelte innerlich den Kopf. Selbst wenn sie es der Polizei oder dem Veterinäramt meldete, würde es ewig dauern, bis die Ermittlungen abgeschlossen wären, und Victor könnte die Welpen einfach woanders hinbringen und sie weiter misshandeln.

»Willst du uns nicht sagen, worüber du so angestrengt nachdenkst?«, fragte Caite.

Sidney zwang sich, aufmerksam zu sein. »Es ist nichts.«

»Ist zwischen dir und Gumby alles in Ordnung?«, fragte Caroline sanft.

Sidney nickte. »Ja. Es ist alles gut. Wir hatten nur eine

kleine Meinungsverschiedenheit heute Morgen. Aber es ist alles in Ordnung.«

»Gut. Ihr seid noch nicht so lange zusammen, richtig?«, fragte Caroline.

»Richtig.«

»Vergiss nicht, wenn diese Jungs sich verlieben, dann heftig. Und wenn sie es tun, werden sie alles tun, was nötig ist, um dich glücklich zu machen. Nicht alle Militärtypen sind gleich. Manche schlafen mit jeder, die die Beine für sie breitmacht, einfach weil sie es können. Aber Matthews Team ist anders ... und ich glaube, Roccos Team ist auch so. Wenn sie sich binden, dann *binden* sie sich. Sie betrügen nicht. Sie geben nicht auf, wenn es schwierig wird. Sie kommunizieren nicht immer auf die richtige oder beste Weise, aber tief im Inneren meinen sie es gut und würden jeden töten, der es wagt, dich zu verletzen.«

Caite nickte energisch. »Das habe ich mit eigenen Augen gesehen. Rocco war rasend vor Wut auf den Kommandanten, der mich tot sehen wollte, und er ist nur nicht selbst ins Meer gesprungen, um mich zu retten, weil er sichergehen wollte, dass die Bedrohung für mich beseitigt war.«

Caroline sah Sidney an. »Täusche dich nicht, wenn Gumby entschieden hat, dass du die Eine für ihn bist, könntest du ihn zutiefst verletzen, wenn du dich in eine Situation bringst, in der er töten muss, um dich zu schützen. Er ist ein SEAL, aber das heißt nicht, dass er nicht ins Gefängnis gehen kann.«

Sidney war ein wenig erschrocken, dass Caroline zu spüren schien, dass sie darüber nachdachte, etwas zu tun, was sie nicht tun sollte. Etwas, von dem sie versprochen hatte, es nicht zu tun. »Ich weiß, und ich würde nichts tun, was ihm schaden könnte.«

Einen Moment lang dachte sie, Caroline würde sie auf

das, was sie gerade gesagt hatte, ansprechen, aber schließlich nickte sie einfach. »Gut. Aber ich sage dir eins, wenn
Matthew in Gefahr wäre, würde ich alles tun, um ihm zu
helfen.«

»Ich auch«, warf Caite ein.

Sidney war amüsiert. »Das wissen wir. Du hast es bereits
getan, und du hattest noch nicht einmal eine erste Verabredung, als du es getan hast.«

Alle drei lachten.

»Stimmt«, sagte Caite. »Ich schätze, ich habe mich kopf-
über in eine Situation gestürzt, die ich nicht ganz durch-
dacht hatte, als ich in Bahrain zu Rocco, Gumby und Ace
gegangen bin, oder?«

»Es ist aber alles gut ausgegangen«, beruhigte
Sidney sie.

Die drei Frauen unterhielten sich noch eine Weile, und
obwohl sie Caroline sehr mochte, wusste Sidney, dass sie sich
mit Caite viel besser verstand. Sie war neu in einer Beziehung mit einem SEAL, genau wie Sidney, und sie waren sich
altersmäßig näher. Und Caite war heute genauso witzig wie
an dem Abend, an dem sie stockbesoffen gewesen waren.

»Das Essen geht auf mich«, verkündete Caroline, als es
langsam ruhiger wurde.

»Auf keinen Fall«, protestierte Caite. »Ich habe dich
eingeladen, ich mache das.«

»Ich kann selbst bezahlen«, fügte Sidney hinzu.

Da kam die Kellnerin herüber und sagte, anstatt eine
Rechnung auf den Tisch zu legen: »Heute ist Ihr Glückstag,
meine Damen. Ein Matthew Steel hat angerufen und alle
drei Mahlzeiten mit einer Kreditkarte bezahlt ... inklusive
Trinkgeld. Sie können also jederzeit gehen. Aber keine Eile,
ich wollte nur, dass Sie das wissen.«

Sidney starrte die Kellnerin ungläubig an.

Nachdem die Frau gegangen war, stieß Caite einen frustrierten Atemzug aus. »Na, das war aber raffiniert.«

Caroline lächelte nur. »Rocco und Gumby sind nicht in Form. Sie werden es noch früh genug lernen.«

Sidney musste zugeben, dass das eine nette Geste war. Wenn Decker das für sie getan hätte, wäre sie sehr geschmeichelt gewesen.

Aber dann, als sie darüber nachdachte, wurde ihr klar, dass er Ähnliches immer wieder für sie getan *hatte*. Er war rücksichtsvoll und aufmerksam, und sie hatte alles, was er für sie getan hatte, fast, ohne nachzudenken, in sich aufgesogen. Er öffnete Türen, stand auf und füllte ihr Getränk nach, wenn sie es sich auf der Couch bequem gemacht hatte. Er ließ ihr das letzte Stück Pizza. Er stellte den Alarm auf seiner Armbanduhr und nicht seinen Wecker, damit er sie nicht aufweckte, wenn er sich auf den Weg machte. Er wusch ihr Geschirr ab. Die Liste ließe sich beliebig fortsetzen.

Mit einem schlechten Gewissen wegen dem, was sie nach dem Mittagessen vorhatte, hätte sie es sich fast anders überlegt. Aber dann erinnerte sie sich an die verängstigten Gesichter der Welpen ... und sie konnte sich nicht beherrschen.

Sie würde sich heute Abend mit Decker aussprechen und ihm erklären, warum sie es getan hatte. Er würde es verstehen. Er musste es einfach.

»Danke für die Einladung«, sagte Caroline, als sie aufstand.

»Danke, dass du gekommen bist«, entgegnete Caite und umarmte sie kurz.

Sidney hatte nicht damit gerechnet, dass Caroline sich

ihr für eine Umarmung zuwandte, also fühlte sie sich gut, auch mit einbezogen zu werden.

Sie gingen alle zur Tür und Caroline winkte, als sie zu ihrem Wagen ging.

»Danke, dass du auch gekommen bist«, sagte Caite zu Sidney, als sie zu ihrem Accord gingen. »Ich wollte es nicht zugeben, aber Caroline schüchtert mich ein. Es ist albern, aber sie ist schon so viel länger Soldatenfrau als ich, dass ich Angst habe, etwas Dummes zu sagen, wenn ich in ihrer Nähe bin.«

Sidney verstand das natürlich. Ihr ging es genauso. »Und sie hat schon eine Gruppe von Freundinnen. Ich weiß also, was du meinst.«

Caite lächelte. »Ich schätze, wir bilden jetzt unsere eigene Gruppe, nicht wahr?«

»Ja. Also, Groupie, wollen wir uns auf den Weg machen?«

»Geh voran«, sagte Caite.

Sobald sie im Wagen saßen, spürte Sidney, wie die leichte Unruhe, die sie während des Mittagessens verspürt hatte, mit voller Wucht zurückkam. Es machte ihr nichts aus, Caite zu helfen, aber jede Minute, die sie damit verbrachte, sie zur Arbeit zu fahren und dann auf diese Seite der Stadt zu Victors Haus zurückzukehren, konnte eine weitere Minute sein, in der die Welpen misshandelt wurden. Victor könnte sie töten, bevor sie eine Chance hatte, sie zu retten ... und das wäre dann wieder wie bei Brian und seinem verdammten Schuppen.

Sidney wusste, dass das, was sie vorhatte, beschissen und ein Verrat an Rocco war, da sie seine Freundin möglicherweise in Gefahr brachte, aber sie konnte sich nicht zurückhalten, drehte sich zu Caite um und fragte: »Macht es dir was aus, wenn wir noch kurz anhalten, bevor ich dich absetze?«

»Natürlich nicht. Was ist los?«

Sidneys Magen krampfte sich zusammen. Jetzt hatte sie angefangen. Sie musste es zu Ende führen. »Nichts Besonderes. Ich muss nur kurz anhalten und etwas nachsehen. Wir sind in der Nähe und es sollte nur ein paar Minuten dauern.«

»Kein Problem. Ich habe noch etwa zwanzig Minuten, bevor ich zurück sein muss. Aber das ist völlig flexibel, wenn es also etwas länger dauert, ist das okay. Ich habe einen tollen Chef, und er weiß, dass ich viele Überstunden mache, die ich nicht abbaue, also ist er ziemlich nachsichtig mit meiner Startzeit und damit, dass ich später zurückkomme, wenn ich außerhalb zu Mittag esse.«

Sidney ließ den Motor an, erleichtert, dass ihre Freundin nicht nach weiteren Details fragte – und gleichzeitig hatte sie ein verdammt schlechtes Gewissen. Sie konnte genauso gut noch einen Haufen Schuldgefühle auf die anderen werfen, die sie bereits hatte.

Sie atmete tief durch, bemühte sich, zu Caite hinüberzulächeln, und fuhr vom Parkplatz des Restaurants. Sie hatte Welpen zu retten – und egal, was Decker sagte, es gab niemanden sonst, der das tun konnte, und diese kostbaren Welpen hatten keine Zeit mehr. Sie hatte sie lange genug dort gelassen.

KAPITEL SIEBZEHN

»Ich habe irgendwie ein ungutes Gefühl«, sagte Caite zehn Minuten später.

»Es wird schon gut gehen. Ich schaue nur mal nach«, versuchte Sidney, sie zu beruhigen. Das war nicht gerade eine Lüge. Sie würde nachsehen ... und wenn sie die Welpen in Victors Garten entdeckte, würde sie sich hineinschleichen und sie mitnehmen. »Du bleibst hier.«

»Vielleicht sollte ich mit dir gehen«, sagte Caite unsicher.

»Nein!« Das Wort kam lauter heraus, als Sidney es beabsichtigt hatte.

Sie hatte ein schlechtes Gewissen, weil sie Caite darüber angelogen hatte, was passieren könnte. Aber sie hatte genügend Erfahrungen mit Victor gemacht, um zu wissen, dass er gewalttätig werden konnte, und sie wollte auf keinen Fall, dass Caite verletzt wurde. Sie musste sie überzeugen, im Wagen zu bleiben. Sidney konnte es verkraften, wenn *sie* aufgemischt wurde, aber wenn Caite ihretwegen etwas zustieß, würde sie sich das nie verzeihen. Verdammt, Rocco würde ihr nie verzeihen, und Decker würde sie wahrscheinlich sofort abservieren.

Sie holte tief Luft und überlegte schnell. Sie wollte Caite nicht erschrecken, aber sie musste sichergehen, dass sie an Ort und Stelle blieb. »Das ist keine große Sache. Ich will nur über den Zaun spähen und sehen, ob die Welpen, von denen dieses Arschloch geschrieben hat, da sind. Wir werden auffälliger sein, wenn wir zu zweit herumschleichen. Du musst hierbleiben. Egal was passiert. Suche nicht nach mir und folge mir nicht, okay?«

Caite sah sie einen Moment lang an. »Okay ... aber damit das klar ist, mir gefällt das nicht.«

»Es ist wirklich keine große Sache«, sagte Sidney, die es hasste, dass sie sich umso unbehaglicher fühlte, je mehr Caite protestierte. »Ich lasse den Schlüssel im Wagen, damit du die Klimaanlage anlassen kannst. Ich nehme mein Handy mit, und wenn ich deine Hilfe brauche, rufe ich an oder schreibe eine SMS, in Ordnung?«

»Okay. Aber warum parken wir drei Häuser weiter, wenn es keine große Sache ist?«

Caite stellte all die richtigen Fragen, und sie hatte ein gutes Gespür dafür, dass das, was Sidney vorhatte, nicht ganz ungefährlich war. Sie beschloss, ihr nur ein wenig über Victor zu erzählen. Genug, damit sie nicht ausflippte, aber auch, damit sie sich von seinem Haus fernhielt. »Gut. Der Typ, der die Welpen hat, ist ein Arschloch, und er wäre nicht glücklich, wenn er mich sieht. Aber glaub mir, wenn ich sage, dass das *jetzt* erledigt werden muss.« Sie tippte auf ihr Handy und rief das Bild auf, das sie von Victors Post gespeichert hatte. »Schau. Das sind die kostbaren Welpen, die ich zu retten versuche.«

Caite biss sich auf die Lippe, als sie das Bild betrachtete. »Sie sind wirklich süß.«

»Ja. Und sie haben Todesangst.« Sidney wusste, dass Caite das nicht leugnen konnte. Auf dem Bild sahen sie verängstigt aus.

»Gut. Aber ich gebe dir nur zehn Minuten. Wenn du dann nicht zurück bist, hole ich dich.«

»Großartig«, sagte Sidney mit Begeisterung. Sie brauchte keine zehn Minuten. Höchstens fünf. Sie lächelte Caite an. »Ich bin im Handumdrehen wieder da«, sagte sie strahlend, während sie ihre Tür öffnete und ausstieg. Sie steckte ihr Handy in die Gesäßtasche, zeigte Caite einen Daumen hoch und schloss die Tür.

Das Lächeln verließ ihr Gesicht, als sie zu Victors Haus ging. In der Gegend war es um diese Zeit ruhig, da die meisten Bewohner wahrscheinlich bei der Arbeit waren. Sidney beschloss, sich über die nahe gelegenen Gärten zu Victors Haus vorzuarbeiten, um nicht aufzufallen, und schlich sich, da sie niemanden sah, um ein Haus herum, das zwei Grundstücke neben Victors lag.

Zwischen den Zäunen, die die Gärten auf dieser Seite der Straße umgaben, und denen, die an sie angrenzten, war etwa ein Meter Platz, sodass eine schmale, ungepflegte Gasse entstand. Angesichts des stellenweise kniehohen Unkrauts war Sidney froh, Jeans zu tragen, während sie sich Victors Garten näherte.

Sie hörte die Welpen, bevor sie sie sah. Der Sichtschutzzaun verhinderte, dass sie hineinsehen konnte, genauso wie er neugierige Nachbarn davon abhielt, das Gleiche zu tun.

Als Sidney das Holz des Zauns prüfte, stellte sie erfreut fest, dass es alt und verrottet war. Sie brauchte eine Minute oder so, die sie nicht hatte, und ihre ganze Kraft, aber es gelang ihr, eine der Bohlen unten in einer der Ecken abzubrechen. Sidney legte sich ins Gras und spähte in den Garten, um zu sehen, dass die Welpen tatsächlich da waren.

Einer der Pitbull-Mischlinge schlief, aber der andere zerrte an der riesigen Kette um seinen Hals und kläffte erbärmlich. Sie waren mit Schmutz und Kot bedeckt, und Sidneys Entschlossenheit nahm zu. Sie tat das Richtige.

Sie zerrte an den Brettern und schaffte es, ein Loch zu schaffen, das groß genug war, um darunter hindurchzukriechen. Drinnen angekommen stellte Sidney fest, dass all ihre Befürchtungen berechtigt waren.

Vor dem Haus stand ein Stapel Metallkäfige, der vor zwei Wochen noch nicht da gewesen war, und ein Teil des Zauns war mit Blut bespritzt. Außerdem steckten mehrere Pfähle im Boden, neben denen leere Ketten abgelegt waren.

Der herzzerreißendste Anblick war der Kadaver in der Ecke des Hofes. Er lag offensichtlich schon eine ganze Weile dort, denn Sidney konnte zwischen dem Fell Knochen erkennen.

Sie versuchte, den Anblick zu verdrängen, eilte zu den Welpen und der braune Kerl wachte auf, als sie ihn hochhob. Er begann sofort, vor Angst zu zittern, und Sidneys Herz brach noch mehr.

Weil sie sich darauf konzentrierte herauszufinden, wie sie die Kette um den Hals der Welpen lösen und sie aus dem Garten bringen konnte, hörte sie Victor erst, als es bereits zu spät war.

In dem Moment, in dem er ihr von hinten etwas um die Kehle legte, ließ sie den Welpen fallen und griff nach dem Ding um ihren Hals. Sie hatte ein schlechtes Gewissen, als der Welpe ein schmerzerfülltes Kläffen von sich gab, aber sie konnte sich nicht um ihn kümmern – sie konzentrierte sich zu sehr auf das Atmen.

»Hab ich dich, du Schlampe«, sagte Victor in ihr Ohr. »Denkst du, du kannst mir wieder meine Hunde stehlen?

Falsch gedacht. Aber wenn du dich so sehr um mein Vermögen kümmern willst, werde ich dir helfen.«

Sidney wusste, dass sie in Schwierigkeiten steckte, als Victor begann, auf sein Haus zuzugehen. Sie versuchte, ihre Finger unter das zu bekommen, was um ihren Hals lag, aber es gelang ihr nicht. Ihr Körper war nach hinten gebeugt und sie wusste nicht einmal, wie sie ihn treten oder anderweitig verletzen könnte, damit er sie losließ.

Kaum waren sie drinnen, zerschlugen sich ihre Hoffnungen noch mehr, als sie einen weiteren Mann dort sah.

»Sie ist tatsächlich aufgetaucht?«

»Natürlich ist sie das. Ich habe dir ja gesagt, dass sie kommt«, sagte Victor.

Sidney konnte kaum noch atmen, war aber dennoch erleichtert, dass er sie nicht zu Tode würgte ... noch nicht.

»Na, leck mich! Ich rufe Dallas an«, sagte der andere Mann.

»Tu das. Sag ihm, der Kampf findet statt. Heute Abend. Ich will keine Zeit verlieren. Wir haben lange genug darauf gewartet.«

Sidney begann zu schreien, aber Victor zog das Ding um ihren Hals so fest zu, dass es ihr schließlich die Luft abschnitt. Sie versuchte, Sauerstoff einzuatmen, aber nichts geschah. Obwohl sie sich mit aller Kraft wehrte, ließ die Enge um ihren Hals nicht nach. Ihre Beine gaben nach und Victor ließ sie auf den Boden sinken.

»Töte sie nicht«, hörte Sidney den anderen Mann rufen.

»Das werde ich nicht. Sie ist heute Abend unsere Haupteinnahmequelle und Unterhaltung«, sagte Victor.

Es war das Letzte, was Sidney hörte, bevor sie das Bewusstsein verlor.

Caite kaute auf einem Fingernagel, während sie darauf wartete, dass Sidney wieder auftauchte. Zehn Minuten waren vergangen, und sie war immer noch nicht zum Wagen zurückgekehrt.

Während sie überlegte, was sie tun sollte, blinzelte Caite überrascht, als sie eine Bewegung an dem Haus sah, auf das Sidney zugesteuert war.

Zwei Männer kamen heraus und trugen einen großen Hundekäfig aus Metall. Sie gingen auf den kleinen Pick-up zu, der in der Einfahrt geparkt war. Der Käfig war mit einer Plane abgedeckt, und sie stellten ihn auf den Boden, während einer der Männer die Heckklappe herunterließ.

Als sie den Käfig wieder anhoben, rutschte die Plane ab – und Caite war schockiert, als sie einen Menschen darin liegen sah.

Sidney.

Es war leicht, das lange schwarze Haar zu erkennen, das durch die Löcher im Boden des Käfigs hing, ganz zu schweigen von der hellblauen Bluse, die sie trug.

Instinktiv kauerte Caite sich auf den Beifahrersitz des Wagens und sah entsetzt zu, wie die Männer den Käfig auf die Ladefläche des Pick-ups luden. Schnell deckten sie den Käfig mit der Plane ab, stiegen in das Fahrerhaus und fuhren rückwärts aus der Einfahrt.

Caite zückte ihr Handy und machte ein Foto des Pick-ups, dann blinzelte sie und versuchte, das Kennzeichen zu lesen. Sie notierte es auf einem Stück Papier in Sidneys Wagen und hatte ein sehr schlechtes Gefühl, als das Fahrzeug die Straße hinunter verschwand.

Schnell tippte sie auf Roccos Namen in ihren Kontakten und hielt den Atem an, während sie darauf wartete, dass er abnahm.

Gumby unterhielt sich gerade mit seinen Teamkameraden, während sie darauf warteten, dass ihr Kommandant von seiner Mittagspause zurückkam, als Roccos Telefon klingelte.

Gumby, der sich fragte, ob Sidney mit ihrem Mittagessen schon fertig war, schenkte dem Telefonat seines Freundes keine große Aufmerksamkeit. Er war begierig darauf, mit ihr zu sprechen. Er hatte das Gefühl, dass sie immer noch nicht begeistert von ihm war, aber er wusste, dass es auf lange Sicht schlecht für sie ausgehen würde, sich mit den städtischen Hundekämpfern anzulegen.

Er hatte einige Nachforschungen über Hundekämpfe angestellt, und was er gelesen hatte, überraschte ihn nicht gerade, aber es machte ihn entschlossener denn je, Sidney von der Front zu holen. Bei den Männern, die an Hundekämpfen teilnahmen, handelte es sich fast immer um Gewaltverbrecher, oft Bandenmitglieder, die die Kämpfe als Forum für Drogenhandel und Glücksspiel nutzten. Die Kämpfe dienten auch dazu, jüngere Mitglieder einzuschüchtern und sich in der Welt der Hundekämpfe und Banden Vormachtstellung und Respekt zu verschaffen.

Er wollte auf keinen Fall, dass Sidney auch nur in die Nähe dieser Scheiße kam.

»Gumby!«, brüllte Rocco vom anderen Ende des Raumes.

Gumbys Kopf schnellte von seinem Handy hoch und er begegnete dem Blick seines Freundes.

»Caite ist in der Leitung, und sie sagt, Sid ist in Schwierigkeiten.«

Scheiße.

Gumby wusste sofort, dass sein Gespräch mit Sidney an

diesem Morgen nicht in ihr Bewusstsein vorgedrungen war. Wenn überhaupt, dann hatte es sie nur noch entschlossener gemacht, sich in Gefahr zu begeben. In Sekundenschnelle war er an der Seite seines Freundes.

Rocco stellte das Handy auf Lautsprecher und die sechs SEALs versammelten sich darum, um zuzuhören, als Caite ihnen erzählte, was sie wusste.

»... habe hier im Wagen auf sie gewartet. Sie sagte, sie wolle sich nur umsehen. Es war zu viel Zeit vergangen und ich versuchte zu entscheiden, was ich tun sollte, als ich diese beiden Typen aus dem Haus kommen sah. Sie trugen einen Hundekäfig zwischen sich, und als die Plane herunterfiel, sah ich sie darin.«

»War sie bei Bewusstsein?«, fragte Gumby eindringlich.

»Nein. Ich meine, ich glaube nicht. Sie lag auf dem Boden und hat sich nicht bewegt.«

»Hast du Blut oder irgendetwas anderes gesehen?«, fragte Ace.

Gumbys Herz hörte fast auf zu schlagen, als er auf die Antwort wartete.

»Nein, aber ich war ziemlich weit weg. Sidney hat drei Häuser weiter geparkt«, sagte Caite und ihre Stimme brach.

»Wie sah der Pick-up aus?«, fragte Phantom.

»Ich habe ein Foto davon gemacht«, sagte Caite. »Ich wusste nicht, was ich sonst tun sollte«, fuhr sie fort, und die Sorge und der Kummer waren in ihrer Antwort deutlich zu hören. »Der Schlüssel steckte im Zündschloss, aber ich wollte nicht, dass die Männer mich sehen, wenn ich aussteige oder über die Konsole krieche, um zur Fahrerseite zu gelangen.«

»Schick mir das Foto«, bat Rocco sie sanft.

»Okay. Ich habe mir auch das Kennzeichen notiert.«

»Gut gemacht«, sagte Rocco zu ihr. »Schick das auch.«

Gumby ballte vor Zorn und Angst die Hände zu Fäusten. Victor hatte Sidney entführt. Wer wusste schon, was er und seine Freunde mit ihr vorhatten.

Er spürte eine Hand auf seinem Arm und sah zu Ace hinüber.

»Ganz ruhig, Mann. Wir werden sie finden.«

Gumby war sich da nicht sicher. Er wusste, dass sie alles tun würden, um sie zu finden, aber in welchem Zustand würde sie sein, wenn sie es taten?

Die Dinge, die Victor und seine Kumpel Sidney antun konnten, gingen ihm immer wieder durch den Kopf wie ein schlechter Film in Dauerschleife.

»Wie lautet die Adresse dort?«, fragte Rocco Caite.

Sie ratterte sie herunter. »Oh, und sie hatte ihr Telefon dabei. Zumindest hatte sie es dabei, als sie den Wagen verlassen hat.«

»Das ist eine gute Nachricht. Wir werden sehen, ob wir es aufspüren können«, sagte Rex.

»Reiß dich zusammen, Gumby«, blaffte Bubba. »Wir brauchen dich bei dieser Sache.«

Gumby blinzelte und richtete sich auf. Sein Teamkamerad hatte recht. Er musste aufhören, darüber nachzudenken, was mit Sid geschehen könnte, und sich darauf konzentrieren, sie zu finden. Je eher, desto besser.

Während Rocco sein Bestes tat, um Caite zu beruhigen, indem er ihr sagte, sie solle sich nicht vom Fleck rühren und dass er so schnell wie möglich da sein würde, tippte Gumby auf Faiths Nummer in seinem Handy. Er wartete ungeduldig darauf, dass sie abnahm.

»Hi, Decker«, sagte sie zur Begrüßung.

»Sid wurde entführt«, stieß er hervor. »Sie ist zu Victors Haus gefahren, und sie haben sie bewusstlos geschlagen und sind mit ihr weggefahren. Wir müssen sie finden.«

»Oh mein Gott!«, rief die ältere Frau. »Was kann ich tun, um zu helfen?«

»Ich brauche den Namen und die Nummer der Kontakte, die du bei der Polizei von Riverton hast. Die Detectives, die bei Hundekämpfen ermitteln. Sie könnten eine Idee haben, wohin diese Typen sie vielleicht gebracht haben.«

»Natürlich! Ich werde sie dir gleich schicken.«

»Danke.«

»Ich habe ihr gesagt, sie soll sich zurückhalten«, sagte Faith. »Ich habe ihr gesagt, dass diese Typen gefährlich sind.«

»Ich weiß«, entgegnete Gumby traurig. »Das habe ich auch.«

»Sie war einfach zu entschlossen, alles zu tun, um die Hunde zu retten.«

»Ja ... die Namen und Nummern?«, erinnerte Gumby sie. Er wusste, dass Faith schockiert war über das, was er ihr gerade erzählt hatte, aber er hatte keine Zeit, darüber zu reden, warum Sidney die Dinge tat, die sie tat.

»Tut mir leid. Ich werde mich auch an meine Kontakte bei anderen Tierschutzvereinen wenden. Vielleicht fällt uns ein Ort ein, wo sie sie möglicherweise hingebracht haben, oder etwas, das uns helfen könnte.«

»Das weiß ich zu schätzen. Ich lasse dich wissen, wenn wir etwas hören.«

»Okay. Ich schicke die SMS jetzt ab.«

»Danke. Ich melde mich später bei dir.«

»Ich werde für sie beten«, sagte Faith und legte auf.

Sekunden später vibrierte sein Telefon mit ihrer SMS, die die Namen und Nummern der Beamten enthielt, die am meisten über den Hundekampfring wissen würden, in den Victor verwickelt war.

In diesem Moment betrat Kommandant Storm North den Besprechungsraum – und jeder Muskel in seinem Körper zog sich sofort zusammen. »Was ist hier los?«, fragte er, da er offensichtlich die Spannung im Raum spürte.

Bubba ging zu ihm hinüber, um die Situation zu erklären, noch während Gumby sein Telefon an sein Ohr hielt. Er musste sofort die Polizei einschalten. Jede Sekunde, die Sidney in den Fängen der bösartigen Hundekämpfer war, war eine Sekunde zu lange.

Sidney wurde langsam wach. Zuerst war sie verwirrt darüber, wo sie sich befand und was passiert war ... aber ihr wurde schnell klar, dass sie tief in der Scheiße steckte.

Zunächst einmal lag sie fast nackt in einem Hundekäfig. Sie hatte ihren BH und ihr Höschen an, aber das war alles. Man hatte ihr sogar ihre Uhr und ihre Halskette abgenommen. Der Riegel war mit einem Vorhängeschloss verschlossen, und so sehr sie sich auch anstrengte, sie konnte die Metallstäbe um sie herum nicht verbiegen. Sie konnte sich nicht einmal aufrecht hinsetzen, sie konnte sich nur auf den Hintern kauern – oder auf allen vieren hocken, was zu tun sie sich weigerte. Sie mochten sie in einem Käfig halten, aber sie war kein verdammter Hund.

Ihr Nacken schmerzte und Sidney wurde klar, wie viel Glück sie gehabt hatte. Victor hätte sie leicht erwürgen können. Er *hatte* sie gewürgt. Aber er hatte sie offensichtlich nur ohnmächtig machen, nicht töten wollen ... Gott sei Dank.

Ihre Gedanken kreisten um Caite. Wo war sie? War sie ungeduldig geworden und gekommen, um nach ihr zu sehen, und in das Geschehen hineingezogen worden? Sidney würde sich das nie verzeihen.

Als sie sich umsah, hatte sie keine Ahnung, wo sie war. Sie konnte nicht viel erkennen, da der größte Teil des Käfigs mit einer Plane abgedeckt war, aber eine kleine Ecke an der Vorderseite hatte sich gelöst, und sie konnte eine hohe Decke über sich sehen. Mindestens zehn Meter hoch. Es sah nicht so aus, als wäre sie noch bei Victor, der Ort war zu groß, um ein Haus oder eine Garage zu sein.

Sidney zitterte, obwohl die Luft eigentlich recht warm war, und sie hatte noch nie in ihrem Leben so viel Angst gehabt ... bis sie hörte, wie ein paar Männer in der Nähe zu reden begannen.

»Ich kann immer noch nicht glauben, dass sie tatsächlich aufgetaucht ist.«

»Ich sagte doch, dass sie es tun würde.«

Der Letzte war Victor. Sidney erkannte seine Stimme, aber nicht die des anderen Mannes, mit dem er sich unterhielt. Sie konnte nur entsetzt zuhören, wie sie die Pläne für den heutigen Abend besprachen.

»Also sind wir bereit für den Kampf heute Abend?«

»Ja. Dallas hat gesagt, wir fangen um Punkt acht an. Die Wetten beginnen um sieben.«

»Wie viele erwarten wir?«

»Volles Haus.«

»Scheiße ja! Das wird der Wahnsinn! Diese Arschlöcher werden uns für diesen Scheiß wahnsinnigen Respekt zollen müssen.«

»Wurde auch Zeit. Los, hilf mir, den Zaun aufzustellen. Wir können doch nicht zulassen, dass unsere Schlampe vor dem Spaß flieht, oder?«

Sidney versuchte, nicht zu weinen. Sie war nicht dumm.

Sie wusste, dass das, was sie mit ihr vorhatten, nicht gut war, vor allem, wenn es um Wetten und Zäune ging.

Dann drohte die Scham ihre Angst zu übertönen. Sie hatte genau das getan, von dem Caroline ihr gesagt hatte, sie solle es nicht tun. Sie brachte Decker in eine Lage, in der er in Schwierigkeiten geraten könnte. Er würde vielleicht jemanden ernsthaft verletzen oder, Gott bewahre, töten müssen, um sie zu retten.

Sie hatte es vermasselt. So was von. Sie hatte nicht nur Caite in extreme Gefahr gebracht, sondern auch ihre eigenen psychologischen Probleme hatten sie schließlich in eine Situation gebracht, von der sie nicht wusste, wie sie sich daraus befreien sollte.

Obwohl sie all das wusste, obwohl sie wusste, dass sie Decker in äußerste Gefahr brachte, flüsterte sie: »Bitte finde mich, Decker.« Sie legte sich wieder hin, rollte sich auf dem Boden des Käfigs zu einer kleinen Kugel zusammen und flüsterte immer wieder dieselben Worte, in der Hoffnung, dass ihre Rettung umso schneller kam, je öfter sie sie aussprach.

Offiziell waren die Polizeibeamten von Riverton für den Fall zuständig. Inoffiziell wusste Gumby, dass sie sich auf die Stärke und Erfahrung des Teams verließen, sie zu unterstützen.

Sidneys Telefon war geortet worden ... zurück zu Victors Haus. Das war also keine Hilfe gewesen. Mit Caites Aussage über das, was sie gesehen hatte, hatten die Polizisten einen hinreichenden Grund, Victors Haus zu durchsuchen, um Sidney zu finden.

Sie fanden eine Menge Beweise für Hundekämpfe, aber

nicht Sidney. Ihre Jeans lag mitten auf dem Küchenboden, ihr Handy noch in der Gesäßtasche, aber sie war nirgends zu finden.

Der Keller war jedoch eine Horrorvorstellung – und Gumby verstand, warum Sidney sich so sehr für die Rettung von Tieren einsetzte, nachdem er ihn gesehen hatte.

Es waren nur zwei Hunde im Keller, aber sie waren in einem schlechten Zustand. Sie hatten Narben am Kopf und auf der Brust und waren mit schweren Ketten um den Hals gefesselt. Sie waren durch einen hauchdünnen Vorhang getrennt, aber die Detectives, die Experten für Hundekämpfe waren, erklärten, dass dies ausreichend sei. Die Tiere waren Menschen gegenüber einigermaßen loyal, wurden aber darauf trainiert, in der Nähe eines anderen Hundes durchzudrehen.

Die Beamten waren eine Fundgrube für Informationen über Hundekämpfe im Allgemeinen und darüber, wozu alles, was sie im Keller gefunden hatten, verwendet wurde.

Im gesamten Raum waren Blutspuren zu sehen, die darauf hinwiesen, dass dort in der Vergangenheit Kämpfe stattgefunden hatten. In einer Ecke waren blutbespritzte Holzbretter aufgestapelt, die offensichtlich als Absperrung für den Ring, in dem die Hunde kämpften, verwendet worden waren. In einer anderen Ecke befand sich ein Laufband, auf dem die Hunde liefen, um ihre kardiovaskuläre Fitness und Ausdauer zu verbessern. Schwere Ketten lagen auf einem Haufen an der Seite, und die Polizisten erklärten, dass sie dazu beitrugen, den Nacken und den Oberkörper der Hunde zu stärken, da sie ständig das immense Gewicht tragen mussten.

An einigen Ketten waren Gewichte befestigt, und Gumby erfuhr, dass die Besitzer ihre Hunde manchmal mit den Ketten und Gewichten an den Halsbändern laufen ließen, ebenfalls um Kraft aufzubauen.

Aber das erdrückendste Beweisstück im Keller war die riesige Menge an Medikamenten, Vitaminen und Nahrungsergänzungsmitteln. Es gab Entzündungshemmer, Adrenalin, Speed, Schmerzmittel, Antibiotika, Testosteronhormone, Vitamin K zur Förderung der Blutgerinnung, Vitamine für die roten Blutkörperchen von Hunden und jede Menge Erste-Hilfe-Material, einschließlich Sekundenkleber.

Für das Team war das alles überwältigend und erschreckend, aber noch mehr für Gumby.

Das war es, was sie für Hannah geplant hatten. Die Vorstellung, dass sein süßer, gutmütiger Hund in diesem Haus des Schreckens lebte, war fast zu viel für ihn.

Kein Wunder, dass Sidney sich berufen fühlte, Tieren wie Hannah zu helfen. Nachdem er erfahren hatte, was sie als Kind gesehen hatte, und da er nun wusste, dass Menschen wie Victor wehrlosen Hunden so etwas antaten, verstand er sie jetzt viel besser. Er wollte sie zwar immer noch nicht an der Front dieses Wahnsinns sehen, aber zumindest verstand er, warum sie so beharrlich *irgendetwas* tun wollte.

Allerdings war er nicht glücklich darüber, dass sie Caite in ihre Besessenheit mit einbezogen hatte. Ja, sie hatte Caite gesagt, sie solle im Wagen bleiben. Nein, sie hatte Caite nicht alles erzählt, was sie vorhatte, aber es blieb die Tatsache, dass die Möglichkeit bestanden hatte, dass Roccos Frau verletzt wurde.

Und ... sie hatte ihn angelogen.

Gumby *hasste* das. Er hatte gesagt, er würde morgen mit ihr zu Victors Haus gehen, und sie hatte zugestimmt, obwohl sie wahrscheinlich die ganze Zeit gewusst hatte, dass sie ohne ihn gehen würde. Es tat weh, und es wurmte ihn.

Aber im Moment musste er sich darauf konzentrieren, sie zu finden. Darauf, sie zurückzubekommen. Um die anderen Dinge würde er sich später kümmern.

»Das ist nicht hilfreich«, sagte Gumby frustriert. »Ja, es zeigt, dass Victor in Hundekämpfe verwickelt ist, aber es sagt uns nicht, wohin sie Sidney gebracht haben.«

»Stimmt. Aber da wir jetzt definitiv wissen, dass er bis zum Hals in dieser Scheiße steckt, haben wir einen hinreichenden Grund, bekannte Hundekampfplätze zu durchsuchen«, sagte Detective Francisco Garnham.

Gumby verstand, warum der Detective darauf achtete, jede Vorschrift buchstabengetreu einzuhalten, aber es war verdammt frustrierend. Der legale Weg brauchte immer Zeit. Und wenn Victor gewusst hätte, dass die Polizei gegen ihn ermittelte, hätte er die Hunde weggebracht und die Beweise für seine Beteiligung an den Kämpfen versteckt. Etwas, worauf Sidney hingewiesen hatte.

Aber nur weil der richtige Weg Zeit kostete – Zeit, die die Hunde vielleicht nicht hatten –, konnte er dennoch nicht dulden, dass sie die Tiere vor den Augen der Hundekämpfer stahl und sich selbst in Gefahr brachte.

Trotzdem begann Gumby zu erkennen, dass es keine einfache Lösung gab.

»Ich werde Caite nach Hause bringen«, sagte Rocco. »Sie ist sehr aufgebracht und fühlt sich schuldig, weil sie nichts getan hat.«

»Das war nicht ihre Schuld«, sagte Gumby zu seinem Freund.

»Ich weiß, und ich bin sehr froh, dass du das so siehst.«

»Dachtest du, ich würde ihr die Schuld geben?«, fragte er verärgert.

»Nein.«

Gumby fühlte sich durch die sofortige Antwort seines Freundes besser, runzelte jedoch die Stirn, als er fortfuhr.

»Aber ich kenne dich, Gumby, denn wir sind aus demselben Holz geschnitzt. Ich weiß, dass du das, was passiert ist, schon hundertmal im Kopf durchgespielt hast, und dir hundert verschiedene Dinge eingefallen sind, die anders hätten ablaufen können, um zu verhindern, dass deine Frau entführt wird.«

Rocco lag nicht falsch.

»Das heißt nicht, dass ich Caite die Schuld dafür gebe«, sagte Gumby. »Ich liebe sie wie eine Schwester, und so ziemlich jedes alternative Szenario, das ich mir überlegt habe, endet damit, dass Caite verletzt oder zusammen mit Sidney entführt wird.«

»Die Schuld liegt bei Victor«, warf Ace ein. »Und wir werden dieses Arschloch und seine Kumpel finden und diese Scheiße ein für alle Mal beenden.«

»Wenn es nur so einfach wäre«, sagte Detective Garnham.

Alle sechs SEALs drehten sich zu ihm um. »Was meinen Sie?«, fragte Bubba.

»Hundekämpfe gibt es schon sehr lange ... seit der römischen Antike, als die Tiere im Kolosseum gegeneinander kämpften. Anfang des neunzehnten Jahrhunderts hat der American Kennel Club sogar Regeln aufgestellt und Schiedsrichter eingesetzt, weil der *Sport* hier in den USA so beliebt war. Sechsundsiebzig wurde er von allen Bundesstaaten verboten, aber er blüht weiter auf, auch weil das Rechtssystem der Praxis gegenüber etwas apathisch ist. Die Straßenkämpfe sind außer Kontrolle, und wenn ein Rädelsführer ausgeschaltet wird, tauchen zwei weitere auf, die seinen Platz einnehmen. So gut wie jedes Kind, das in einem städtischen Umfeld lebt, ist in seiner Nachbarschaft Hundekämpfen ausgesetzt, und viele Eltern setzen ihre Kinder absichtlich diesem Phänomen aus, um sie für die Realitäten des Lebens *abzuhärten*. Wie bei Gewaltverbrechen gibt es im ganzen Land, ja sogar weltweit, immer mehr davon.«

»Na, ist er nicht ein Sonnenschein«, murmelte Phantom leise.

Gumby musste zustimmen. Aber jetzt war weder die Zeit noch der Ort, um die gesellschaftlichen Probleme zu diskutieren, die zu den Hundekämpfen führten. Sie mussten sich darauf konzentrieren, Victor und seine Kumpane zu finden und dafür zu sorgen, dass Sidney in Sicherheit war. »Ich verstehe, dass Ihr Job fast unmöglich ist, aber im Moment geht es mir nur um meine Frau und darum, dass sie nicht in der Statistik landet. Was ist der nächste Schritt?«

Der Detective nickte. »Sie haben recht. Meine Leute werden hier weiter aufräumen und auch die Hunde und die ganze Ausrüstung, die wir gefunden haben, beschlagnahmen. Es gibt einen Informanten, dem ich ziemlich nahestehe, und ich werde sehen, ob ich ihn finden kann. Er war in der Vergangenheit sehr hilfreich, wenn es darum ging, mir mitzuteilen, wann und wo spontane Kämpfe stattfinden werden. Er kann allerdings schwer zu finden sein.«

»Kann ich mitkommen, um ihn zu suchen?«, fragte Gumby.

Francisco sah ihn einen langen Moment an. Dann fragte er: »Werden Sie sich beherrschen, wenn ich ihn finde und er mir etwas sagt, was Ihnen nicht gefällt?«

Gumby nickte. »Ja.«

»Ich komme auch mit. Ich kann dafür sorgen, dass Gumby sich benimmt«, sagte Ace.

Gumby wollte widersprechen, aber er wusste, dass er sich mit einem seiner Teammitglieder im Rücken besser fühlen würde. Die Wahrheit war, dass er zwar gesagt hatte, er würde sich beherrschen ... aber er war sich nicht sicher, ob er es konnte.

»Gut. Dann brechen wir auf. Wir haben keine Zeit zu verlieren. Diese Kämpfe kommen normalerweise mit sehr wenig Vorlaufzeit auf, um uns auszutricksen«, sagte der Detective.

Gumbys Magen krampfte sich zusammen, als er das hörte. Auf der einen Seite war es gut. Wenn sie herausfinden konnten, wo der Kampf stattfand, konnten sie viel früher dazwischengehen und Sidney retten. Aber andererseits, wenn sie diesen Informanten nicht finden konnten, konnte der Kampf beginnen und enden, ohne dass sie jemals herausfanden, wo er stattfand. Und Gumby wollte nicht daran denken, was Victor und all die anderen blutrünstigen Arschlöcher mit Sidney vorhatten.

Sie würden sie zum Zuschauen zwingen, so viel war sicher. Und zu sehen, wie Hunde sich gegenseitig in Stücke rissen, würde sie brechen. Vor allem wenn sie eine Art Ködertier hatten, wie einen Welpen oder eine Katze, mit dem sie die Kämpfer anstachelten.

Aber er wusste, dass es um mehr als das ging. Das waren keine guten Männer, und es war nicht abzusehen, was sie Sidney nach – oder während – des Kampfes antun würden. Er musste zu ihr gelangen. Um sicherzustellen, dass sie in Sicherheit war. Sein Bauchgefühl sagte ihm, dass die Kacke am Dampfen war, und sein Bauchgefühl hatte sich noch nie geirrt.

»Haltet mich auf dem Laufenden«, befahl Rocco, als Gumby mit Ace und Detective Garnham den Keller verließ.

»Machen wir«, versprach Ace.

Rocco hielt Gumby mit einer Hand auf der Schulter auf. »Mach das nicht allein. Sie ist uns allen wichtig.«

Gumby nickte. Er wusste, dass es völlig ausgeschlossen war, dass er Sidney allein herausholen konnte. Die Polizei war involviert, und es war nicht so, dass die Beamten sich einfach zurücklehnen und zulassen würden, dass ein SEAL-Team sich in einen aktiven Hundekampf stürzte und anderen in den Arsch trat. Er und seine Freunde waren eine Einheit. Sie waren nur so gut wie ihr schwächstes Mitglied, und Gumby wusste, dass *er* in diesem Fall das schwache Glied wäre. Alles, woran er denken konnte, war Sidney. Nicht an die Bösewichte. Nicht an die Hunde, die vielleicht freigelassen wurden. Er brauchte sein Team, und dafür schämte er sich nicht im Geringsten.

»Wenn wir hier etwas Nützliches finden, rufen wir an«, rief Rex vom Fuß der Treppe aus.

Gumby nickte erneut. Er wusste, dass die anderen Polizisten, die noch vor Ort waren, sich ebenfalls mit Francisco in Verbindung setzen würden. Es war nicht zu vermeiden, dass Informationen hin- und herliefen, aber letztlich trug nichts davon dazu bei, dass Gumby sich im Moment besser fühlte. Während sie versuchten, sie aufzuspüren, konnte Sidney bereits verletzt sein. Oder im Sterben liegen. Und das war es, was ihn am meisten beunruhigte.

»Kommt schon«, sagte Francisco. »Es ist fast halb vier, und mein Informant kommt wahrscheinlich gerade von einem Rausch runter und wird nach einem Schuss Ausschau halten. Ich weiß, wo er sich für gewöhnlich aufhält, und ich will sehen, ob ich ihn finden kann, bevor er zu high ist, um uns zu nützen.«

Als sie durch das Haus zum Wagen des Detectives gingen, fragte Ace: »Warum behalten Sie ihn als Informanten, wenn er ständig high ist?«

»Weil er liefert«, war Franciscos unmittelbare Antwort. »Hören Sie, diese Typen sind nicht alle schlecht. Der Kerl ist drogensüchtig und hat einige ziemlich beschissene Dinge getan, um einen Schuss zu bekommen. Aber ich habe ihn im Laufe des letzten Jahres kennengelernt, und er hatte ein höllisches Leben. Er hat eine Frau und eine kleine Tochter, die in Los Angeles leben, aber er ist von dort weggegangen. Es ist beschissen, aber er hat alles verkauft, was er in die Finger bekam, und er wusste, dass er damit seiner Familie schadet. Also hat er sie verlassen. Er kam hierher, um sie aus seiner Reichweite zu halten.«

»Das ist in der Tat beschissen«, sagte Ace. »Warum wird er nicht einfach clean?«

»Er hat es versucht. Mehrere Male. Und ist jedes Mal gescheitert. Die Sucht ist einfach zu stark. Er weiß, dass er auf der Straße sterben wird, und will nicht, dass seine kleine Tochter ihn als das Arschloch in Erinnerung behält, das ihr nagelneues iPad verkauft hat, um an Drogen zu kommen. Ob Sie es glauben oder nicht, er ist gegangen, um sie zu schützen.«

»Und Sie glauben, er wird uns helfen, Sidney zu finden?«, fragte Gumby, als er auf den Beifahrersitz glitt.

»Wenn er etwas weiß, wird er uns helfen«, bestätigte Francisco.

Als sie von Victors Haus wegfuhren, betete Gumby so sehr wie noch nie in seinem Leben, dass sie diesen Informanten schnell finden würden. In seiner momentanen Verzweiflung würde er dem Mann sogar hundert Dollar für seine Lieblingsdroge geben, wenn er ihnen nur etwas Nützliches mitteilte.

Sidney zog keine Aufmerksamkeit auf die Tatsache, dass sie wach war. Sie wollte den Arschlöchern, die sie entführt hatten, auf keinen Fall eine Chance geben, noch etwas zu tun. Aber je mehr Zeit verging, in der Decker und seine Kameraden nicht durch die Türen stürmten, um sie zu retten, desto mehr Sorgen machte sie sich.

Die Aktivitäten rund um das Lagerhaus nahmen stetig zu. Am schrecklichsten war es, als mehrere Käfige mit knurrenden, wütenden Hunden um sie herum aufgestellt wurden. Sie hielt die Augen geschlossen, als die Männer, die sie hergebracht hatten, über den bevorstehenden Kampf sprachen.

»Ich setze mein Geld heute Abend auf Thor.«

»Auf keinen Fall, Kujo wird ihm in den Arsch treten.«

»Dallas sagt, die Wetten stehen sechs zu eins für das Mädchen.«

»Sie wird Thor und Kujo auf keinen Fall schlagen.«

»Vielleicht, vielleicht auch nicht. Aber dieser Kampf steht als letzter auf dem Programm. Sie werden müde sein, wenn sie zum letzten Kampf kommen.«

»Hmmm, stimmt.«

»Und er wird mit dem Verkauf des Zeugs, das er heute Abend von seinem mexikanischen Kontaktmann bekommen hat, sowieso ein Vermögen machen. Der Kampf ist nur ein Bonus.«

»Komm schon. Diese Arschlöcher haben es schwer mit dem Zaun. Die wären nicht mal in der Lage, einen Pappkarton zusammenzubauen.«

Als die Stimmen verklangen, zitterte Sidney vor Angst.

Hatte sie richtig gehört? Sie hatten vor, sie gegen zwei Hunde namens Thor und Kujo antreten zu lassen?

Sie war so am Arsch. So sollte der Abend nicht verlaufen. Sie sollte mit Decker abhängen und schließlich mit ihm schlafen. Nicht in einem verschlossenen Käfig liegen und sich zu Tode ängstigen.

Je mehr Zeit verging und je mehr Leute auftauchten, desto deprimierter wurde Sidney. Decker würde sie nicht mehr rechtzeitig finden. Aber sie nahm es ihm nicht übel. Ihr eigenes Verhalten hatte sie in diese Lage gebracht. Er hatte die ganze Zeit recht gehabt. Sie hätte die Amateurdetektivarbeit den Experten überlassen sollen. Durch ihre Unachtsamkeit und ihre Besessenheit, die Welpen zu retten, hatte sie sie und sich selbst höchstwahrscheinlich in den Tod getrieben.

Mit einem Gebet, dass Decker ihr irgendwann verzeihen und mit seinem Leben weitermachen würde, schlang sie die Arme um ihre Knie, so gut sie konnte, während sie auf der Seite lag, und weinte schließlich.

Gumby stand hinter Detective Garnham, während er den Informanten, Martin Bierman, befragte. Früher war der Mann wahrscheinlich ziemlich gut aussehend gewesen, aber jetzt war er ein wandelndes Skelett. Sein Körper war so zerbrechlich und abgemagert, dass er aussah, als könnte er von einem schnellen Windstoß umgeworfen werden.

Außerdem roch er entsetzlich. Nach Schweiß, Pisse und verrottendem Abfall. Er trug zerrissene Jeans, Turnschuhe mit Löchern an den Spitzen und mehrere Lagen Hemden. Sein braunes Haar war fettig und hing ihm in die Augen, seine Zähne waren gelb und verrottet.

Dieser Mann war am Ende seiner Kräfte, und jeder vernünftige Mensch würde sich von ihm fernhalten, wenn er ihm auf der Straße begegnete.

Aber Detective Garnham ließ nicht erkennen, dass er

ein Problem mit dem Mann hatte. Ein paar Minuten lang unterhielten sie sich, als wären sie alte Kumpel, die sich seit Monaten nicht gesehen hatten.

Es hatte Stunden gedauert, den Kerl aufzuspüren. Gumby war kurz davor, vor Ungeduld den Verstand zu verlieren, als Francisco endlich zu dem Grund kam, warum sie dort waren.

»Hast du von irgendwelchen Hundekämpfen gehört, die bald stattfinden?«

Martin zuckte mit den Schultern. »Es gibt immer Hundekämpfe«, war seine Antwort.

Gumby biss die Zähne zusammen und spürte, wie Ace eine Hand auf seinen Arm legte. Es war offensichtlich, dass sein Freund seine Gedanken lesen konnte und wusste, dass er zwei Sekunden davon entfernt war, einige der Verhörtechniken, die sie gelernt hatten, in die Tat umzusetzen.

»Dieser wäre neu, erst heute Abend geplant. Wahrscheinlich gibt es eine Menge Tamtam darum. Aufregung.«

»Ja.« Martin nickte. »Ich habe einige Gerüchte gehört.« Seine Augen schienen zu leuchten. »Ich habe gehört, dass es dort eine Menge gutes Zeug geben wird.«

»Um wie viel Uhr?«

»Um acht.«

»Wo?«, fragte Francisco.

Gumby war beeindruckt. Anstatt zu begierig auf die Information zu sein, blieb der Detective entspannt. Als wäre es ihm egal, ob Martin es ihm sagte oder nicht. Gumby wusste, dass er nicht in der Lage gewesen wäre, so ruhig zu bleiben, wenn er derjenige gewesen wäre, der die Fragen stellte. Nicht, wenn Sidneys Sicherheit von den Antworten abhing.

»Ich kann mich nicht erinnern.«

Martins Antwort war Blödsinn, und das wussten sie alle.

Aber es schien, als war das alles Teil eines Spiels, das Detective Garnham schon mehr als einmal mit dem Mann gespielt hatte.

»Ich habe in dem Fast-Food-Laden angehalten, den du so magst, und konnte nicht aufessen«, sagte Francisco zu ihm. »Ich könnte dir meine Reste überlassen, wenn du willst.«

Auch das war Blödsinn. Der Beamte hatte nicht lange, nachdem sie Victors Haus verlassen hatten, angehalten, um sich eine Bestechungsmahlzeit zu besorgen. Wahrscheinlich war sie inzwischen kalt, aber sie wussten alle, dass Martin sich nicht darum scheren würde.

»Ich könnte was essen«, sagte der Obdachlose.

»Ich hole es«, bot Ace an und machte sich auf den Weg zu dem Wagen, den sie auf der Straße geparkt hatten, während sie nach Martin suchten.

»Was hast du noch über den Kampf gehört?«, fragte Francisco.

Martin zuckte mit den Schultern. »Ich habe gehört, dass es etwas Aufregung geben wird, eine neue Schlampe, die kämpfen wird. Anscheinend ist es eine große Sache zwischen Dallas und einem anderen Typen, der aufsteigen will.«

»Victor?«

»Weiß ich nicht. Ist mir auch egal. Du weißt, was mich interessiert.«

Francisco nickte. »Das weiß ich. Aber weißt du, was mir wichtig ist, Martin?« Ohne auf eine Antwort des anderen Mannes zu warten, fuhr der Detective fort: »Mich interessiert, dass es eine unschuldige Frau gibt, die zur falschen Zeit am falschen Ort war. Weißt du, was sie tun wollte? Zwei unschuldige Welpen davor bewahren, in die Welt der Hundekämpfe hineingezogen zu werden.«

»Und das interessiert mich, weil?«, fragte Martin.

Gumby wäre fast ausgeflippt, aber Francisco streckte einen Arm aus, als wüsste er, dass Gumby Martin gleich niederreißen würde. Er fuhr fort, absolut entspannt, während er Martins Welt auf den Kopf stellte. »Denn wenn ich recht habe, ist die *neue Schlampe*, gegen die sie heute Abend kämpfen werden, diese unschuldige Frau. Denn Sidney Hale könnte deine Tochter sein. Du hast mir erzählt, wie sehr sie Welpen und Kätzchen mag. Was, wenn sie es wäre, die diese Hunde retten wollte? Was wäre, wenn *sie* diejenige wäre, die Dallas und sein Freund in die Finger bekommen haben? Würde es dich dann interessieren?«

Gumby sah, wie Martin zusammenzuckte, bevor er auf den Boden blickte.

»Ich weiß, wie sehr du deine Familie liebst. Ich *weiß* es, Martin. Sieh dir mal den Mann hinter mir an. Er liebt seine Frau genauso sehr, und sie ist verschwunden. Wir sind ziemlich sicher, dass sie irgendwie in den Kampf heute Abend verwickelt sein wird. Wenn es deine Frau oder deine Tochter wäre, würdest du nicht wollen, dass jemand dir hilft, sie zu finden?«

Gumby hielt den Atem an. Er wusste nicht, ob Francisco Martin gerade so sehr verärgert hatte, dass er sich weigern würde, ihnen etwas anderes zu sagen, oder ob er gerade den Ausschlag zu ihren Gunsten gegeben hatte.

Nach einigen Sekunden murmelte Martin: »Washington Avenue. Das große Lagerhaus am Ende der Straße.«

Gumby atmete laut aus. Er hatte keine Ahnung, wo die Washington Avenue lag, aber der Detective offensichtlich schon. »Danke«, sagte er leise.

Martin beachtete Gumby nicht im Geringsten, sondern starrte nur zu Francisco hoch und fragte streitlustig: »Was bekomme ich dafür?«

Der Detective wollte seine Brieftasche herausholen, aber Gumby hielt ihn auf. Er zog fünf Zwanziger aus seinem eigenen Geldbeutel und reichte sie Martin ohne ein Wort. Der Mann riss sie ihm aus der Hand und versteckte sie so schnell bei sich, dass er es nicht für möglich gehalten hätte, wenn er es nicht mit eigenen Augen gesehen hätte.

Ace kam mit der Tüte mit den Fast-Food-Hamburgern zurück und reichte sie Martin. Francisco nickte dem Obdachlosen zu und drehte sich um.

Gumby und Ace folgten ihm, und Ace flüsterte: »Was habe ich verpasst?«

»Wir wissen, wann und wo der Kampf heute Abend stattfinden wird.«

»Gott sei Dank«, sagte Ace.

In der Tat, Gott sei Dank. Gumby schaute auf die Uhr und sah, dass es bereits sieben war. Sie hatten nicht viel Zeit, um das Team zusammenzutrommeln und das Spezialeinsatzkommando zu informieren. Jede Minute, die verstrich, war eine Minute, in der Sidney verletzt oder getötet werden konnte.

Er holte sein Handy heraus und schickte eine SMS an Rocco und Phantom, während Detective Garnham in sein eigenes Telefon sprach. Die Truppen wurden zusammengezogen, aber Gumby hatte keine Ahnung, ob sie rechtzeitig da sein würden oder nicht.

KAPITEL ACHTZEHN

Sidney wehrte sich so heftig wie möglich gegen die Hände, die sie festhielten, aber es war vergeblich. Alles, was sie bekam, war ein Haufen Männer, die sie anglotzten, während ihre Brüste in ihrem BH wackelten. Sie konnte es nicht fassen, dass sie nur in Unterwäsche vor mindestens hundert Männern stand. Aber ehrlich gesagt war das im Moment ihre geringste Sorge.

Viel mehr Sorgen machte ihr der Hundekampfring vor ihr.

Sie hatte zugehört, wie das Ding aufgebaut worden war und wie sich der Raum langsam mit eifrigen Zuschauern für den abendlichen Kampf füllte. Sie hatte gehört, was sich nach mehreren bösartigen Runden anhörte, und die Schüsse, mit denen die unterlegenen Hunde jedes Kampfes getötet wurden. Das Knurren und Bellen jagte ihr eine Heidenangst ein.

Es war gemeiner als alles, was sie je in ihrem Leben gehört hatte. Das waren keine Hunde, die ihr Grundstück beschützen wollten. Sie waren nicht wie Hannah, die Max angebellt und angeknurrt hatte, als er bei Deckers Haus eingetroffen war. Nein, das waren die Geräusche von Hunden, die bis zum Tod kämpften. Sie waren bereit, alles zu tun, was nötig war, um ihre Gegner zur Strecke zu bringen.

Und als sie dort stand und auf die Umzäunung blickte, die um den Kampfring errichtet worden war, bestätigten sich ihre schlimmsten Befürchtungen. Victor und seine Kumpel wollten sie mit zwei der größten und gemeinsten Hunde, die sie je gesehen hatte, in den Ring schicken. Thor und Kujo. Sie waren in den beiden Kämpfen, an denen sie heute Abend jeweils teilgenommen hatten, siegreich gewesen, und im Finale des Abends würden sie gegeneinander kämpfen ... und gegen Sidney.

»Bitte nicht«, flehte sie, als die beiden Männer, die sie festhielten, vorwärtsgingen und sie zum Ring schleppten.

»Halt die Klappe, Schlampe, oder wir legen dir einen Maulkorb an.«

Die anderen Männer um sie herum lachten, als wäre das das Lustigste, was sie je gehört hatten.

Victor öffnete das Tor zum Ring und sie wurde grob durch die Tür gestoßen.

Sidney fiel auf die Hände und Knie, und die Menge um sie herum tobte – die Menschen jubelten, schrien und lachten auf ihre Kosten.

Schwindelig sprang Sidney auf und stürzte sich auf die Tür, durch die sie gerade gestoßen worden war. Aber sie kam zu spät. Drei Männer hielten sie zu und sie grinsten ihr ins Gesicht, als sie sich am Zaun festhielt und zerrte.

Entsetzt über ihre missliche Lage sah Sidney sich um. Der provisorische Zaun war etwa drei Meter hoch und beinhaltete eine Art Hülle aus Maschendraht. Sie konnte nicht einfach über den Zaun auf die andere Seite des Rings klettern und entkommen. Ganz zu schweigen davon, dass um den eingezäunten Platz herum lauter Männer versammelt waren, die das Geschehen beobachteten.

Vor aller Augen wurde mit Drogen gehandelt und Geld gegen kleine Tütchen getauscht. Der dichte Rauch im Raum verursachte bei Sidney ein Gefühl der Übelkeit.

Sie sah kein einziges freundliches Gesicht.

Plötzlich blinzelnd sah Sidney wieder hin – und konnte nicht glauben, was sie entdeckte. Es waren auch Kinder da. Sie konnten nicht älter als neun oder zehn Jahre sein. Sie lachten und hielten Geldstapel in der Hand, genau wie die Erwachsenen um sie herum.

Vor Schreck konnte Sidney nur angewidert von der Tür zurückweichen. Der Boden unter ihren nackten Füßen war blutverschmiert, und sie rutschte einmal aus, während sie versuchte herauszufinden, wie zum Teufel sie sich aus dieser Situation befreien konnte. Auf der einen Seite des Kreises lag die Leiche eines Verlierers aus einem früheren Kampf. Der arme Hund blutete überall an seinem Körper, aber es war leicht zu erkennen, dass die Ursache für seinen Tod die herausgerissene Kehle war.

Sidney konnte nicht atmen. Das war ein Albtraum, und sie konnte nicht glauben, dass sie sich mitten darin befand.

Victor stand auf einer Kiste und versuchte, sich an die Menge zu wenden. Es dauerte eine Weile, bis sich alle so weit beruhigt hatten, dass er gehört werden konnte, aber schließlich konnte sie verstehen, was er sagte.

»Und im letzten Kampf des heutigen Abends werden Thor und Kujo endlich aufeinandertreffen! Es gibt drei mögliche Ausgänge dieses Kampfes. Kujo tötet Thor ...«

Die Hälfte der Männer im Raum stieß einen riesigen Jubel aus, der Sidney angesichts der Lautstärke zusammenzucken ließ.

»... Thor tötet Kujo ...«

Wieder explodierte der Raum in Jubel und Hohn der Männer.

»... oder beide Hunde wenden sich gegen die Schlampe und töten *sie*.«

Die Wände schienen zu vibrieren, so laut war der Jubel nach Victors Aussage.

Sidney weinte jetzt. Es schien keinen Grund zu geben, ihre Tränen zurückzuhalten. Hatten sich so die Opfer zu Zeiten der Römer im Kolosseum gefühlt? Hilflos und zu Tode verängstigt?

Sie wich von der Stelle zurück, an der Victor stand, aber als sie dem Zaun zu nahe kam, zückten die Männer auf der anderen Seite Messer sowie Stöcke, die sie wahrscheinlich draußen gesammelt hatten, und stießen sie durch die Gitterstäbe, sodass sie gezwungen war, vom Rand des Rings wegzugehen.

Durch ihre Tränen und das Klingeln in ihren Ohren hindurch hörte sie, wie Victor seine Hetzrede an die Zuschauer fortsetzte.

»Wie ihr alle wisst, ist Thor unbesiegt und hat immer wieder bewiesen, dass er hier der überlegene Kämpfer ist.«

Damit stieß ein anderer Mann Victor unter den Buhrufen der Menge von der Kiste, auf der er stand, und stellte sich selbst darauf. »Du irrst dich, Arschloch! Kujo wird deinen Kämpfer in Stücke reißen *und* die Schlampe ebenfalls zu Fall bringen!«

Sidney hörte, wie Leute Dinge wie »Sag's ihm, Dallas!« und »Scheiße, ja« riefen, aber sie konnte nur daran denken, dass sie in ein paar Minuten mit zwei wütenden, blutrünstigen Hunden in der Mitte dieses Rings stehen würde.

Victor sah gereizt aus, dass dieser Dallas ihm das Rampenlicht gestohlen hatte. Er stieß ihn von der Kiste und eroberte sozusagen seinen Thron zurück. Er stellte sich darauf und begann erneut zu schreien. »Dieser Kampf hat lange auf sich warten lassen, aber ich weiß, dass sich viele von euch fragen, warum diese Schlampe hier ist.«

Nach einigem zustimmenden Gemurmel aus der Menge fuhr Victor fort: »Sie hält sich für eine *Weltverbesserin*. Sie rettet die Tiere vor dem Leben als erstklassige Hundekämpfer.« Weitere Buhrufe und Pfiffe ertönten im Raum. »Sie versteht nicht, dass diese Hunde zum Kämpfen *geboren* wurden. Dass sie es lieben! Aber nach heute Abend wird sie es endlich begreifen, nicht wahr?«

Als die Menge im Raum erneut in Jubel ausbrach, stieg Victor von der Kiste und zeigte mit einem gekrümmten Finger auf Sidney. Sie wollte nicht in die Nähe des herzlosen Tierquälers kommen, aber wenn es eine Chance gab, dass er sie aus dem Ring ließ, musste sie sie ergreifen. Sie schlurfte vorwärts, nicht so nahe an ihn heran, dass er sie verletzen konnte, aber nahe genug, dass sie sich aus dem Staub machen konnte, wenn er die Tür öffnete.

»Kannst du mich hören?«, fragte Victor, als sie näher kam.

Sidney nickte.

Er grinste. Es war ein böses Grinsen, das ihr die Nackenhaare zu Berge stehen ließ. »Du wirst heute Abend in diesem Ring sterben«, sagte er ohne Gefühl in der Stimme. »Du hättest meine Hunde nicht stehlen sollen, Schlampe.« Und damit drehte er ihr den Rücken zu und gab jemandem in der Nähe ein Zeichen.

Sidney hörte das Knurren, bevor sie die Hunde sah. Die Menge hinter Victor und Dallas teilte sich, als vier Männer zwei Käfige zum Ring trugen. Der Geräuschpegel in der Lagerhalle wurde von ohrenbetäubend zu so leise, dass das einzige Geräusch, das man hörte, das Kratzen der Hundekrallen auf den Böden ihrer Käfige war.

Als Sidney sich umschaute, stellte sie fest, dass der einzige Eingang zum Kampfring die Tür war, durch die sie geschoben worden war. Nach dem zu urteilen, was sie über Hundekämpfe recherchiert hatte, standen die Besitzer normalerweise auf gegenüberliegenden Seiten des Rings und hielten ihre Hunde fest, bis es Zeit für den Kampf war. Es gab komplizierte Regeln dafür, wann die Hunde einge-sammelt und an die Seite des Rings zurückgebracht werden durften, bis der Kampf fortgesetzt wurde.

Aber es war klar, dass diese Straßenkämpfe nicht auf dieselbe Weise abliefen wie die, über die sie recherchiert hatte. Nein, bei diesen Kämpfen wurden die Hunde einfach aus ihren Käfigen befreit und der Kampf begann. Keine Regeln. Keine Auszeiten. Nur ein Kampf bis zum Tod.

Und sie würde mittendrin sein.

Schwer schluckend sah sie zu, wie Victor und Dallas die Käfige aufstellten, einer auf dem anderen vor der Tür. Es war offensichtlich, dass sie die Käfige öffnen, ihre Hunde herauslassen und dann die Tür des Zauns zuschlagen würden, um sie einzusperren.

Sie schaute nach oben und überlegte erneut, ob sie über den Zaun klettern sollte, aber ein Blick auf die Männer, die mit ihren Stöcken und Messern am Zaun standen, machte ihr klar, dass sie es auf keinen Fall bis nach oben schaffen würde, ohne ernsthaft verletzt zu werden.

Dann sah sie wieder zu Kujo und Thor.

Sie würde so oder so ernsthaft verletzt werden, und sie musste sich entscheiden, ob durch die Männer, die sie anglotzten und sich praktisch danach sehnten, sie in Stücke gerissen zu sehen, oder durch die Tiere, die sie ihr Leben lang versucht hatte zu schützen und zu retten.

Einen Moment lang dachte sie an Decker, wie sehr sie es bedauerte, nicht mehr Zeit mit ihm verbracht zu haben.

Ihm nicht gesagt zu haben, dass sie ihn liebte. Denn das tat sie. Mehr als alles andere. Aber dann hatte sie keine Zeit mehr, an etwas anderes zu denken, als am Leben zu bleiben.

»Eins, zwei, *drei*!«, rief Victor laut, die Türen zu den Käfigen wurden geöffnet und die beiden knurrenden, wütenden Hunde sprangen in den Ring, drehten sich sofort zueinander und begannen zu kämpfen.

Gumby wusste, dass er dankbar dafür sein sollte, wie schnell sich die Dutzenden von Strafvollzugsbeamten um das Lagerhaus in der Washington Avenue versammelten und positionierten ... aber es war nicht annähernd schnell genug für seinen Seelenfrieden. Schon seit einiger Zeit hörten sie Jubel und Geschrei aus dem Inneren des Lagerhauses, und der Gedanke, dass Sidney sich dort mitten im Chaos befand, war inakzeptabel.

Wenn es nach ihm ginge, wären er und sein Team schon längst drinnen gewesen, hätten die Versammlung aufgelöst und Sidney gerettet. Aber das war nicht ihre Mission. Sie mussten sich an die Regeln der Polizei halten – und das zerriss ihn.

»Ganz ruhig, Mann«, sagte Ace, der eine Hand auf Gumbys Schulter legte. »Wir werden sie da rausholen.«

Gumby wusste das. Aber er wusste nicht, in welchem Zustand sie sein würde, wenn sie bei ihr ankamen. Er sprach diesen Gedanken nicht aus. Das brauchte er auch nicht. Er wusste ohne Zweifel, dass jeder seiner Freunde das Gleiche dachte.

Rocco sah krank aus. Er war der Einzige im Team, der wirklich nachempfinden konnte, wie Gumby sich fühlte. Als Caites Leben in Gefahr gewesen war, hatte Gumby sich schlecht gefühlt, aber er hatte die Emotionen, die Rocco empfunden hatte, nicht wirklich verstanden. Jetzt tat er es.

Die Beamten um ihn herum trugen alle kugelsichere Westen und hielten ihre Schutzausrüstung bereit. Sie alle wussten, dass in dem Moment, in dem sie in das Lagerhaus eindrangen, Chaos ausbrechen würde. Die Zuschauer würden versuchen, durch jede mögliche Tür zu entkommen, und so wie es sich anhörte, waren eine Menge Leute in dem Lagerhaus eingepfercht. Die Polizeibeamten konnten unmöglich alle einfangen, aber sie wollten so viele wie möglich erwischen.

Aber alles, was Gumby interessierte, war Sidney. Sie war sein einziges Ziel. Er musste zu ihr gelangen, bevor Victor etwas Dummes tat, wie sie aus Wut auszuschalten.

»Kommst du klar?«, fragte Phantom.

Gumby nickte. Er konnte nicht sprechen, er hatte die Zähne zusammengebissen, damit er nicht aus Frustration darüber schrie, dass der Aufbau der Absperrung so lange dauerte.

»Es ist gleich so weit«, sagte Rex leise.

»Sie wird in ein paar Minuten in deinen Armen liegen«, versicherte Bubba ihm.

Gumby wusste, dass seine Freunde zu helfen versuchten, aber sie machten ihn nur noch nervöser. Als er zur Seite blickte, sah er einige Krankenwagen in der Nähe stehen, die darauf warteten, dass die Gefahr eingedämmt wurde, bevor sie sich auf den Weg machten, um allen zu helfen, die es brauchten.

Detective Garnham ging auf ihre Gruppe zu. Gumby hoffte inständig, dass es so weit war.

»In vier Minuten gehen wir rein«, sagte Francisco. »Wie wir vereinbart haben, werden Sie sechs die Nachhut bilden.

Ich weiß, dass wir das schon besprochen haben, aber ich will nur sicher sein. Keiner von Ihnen ist bewaffnet, oder?«

Alle sechs Männer antworteten mit nein. Gumby war es egal, dass sie keine Waffen mit in das Gefecht nehmen durften. Sie brauchten sie nicht. Jeder der sechs Männer des Teams kannte mehrere Möglichkeiten, mit bloßen Händen zu töten. Und wenn Victor Sidney etwas angetan hatte, war er ein gezeichneter Mann.

Er und Rocco hatten es besprochen. Sie wussten beide, dass in der Lagerhalle Tumult herrschen würde, wenn die Polizei hineinstürmte. Die Verwirrung würde Gumby die nötige Deckung geben, um sicherzustellen, dass Victor nie wieder eine Bedrohung für Sidney sein würde. Er tötete nicht gern, aber wenn es auf Sidney oder Victor hinauslief, bestand kein Zweifel. Er würde keine Gewissensbisse haben, wenn er Victors Leben beendete, nicht, wenn das bedeutete, dass Sidney ihres in Frieden leben konnte.

»Seien Sie vorsichtig«, sagte Francisco. »Bei Razzien wie dieser sind die Besitzer dafür bekannt, ihre Hunde loszulassen, um ihnen Zeit zur Flucht zu geben.«

Die SEALs murmelten ihr Einverständnis. Sie waren auf praktisch alles vorbereitet.

Der Detective warf ihnen noch einmal einen Blick zu, dann nickte er, drehte sich um und ging weg.

Gumby nahm einen tiefen Atemzug.

»Bereit?«, fragte Rocco.

Gumby presste die Lippen aufeinander und nickte. Wie auch der Rest seines Teams. Sie waren so konzentriert und bereit, wie sie es noch nie gewesen waren. Dies war keine Rettungsmission für ein unbekanntes Ziel. Es ging um einen von ihnen selbst. Keiner der sechs Männer würde ohne Sidney gehen. Ein SEAL ließ keinen SEAL zurück.

Niemals. Und Sidney Hale mochte vielleicht kein Navy SEAL sein, aber sie war dennoch ein Teil ihres Teams.

Gumby und die anderen traten hinter die Beamten des Spezialeinsatzkommandos. Jeder von Gumbys Sinnen war auf die bevorstehende Aufgabe eingestellt. Alles andere war unwichtig.

Im einen Moment standen sie noch da, die Muskeln in Erwartung angespannt, und im nächsten bewegten sie sich. Die Tür zum Lagerhaus wurde aufgerissen und die Beamten strömten hinein, brüllten Befehle und befahlen allen, stehen zu bleiben.

Wie erwartet zerstreuten sich die Anwesenden in der Lagerhalle sofort. Sie liefen so schnell sie konnten zu den beiden anderen Ausgängen und ignorierten die Befehle der Beamten.

Als die Menge sich lichtete, suchte Gumby verzweifelt den Raum nach einer ihm bekannten zierlichen, dunkelhaarigen Frau ab. Der Lärm war so groß, dass er sich nicht mit seinem Team unterhalten konnte, aber ohne dass es einer Aufforderung bedurfte, schwärmten sie auf der Suche nach Sidney aus.

Dann hörte er es. Schreie und Knurren im Zentrum des Raumes.

Als Gumby aufblickte, sah er einen eingezäunten Bereich in der Mitte eines Lagerhauses. Und als noch mehr Leute vor ihm flohen, erkannte er genau, was er sah.

Ein Ring mit einem Durchmesser von etwa fünf Metern, umschlossen von einem hohen Maschendrahtzaun. Und darin befand sich der Grund, warum er hier war. Sidney.

Ebenso wie ein großer, kräftiger, wütender Pitbull, der sein Bestes tat, um zu ihr zu gelangen.

Gumby schob buchstäblich zwei Männer und ein Kind aus dem Weg, als er auf den Käfig zulief, den Blick auf

Sidney gerichtet. »Halte durch, Sid«, murmelte er. »Um Himmels willen, halte durch.«

Als Kujo und Thor in den Ring gelassen wurden, erstarrte Sidney für einen Moment vor Schreck, als die Hunde sich sofort aufeinanderstürzten. Ihre Zähne prallten gegeneinander, als sie schnappten und angriffen. Sie wich so weit wie möglich zurück, während sie gleichzeitig außer Reichweite der Zuschauer und ihrer Messer blieb.

Einen Moment lang waren die beiden Hunde mehr daran interessiert, sich gegenseitig zu zerfleischen, als sich gegen sie zu wenden. Blut spritzte in alle Richtungen, als einer der Hunde den Kopf schüttelte, und traf dabei auch Sidney, aber sie ignorierte ihre Gänsehaut, den Blick auf den Kampf vor ihr gerichtet.

Doch viel zu schnell schaffte Kujo es, sein Maul um Thors Kehle zu legen. Es war bösartig und brutal, und wie jeder einzelne der Zuschauer konnte Sidney den Blick nicht davon losreißen. Ihre Augen füllten sich erneut mit Tränen, als Thors Widerstand schwächer und schwächer wurde.

Als es offensichtlich war, dass Thor den Kampf nicht gewinnen würde, drehte die Menge völlig durch. Die Leute johlten und brüllten, und Sidney sah, wie eine Menge Geld den Besitzer wechselte, als diejenigen, die auf Thor gewettet hatten, ihr hart verdientes Geld an diejenigen abgeben mussten, die auf Kujo gesetzt hatten.

Sie hörte vage, wie Victor rief: »Der Kampf ist noch nicht vorbei! Zeit für einen kleinen Anreiz!«

Sidney zuckte zusammen, als etwas ihr Bein berührte, und drehte den Kopf, um einen Mann zu sehen, der eine

Waffe hielt und direkt auf sie zielte. Ihre Augen wurden groß – und dann stach sie etwas in den Rücken.

Als sie sich umdrehte, sah sie, dass noch jemand eine Waffe in der Hand hielt. Plötzlich schien fast jeder um sie herum eine Waffe zu haben. Wurde auf sie *geschossen*?

Dann hörte sie Kujo aufschreien. Ihr Blick fiel wieder auf ihn und sie erkannte, dass die Zuschauer nicht mit echten Waffen, sondern mit Luftpistolen oder Ähnlichem auf sie schossen.

Als ein weiteres Projektil Kujo traf, drehte er sich zu ihr um und knurrte.

»Oh, scheiße«, sagte sie leise, bevor sie einen Schrei ausstieß, als der Pitbull auf sie zu pirschte.

»Nein!«, schrie sie. »Kujo, sitz!«, rief sie verzweifelt, aber der Hund knurrte nur und ging mit langsamen, gemessenen Schritten weiter auf sie zu.

Bevor sie bereit war, sprang Kujo los.

Instinktiv drehte sie sich zur Seite, trat aus und traf den Hund an der Hinterhand. Er wich vom Kurs ab, ließ sich aber nicht beirren. Er stürzte sich erneut auf sie und erwischte dieses Mal ihre Wade mit den Zähnen.

Während sie vor Schmerzen schrie, konnte Sidney nur noch daran denken wegzukommen.

Sie schlug mit den Fäusten auf den Kopf des Hundes ein, um ihn zum Loslassen zu bewegen. Der Schmerz in ihrem Bein war so heftig, dass sie spürte, wie die Schwärze sie zu erdrücken drohte. Da sie wusste, dass Kujo ihr die Kehle herausreißen würde, wenn sie zu Boden ging, bemühte sie sich verzweifelt, aufrecht zu bleiben.

Dann begann die Menge wieder, Kujo mit den Luftpistolen zu beschießen. Der Hund schüttelte den Kopf, kläffte und ließ dabei ihr Bein los.

Befreit von den Zähnen des Tieres lief Sidney zum

Zaun. Die Messer und Stöcke erschienen ihr nicht mehr annähernd so schlimm. Sie dachte an nichts anderes mehr, als Kujos Zähnen zu entkommen, und da Hunde nicht klettern konnten, war die einzige Chance, die sie hatte, das obere Ende des Geheges zu erreichen.

Die Hundebesitzer hatten eine Art Maschendrahtdecke errichtet, wahrscheinlich in der Annahme, dass sie so nicht entkommen konnte, aber es erlaubte ihr auch, sowohl den Hund als auch die Männer rund um den Käfig zu meiden. Wenn sie ganz oben ankam, konnte sie sich an der Decke festhalten, wie ein Kind an einem Klettergerüst auf dem Spielplatz hängen würde.

Als sie verzweifelt versuchte, mit ihrem von Kujos Biss blutendem und pochendem Bein nach oben zu klettern, grinsten ihr die Männer auf der anderen Seite höhnisch ins Gesicht. Sie spuckten sie an. Sie lachten sie aus. Und sie taten ihr Bestes, um sie dazu zu bringen, loszulassen und zurück in den Ring zu fallen, rüttelten am Zaun und versuchten, mit ihren Messern auf sie einzustechen.

Sidney ignorierte die Zuschauer und kletterte um ihr Leben. Wenn sie es nur bis ganz nach oben schaffte, wäre sie in Ordnung.

Na gut, das stimmte wahrscheinlich nicht. Es wäre nur eine Frage der Zeit, bis Victor und die anderen einen Weg finden würden, sie zum Loslassen zu bewegen, sodass sie sich wieder Kujo stellen musste. Aber sie würde alles tun, um nicht wieder die Zähne des Hundes in ihrem Fleisch zu spüren.

Plötzlich änderten sich der Lärm und die gesamte Atmosphäre im Raum. Statt Jubel und Lachen gab es panisches Gebrüll und Schreie.

Sidney ignorierte alles außer ihrem Bedürfnis, von Kujo wegzukommen, der nun knurrend immer wieder gegen den

Zaun sprang, um zu ihr zu gelangen, und klammerte sich an den Maschendraht. Die Zuschauer hatten aufgehört, sie zu verspotten, aber sie war zu beschäftigt, um den Grund dafür herauszufinden.

Sie hörte auf zu klettern, als sie das obere Ende des Zauns erreicht hatte. Ihre Finger schmerzten vom Festhalten am Maschendraht und ihr Bein pochte unerträglich. Blut tropfte aus der Wunde, landete auf Kujo – der weiterhin zu ihr hochsprang – und bedeckte den Boden unter ihm.

Sidney schluchzte, ihre Finger verkrampften sich und sie wusste, dass sie nicht mehr lange durchhalten würde.

Sie würde sterben. Genau hier. Genau jetzt. Durch die Zähne eines der Tiere, die sie ihr ganzes Leben lang zu retten versucht hatte.

Gumby stürmte auf den Ring zu. Er suchte im Laufen nach einem Eingang und konnte keinen finden. Sein Blick fiel schließlich auf ein großes Vorhängeschloss auf der gegenüberliegenden Seite, wo Sidney sich verzweifelt an den Zaun klammerte. Sie befand sich etwa drei Meter hoch, ganz oben am Zaun. Sie war praktisch nackt, aber das war es nicht, was ihn in diesem Moment beschäftigte. Es war der blutüberströmte Hund, der verzweifelt versuchte, an sie heranzukommen, der sein Adrenalin in die Höhe trieb.

Als er das Tor zur gleichen Zeit wie Ace erreichte, hob Gumby ein Bein und trat mit aller Kraft gegen den Zaun.

Sidney stieß auf der anderen Seite einen Schrei aus, als das gesamte Gehege erzitterte.

»Scheiße«, murmelte er.

»Weg da. Ich mach das schon«, sagte Ace, der einen Bolzenschneider hochhielt.

Gumby machte Platz, fragte jedoch: »Wo zum Teufel hast du den her?«

Ace setzte den Bolzenschneider am Schloss des Tores an und sagte: »Von Garnham. Er hat ihn mir gegeben, kurz bevor wir in den Raum eingedrungen sind. Er meinte, er könnte uns nützlich sein.«

Gumby war noch nie so erleichtert über die Einsicht des Mannes gewesen wie in diesem Moment. Er sah, wie Rocco um die Umzäunung herum zu Sidney lief, die sich immer noch am Maschendraht an der Decke des Zauns festhielt. Sein Freund machte einen großen Satz und erklomm schnell den Zaun. Er schaffte es, vorsichtig auf die instabile Anlage zu klettern, oberhalb der Stelle, an der Sidney sich verzweifelt festklammerte. Die Glieder waren zu dicht beieinander, als dass er hindurchgreifen und sie festhalten konnte, aber Gumby wusste, dass er mit ihr reden und ihr sagen würde, dass sie durchhalten sollte und Hilfe da war.

Der knurrende Hund war eher ein Problem. Um zu Sidney zu gelangen, musste Gumby die Bedrohung durch den Hund beseitigen. Aber ohne eine Waffe hatte er keine einfache Möglichkeit, das zu tun. In der Sekunde, in der das Schloss von der Tür fiel, drängte sich Gumby ins Innere des Geheges. Sein Gehirn registrierte den fast toten Hund in der Mitte des Bodens, aber er würdigte ihn keines Blickes. Er hatte nur Augen für den, der unter Sidney stand.

Gumby war bereit, den Hund mit bloßen Händen auszuschalten, aber Phantom stieß ihn zur Seite und hatte in Sekundenschnelle eine Klinge durch die Kehle des Hundes gezogen.

Als Gumby erkannte, dass sein Freund den Detective angelogen hatte, als er behauptet hatte, unbewaffnet zu sein, was ihm scheißegal war, lief er direkt auf den Zaun zu. Er rutschte einmal in dem Blut auf dem Boden unter Sidney aus und wäre zu Boden gegangen, wenn Ace ihn nicht am Arm festgehalten hätte. Ohne sich die Zeit zu nehmen, ihm zu danken, kletterte Gumby den Zaun hoch auf seine Frau zu, verzweifelt bemüht, sie zu erreichen.

Der Zaun schwankte unter seinem Gewicht, aber das bremste ihn nicht. In Sekundenschnelle war er neben Sidney und versuchte, einen Weg zu finden, wie er sie beide sicher nach unten bringen konnte.

Sidney kniff die Augen zusammen, während sie sich mit aller Kraft am Zaun festhielt. Ihre Finger brannten und ihr Bein zitterte in dem Versuch, sie oben zu halten. Ihre Zehen waren durch die Löcher des Maschendrahts gedrückt und vor lauter Schmerz nahm sie kaum etwas um sich herum wahr. Sie hörte vage, wie jemand mit leiser, beruhigender Stimme zu ihr sprach, aber sie konnte die Augen nicht öffnen, um zu sehen, wer es war.

Als etwas ihren Rücken berührte, zuckte sie zusammen und schrie vor Schreck auf.

»Ich bin's, Sidney! Ich hab dich. Du bist in Sicherheit.«

»Decker?«, rief sie ungläubig. Sie musste halluzinieren. Das war auf keinen Fall Decker.

»Kannst du loslassen und dich an mir festhalten?«

Schließlich öffnete sie die Augen – und blinzelte, als sie Rocco sah, der über ihr an der Außenseite des Geheges hockte. Sie sah sich um und entdeckte keinen der Zuschauer. Niemand stupste sie mehr an, lachte und jubelte.

Als sie den Kopf drehte, sah sie Decker. Er war da!

»Decker!«, krächzte sie.

»Schhhh. Kannst du deinen Arm bewegen und ihn um meinen Hals legen? Ich werde dich nicht fallen lassen. Halt dich an mir fest.«

»Nein! Kujo!«

»Wer?«

»Der Hund! Er wird uns kriegen!«

»Er ist tot, Sid. Wir müssen dich runterbringen und dein Bein untersuchen lassen.«

Sidney blickte nach unten und sah Phantom unter Decker stehen. Ace war auch da. Bubba und Rex konnte sie nicht entdecken, aber sie wusste, dass sie irgendwo im Lagerhaus sein mussten.

Und nicht nur das, auch Kujos blutiger Körper lag regungslos auf der Seite auf dem Betonboden.

Auf einmal wurde ihr alles klar. Decker hatte sie gefunden. In letzter Sekunde.

Ihr Körper bewegte sich, ohne dass sie es ihm bewusst befahl. Sie ließ den Zaun mit einer Hand los und schlang den Arm um Deckers Hals. Sofort drehte sie sich um und legte ihren anderen Arm um ihn, wobei sie ihr Bestes tat, auch ihr gesundes Bein um seine Hüften zu klammern. Sie hatte keinen Zweifel daran, dass er sie halten konnte. Auf keinen Fall würde er sie fallen lassen.

Ganz langsam kletterte Decker wieder den Zaun hinunter. Sie hatte keine Ahnung, wie seine großen Füße in die kleinen Löcher des Maschendrahtzauns passten, aber im Moment war es ihr egal. Sie spürte, wie Hände ihre Seiten berührten, als sie sich dem Boden näherten, und sie umklammerte Decker fester. Sie spürte die Sekunde, in der seine Füße den Boden berührten, und dann waren sie auf dem Weg zur Tür des Rings.

»Lass sie runter, Gumby«, befahl eine Stimme.

»Nicht hier«, sagte er, und seine Stimme dröhnte an ihr, als sie sich noch fester an ihn klammerte.

Ein Schrei zu ihrer Rechten ließ Sidney den Kopf heben und in diese Richtung blicken.

Victor stand vor Rocco, der heruntergeklettert war, nachdem Decker sie erreicht hatte, und richtete eine Waffe auf den Kopf des SEALs.

Sie sah alles, als würde sie durch einen langen, dunklen Tunnel schauen. Sie öffnete den Mund, um zu schreien, um etwas zu sagen, aber sie hätte sich keine Sorgen machen müssen.

In der einen Sekunde bedrohte Victor Rocco, und in der nächsten lag er regungslos auf dem Boden.

Bubba war von hinten gekommen und hatte ihn schnell entwaffnet, dann hatte Phantom ihn herumgewirbelt und ihm einen kräftigen Schlag ins Gesicht verpasst.

Noch während Decker sie aus dem Ring zur Tür des Lagerhauses trug, schaute sie zurück und sah Rocco, der sich über Victor beugte und seinen Puls überprüfte.

»Scheiße, kein Herzschlag«, sagte Rocco, als er sich hinkniete und sofort mit der Wiederbelebung begann.

Sidney fühlte sich benommen und bemerkte, dass die Polizisten viele der Zuschauer aufgereiht oder mit den Händen auf dem Rücken auf dem Boden liegen hatten. Am heftigsten traf sie, wie viele Kinder dort waren. Sie erinnerte sich daran, dass sie sie vom Inneren des Rings aus gesehen hatte. Sie hatten sich nicht aus Angst zusammengekauert, dort zu sein. Sie hatten gejubelt und geschrien, genauso laut wie die Erwachsenen.

»Halte durch, Sid. Du bist in Ordnung«, murmelte Decker.

Sie fühlte sich nicht, als wäre sie in Ordnung. Sie war tief betrübt und deprimiert. Ihr Bein pochte fürchterlich, und die Erinnerung daran, wie nahe sie dran gewesen war, von Kujo zerfleischt zu werden, ließ ihre Atmung schneller werden, während sich Flüssigkeit in ihrem Mund sammelte. »Ich muss mich übergeben«, warnte sie Decker, nur Sekunden bevor sie genau das tat.

Leider ließ er sie nicht los, und sie kotzte ihm die Schulter hinunter, auf den Rücken und den Arm. Sie wimmerte, da sie sich so schrecklich fühlte, sowohl körperlich als auch weil sie Decker gerade buchstäblich vollgekotzt hatte.

Als der Schmerz und die Demütigung sie zu überwältigen begannen und das Schwindelgefühl sie wieder einholte, gab Sidney sich mit Freuden der Schwärze hin.

Gumby spürte die Sekunde, in der Sidney in seinen Armen ohnmächtig wurde. Er war tatsächlich erleichtert. Ihr Bein sah schlimm aus, aber zum Glück hatte der Hund sie nicht völlig zerfleischen können. Er ging schnell zu einem der Krankenwagen und war dankbar, dass die Sanitäter ihn nicht aufhielten, als er Sidney einfach hineintrug und sie auf die Trage legte. Er kniete sich neben ihren Kopf und sah zu, wie die Sanitäter sich um sie kümmerten.

Ihre Augen blieben geschlossen, und Gumby war froh darüber. Ihr Bein hatte stark geblutet, und als die Sanitäter das Blut weggewischt hatten, wusste er, dass sie mit mehreren Stichen genäht werden musste. Aber er war dennoch erleichtert, dass es nicht schlimmer war.

Etwa drei Minuten später steckte Ace den Kopf in den Krankenwagen und bedeutete Gumby, herauszukommen und mit ihm zu reden. Er wollte Sidney nicht allein lassen, aber Gumby wusste, dass sein Freund nicht um Privatsphäre bitten würde, wenn es nicht wichtig wäre.

»Fahren Sie *nicht* ohne mich«, knurrte er die Sanitäter an. »Ich bin gleich wieder da.«

»Sie haben etwa vier Minuten Zeit«, sagte einer der Männer, während er ihr eine Infusion anlegte.

»Ich bin gleich wieder da«, wiederholte Gumby, trat hinter den Männern hervor und sprang auf den Boden. In dem Moment, in dem er sich zu Ace umdrehte, begann der andere Mann zu sprechen.

»Victor ist tot. Phantoms Schlag hat wahrscheinlich einige Venen in seinem Gehirn zerfetzt und zu inneren Blutungen geführt.«

Gumby war froh, dass das Stück Scheiße tot war. Er wünschte, er hätte mehr gelitten, aber im Moment konnte er nur erleichtert sein, dass Sidney den Mann nie wieder zu Gesicht bekommen würde. »Wird Phantom deswegen in Schwierigkeiten geraten?«

Ace schüttelte den Kopf. »Er hat das Messer, das er offensichtlich bei sich hatte, nicht benutzt, und Garnham hat die ganze Sache gesehen. Er hat gesehen, wie Victor die Waffe auf Rocco richtete. Er weiß, dass es Notwehr war.«

Gumby nickte.

»Der andere Haupttäter, Dallas, wurde gefasst, als er hinauslief, und wurde von einigen der anderen anwesenden Männer identifiziert.«

»Wurden noch andere Hunde gefunden?«

»Keine lebenden«, antwortete Ace.

»Und die Kinder?«

Ace seufzte. »Bandenmitglieder und Hundekämpfer in Ausbildung. Sie waren nicht im Geringsten traumatisiert von dem, was hier passiert ist. Sie waren mehr damit beschäftigt, die Drogen loszuwerden, die sie hin und her geschoben haben.«

»Scheiße«, murmelte Gumby.

»Es ist eine Schande. Ich meine, ich weiß, dass es kein Zuckerschlecken ist, Kinder zu erziehen, aber wie sollen sie sich von so etwas erholen? Sie sind bereits desensibilisiert durch das Leid, das die Hunde ertragen müssen, und sie waren fast Zeuge, wie eine Frau vor ihren Augen zerfetzt wurde. Wenn ihnen das egal ist, gibt es nicht viel Hoffnung, dass sie sich als produktive Mitglieder der Gesellschaft erweisen werden.«

Gumby stimmte zu. Aber im Moment waren sie ihm auch egal. Seine ganze Konzentration galt Sidney.

»Der Ring ist also aufgelöst? Da Victor tot und Dallas in Haft ist, ist das doch eine gute Sache, oder?«

Ace zuckte mit den Schultern. »Ja, aber der Detective ist sich sicher, dass jemand anderes genau da weitermachen wird, wo sie aufgehört haben.«

»Verdammte Hundekämpfe«, sagte Gumby.

»Wie geht es Sidney?«, fragte Ace.

»Nicht allzu schlecht, aber auch nicht gut«, sagte Gumby zu seinem Freund. »Wenn sie es nicht geschafft hätte, den Zaun hochzuklettern, hätte der Hund sie in Stücke gerissen.«

»Scheiße ...«

»Ja.«

»Ich hole dir ein paar saubere Klamotten«, sagte Ace. »Und ich sorge dafür, dass Hannah versorgt ist. Brauchst du sonst noch etwas?«

Gumby atmete erleichtert aus. Ehrlich gesagt hatte er an nichts anderes als an Sidney gedacht. Er hatte ein schlechtes Gewissen, keinen Gedanken an Hannah verschwendet zu haben. »Nein, es geht mir gut. Es gibt keinen Grund zur Eile, ich kann mir im Krankenhaus übergangsweise einen Kittel besorgen.«

»Fick dich«, sagte Ace. »Als würden wir alle nach Hause gehen und ein Nickerchen machen, wenn deine Frau verletzt ist.«

Gumby nickte. Es war ein gutes Gefühl, Freunde zu haben. »Ich weiß nicht, wie lange es dauern wird, bis wir etwas von einem Arzt hören«, warnte er Ace.

»Das macht nichts. Wir werden da sein.«

»Sir? Wir sind bereit«, sagte einer der Sanitäter aus dem Inneren des Krankenwagens.

»Geh«, befahl Ace. »Wir treffen uns im Krankenhaus.«

Gumby nickte und drehte sich herum, um wieder in den hinteren Teil des Krankenwagens zu klettern. Diesmal nahm er neben Sidneys Kopf Platz und tat sein Bestes, sich zusammenzureißen. Sie hatte zwei Infusionen, eine in jedem Arm, und man hatte ihr vorsichtshalber eine Halskrause angelegt. Ihr BH lag auf dem Boden und eine Decke war um ihren Oberkörper gewickelt worden. Ihr Bein war mit Mull bedeckt und sie war an alle möglichen piependen Maschinen angeschlossen.

Sie war immer noch bewusstlos, und Gumby war erneut dankbar. Vorsichtig nahm er ihre Hand, wobei er angesichts der Prellungen an ihren Fingern und Handflächen zusammenzuckte.

Er ignorierte den Mann, der neben ihm saß, beugte sich vor und legte seine Lippen an Sidneys Ohr. »Halte durch, Sid. Ich liebe dich.«

Bei seinen Worten spannten sich ihre Finger für einen Moment in seinem Griff an, bevor sie sich wieder entspannte.

Es war genug. Sie hatte ihn gehört, und Gumby wusste, dass sie wieder in Ordnung kommen würde.

KAPITEL NEUNZEHN

Sidney lächelte Decker an. Die letzten Wochen waren nicht schön gewesen, daran gab es keinen Zweifel, aber mit Decker an ihrer Seite war jeder Verbandswechsel, jeder Rückschlag leichter zu verkraften gewesen.

Und es war nicht nur Decker gewesen. Es waren auch alle seine Freunde gewesen. Während ihres Krankenhausaufenthalts hatte Ace sie fast genauso oft besucht wie Decker. Auch Phantom, Bubba, Rex und Rocco waren immer wieder gekommen, um sie zu unterhalten und bei Laune zu halten.

Sie war mit über hundert Stichen am Bein genäht worden, um die Bisswunde zu schließen. Dann hatte sich die Wunde fast sofort entzündet, und die Schmerzen, die durch die regelmäßige Reinigung der Wunde verursacht wurden, waren nur schwer zu ertragen. Was als kurzer Krankenhausaufenthalt begann, hatte sich auf zwei Wochen ausgedehnt, während die Ärzte mit der Infektion kämpften und sie genau beobachteten. Sidney wusste, dass sie Glück gehabt hatte. Sie wusste, dass es viel schlimmer hätte sein können, aber es war schwer, positiv zu bleiben, wenn sie so große Schmerzen hatte.

Nora hatte sie besucht, und Sidney hatte noch nie so gelacht, als ihre Freundin am Ende mit einem ihrer Krankenpfleger nach Hause ging. Offenbar hatten sie sich auf dem Flur gut verstanden, und Nora hatte getan, was Nora am besten konnte ... ihn verführt.

Faith war auch vorbeigekommen und hatte ihr gesagt, wie leid ihr alles tat, was passiert war, aber die Dinge zwischen ihnen waren ein wenig seltsam. Sidney fühlte sich schrecklich wegen ihrer Rolle in dem ganzen Schlamassel und weil sie die Warnungen ihrer Freundin ignoriert hatte, sich zu sehr persönlich in die Rettung der Hunde einzumischen.

Es hatte auch Besuch von einem anderen SEAL-Team auf dem Stützpunkt und deren Familien gegeben. Caroline hatte den Anfang gemacht, indem sie mit ihrem Mann Wolf vorbeikam, und jeden Tag hatte sie eine andere Familie aus diesem Team getroffen. Abe und Alabama, Cookie und Fiona, Mozart und Summer, Benny und Jessyka, Dude und Cheyenne. Sogar ihr Kommandant und seine Frau Julie waren vorbeigekommen.

Es hätte unangenehm sein sollen, aber stattdessen fühlte sie sich dadurch noch mehr umsorgt.

Aber am meisten freute Sidney sich auf Caite. Sie besuchte sie etwa jeden zweiten Tag und hielt sie auf dem Laufenden, was mit Dallas und den anderen Teilnehmern an den Hundekämpfen geschah. Decker hatte nicht viel darüber reden wollen, da er das Gefühl hatte, dass es besser war, nichts zu wissen, und so war Sidney dankbar, als Caite bereit war, ihr Einzelheiten mitzuteilen.

Dallas war immer noch im Gefängnis, aber die Polizei hatte die meisten anderen Männer, die an dem Kampf teilgenommen hatten, nicht anklagen können. Es gab keine Möglichkeit zu beweisen, wem die Drogen gehörten, die auf dem Boden des Lagerhauses gefunden wurden. Während Sidney die Männer identifiziert hatte, die sie in den Ring gedrängt und entführt hatten, waren die anderen Männer ohne Anklage freigelassen worden.

Glücklicherweise war Phantom nicht wegen des Todes von Victor angeklagt worden, da Detective Garnham sich dafür verbürgt hatte, dass er ihn in Notwehr geschlagen hatte. Sidney erinnerte sich kaum an den Vorfall, da sie zu traumatisiert gewesen war.

Aber das Beste an den letzten Wochen war Decker.

Zwanzig Minuten zuvor hatte er sie aus dem Krankenhaus gerollt, nachdem ihre Naht ein letztes Mal begutachtet worden war. Sie würde zu weiteren Untersuchungen wiederkommen müssen, aber sie war offiziell entlassen worden. Deckers Wagen hatte am Eingang des Krankenhauses gewartet, und er hatte sie behutsam hochgehoben und auf die Beifahrerseite gesetzt. Jetzt waren sie fast an seinem Strandhaus.

»Geht es dir gut?«, fragte er mit Blick zu ihr.

»Ja.« Und es stimmte. Ihr Bein tat immer noch weh, aber es ging ihr von Tag zu Tag besser.

Sidney wollte ihm etwas Wichtiges sagen, hatte während ihrer Genesung jedoch keine Gelegenheit dazu gehabt. Entweder war jemand zu Besuch oder der Zeitpunkt war einfach nicht passend. Aber je mehr sie darüber nachdachte, desto mehr hatte sie das Gefühl, dass jetzt der richtige Zeitpunkt war. Es war nicht romantisch, aber es war gut, dass er sich nicht so intensiv auf sie konzentrierte, während sie sprach.

»Ich muss dir etwas sagen«, sagte Sidney leise, während Decker sich aufs Fahren konzentrierte.

»Okay«, sagte er. »Kann es warten, bis ich dich nach Hause gebracht habe und du es bequem hast?«

»Nein.« Das Wort kam lauter heraus als beabsichtigt.

»Na gut. Schieß los.«

Das war schwieriger, als sie es sich vorgestellt hatte. »Als ich in diesem Käfig saß und auf das wartete, was die Männer mit mir vorhatten, konnte ich an nichts anderes denken als daran, wie wütend du auf mich sein würdest.«

»Sid, nein, ich –«

»Bitte, lass mich das tun«, flehte Sidney.

Decker nickte.

»Ich weiß, dass ich es vermasselt habe. Du hast mich angefleht, nicht allein dorthin zu gehen, und ich habe es trotzdem getan. Natürlich wusste ich nicht, dass Victor auf mich wartete oder dass er mich mit diesen Welpen geködert hatte, aber trotzdem. Als ich in dem Käfig saß und zuhörte, wie sie den Kampfring aufbauten, in dem Wissen, dass ich mit großer Wahrscheinlichkeit vergewaltigt oder getötet werden würde, konnte ich nur an eine Sache denken, die ich am meisten bedauerte. Etwas, das ich dir nicht gesagt hatte.«

Decker griff nach ihrer Hand, sagte jedoch nichts, wofür sie ihm dankbar war.

»Dann, als ich dich am meisten brauchte, warst du da. Es war ein Wunder, und ich kann immer noch nicht glauben, wie alles zusammenkam, dass du mich so schnell finden konntest. Ich war mir sicher, dass es nicht passieren würde.« Sie holte tief Luft und brachte die Worte heraus, die sie seit Wochen im Kopf hatte. »Ich liebe dich, Decker. Ich hatte nicht geplant, mich zu verlieben, aber ehe ich michs versah, bist du das Wichtigste in meinem Leben geworden.«

Er drückte fest ihre Hand.

»Es tut mir leid, dass ich hinter deinem Rücken die

Welpen allein gesucht habe. Es tut mir leid, dass ich Caite beinahe auch in diese schreckliche Scheiße hineingezogen hätte. Ich wünschte, ich hätte auf dich gehört ... und ich lag so falsch.«

Decker lenkte den Wagen an den Straßenrand auf den Parkplatz eines großen Kaufhauses. Überall um sie herum waren Leute, aber irgendwie schien es, als wären sie die einzigen beiden Menschen auf der Welt.

Er parkte den Wagen und drehte sich auf seinem Sitz um. Die Konsole zwischen ihnen hielt ihn davon ab, ihr zu nahe zu kommen, aber er beugte sich vor und nahm ihr Gesicht in die Hände. Sein Blick war intensiv, und Sidney war nervös, was er wohl sagen würde.

»Ich glaube, ich habe dich schon von dem Moment an geliebt, in dem ich dich das erste Mal gesehen habe. Und einige der Dinge, die ich am meisten liebe, sind deine Loyalität und Hartnäckigkeit. Ich liebe es, wie sehr du dich um die Tiere kümmerst und wie du so tief empfindest. Es tut mir auch leid, dass du nicht auf mich gewartet hast, aber das schmälert nicht meine Liebe oder meinen Respekt für dich. Ich glaube, es würde dir guttun, mit jemandem darüber zu reden, was du als Kind durchgemacht hast und wie sich das alles in der Person manifestiert hat, die du heute bist, aber egal, wie du dich entscheidest, ich werde immer für dich da sein.«

Sidney atmete erleichtert auf. Und der Gedanke, mit einem Psychologen zu sprechen, war nichts, was sie ablehnte. Vielleicht wäre es einfacher, mit jemandem zu sprechen, der sie nicht persönlich kannte.

Decker fummelte einen Moment in seiner Tasche herum, bevor er sich wieder zu ihr umdrehte.

In seiner Hand befand sich ein Solitär-Diamantring im Prinzessinnen-Schliff.

Sidney schnappte schockiert nach Luft.

»Ich liebe dich, Sid. Du bist für mich wichtiger als alles andere in meinem Leben. Ich würde alles tun, um dich zu beschützen. Dir alles geben, was dein Herz begehrt. Bei allem, was du tun willst, an deiner Seite sein. Willst du mich heiraten? Ich weiß, die Frau eines Navy SEALs zu sein ist nicht die einfachste Aufgabe der Welt, aber ich schwöre, dass ich alles tun werde, um dir die Last zu erleichtern. Ich werde dich nie betrügen, und ich werde alles tun, was ich kann, damit ich nach jedem Einsatz zu dir nach Hause komme. Ich kann es nicht versprechen, aber –«

»Ja«, unterbrach Sidney ihn atemlos.

»Ja?«

»Ja!«, bestätigte sie.

Das Lächeln, das sich auf Deckers Gesicht ausbreitete, war wunderschön und etwas, von dem Sidney wusste, dass sie es nie vergessen würde. Er ergriff ihre Hand und steckte ihr den Ring an den Finger. Er passte perfekt, und sie konnte nicht glauben, wie richtig er sich anfühlte.

»Verdammt, ich liebe dich«, flüsterte Decker, bevor er den Ring küsste und dann ihr Gesicht noch einmal in die Hände nahm. Er beugte sich vor und küsste sie, ein langer, leidenschaftlicher Kuss, der ihr den Atem raubte.

Als er sich zurückzog, atmeten sie beide schwer. Er hatte sie seit ihrer Verletzung schon oft geküsst, aber dieser Kuss fühlte sich anders an. Es war ein Versprechen. Ein Anfang.

»Ich hatte nicht geplant, das hier zu tun«, murmelte Decker, während er seinen Schwanz in der Hose zurechtrückte und sich in seinem Sitz zurücklehnte.

Sidney kicherte. Sie starrte auf ihren Ring hinunter. Sie konnte den Blick nicht von ihm abwenden. Er hatte wahrscheinlich etwa ein Karat, und er kam ihr riesig vor. Er war perfekt.

»Ich werde nicht so lange mit dem Heiraten warten wollen«, sagte Decker zu ihr, als er vom Parkplatz wegfuhr. »Aber mein Vater und meine Stiefmutter werden dabei sein wollen. Und mein Bruder auch. Ich denke, wir könnten eine kleine Zeremonie an unserem Strand abhalten, mit dem Team und meiner Familie und allen, die du einladen möchtest. Faith und Nora auf jeden Fall. Vielleicht Jude?«

Sidney lächelte. Sie hatte noch nie wirklich ans Heiraten gedacht. Sie hatte sicherlich keine Vorstellung davon, wie die eigentliche Zeremonie ihrer Meinung nach aussehen sollte. Aber eine Hochzeit am Strand schien perfekt zu sein. »Vielleicht können Wolf und sein Team auch kommen?«

Decker lächelte, als hätte sie ihm gerade den Tag versüßt. »Wen immer du willst, Süße.«

»Ich habe dich nicht verdient«, sagte sie zu ihm.

»Falsch. Wir verdienen einander«, erwiderte er lächelnd.

Sidney ergriff seine Hand und hielt sie den Rest des Weges nach Hause fest umklammert.

Gumby fühlte sich wie im siebenten Himmel. Die letzten zwei Wochen waren hart gewesen, aber Kommandant North war sehr verständnisvoll gewesen und hatte Gumby viel freie Zeit gewährt, damit er bei Sidney sein konnte, während sie sich erholte. Er hatte auch dafür gesorgt, dass das Team nicht für Missionen eingeteilt wurde, während sie sich noch in der Genesungsphase befand. Gumby wusste, dass der Aufschub bald vorbei sein würde, jetzt, da Sidney zu Hause war, aber er würde sich damit auseinandersetzen, sie verlassen zu müssen, wenn die Zeit gekommen war.

Sie hatten nicht darüber gesprochen, dass sie bei ihm in das Strandhaus einziehen würde, aber da sie eingewilligt hatte, ihn zu heiraten, war das ohnehin überflüssig. Sie hatten genügend Zeit, sich über ihre Wohnsituation Gedanken zu machen.

Der Mann, der für Sidney die Wartung der Wohnwagensiedlung übernehmen sollte, hatte früher als geplant angefangen, da Sidney im Krankenhaus gewesen war, und bisher schien es gut zu funktionieren.

Gumby hatte Max dazu gebracht, das Obergeschoss seines Strandhauses so auszubauen, wie er es mit Sidney besprochen hatte. Er wollte, dass das Haus komplett fertig war, wenn Sidney aus dem Krankenhaus kam, damit sie sich so wohl wie möglich fühlte. Die Arbeiten erforderten eine ganze Mannschaft, die Tag und Nacht arbeitete, aber das Schlafzimmer war genau so, wie sie es sich vorgestellt hatte, einschließlich des Badezimmers mit einer riesigen Dusche, in die sie beide problemlos hineinpassen würden.

Max wollte Sidney immer noch einstellen und hatte ihr sogar den Papierkram zum Ausfüllen mitgebracht, während sie im Krankenhaus war. Sobald sie bereit war, konnte sie in einem von Max' Teams mitlaufen. Sie würde sich eine Weile schonen müssen, keine Leitern hochklettern oder so, aber der Arzt versicherte ihnen beiden, dass sie bald wieder voll arbeitsfähig sein würde.

Gumby fuhr mit seinem Pick-up in die Einfahrt und sagte: »Bleib hier, bis ich herumkomme.«

»Ich kann gehen, Decker«, beschwerte sie sich.

»Vorwärts schlurfen, ja. Gehen? Nicht so sehr.«

»Wie auch immer«, murmelte sie.

»Tu mir den Gefallen«, flehte Gumby.

Nachdem sie genickt hatte, stieg er aus dem Wagen und ging zu ihr hinüber. Er spürte, wie sein Herz in seiner Brust pochte, als er den Ring, den er ausgesucht hatte, an ihrem Finger sah.

Er hob sie hoch und sie schlang die Arme um seinen Hals. Er schloss die Tür des Pick-ups mit der Hüfte und machte sich auf den Weg zur Veranda. Dort angekommen, setzte er sie ab und vergewisserte sich, dass sie sicher auf ihren Füßen stand, bevor er die Tür öffnete.

In den Wochen, die Sidney im Krankenhaus verbracht hatte, war Hannah auf fast wundersame Weise geheilt. Die Wunde auf ihrem Rücken war jetzt hellrosa und schmerzte nicht mehr bei Berührung. Auch die Ballen an ihren Pfoten waren so weit verheilt, dass die Tierärztin ihr erlaubt hatte, an den Strand zu gehen. Sie liebte es, in der Brandung zu toben, den Wellen hinterherzujagen, im Sand auf und ab zu laufen und dabei fröhlich zu bellen. Sie war ein völlig anderer Hund als das gebeutelte und geschlagene, zu Tode erschrockene Tier, das er vor Wochen bei sich aufgenommen hatte.

Gumby konnte es kaum erwarten, dass Sidney sah, wie gut es Hannah ging, und dass Hannah einen ihrer Lieblingsmenschen wiedersah.

Er schloss die Tür auf und öffnete sie, damit Sidney ihm nach drinnen folgen konnte.

Hannah bellte begeistert und tanzte im Eingangsbereich auf der Stelle, wobei sie sich vor Aufregung im Kreis drehte.

Leider war Sidney nicht überglücklich, den ekstatischen Pitbull zu sehen, sondern hatte eindeutig Angst. Sie drückte sich mit dem Rücken gegen Gumby und schob sich dann um seinen Körper herum, sodass er zwischen ihr und Hannah stand.

Gumby drehte sich sofort um und zerrte Sidney an sich. Er spürte, wie ihre Beine nachgaben, und ließ sie beide vorsichtig auf den Boden sinken. Sie lag in seinem Schoß, das Gesicht an seiner Brust vergraben. Er spürte, wie sie zitterte, und war eine Sekunde lang verwirrt, was vor sich ging.

Als er schließlich begriff, dass es *Hannah* war, die sie so sehr erschreckte, brach ihm das Herz für Sidney.

Verwirrt darüber, warum ihre Menschen sie nicht begrüßten, winselte Hannah und legte sich auf den Bauch. Sie kroch auf sie zu, wobei sie jämmerliche Laute ausstieß. Sie stupste Gumby am Ellbogen an.

»Sid?«, fragte er leise.

»Für eine Sekunde war ich ... wieder dort«, flüsterte sie. »In dem Käfig. Ich sah Hannah und dachte, sie würde mich beißen.«

»Das wird sie nicht. Sie liebt dich.«

»Aber ich habe sie gesehen und konnte nur daran denken, wie weh es tat, als dieser Hund mein Bein zwischen den Zähnen hatte.«

»Gib mir deine Hand«, befahl Gumby sanft. Sie legte sofort ihre Hand in seine, und mit ihrem Vertrauen in ihn fühlte er sich sofort besser. Langsam legte er sie auf Hannahs Kopf. Als wüsste der Pitbull, dass Sidney Angst hatte, bewegte sie sich nicht.

Sidney zitterte noch immer in seinem Schoß, aber sie ließ zu, dass er Hannah streichelte, ihre Hand unter seiner. »Siehst du? Es ist nur Hannah. Sie wird dich nicht beißen.«

Als Sidney tief einatmete, wusste Gumby, dass es ihr gut gehen würde.

Er hatte noch nie jemanden getroffen, der mutiger war als sie. Das hatte er schon gedacht, als er sie das erste Mal gesehen hatte, als sie es mit einem doppelt so großen Mann aufnahm, aber jetzt wusste er es noch besser. Sie begann, Hannah zu streicheln, und er legte seinen Arm wieder um ihre Taille.

»Sie sieht gut aus«, sagte Sidney nach ein paar Minuten.

Sie zitterte nicht mehr, war aber immer noch sehr vorsichtig.

»Ja. Die Ärztin sagt, sie heilt bemerkenswert gut.«

Während sie sich unterhielten, wedelte Hannah mit dem Schwanz, und sie kroch noch näher zu ihnen.

Gumby lachte, als die Hündin den Kopf auf sein Knie legte und zu Sidney aufsah, als würde sie sie anhimmeln.

»Ich kann nicht mehr das tun, was ich getan habe, bevor das passiert ist«, sagte Sidney leise, den Blick auf Hannah gerichtet.

»Was meinst du?«, fragte Gumby.

»Du hattest recht. Es war dumm, allein hinter den extremen Tierquälern herzujagen. Offensichtlich. Ich dachte, wenn ich vorsichtig wäre, käme ich klar. Aber ich war einfach nur naiv. Ich hätte Caite in Gefahr bringen können, und dich und die anderen. Aber es geht um mehr als das.« Sidney sah zu ihm auf. »Ich hatte Angst, Decker. Todesangst. Die Hunde in diesem Ring waren nicht mehr zu retten. Sie waren schon zu sehr geschädigt. Ich hätte sie nicht retten können, egal was ich getan hätte.«

»Ich weiß«, sagte Gumby leise und traurig, aber er war auch erleichtert, dass sie es jetzt einsah.

»Ich dachte, du wärst nur herrisch. Ich war an dem Tag so wütend auf dich, und ich glaube, das hat meine Dummheit noch angetrieben. Du hast sogar *gesagt*, du würdest mit mir gehen, und ich habe einfach weitergemacht wie immer. Es tut mir so leid.«

Gumby küsste sie auf die Schläfe. »Du hast einen Fehler gemacht. Du musst dich nicht entschuldigen.«

»Doch, das muss ich. Ich hätte erkennen müssen, dass du nur das Beste für mich willst.«

»Entschuldigung angenommen«, sagte Gumby, der das Thema hinter sich lassen wollte.

Sie blickte wieder zu Hannah. »Ich möchte weiterhin mit misshandelten Tieren arbeiten, aber nicht mehr an vorderster Front. Ich werde mit Faith reden und herausfinden, ob sie immer noch will, dass ich ihr helfe. Ich kann sie bei Adoptionen unterstützen oder so.«

»Ich finde, das ist eine tolle Idee«, sagte Gumby.

Immer noch auf Hannah konzentriert, fragte sie: »Was ist, wenn ich nicht einmal das kann? Was ist, wenn ich jetzt vor jedem Hund riesige Angst habe?«

»Das hast du nicht.«

»Woher willst du das wissen?«, fragte Sidney und starrte ihn mit großen, tränennassen Augen an. »Schau, wie ich auf Hannah reagiert habe. Und ich *kenne* sie.«

»Sei nicht so streng mit dir, Süße. Sie ist der erste Hund, mit dem du in Kontakt kommst, seit du angegriffen wurdest. Und sie ist von der gleichen Rasse. Es wird einige Zeit dauern, aber ich weiß, dass du das überstehen wirst. Du wirst nie wieder derselbe Mensch sein wie vorher, aber das ist nicht schlimm. Ein bisschen Vorsicht, wenn es um misshandelte Hunde und Tiere im Allgemeinen geht, ist wahrscheinlich eine gute Sache. Aber ich kenne dich. Du kommst wieder auf die Beine. Versprochen.«

»Womit habe ich dich verdient?«, fragte Sidney leise, nachdem einige Augenblicke verstrichen waren.

Gumby beschloss, nicht zu antworten, und sagte stattdessen: »Komm, wir bringen dich zur Couch. Ich mache dir etwas zu essen und du kannst ein Nickerchen machen.«

»Ich bin nicht müde«, beschwerte sie sich, aber ein großes Gähnen widerlegte ihre Worte.

Lächelnd, aber wohl wissend, dass er ihr nicht widersprechen sollte, rutschte Gumby unter ihr weg und stand auf. Dann half er ihr auf die Beine. »Ruhig, Hannah«, schimpfte er, als der Pitbull in Erwartung von Spielzeit auf die Füße sprang.

Er sah, wie Sidney zusammenzuckte, aber sie streckte dem Hund tapfer die Hand hin und lächelte, als Hannah sie ableckte.

Er hielt einen Arm um Sidney, als er sie zur Couch führte und es ihr dort bequem machte, wobei er ihre Füße mit einem Kissen auf dem Couchtisch abstützte. Hannah sprang auf das Kissen neben ihr, und er wollte sie gerade herunterziehen, als Sidney sagte: »Es ist in Ordnung.«

»Wenn sie anfängt, dich zu stören, sag mir Bescheid.«

»Mache ich. Decker?«

»Ja?«

»Ich liebe dich.«

Gumby seufzte. Er würde es nie leid werden, diese Worte zu hören. »Ich liebe dich auch, Sid. Schließ die Augen und entspann dich, während ich uns etwas zu essen hole.«

»Gott, ich kann es nicht erwarten. Krankenhausessen ist scheiße.«

Gumby grinste. Sie hatte recht, aber er wusste genau, dass seine und ihre Freunde ihr regelmäßig etwas zu essen gebracht hatten. Es war nicht so, dass sie während ihres Aufenthalts gehungert hätte.

Als er mit der Zubereitung eines eiweißhaltigen Omeletts fertig war und es ins andere Zimmer brachte, schlief Sidney bereits. Ihr Kopf ruhte an der Rückenlehne des Sofas und Hannahs Kopf lag auf ihrem Oberschenkel. Sidneys Hand war auf dem Rücken des Hundes, und sie schlief eindeutig tief und fest.

Er drehte sich um, ging sofort zurück in die Küche und stellte die Eier in den Kühlschrank. Er würde sie später aufwärmen. Dann konnte er nicht anders, er kehrte zurück ins Wohnzimmer und setzte sich auf Sidneys andere Seite. Sie rührte sich nur kurz, als er den Arm um sie legte und ihren Kopf auf seine Schulter legte statt auf die Couch, dann wurde sie wieder ruhig.

Es war mitten am Nachmittag und Gumby wusste, dass er zum Stützpunkt zurückkehren sollte, da der Kommandant ihn darauf aufmerksam gemacht hatte, dass eine Mission bevorstand, aber er konnte sich nicht dazu durchringen, sich zu bewegen.

In seiner Welt war alles in Ordnung, und er war noch nie so glücklich gewesen.

Alle sechs Navy SEALs studierten die Karten vor ihnen, als ginge es um Leben und Tod, was auch der Fall war. Für sie und für die Frau, zu deren Rettung sie nach Osttimor – auch bekannt als Timor-Leste – geschickt wurden.

Ace hatte vor dieser Mission nur vage von dem südostasiatischen Land gehört. Es war eine Insel nördlich von Australien, die zuletzt von Indonesien kolonisiert worden war. Bis neunzehnhundertneunundneunzig war es zu schweren Unruhen zwischen den Guerillakräften des kleinen Landes und den indonesischen Streitkräften gekommen.

Jetzt gehörte es zu den Vereinten Nationen, und trotz einiger Attentate auf die Ministerpräsidenten im Laufe der Jahre war es relativ friedlich geblieben. Bis jetzt.

Vor Kurzem waren erneut Fraktionskämpfe ausgebrochen, die für Unruhe in der Region sorgten. Australische Verstärkung war wieder einmal ins Land geschickt worden, um die Ordnung wiederherzustellen, aber es gab immer noch Gefechte, die Tausende von Zivilisten dazu zwangen, aus ihren Häusern zu fliehen, insbesondere außerhalb der größeren Städte.

All dies würde die Regierung der Vereinigten Staaten normalerweise nicht beunruhigen und wäre auch kein Grund für die Navy SEALs, sich einzumischen, aber es waren über fünfzig ehrenamtliche Mitarbeiter des Friedenskorps im Land, als die jüngsten Kämpfe ausbrachen, und die Regierung konnte nur etwa die Hälfte von ihnen sicher evakuieren.

Das hätte immer noch nicht ausgereicht, um die SEALs zu entsenden, aber offenbar war eine der vermissten Ehrenamtlichen die Tochter eines sehr einflussreichen örtlichen Geschäftsmannes mit Verbindungen nach Washington, D. C. Als er sieben Tage lang keinen Kontakt zu seiner Tochter aufnehmen konnte, hatte er so viele Gefallen wie möglich eingefordert ... Daher machte sich das Team bereit, nach Timor-Leste zu fliegen, um zu sehen, ob sie die vermisste ehrenamtliche Mitarbeiterin des Friedenskorps finden konnten.

Sie hatten das Haus, in dem sie gelebt, und die Schule, in der sie Englisch unterrichtet hatte, ausfindig gemacht und waren zu dem Schluss gekommen, dass es eine ziemlich einfache Mission sein sollte. Der Ort befand sich in einer bergigen Region, die eine Hochburg der Rebellen war. Die SEALs waren nicht auf dem Weg in das Land, um sich an Kämpfen zu beteiligen – obwohl sie darauf vorbereitet waren, sich zu verteidigen. Sie hatten den strikten Befehl, sich Kalee Solberg zu schnappen und sich dann aus dem Staub zu machen.

»Es hat eine Komplikation gegeben«, teilte Kommandant Storm North dem Team stirnrunzelnd mit.

Ace seufzte. Es schien immer Komplikationen zu geben. Es war ärgerlich, aber nicht völlig unerwartet.

»Kalee hatte einen Besucher im Land, kurz bevor die Kacke am Dampfen war. Eine ihrer besten Freundinnen vom College hatte beschlossen, sie zu besuchen.«

»Scheiße«, murmelte Rocco leise.

Ace stimmte ihm insgeheim zu, aber er hielt den Mund. Eine Person zu retten war schon schwierig genug; wenn dann noch eine zweite hinzukam, wurde alles noch viel komplizierter.

»Piper Johnson ist zweiunddreißig Jahre alt, durchschnittlich groß und schwer, blondes Haar, blaue Augen. Sie ist Karikaturistin, deren Zeichnungen in der *New York Times* und im *Wall Street Journal* erschienen sind und von denen einige auch schon in den sozialen Medien viral gingen.« Der Kommandant verteilte Informationsblätter an das Team und fuhr fort.

Ace drehte das Papier um und erkannte sofort die Karikatur am oberen Rand der Seite. Sie war politisch und witzig, ohne grausam zu sein. Er ließ den Blick zu dem Bild am unteren Rand der Seite wandern – und blinzelte.

Auf dem Foto lachte Piper Johnson über irgendetwas, und ihre Augen waren geschlossen, während sie den Kopf zurückgeworfen hatte.

Die pure Freude und das Glück in ihrem Gesicht waren einfach wunderschön.

Ace verspürte den plötzlichen Drang zu wissen, was so lustig gewesen war, damit er die Freude mit ihr teilen konnte.

Es war eine verrückte Reaktion auf ein Foto, und er fühlte sich sofort unwohl dabei. Er war ein Profi. Ein Soldat. Und Piper war ein Auftrag. Er hatte noch nie so eine emotionale Reaktion auf einen Auftrag gehabt.

Er konzentrierte sich auf das, was ihr Kommandant sagte.

»... auch seit über einer Woche nichts mehr von sich hören lassen. Ihre Hauptaufgabe ist es, Kalee zu finden und sie aus dem Land zu bringen, aber halten Sie auch nach Piper Johnson Ausschau. Irgendwelche Fragen?«

Während der Rest des Teams dem Kommandanten Fragen stellte, starrte Ace auf das Bild der Blondine. Er hoffte inständig, dass sie es irgendwie aus dem Land in Sicherheit geschafft hatte. Mitten in einem möglichen Bürgerkrieg zu sein war nicht gut für irgendjemanden, besonders nicht für jemanden, der so viel Fröhlichkeit und Freude in sich trug wie Piper Johnson.

Piper Johnson hielt den Atem an, als die Rebellen auf den Brettern über ihrem Versteck herumtrampelten. Sie war hungrig, schmutzig und zu Tode verängstigt. Aber sie wagte es nicht, einen Laut von sich zu geben. Wenn die Rebellen wüssten, dass sie hier war, würden sie sicher nicht zögern, sie zu töten – so wie sie wahrscheinlich auch Kalee getötet hatten.

Bei dem Gedanken an ihre Freundin wollte sie am liebsten weinen, aber sie biss sich auf die aufgesprungene Lippe und zwang die Tränen zurück. Sie hatte Glück, noch am Leben zu sein, und das wusste sie. Und das nur *wegen* Kalee. Sie musste sich zusammenreißen.

Nicht nur für sie, sondern auch für die Kinder.

Mit einem stummen Atemzug blickte Piper hinüber und sah drei dunkelbraune Augenpaare, die sie anstarrten. Die vierjährige Rani schien schreckliche Angst zu haben, die siebenjährige Sinta sah Piper an, als würde sie auf magische Weise alles wieder in Ordnung bringen, und die dreizehnjährige Kemala schien herzzerreißend resigniert.

Piper hob den Finger an die Lippen und ermahnte die Mädchen, so leise wie möglich zu sein. Alle drei nickten ernst.

Als die Rebellen über ihren Köpfen zu lachen und zu schreien begannen, schloss sie die Augen und versuchte herauszufinden, wie um alles in der Welt sie hierhergekommen war. Sie war eine alleinstehende Frau in den Dreißigern, die beruflich lustige Bilder zeichnete. Jetzt befand sie sich mitten in einem Bürgerkrieg ... und war verantwortlich für drei Waisenkinder.

Sie war keine Soldatin und wusste nicht einmal, wie man mit einer Waffe schoss.

Sie konnte kein Portugiesisch und verstand nicht, was die Soldaten über ihnen sagten.

Und sie war definitiv nicht als Mutter geeignet.

Sie waren alle aufgeschmissen.

**

Finden Sie in »*Ein Beschützer für Piper*«, dem vierten Buch der Reihe »SEALs of Protection: Legacy« heraus, was mit Piper und den Kindern passiert!

ANMERKUNG DER AUTORIN

Nicht alles, was ich schreibe, basiert auf Tatsachen. Ich bin sicher, das wissen Sie. Aber hier und da lasse ich Dinge, die ich gesehen oder gelesen habe, in meine Geschichten einfließen. Hannah ist einer dieser Fälle.

Hannah ist real. Sie existiert. Und die Dinge, die ich in diesem Buch beschrieben habe, sind der echten Hannah passiert. Sie wurde am Rande einer belebten Straße gefunden, abgeladen wie ein Stück Müll. Sie wurde zum Tierarzt gebracht, der feststellte, dass ihre Verletzungen genau so waren, wie ich sie in diesem Buch beschrieben habe.

Und wie die fiktive Hannah hat sich auch die echte Hannah prächtig erholt und lebt jetzt ein wunderbares, sicheres und glückliches Leben mit meiner Freundin Amy und ihrem neuen »Bruder«, einem Pitbull namens George.

Hundekämpfe sind eine schreckliche Sache, die es heute in fast jedem Land gibt. Hunde wie Hannah, Hunde, die einfach nur geliebt werden wollen, werden zu Tausenden misshandelt. Behaupte ich etwa, dass jeder Pitbull lieb und gutmütig ist? Nein. Ich denke, das habe ich mit dieser Geschichte bewiesen. Aber sie sind auch nicht alle die Killer, als die sie in den Medien dargestellt werden.

Ich wollte Ihnen nur versichern, dass die echte Hannah lebt und in ihrem neuen Zuhause aufblüht, genau wie die fiktive Hannah in dieser Geschichte.

BÜCHER VON SUSAN STOKER

SEALs of Protection: Legacy
Ein Beschützer für Caite
Ein Beschützer für Brenae
Ein Beschützer für Sidney
Ein Beschützer für Piper (1 Aug)
Ein Beschützer für Zoey (1 Sept)
Ein Beschützer für Avery (1 Dec)
Ein Beschützer für Kalee
Ein Beschützer für Jane

Die SEALs von Hawaii:
Die Suche nach Elodie
Die Suche nach Lexie
Die Suche nach Kenna
Die Suche nach Monica
Die Suche nach Carly
Die Suche nach Ashlyn (7 Feb)
Die Suche nach Jodelle

Das Bergungsteam vom Eagle Point

Ein Retter für Lilly
Ein Retter für Elsie
Ein Retter für Bristol
Ein Retter für Caryn
Ein Retter für Finley
Ein Retter für Heather
Ein Retter für Khloe

Die Zuflucht in den Bergen
Zuflucht für Alaska
Zuflucht für Henley
Zuflucht für Reese (30 May)
Zuflucht für Cora
Zuflucht für Lara
Zuflucht für Maisy
Zuflucht für Ryleigh

Delta Team Zwei
Ein Held für Gillian
Ein Held für Kinley
Ein Held für Aspen
Ein Held für Jayme
Ein Held für Riley
Ein Held für Devyn
Ein Held für Ember
Ein Held für Sierra (1 Mar)

Die Delta Force Heroes:
Die Rettung von Rayne
Die Rettung von Emily
Die Rettung von Harley
Die Hochzeit von Emily
Die Rettung von Kassie

Die Rettung von Bryn
Die Rettung von Casey
Die Rettung von Wendy
Die Rettung von Sadie
Die Rettung von Mary
Die Rettung von Macie
Die Rettung von Annie

Mountain Mercenaries:
Die Befreiung von Allye
Die Befreiung von Chloe
Die Befreiung von Morgan
Die Befreiung von Harlow
Die Befreiung von Everly
Die Befreiung von Zara
Die Befreiung von Raven

Ace Security Reihe:
Anspruch auf Grace
Anspruch auf Alexis
Anspruch auf Bailey
Anspruch auf Felicity
Anspruch auf Sarah

SEALs of Protection:
Schutz für Caroline
Schutz für Alabama
Schutz für Fiona
Die Hochzeit von Caroline
Schutz für Summer
Schutz für Cheyenne
Schutz für Jessyka
Schutz für Julie

SUSAN STOKER

Schutz für Melody
Schutz für die Zukunft
Schutz für Kiera
Schutz für Alabamas Kinder
Schutz für Dakota

Eine Sammlung von Kurzgeschichten
Ein langer kurzer Augenblick

BIOGRAFIE

Susan Stoker ist die New York Times, USA Today und Wall Street Journal Bestsellerautorin der Buchreihen »Badge of Honor: Texas Heroes«, »SEAL of Protection«, »Die Delta Force Heroes« und einigen mehr. Stoker ist mit einem pensionierten Unteroffizier der US-Armee verheiratet und hat in ihrem Leben schon überall in den Vereinigten Staaten gelebt – von Missouri über Kalifornien bis hin zu Colorado. Zurzeit nennt sie die Region unter dem großen Himmel von Tennessee ihr Zuhause. Sie glaubt ganz und gar an Happy Ends und hat großen Spaß daran, Geschichten zu schreiben, in denen Romantik zu Liebe wird.

Besuchen Sie Susan im Netz!
www.stokeraces.com
facebook.com/authorsusanstoker
twitter.com/Susan_Stoker
bookbub.com/authors/susan-stoker

instagram.com/authorsusanstoker
Email: Susan@StokerAces.com